O eleito

COLEÇÃO THOMAS MANN
Coordenação
Marcus Vinicius Mazzari

A morte em Veneza e *Tonio Kröger*
Doutor Fausto
Os Buddenbrook
A montanha mágica
As cabeças trocadas
Confissões do impostor Felix Krull
O eleito

Thomas Mann
O eleito

Tradução
Claudia Dornbusch

Posfácio
Walnice Nogueira Galvão

3ª reimpressão

Prêmio Nobel
Companhia Das Letras

Copyright © 1951 by S. Fischer Verlag GmbH, Frankfurt am Main
Copyright do posfácio © 2018 by Walnice Nogueira Galvão

*Grafia atualizada segundo o Acordo Ortográfico
da Língua Portuguesa de 1990, que entrou em vigor
no Brasil em 2009.*

A tradução desta obra recebeu o apoio do Goethe-Institut,
financiado pelo Ministério das Relações Exteriores da Alemanha

Título original
Der Erwählte

Capa e projeto gráfico
RAUL LOUREIRO
Crédito da foto
ULLSTEIN BILD/ GETTY IMAGES
Preparação
DANIEL MARTINESCHEN
Revisão
HUENDEL VIANA
FERNANDO NUNO

Dados Internacionais de Catalogação na Publicação (CIP)
(Câmara Brasileira do Livro, SP, Brasil)

Mann, Thomas, 1875-1955.
    O eleito / Thomas Mann; tradução Claudia Dornbusch;
posfácio Walnice Nogueira Galvão. — 1ª ed. — São Paulo:
Companhia das Letras, 2018.

      Título original: Der Erwählte.
      ISBN 978-85-359-3170-9

    1. Ficção alemã I. Galvão, Walnice Nogueira. II. Título.

18-19876   CDD-833

Índice para catálogo sistemático:
1. Ficção : Literatura alemã 833
Maria Alice Ferreira — Bibliotecária — CRB-8/7964

Todos os direitos desta edição reservados à
EDITORA SCHWARCZ S.A.
Rua Bandeira Paulista, 702, cj. 32
04532-002 — São Paulo — SP
Telefone: (11) 3707-3500
www.companhiadasletras.com.br
www.blogdacompanhia.com.br
facebook.com/companhiadasletras
instagram.com/companhiadasletras
twitter.com/cialetras

SUMÁRIO

Nota da tradutora 9

O eleito 11

Posfácio —
O eleito — A arte da paródia e da ironia,
Walnice Nogueira Galvão 241

Cronologia 265

Sugestões de leitura 269

NOTA DA TRADUTORA

Como se lê no capítulo que abre este livro, o texto de O eleito é uma mescla criativa de alemão moderno, francês arcaico, latim e outras línguas, muitas vezes amalgamadas em uma única expressão ou palavra, o que para o tradutor representa uma tarefa espinhosa e desafiadora. Nos trechos em língua estrangeira (quando no original alemão aparece, por exemplo, algum termo em francês arcaico misturado ao latim), há um esclarecimento em nota de rodapé, com manutenção da forma original em que ocorre no texto.

Em relação aos nomes próprios, alguns foram preservados em sua forma original, quando se tratava de um nome sem intenção irônica, mantendo um estranhamento medieval para o leitor de hoje; nos outros, tentou-se transportar a comicidade ou ironia do original para a versão em língua portuguesa, a fim de mostrar a atmosfera lúdica do texto. Exemplo disso é o personagem Herr Eisengrein, que para um leitor brasileiro não transmite qualquer intenção irônica, apenas estranhamento. Mas quando o traduzimos — como foi feito — por sr. Choraferro, a recepção é outra.

Ao longo do texto, aparecem muitos termos que designam funções específicas nas cortes medievais, apresentando assim um novo desafio, uma vez que são desconhecidas de muitos leitores de hoje. É o caso de senescal (supervisor da corte e das finanças, mordomo-mor), gurvenal (preceptor), entre outros. Há que se mencionar também todo um aparato técnico-semântico de armaduras, cavaleiros, amor de cavalaria, religiosidade, vestes religiosas, pescaria, mar etc., o que demanda uma pesquisa profunda em vários idiomas. Citem-se aqui ainda os diálogos travados entre os pescadores da ilha de São Dunstan e o abade, que mesclam uma pseudoerudição com um linguajar rude e popularesco. Assim, para preservar o tom oral e coloquial desse modo de falar, e também para marcar a diferença de registro entre um tipo de linguagem e outro, essa parte do texto contém "erros" gramaticais intencionais, sobretudo de concordância.

Para solucionar muitas das questões referentes a essa linguagem fictícia criada por Thomas Mann em sua Idade Média peculiar ("elas escorrem umas para dentro das outras na minha escrita e se tornam uma coisa só: a linguagem"), foi de enorme ajuda a tese de doutorado de Carsten Bronsema, apresentada à Universidade de Osnabrück em 2005, que traz um glossário específico e exaustivo dos termos criados, transformados ou absorvidos pelo escritor em *O eleito*, detalhando a formação de palavras, as fontes pesquisadas e o uso das citações.

Além disso, Mann mistura ao texto em prosa alguns trechos rimados em verso, o que exige alguma adaptação para que se mantenham as rimas, que têm efeito cômico. Também se misturam as formas de tratamento, ora respeitosas, ora íntimas. O que pode parecer erro de tradução é, na verdade, tratamento divergente, e isso é intencional por parte do autor, devendo ser preservado dessa forma — tu, vós, você, vossa senhoria, vossa santidade etc.

As orações longas, encadeadas, separadas apenas por ponto e vírgula, parênteses, travessões, apostos longos, que são uma das principais marcas estilísticas de Thomas Mann, precisaram ser mantidas, na medida do possível, no intuito de não perder o colorido original do texto de um dos maiores prosadores do século xx. Em vez de desmembrar as orações, tentou-se preservar a dicção do autor o máximo possível, mesmo correndo o risco de o texto parecer pouco fluido em português.

O eleito

QUEM TOCA OS SINOS?

Eco de sinos, enxurrada de sinos *supra urbem*,* por toda a cidade, em seus ares repletos de som! Sinos, sinos, eles vibram e volteiam, ondulam e oscilam abrindo movimento em seus vergalhões, em seus campanários, cem vozes numa confusão babilônica. Lerdos e ligeiros, roncando e rutilantes — não há aí nenhuma medida de tempo nem harmonia, todos falam ao mesmo tempo e todos se interpelam, interpelam também a si próprios; ressoam os badalos e não dão tempo ao metal excitado para que termine de ressoar, pois já ressoam, pendulares, em outra borda, na própria ressonância, isto é, quando ainda ecoa o *"In te Domine speravi"*,** já ecoa também o *"Beati, quorum tecta sunt peccata"*,*** mas se mescla aí o badalo fino de locais menores, como se o coroinha soasse o sininho da transubstanciação.

Dobram das alturas e das profundezas, dos sete lugares arquissagrados de peregrinação e de todas as igrejas pastorais das sete dioceses que ladeiam o rio Tibre duplamente arqueado. Dobram do Aventino, dos santuários do Palatino e de São João de Latrão, tocam sobre o sepulcro daquele que conduz as chaves, na colina do Vaticano, de Santa Maria Maggiore, no Foro, em Domnica, no Cosmedin e em Trastevere, de Ara Celi, São Paulo Fora das Muralhas, São Pedro Acorrentado e da Casa da Cruz Sagrada em Jerusalém. Mas também dobram das capelas dos cemitérios, dos telhados das igrejas-salão e dos oratórios nas vielas. Quem diz os nomes e sabe dos títulos? Como soa quando o

---

* "Sobre a cidade." [Esta e as demais notas de rodapé são da tradutora.]
** "Em ti, Senhor, acreditei."
*** "Bem-aventurados aqueles cujos pecados são remidos."

vento, quando a tempestade esbraveja nas cordas da harpa eólica e todo o mundo sonoro está desperto, o que está bem longe e bem próximo, em harmonia geral sussurrante: é assim, traduzido para o metal, que se passa tudo isso nos ares prestes a explodir, já que tudo está dobrando para a grande festa e a nobre entrada.

Quem toca os sinos? Não são os sineiros. Esses correram para a rua, como todo o povo, já que o som é impressionante. Convencei-vos: os campanários estão vazios. As cordas estão penduradas, frouxas, e mesmo assim os sinos tocam, os badalos ressoam tonitruantes. Diríamos que *ninguém* os toca? — Não, somente uma cabeça sem gramática e sem lógica seria capaz de tal afirmação. "Os sinos tocam", isto é: eles são tocados, por mais vazios que estejam os campanários. — Então, quem toca os sinos de Roma? — *O espírito da narrativa*. — Mas será que ele pode estar em todo lugar, *hic et ubique*,* por exemplo, ao mesmo tempo na torre de São Jorge em Velabro e lá em cima na Santa Sabina, que abriga as colunas do terrível templo de Diana? Em cem lugares sagrados ao mesmo tempo? — Decerto, ele é capaz disso. Ele é etéreo, incorpóreo, onipresente, não se submete à diferença entre Aqui e Ali. É ele quem diz: "Todos os sinos tocavam", e, portanto, é ele quem os toca. Esse espírito é tão espiritual e tão abstrato, que gramaticalmente só se pode falar dele na terceira pessoa, sendo possível apenas dizer: "É ele". E, mesmo assim, ele pode se condensar numa pessoa, mais especificamente a primeira, e se personificar em alguém que fala em primeira pessoa e diz:

— Sou eu. Eu sou o espírito da narrativa que, sentado em seu local atual, a saber, a biblioteca do mosteiro de Sankt Gallen na Alamânia, onde outrora esteve sentado Notker, o Gago, vos narra esta história como entretenimento e para extraordinário enlevo, na medida em que inicio com o seu final misericordioso e toco os sinos de Roma, *id est*: relato que naquele dia da entrada todos começaram a tocar sozinhos.

Contudo, para que a segunda pessoa gramatical também tenha vez, a pergunta é: quem és tu que, dizendo Eu, estás sentado à mesa de Notker, e personificas o espírito da narrativa? — Eu sou Clemens, o Irlandês, *ordinis divi Benedicti*,** aqui de visita como hóspede fraternalmente acolhido e mensageiro de meu abade Kilian do mosteiro Clonmacnois, minha casa na Irlanda, para que eu preserve as antigas relações que continuam existindo desde os dias de Columbanus e Gallus entre a minha

---

* "Aqui e em todo lugar."
** "Da Ordem de São Bento."

pátria e esta firme fortaleza de Cristo. Em minha viagem, visitei um grande número de locais de sapiência devota e de sedes de atividades artísticas como Fulda, Reichenau e Gandersheim, Santo Emmeram em Regensburg, Lorsch, Echternach e Corvey. Mas aqui, onde os olhos se refestelam com evangeliários e saltérios com tão preciosas iluminuras em ouro e prata sobre púrpura com toques de cinábrio, verde e azul, onde os irmãos cantam em coro tão agradável a litania sob a regência do mestre, como eu nunca ouvira antes, onde a recomposição do corpo é excelente, não esquecendo o vinhozinho delicioso que é servido como acompanhamento, e como após as refeições todos se reúnem tão aprazivelmente em torno da fonte no pátio: foi aqui que fiquei por um pouco mais de tempo, residindo numa das celas sempre disponíveis para hóspedes, na qual o mui honrado abade, Gozbert de nome, teve a deferência de colocar para mim uma cruz irlandesa, onde se veem retratados um cordeiro enlaçado por serpentes, a *arbor vitae*,* uma cabeça de dragão com a cruz na bocarra aberta e Ecclesia colhendo o sangue de Cristo numa taça, enquanto o Diabo busca roubar um gole e uma abocanhada. A peça é testemunho da primeira época áurea da nossa artesania irlandesa.

Sou muito ligado à minha pátria, a ilha de São Patrício, tão rica em baías, com seus pastos, cercas vivas e pântanos. Por lá, os ares são úmidos e suaves, assim como é suave o ar vital de nosso mosteiro Clonmacnois, quero dizer: voltado a uma formação domada por moderada ascese. Juntamente com nosso abade Kilian, sou da opinião firme de que a religião de Jesus e o cultivo de estudos clássicos devem andar de mãos dadas no combate à rudez, de que é a mesma ignorância que nada sabe nem de um nem do outro, e de que onde aquela estabeleceu raízes, sempre também este se expandirá. De fato, a qualidade da formação da nossa irmandade é considerável e, segundo a minha experiência, superior até mesmo à do clero romano, que muitas vezes é bem pouco tocada pela sabedoria da Antiguidade, e cujos membros até agora escrevem um latim lastimável — mas que não é tão ruim quanto o dos monges alemães, dos quais um, embora agostiniano, recentemente me escreveu: "*Habeo tibi aliqua secreta dicere. Robustissimus in corpore sum et saepe propterea temptationibus Diaboli succumbo*".** Isso é difícil de suportar, tanto estilisticamente quanto em geral, e nunca uma

---
* "Árvore da vida."
** "Tenho a te dizer algo secreto. Meu corpo é muito forte, motivo pelo qual muitas vezes sucumbo às tentações do Diabo."

coisa tão grosseira poderia ter saído de uma pena romana. Aliás, seria equivocado acreditar que eu queira falar mal de Roma e de sua supremacia, pois me vejo como seu fiel adepto. Pode ser que nós, monges irlandeses, sempre tenhamos sido instados a prezar a independência de ação, e em muitas regiões do continente pregamos primeiro a doutrina cristã e também obtivemos sucessos extraordinários, na medida em que erigimos em todo lugar mosteiros como bastiões da fé e da missão, na Borgonha e na Frísia, na Turíngia e na Alamânia. Isso não impede que desde sempre tenhamos reconhecido o bispo em Latrão como o chefe da Igreja cristã e visto nele um ser de natureza quase divina, considerando, no máximo, o local da ressurreição divina como mais sagrado que São Pedro. Pode-se dizer, não incorrendo aí em mentira, que as igrejas de Jerusalém, Éfeso e Antioquia são mais antigas que as romanas, e se Pedro, cujo nome inabalável nos faz pensar de mau grado em certos cantos de galo, fundou a diocese de Roma (e ele a fundou), então o mesmo vale irrefutavelmente para a comunidade de Antioquia. Mas essas coisas só podem ter o papel de observações passageiras à margem da verdade de que, em primeiro lugar, nosso Senhor e Salvador, como se lê em Mateus (e, aliás, só nele), nomeou Pedro seu vassalo aqui nesta terra, mas que este transferiu o vicariato ao bispo romano e assim lhe concedeu primazia sobre todos os episcopados do mundo. Leiamos em decretais e protocolos dos tempos primevos a fala que o próprio apóstolo proferiu na ordenação de seu primeiro sucessor, o papa Lino, o que considero uma verdadeira prova de fé e um desafio ao espírito para que demonstre a sua força e mostre o que é capaz de operar.

Em minha qualidade tão mais modesta de encarnação do espírito da narrativa, tenho todo o interesse de que comigo se veja a vocação para a *sella gestatoria** como a mais elevada e abençoada das eleições. E um sinal de minha devoção a Roma já de início é o fato de eu usar o nome Clemens. Porque meu nome real é Morhold. Mas nunca gostei desse nome, já que me parecia selvagem e pagão, e, junto com o hábito, vesti aquele do terceiro sucessor de Pedro, de modo que na túnica acinturada e no escapulário não mais circula o Morhold ordinário, mas um Clemens refinado e no qual se realizou o que São Paulo aos Efésios chamou tão felizmente de "vestimenta de um novo homem". Sim, já não há mais o corpo carnal que circulava na roupa daquele Morhold, mas um corpo espiritual que o cíngulo circunda — um corpo, portanto,

---

* Liteira dourada do papa.

não mais no sentido em que minha fala anterior teria sido totalmente aceitável, de que algo, ou seja, o espírito da narrativa, se "incorporava" em mim. Eu nem gosto muito desse termo, "incorporação", já que ele deriva de corpo, e do corpo carnal do qual me despi juntamente com o nome Morhold, e que sempre é um domínio de Satã, que o capacita e ordena para atos terríveis, dos quais mal se compreende por que ele não se recusa a fazer. Por outro lado, ele é portador da alma e da razão divina, sem o qual estas perderiam a base, de modo que devemos chamar o corpo de um mal necessário. Este é o reconhecimento que lhe é devido, não merecendo algo mais jubiloso diante de sua miséria e repulsividade. E como, diante da iminência de contar uma história ou renová-la (pois ela já foi contada, até mesmo várias vezes, se bem que de forma insuficiente), essa história transbordante de horrores do corpo, dando prova terrível de como o corpo, sem titubear ou fracassar, se presta a todo tipo de coisa — como se estaria disposto a fazer grande fama por ser uma incorporação!

Não, assim que se condensou em minha pessoa monástica, chamada de Clemens, o Irlandês, o espírito da narrativa conservou muito daquele caráter abstrato que o capacita a tocar os sinos de todas as basílicas titulares da cidade, e a seguir citarei duas características disso. Em primeiro lugar, o leitor deste manuscrito não deve ter percebido, mas isso merece menção, que eu lhe forneci a indicação do lugar onde me encontro sentado, a saber: Sankt Gallen, à mesa de Notker, mas não disse a que horas, em que ano e século do nascimento de nosso Salvador me encontro sentado aqui, recobrindo o pergaminho com minha escrita pequena e refinada, erudita e ornamentada. Não há nenhum ponto de referência para tanto, e nem mesmo o nome Gozbert do nosso abade o é. Ele se repete várias vezes ao longo do tempo e, quando se busca alcançá-lo, transforma-se facilmente em Fridolin ou Hartmut. Se me perguntarem em tom de brincadeira ou de maldade se eu mesmo sei *onde* estou, mas não *quando*, respondo com simpatia: não há nada a saber, pois, como personificação do espírito da narrativa, tenho a sorte de possuir aquele caráter abstrato, do qual agora indico a segunda característica.

Pois é aí que escrevo e me preparo para contar uma história ao mesmo tempo terrível e altamente edificante. Mas é absolutamente incerto em que língua escrevo, se em latim, francês, alemão ou anglo-saxão, e na verdade tanto faz, pois se, por exemplo, escrevo em thiudisc,* língua

---

* Alemão.

que falam os alamanos que habitam a Helvécia, amanhã estará escrito em britânico no papel, e será um livro britúnico* que terei escrito. De modo algum afirmo dominar todas essas línguas, mas elas escorrem umas para dentro das outras na minha escrita e se tornam uma coisa só: a linguagem. Pois a situação é que o espírito da narrativa é um espírito solto até a abstração, cujo recurso é a língua em si e, como tal, a própria linguagem, que se coloca como absoluta e não se importa muito com dialetos e deuses linguísticos nacionais. Na verdade, isso seria politeísta e pagão. Deus é espírito, e acima das línguas está a linguagem.

Uma coisa é certa: escrevo prosa e não versinhos, pelos quais, aliás, não nutro nenhum grande apreço. A esse respeito, encontro-me, antes, na tradição de Carlos Magno, que foi não apenas um grande legislador e juiz dos povos, mas também o patrono da gramática e um fomentador versado da prosa correta e pura. É bem verdade que ouço dizerem que só o metro e a rima permitem a forma rígida, mas gostaria de saber por que esse saltitar sobre três ou quatro pés iâmbicos — sendo que a todo tempo há tropeços datílicos e anapésticos — e um pouco de assonância divertida das palavras finais representariam uma forma mais rígida diante de uma prosa bem estruturada, com seus compromissos rítmicos tão mais refinados e secretos; e se eu quisesse começar assim, por exemplo:

Havia um príncipe, nommé Grimaldo,
O derrame o fez gelado.
Filhos deixou, um belo par,
Ai, que dupla para pecar!

ou coisa parecida — questiono se essa seria uma forma mais rígida do que a prosa gramaticalmente sólida, na qual passarei agora a recitar minha história de graças e que conceberei de forma tão modelar e apresentarei com tamanha validade, que muitos pósteros, franceses, ingleses e alemães beberão dessa fonte e tecerão suas riminhas sobre essa base.

Isto posto, inicio como segue.

---

* Bretão.

GRIMALDO E BADUHENNA

Tempos atrás, havia um duque em Flandres e Artois de nome Grimaldo. Sua espada chamava-se Équezax. Seu cavalo castelhano tinha o nome de Gúveriors. Nenhum soberano parecia mais protegido pela graça de Deus do que ele, e, corajoso, seu olhar passeava por sobre as terras que herdara, com cidades abastadas e fortalezas sólidas, e pousava, rígido com a autoestima, sobre sua *maisnie** e seu séquito de mensageiros, cozinheiros, ajudantes de cozinha, tamboreiros, trombeteiros, rabequistas e flautistas, sobre os seus serviçais mais próximos, doze rapazes de nobre estirpe e doces maneiras, entre eles também dois filhos de sarracenos que, por idolatrarem Maomé, eram alvo das zombarias de seus companheiros cristãos, algo proibido pelo soberano. Quando ele, junto de sua esposa Baduhenna, a alta dama, se dirigia à igreja ou à mesa festiva, esses pajens, segurando-se pelas mãos em duplas, saltitavam à frente deles vestindo meias coloridas, entrecruzando as pernas.

   O castelo central no qual o duque Grimaldo costumava manter sua corte era o castelo de Belrapeire, localizado nos altiplanos de Artois, onde se alimentavam ovelhas, e que, visto de longe, parecia se situar num torno para trabalhar a madeira, com seus telhados, mirantes, contrafortes e anéis murados reforçados por torres, um refúgio protegido, como um soberano certamente necessita: contra inimigos selvagens de fora, bem como contra os maus humores dos próprios súditos; mas altamente aconchegante para morar e ao mesmo tempo agradável aos sentidos. A construção central do complexo era uma torre habitável destacada, retangular, com recintos internos de grande esplendor,

---

* Criadagem.

sendo que aposentos semelhantes não se escondiam apenas na torre residencial, mas também em várias outras construções especiais e alas internas ao longo da muralha, e do lado de fora do salão da torre habitável descia uma escada retilínea até o pátio da fortaleza e o jardim gramado, onde havia, bem cercada, uma tília de sombra larga. No banco circular ao seu redor, o casal ducal gostava de se sentar durante as tardes de verão, repousando sobre almofadas de seda de Alepo e Damasco, enquanto em volta deles, a seus pés e sentados sobre tapetes estendidos por pajens na grama protegida, o séquito da fortaleza se organizava em belos grupos, e ouviam-se muitos contos verdadeiros e enganosos dos menestréis, que tocavam as cordas e falavam de Artur, o dominador de todos os bretões, falavam do rei-do-tempo-bom, Orendel, de como sofreu um grave naufrágio no fim do outono, tornando-se servo do gigante do gelo, falavam das batalhas de cavaleiros cristãos contra povos horrorosamente estrangeiros em países tão distantes quanto Ethnise, Gylstram ou Rankulat: cabeças-de-garça, olhos-na-testa, pés-chatos, pigmeus e gigantes; e também dos extraordinários perigos da montanha magnética e das estratégias astutas contra os grifos em busca de seu ouro vermelho; da disputa de fé diante do imperador Constantino entre São Silvestre e um judeu: este sussurrou no ouvido de um touro o nome de seu deus, e o touro caiu morto. Mas São Silvestre invocou Cristo: e eis que o touro se reergueu sobre suas patas e com um urro tonitruante proclamou a supremacia da fé verdadeira.

Isso tudo apenas como exemplo. Além do mais, ainda se propunham charadas ardilosas ou apenas se mantinha uma conversa plena de cortesia e ordem, de modo que várias risadas alegres, de cavalheiros e damas, se misturavam e preenchiam o ar.

De minha parte tenho que rir, pois alguns poderiam pensar que no salão lá em cima à noite queimavam tochas fumegantes de palha e serragem servindo de luminárias. Mas que nada! Pendiam coroas do teto, densamente salpicadas de velas bruxuleantes, e arandelas seguravam feixes de velas de dez luzes no salão. Havia lá duas lareiras de mármore sobre as quais queimavam aloé e sândalo, e o assoalho era coberto de tapetes largos sobre os quais havia ainda cavacos e juncos verdes, além de flores, quando, por exemplo, o príncipe de Kanvoleis ou o rei d'Anjou — *bien soi venu, beau sire!** — eram convidados do duque. À mesa, sentavam-se o sr. Grimaldo e a sra. Baduhenna sobre cadeiras forradas

---

* "Seja bem-vindo, caro senhor!"

de achmardi* árabe, e frente a eles o seu capelão. Os menestréis se sentavam lá embaixo, à ponta da mesa, ou ainda esse povo se sentava a uma mesa menor, apartada — a "mesa de gato" —, e os súditos em mesas para quatro, pregadas à parede e cobertas de toalhas brancas, e para cada mesa quatro pajens serviam bacias douradas e toalhas de seda colorida e, ajoelhados, cortavam as carnes. A refeição fazia jus ao reino: garça e peixe e costeletas de carneiro e aves, presas em armadilhas de madeira, e sonhos gordos. Acompanhando cada prato havia caldo, pimenta e agraz (com o que me refiro ao molho de frutas), e zelosamente, com a face muito rosada (pois bebiam detrás das portas), os pajens enchiam os cálices com vinho e vinho de amora e sinople vermelho e vinho clarificado e aromatizado, quero dizer: clarete, com o qual o sr. Grimaldo preferencialmente e com grande frequência gostava de umedecer a goela.

Agora não quero mais tecer loas à boa vida em Belrapeire, mas seria uma infidelidade omitir que ali os baús explodiam de tanto linho e damasco, tecidos raros de seda e veludo, também peles de lontra e zibelina cheirosa, de modo que as estantes e os móveis reluziam à luz de porcelana-modelo de Assagauk, como: travessas escavadas em pedras preciosas e cálices de ouro, que mal acolhiam as reservas de especiarias com as quais se temperavam os ares, se salpicavam os tapetes e se aspergiam as camas: ervas e madeiras, âmbar, teriaga, cravo, noz-moscada e cardamomo; em cofres secretos repousavam decerto várias moedas em ouro, arrancadas do Cáucaso das garras de aves de rapina, ainda joias de pedrarias milagrosas em peças soltas: carbúnculo, ônix, calcedônia, corais e outras tantas como ágata, sárdonix, pérolas, malaquita e diamantes; os depósitos e salas de armas esbanjavam armas nobres, couraças de malha de ferro, arneses e escudos de Toledo, no país dos espanhóis, armaduras para homens e cavalos, pelegos, arreios, selas e cabrestos de sininhos, os estábulos, currais, jaulas e gaiolas abundantemente providos de cavalos e cães, aves de caça, falcões e pássaros dotados da capacidade da fala.

Mas agora chega de louvores! Não foi pouca coisa ordenar com justeza tanto louvor e manter a gramática sob controle. Como se viu, Grimaldo e Baduhenna passavam os dias de maneira altamente cortesã, admirados por toda a cristandade, abençoados ricamente com todos os bens da terra. É assim que lemos nas histórias, e lemos ainda:

---

* Tecido de seda verde.

"Só faltava uma coisa para a sua felicidade". A vida humana transcorre segundo modelos batidos, mas apenas nas palavras ela é antiga e tradicional, pois em si ela é nova e jovem, mesmo que ao narrador nada reste além de lhe dar as palavras antigas. Só uma coisa, diz ele à força, faltava para tornar a felicidade do casal completa: filhos, e quantas vezes não se viam os cônjuges ajoelhados lado a lado sobre almofadas de veludo, erguendo as mãos aos céus, pedindo o que não lhes fora concedido! Como se isso não bastasse, também pediam a Deus todos os domingos nos sermões, em todas as igrejas de Flandres e Artois, e mesmo assim Ele sempre parecia se recusar a ouvir, pois ambos já contavam quarenta anos de idade, e se esvaía a esperança por sucessores e por herança direta, de modo que possivelmente até o poderio seria destroçado na batalha entre ávidos candidatos.

Seria talvez porque o arcebispo de Colônia, Utrecht, Maastricht e Liège se engajava pessoalmente, organizando missas festivas e procissões de súplica? Creio que sim, pois, após longa hesitação do Todo-Poderoso, enfim o feitiço foi desfeito, e a duquesa antevia as alegrias de ser mãe — alegrias que, infelizmente, estavam destinadas a se esgotar nos sofrimentos do parto, cuja dificuldade continuava dando testemunho das restrições do Todo-Poderoso à concessão do desejo. Ai, meu Deus! A cura não era o destino da mãe do casal de filhos, a quem deu à luz com gritos estranhos. Foi-se-lhe embora a luz, e o duque Grimaldo apenas se tornara pai para, ao mesmo tempo, se ver viúvo.

Quão curiosa é a forma como a Providência mistura para nós, mortais, a alegria e o sofrimento num único cálice! O arcebispo, tocado e incomodado pelo sucesso dúbio que causou sua pressão exercida sobre o Todo-Poderoso, deixou a cargo do bispo de Cambrai proceder às exéquias na catedral de Ypres. Quando, por fim, a pedra encobriu o túmulo onde a sra. Baduhenna repousava no frio leito de resguardo, o duque Grimaldo retornou a Belrapeire para se alegrar com o que lhe fora dado, depois de ter se enlutado de todas as formas pelo que lhe fora tirado. Os bebês, os mais belos frutos da morte, menino e menina, sua carne e seu sangue, os herdeiros de sua casa; eles eram o seu regozijo no sofrimento e também o regozijo de toda a fortaleza, motivo pelo qual eram chamados de Joiedelacort, isto é: a alegria da corte, porque realmente nunca antes se viram no mundo bebês mais encantadores, e nenhum pintor de Colônia ou Maastricht conseguiria pintar em cores bebês mais bonitos: de forma tão pura, envoltos por graciosidade, com cabelinhos como penugem de pintinhos e olhos cheios de luz celestial, raramente chorando e com um sorriso angelical de derreter o coração, sempre dispostos, não só diante dos outros, mas também quando se olhavam um ao outro no trocador, querendo pegar um no outro, dizendo:

— Da, da! Du, du!

Joiedelacort, evidentemente, era o nome dado somente aos dois juntos e em tom de brincadeira elogiosa. No batizado sagrado, realizado pelo capelão da fortaleza, receberam os nomes de Víliguis e Sibilla; e, mesmo sendo o jovem Villo — que, ao dizer "Da, da", era quem batia a mão com mais força do que Sibilla — o herdeiro das terras e a pessoa mais importante, recaía sobre ela um resquício do brilho da glória da Rainha dos Céus, e o duque Grimaldo olhava para sua filhinha com um olhar muito mais carinhoso do que para o filho tão importante e igualmente belo. Este seria um cavaleiro como ele, corajoso e forte, e, convenhamos, próximo das mulheres, depois de ter lavado do corpo suado a ferrugem das armas após a batalha, e também chegado ao clarete — bem, isso tudo já se sabe. Mas a estranheza doce da suave feminilidade, iluminada de cima, ah, essa atinge o coração rude de uma maneira bem diferente, inclusive o coração paterno, e por isso o sr. Grimaldo chamava o filhinho de bobinho e molequinho, mas a menininha de *"ma charmante"*,* e a beijava, enquanto apenas afagava o menino e lhe dava o dedo para segurar.

* "Minha encantadora."

AS CRIANÇAS

Com que cuidados o nobre par foi criado por mulheres doutas, com a testa e o queixo envoltos por toucas e que mimavam as crianças com pastas e mingaus doces, as banhavam em água de arroz e lhes lavavam as gengivas com vinho, para que logo e mais facilmente surgissem ali os dentinhos de leite e enfeitassem o sorriso. Estes eclodiram sem dificuldade e sem muito choro, e eram como pérolas, porém muito afiados. Como agora as crianças não eram mais bebês, nem recém-nascidos frágeis, perdeu-se a luz doce que haviam trazido de lá, era como se sombras de nuvens passassem sobre elas, sendo que escureceram e começaram a tomar forma terrena, aliás, forma das mais delicadas, o que quero ressaltar aqui. A penugem de pintinho em suas cabecinhas transformou-se em cabelo castanho e liso: isso contrastava lindamente com a estranha palidez ebúrnea que seus rostinhos fino-finos e a pele de seus corpos em crescimento agora apresentavam — ao que parecia, uma herança de antepassados distantes, não dos pais, pois a sra. Baduhenna era branca e vermelho-maçã, e o sr. Grimaldo tinha o rosto cor de cinábrio. Os olhos dos filhos, inicialmente de um azul radiante, cada vez mais mergulhavam no preto com laivos azuis, algo muito pouco visto e quase misterioso, se bem que não mais celestial, apesar de não se saber dizer por que alguns anjinhos não poderiam ter aqueles olhos azul-noturnos. E ambos também tinham um jeito de olhar pelo canto do olho, como se escutassem ou estivessem na expectativa de alguma coisa. Se algo bom ou ruim, não tenho como saber.

Com sete anos, por volta da época da muda dos dentes, foram acometidos pela catapora e, como se coçavam, ficaram com uma marca na testa, uma cicatriz e uma depressão rasa, no mesmo lugar em ambos e de formato igual, em forma de foice. O cabelo castanho e sedoso caía sobre a marca, mas o sr. Grimaldo às vezes o afastava brincando, e fingia se espantar quando, uma vez ao dia e em determinada hora, as mulheres de touca levavam as crianças à frente de sua poltrona com banquinho de pé, onde ele ficava sentado com uma taça de clarete à sua direita, ao alcance da mão. Sorrindo e de cabeça baixa, as cuidadoras então recuavam alguns passos para o fundo do salão, para não atrapalharem com sua presença inferior a grande felicidade da família. Ou já ficavam próximas à porta e deixavam os pequenos irem sozinhos até o pai, Sibilla em seu vestidinho de estampas (ou como se chamam os desenhos entretecidos artificialmente com linha dourada), Víliguis em seu casaquinho de veludo emoldurado por pele de marta, ambos com os cabelos na altura dos ombros, e, diante do pai, Víliguis já sabia dobrar o joelho, como mandavam o decoro e a educação.

— *Deu vus sal*,* caro e amado senhor — diziam com suas vozinhas um pouco roucas pela reticência.

E então o pai conversava e brincava com eles, os chamava de "*gent mignote de soris*"** e de "queridos pequenos", perguntava como haviam passado o dia e, por fim, os recomendava ao Espírito Santo, dando um tapinha em Villo mas beijando Sibilla. Dizia:

— Comportem-se!

Mas eles diziam juntos e com vozinhas roucas:

— Que Deus vos pague!

E saíam de perto dele andando de costas para trás, como era o costume, enquanto as mulheres perto da porta se apressavam e os tomavam pelas mãos dos dois lados, os lados externos, onde não se davam as mãos.

Mas eles se seguravam pelas mãos a cada passo, ainda aos oito ou dez anos, e eram como um par de periquitinhos ou papagaios domésticos, juntos dia e noite, pois desde sempre dividiram o dormitório, lá em cima na torre envolvida pelos pios de coruja, onde ficavam suas camas de lona estendida, com cintas de pele de salamandra, sobre as quais havia travesseiros e balaústres em forma de víboras. O acolchoado debaixo dos travesseiros era de seda. À senhora de touca, que ainda dormia junto deles numa cama simples para lhes fazer companhia e supervisioná-los, eles muitas vezes perguntavam:

---

* Francês arcaico para "Saudai a Deus".
** "Estirpe graciosa de ratos."

— Nós ainda somos pequenos, não é?

— Pequenos, dois pombipombos, queridos e nobres.

— E ainda vamos ser pequenos por muito tempo, não é, *n'est-ce voir?**

— Sim, claro, *seurement*,** docinhos, por um bom tempo!

— Mas nós queremos ficar pequenos para sempre nesta terra — diziam eles. — Foi o que combinamos na brincadeira. Aí fica mais fácil virarmos anjos no céu depois. Deve ser difícil se transformar em anjo com barriga, barba e peitos quando se morre.

— Ah, bobinhos, *que Deus dispose*!*** E Ele não quer que se fique criança para sempre, por mais que tenhais combinado. *Deus ne volt.*****

— Mas, se nós pagarmos penitência e não dormirmos por três noites e ficarmos só rezando, será que Deus nos mantém pequenos?

— Ai, ouvi essa doce ignorância! Meus queridos, acabareis dormindo e no sono vos restabelecereis belamente.

E assim foi. Eu não sei se eles de fato tentaram fazer aquela penitência, mas quero crer que a fala da ama os desencorajou. Mas tanto faz, uma vez que na fortaleza e naquelas terras os anos se passaram, com geada, cores outonais, cinza-gelo e de novo primavera, fizeram nove e dez e onze anos, dois botões de flor que queriam se abrir ou, se não o queriam, estavam na iminência de não continuarem pequenos, mas coisinhas jovijovens, de beleza escultural com suas faces pálidas, sobrancelhas sedosas, olhos agitados, narinas finas, que perceptivelmente inspiravam o ar, e lábios superiores longos, levemente arqueados, descendo até a boca fina e séria, o corpo em suave formação como era a sua determinação, mas ainda não totalmente pronto em sua proporção, um pouco semelhante a filhotes de cão que têm patas pesadas demais, ou seja, quando Víliguis de manhã, elétrico depois do sono, nu como um deus pagão, com seu sinal da foice debaixo da franja desgrenhada, pulava na tina de banho colocada diante de sua cama, onde boiavam pétalas de rosa, aquilo em que ele se diferenciava da irmã, sua parte masculina, parecia grande e crescido demais em relação a seu corpo esbelto cor de marfim. Essa visão me deixa de certa forma entristecido. Tão infantil, delicada e esperta a cabecinha lá em cima sobre os ombros, e depois, lá embaixo, um pinto daqueles! Mas as amas estalavam a língua de felicidade, trocavam olhares sugestivos e diziam:

---

* "Não é?"
** "Certamente."
*** "Que Deus disponha!"
**** "Deus não quer."

— *L'espoirs des dames!**

Quanto à senhorita, um broto de flor mal aberto, estava sentada na beira da cama, também com o sinal na testa bem visível, já que para dormir ela havia tirado o cabelo de lá, e tinha um olhar quase sombrio no canto do olho que dirigia a ele e às admiradoras. Eu sei o que ela pensava. Ela pensava: "Eu vou lhes mostrar — *l'espoirs*! O companheiro querido é meu. A dama que se aproximar dele vai ter os olhos arrancados por mim e não vou me arrepender, eu, a filhinha do duque!".

A ela foi atribuída apenas uma nobre viúva, uma condessa de Cleve, com quem cantava o saltério num nicho da janela e que lhe ensinou a feitura de tecidos de fios nobres. O rapaz, por sua vez, tinha um gurvenal,** sr. Choraferro de nome, *cons du chatel*, quer dizer, conde dono de um castelo situado próximo à água, com fossos largos e fundos e uma torre principal, de onde se tinha uma visão ampla do mar, pois a fortaleza ficava lá embaixo na planície, chamada Rousselaere e Thorhout, bem perto do mar. (Prestai atenção e lembrai-vos dessa fortaleza d'água, próxima ao mar barulhento! Ela ainda vai ser relevante ao longo da história.) O sr. Choraferro era de lá, um dos melhores cavaleiros do país e fiel vassalo, e veio especialmente a Belrapeire, apesar de ter esposa e filho, para ser o conselheiro de honra do jovem e seu *maistre de corteisie*.*** O jovem ainda tinha à disposição, para serviços mais brutos, o pajem-mestre Patafride. Pois, mesmo que o duque Grimaldo sempre tivesse preferido a senhorita ao filho, pela luz que esta tinha de cima, e quanto mais o broto se desenvolvia, tanto mais galante e carinhoso ficava com ela, e quanto mais o rapaz crescia, tanto mais brusco ficava com ele, o duque, porém, tinha preocupações paternas com a boa educação do herdeiro e ordenou que este se tornasse *un om de gentilesse, afeitié, bien parlant et anseignié*.**** Assim, aprendeu com aqueles dois a ser cavaleiro, bem como a fina moralidade. Aprendeu com Patafride, gostasse ele ou não, a montar um cavalo sem estribo, e com o sr. Choraferro aprendeu como se coloca uma perna *légèrement****** diante de si sobre o cavalo quando se está em montaria a passeio, com roupas confortáveis. Com o pajem-mestre, teve que lutar com lanças de ferro de Soissons e aprender como se mira com a lança nos quatro pregos do escudo do

---

* "A esperança das mulheres!"
** Preceptor.
*** Mestre das virtudes da corte.
**** Um nobre, afetuoso, de fala agradável e formação fina.
***** Levemente", "despretensiosamente.

herói adversário, sendo que, para lhe agradar, Patafride caía do cavalo e oferecia segurança. Ele aprendeu como se joga a lança curta e também como se posiciona a lança comprida no início da corrida. Junto com seu gurvenal e seus falcoeiros, ele cavalgava para a caça na floresta verde, aprendeu a lançar da mão o pássaro amestrado com guizos presos nele e a imitar berros selvagens de maneira tão sofisticada, que todos os animais da mata acreditavam estar ouvindo o grito da própria espécie.

Que sei eu de cavalaria e de montaria?! Sou um monge, no fundo ignorante e com um pouco de medo de tudo isso. Nunca dominei um javali, nem nunca deixei que me lançassem o som do berrante no ouvido para pegar o alce, nem destrocei animais selvagens e aceitei que me servissem as partes deliciosas, assadas sobre carvão, na posição de senhor da caça. Eu só faço de conta, como se soubesse narrar corretamente como o jovem Víliguis foi educado, e uso palavras para isso. Nunca brandi uma lança curta na mão, nem pus uma lança comprida debaixo do braço; também nunca enganei animais selvagens tocando um berrante, e só usei a palavra "berrar", que aqui aplico com tanta aparente destreza, porque apenas a aprendi de ouvido. Mas é este o jeito do espírito da narrativa que incorporo, que aparenta ser experiente e familiarizado com tudo o que narra. Até mesmo o torneio, o divertido jogo de cavaleiros que o jovem Víliguis exercitava no vale macio aos pés da fortaleza com senhores e pajens, sendo que em Carrière uma equipe luta contra outra equipe e tenta tirá-la do páreo (as damas distribuindo escárnio ou aplaudindo apaixonadas sobre sacadas de madeira em volta do campo de batalha) — no fundo, até essa correria me é totalmente estranha e mesmo repulsiva; mas a narro como se corriqueira fosse, quando Villo passava em disparada com seu bando, levantando poeira, o mais belo rapaz de quinze anos que se possa imaginar, em seu cavalo malhado, sem armadura, apenas com proteção de pescoço e ombros feita de leves aros de aço, emoldurando seu pálido e fino rosto de menino, usando roupa com brasão e colete de seda alexandrina vermelha — e como educadamente se esquivavam dele, deixando-o atravessar todo o bando adversário, pois era o filho do duque, e como as damas felicitavam Sibilla, sua doce irmã, que respirava rápido e rindo, pela vitória dele.

O fato de ter sido uma vitória aparente me consola um pouco porque, com essa suposta destreza narrativa, falo de coisas que não me pertencem. Mas o que também afogueia as pessoas é uma vitória enganosa, e foi afogueado e orgulhoso — pois haviam sido tão gentis com ele — que Víliguis voltou ao castelo e foi ter com a irmã, que também sabia muito bem que havia reinado uma consideração combinada e que, mesmo assim, ou talvez justamente por isso, estava tão afogueada e orgulhosa quanto ele. Se quiserdes saber como estava vestida a senhorita para celebrar aquele dia, ela usava um vestido tão verde quanto a grama, feito de veludo de Assagauk, bem amplo e longo, de caimento luxuoso, e na parte da frente, onde era drapeado com dobras largas, podia-se ver que o forro era de seda vermelha e a anágua, de seda branca. O vestido se fechava com gola redonda justa em torno do seu pescoço cor de marfim e era, assim como os pulsos, emoldurado de pérolas e pedrarias que, mais abaixo, junto do peito, se fundiam numa grande joia. Também o cinto era cravejado de pedras preciosas, e a guirlanda virginal em seus cabelos soltos era feita de pequenos rubis e granadas, verdes e vermelhos. Certamente muitas moças ficarão invejosas ao me ouvirem descrevendo a filha do duque, também pelo comprimento de seus cílios, em meio aos quais brincavam os olhos preto-azulados, e também porque eu, baixando os meus próprios olhos monasticamente, relato que, sob veludo e pedrarias, seu peito já arfava em flor, para não falar da extraordinária beleza de suas mãos — elas eram pouco menores que as do irmão, mas extremamente delicadas nos ossos do pulso, com dedos que afinavam em direção à ponta, e em alguns deles cintilavam anéis, sempre um na falange de cima e outro na de baixo. Ela era esbelta, de cintura agradável, e, como nele também, o lábio superior começava lá na frente do narizinho, com uma leve curvatura. As narinas finas fremiam, assim como as dele.

— Ah, senhor e irmão — disse ela, libertando-o do capuz de metal e passando as mãos pelo seu cabelo escuro —, estiveste maravilhoso quando tiveram que deixar-te passar por todo o bando! Vi com alegria como as tuas pernas estavam nos estribos durante o ataque. Tuas pernas são as mais belas e jovens de todas daqui. Só as minhas, em sua forma diferente, são tão belas. Especialmente os teus joelhos me tocam, quando fazes o jogo de pernas e apertas as coxas contra o animal.

— Maravilhosa és tu, Sibilla — respondeu ele —, por si só e sem torneio! O meu gênero precisa se mexer e fazer algo para ser maravilhoso. O teu só precisa existir e florescer, e já é maravilhoso. Essa é a diferença básica entre homem e mulher, para não mencionar as mais detalhadas.

— Invejamo-vos vossas diferenças — disse ela —, nós as admiramos e estamos envoltas em vergonha, porque somos mais largas nos quadris, em vez de o sermos nos ombros, e por isso temos uma área maior de barriga, e também um *derrière** amplo demais. Mas posso dizer que, sendo minhas pernas tão altas e esbeltas, essa proporção nada fica a dever.

— Podes dizê-lo, sim — respondeu ele —, e não deves esquecer que nós, se não com inveja, ao menos com doce prazer, olhamos para vossas diferenças. Até podemos falar de inveja, pois onde está a nossa florescência? Não temos nada aqui nem ali, só um pouco de força, no máximo, para nos safarmos de nossa desvantagem.

— Não digas que não tens nada! Mas vamos lá nos sentar junto do arco da janela e falar um pouco sobre o torneio de hoje, como foi engraçada a figura do conde Kynewulf da Baixa Lahngouwe, chamado de Rapabaixo devido à pequenez, montado em sua égua negra gigante, e como o sr. Klamidê, *fils du comte*** Ulterlec, acabou debaixo de seu cavalo naquela queda tropeçante, episódio que quase enlouqueceu a sra. Garschiloye de Beafontane.

E assim fizeram segundo a sugestão dela, sentando-se no banco sob o arco, cada um cingindo o ombro do outro com os braços envoltos em veludo e seda, às vezes encostando as belas cabeças uma na outra. A seus pés deitara-se, focinho sobre as patas, o seu cão anglo-saxão, um farejador de nome Raneguife, uma criatura muito dócil, de cor branca, com uma mancha preta só em volta de um olho, que ia até a orelha caída. Este também dividia o dormitório com eles, e lá sempre dormia entre as duas camas, num colchão de crina de cavalo. O olhar que atravessava a janela passava por sobre os telhados e os cumes do castelo, descendo até uma rua no vale, ladeada de relvas e arbustos de folhagem amarela, onde um rebanho de ovelhas lanosas seguia lentamente. Sibilla perguntou:

— Decerto tiveste olhos para a Alice de Poitou, naquele vestido ridículo no qual ela se refestelava, metade de seda entremeada de dourado, metade de seda de Nínive, com saia de bordados coloridos? Muitos a acharam muito formosa.

Então ele disse:

— Não tive olhos para a formosura pretendida por ela. Eu só tenho olhos para ti, que és a minha contrapartida feminina na terra. As outras são peças estranhas, não me sendo equivalentes como tu, que nasceste comigo. Aquela de Poitou, pelo que sei, só se colore assim para homens semelhantes ao gigante Hugebold, e para ruínas como o sr. Rassalig de

---

* Traseiro.
** Filho do conde.

Lorena, duas vezes mais alto e não muito mais gordo que eu, que sou fino como uma vara. Mas, desde que há uma sombra de barba escurecendo o meu lábio, algumas damas derretem os olhos quando me veem. Eu, de minha parte, lhes dou de ombros, *que plus n'i quiers veoir** além de ti.

Ela disse:

— O rei de Escavalon enviou uma carta a Grimaldo, nosso senhor, pedindo minha mão em casamento, uma vez que estou disponível para desposar um homem e ele é solteiro. Sei disso pela minha ama, a sra. de Cleve. Não precisas te enfurecer com isso, pois o duque negou o pedido e lhe explicou que eu, apesar de estar em idade de casar, ainda sou muito nova e imatura para ser rainha, mesmo de um reino tão pequeno quanto Ascalona, e que ele fosse procurar entre as filhas de regentes da cristandade. Não foi por tua causa e nem para que ainda fiquemos juntos que o senhor despachou o rei. Mas foi pelo seguinte: "Eu ainda quero, por algum tempo", escreveu ele, "sentar-me à mesa com meus dois filhos, minha filha à direita e meu filho à esquerda; não quero ficar sozinho apenas com o meu filho e o padre, sentados à minha frente". Foi esse o motivo da recusa.

— Deixa estar — disse ele, brincando com a mão dela e observando seus anéis —, seja qual tenha sido o motivo, desde que não nos separem em nossa doce juventude antes do tempo, o qual eu nem quero saber quando virá. Pois ninguém é digno de nenhum de nós dois, nem de ti nem de mim, mas somos dignos apenas um do outro, uma vez que somos crianças completamente excepcionais, de alta estirpe, sendo que todo mundo precisa se comportar de modo amável e devoto diante de nós, e nascemos juntos da morte com nossas marcas profundas, cada qual com a sua na testa, se bem que elas são apenas resquício de catapora, que não é melhor que gripe, tosse, bronquite e caxumba — mas o importante não é a origem dessas marcas, *tout de même*** elas se caracterizam por sua profunda palidez. Se Deus tiver prorrogado a vida de nosso querido e valoroso senhor pai até a máxima medida humana, tal como Lhe aprouver, serei duque de Artois e Flandres, uma região ricamente abençoada, pois aqui ondula o trigo sobre terras férteis, enquanto nas colinas dezenas de milhares de ovelhas pastando carregam consigo a lã que virará bom tecido, e lá embaixo, perto do mar, o linho cresce tão intensamente nos campos que os camponeses, pelo que ouço,

---

* "Não quero ver mais ninguém."
** "Mesmo assim."

dançam nas tabernas de tanta alegria tosca, e o país está salpicado de cidades valiosas, tal como a tua mão está salpicada de anéis: Ypres é alegre, Gent, Lovaina, Anvers carregada de mercadorias, e Bruges-la-vive tem o grande porto, onde navios dos mares do sul, do norte e do leste, abarrotados de tesouros, entram e saem incessantemente. Os cidadãos andam vestidos de veludo e peles, mas não aprenderam a montar no cavalo com as mãos livres, nem a mirar com a lança nos quatro pregos do escudo, nem a cavalgar num torneio, e é por isso que eles precisam de um duque que os proteja, e esse sou eu. Mas tu, a melhor de todas as moças, que és a única que combina comigo, a ti quero conduzir pela mão no meio de todos eles como irmã-duquesa, enquanto eles jogam para o alto as suas boinas.

E beijou-a.

— Eu gosto mais — disse ela — quando tu me beijas do que quando o nosso querido e amado senhor me arranha o pescoço e as faces com o seu bigode cor de ferrugem. Como nos alegraria de coração se ele viesse nos visitar, o que pode acontecer a qualquer momento.

É que muitas vezes quando eles estavam assim sentados, conversando sobre várias coisas, o duque Grimaldo se aproximava, não para sentar-se junto deles, e sim para enxotar o jovem com palavras fortes e ficar sozinho conversando com a virgenzinha.

— *Fils du duc Grimald** — disse ele —, encontro-te aqui, rapaz, junto dessa bela criança, a tua irmã? Que cuides bem dela é louvável, e louvo que com todas as tuas forças te ocupes dela, a ajudes e a entretenhas, da melhor forma que tu, filhote, consegues. Mas, enquanto eu viver, serei eu, querido, seu protetor diante de todos os outros, ainda homem suficiente para me ocupar dela, e, se te arvorares dizendo que tal doce criança pertence mais ao irmão que ao pai robusto, poderás contar com algumas palmadas desferidas por minha mão. *Allez avant*,** desaparece! Vai praticar tiro ao alvo com o mestre Patafride! O duque quer ter dois dedos de prosa com sua filhinha.

E então se sentou junto dela no nicho e a cortejou, o velho cavaleiro, de uma forma difícil de imaginar para um monge.

— *Beau corps**** é o teu — foi o que disse —, e o que o francês chama de *florie*, o brilho em flor, ele repousa sobre ti, tu o desenvolveste

---

* "Filho do duque Grimaldo."
** "Some daqui."
*** "Belo corpo."

de forma encantadora nos últimos tempos. *Hélas*,* o tempo da juventude é bondoso, a cada dia ele faz com que floresças com mais doçura, enquanto destrói a nós, velhos, cada vez mais, nos toma o cabelo da cabeça e esparge o cinza sobre o bigode. Sim, sim, o ancião deve se envergonhar diante do jovem, pois é repugnante! Enquanto isso, *pourtant*,** a dignidade se coloca no lugar da beleza, e tu, mais-querida-de-todas, não deves esquecer que Grimaldo é teu pai, a quem deves ternura e grande agradecimento pelo fato de ter te posto no mundo e que tão cedo perdeu a companheira. Quanto a ti, logo precisamos ver que saias em busca de noivado, pois muitos doces sinais expressam tua idade de casar. Só quero a tua felicidade. Mas evidentemente não será o primeiro a chegar que será o melhor, e ele precisará agradar não apenas a ti, mas eu terei que achar que ele te merece e, por minha fé, este velho cavaleiro aqui não te dará a nenhum tão facilmente.

Foi mais ou menos assim que disse o sr. Grimaldo, sentado com ela sob o arco, e eu reproduzo isso da melhor maneira que um monge pode imaginar ter sido a conversa. No ano seguinte, quando as crianças já contavam dezesseis anos, era chegado o dia da festa da condução da espada para o jovem Víliguis — que sei eu disso, mas, na linguagem do mundo, ela significa para o jovem ter o direito de portar na cintura a espada de cavaleiro. Foi o que fez o duque Grimaldo ao seu filho, ordenando-o cavaleiro sob vivas e muito barulho após a celebração religiosa solene em São Vaast no castelo de Arras, na presença de muitas mulheres e homens, e depois disso ele caminhou entre seus filhos, conduzindo o rapaz com a mão direita e na esquerda a virgenzinha, descendo da estrutura alta do balcão nobre diante dos olhos da comunidade jubilante, sendo que o recém-feito cavaleiro, até então acostumado a trazer na cintura a pequena faca de caça, tinha que tomar cuidado para que a espada enorme que lhe pendia do cinto não fosse parar entre suas pernas. As duas crianças, porém, pensavam que seria muito mais agradável se estivessem apenas elas duas, de mãos dadas, descendo a rampa, sem o pai entre elas.

Mas, como Víliguis tinha passado pela festividade da condução da espada, agora aos olhos de todos também chegara a maturidade de Sibilla e sua idade para casar, e assim aumentaram os pedidos por sua mão, partindo de orgulhosos príncipes da cristandade que podiam ter

---

* Algo como um lamento: "Ai, ai, ai!", "infelizmente".
** "Não obstante."

a coragem de se candidatar. Em parte escreviam, em parte mandavam mensageiros a Belrapeire, em parte vinham eles mesmos cortejá-la: o velho rei de Anschouwe trouxe seu filho Schafillor, que obviamente era um bobo. O conde Schiolarss de Ipotente, o duque dos gascões Obilot, o príncipe de Valois, Plihopliheri, bem como os senhores de Hennegouwe e de Haspengouwe, todos eles vieram e se enfeitaram com roupas emolduradas de zibelina e arminho e com um séquito seleto e com pedidos de casamento, que em parte liam de uma folha. Mas o sr. Grimaldo rejeitou a todos, pois a nenhum ele concedeu Sibilla, e mal conseguiu disfarçar sua ira raivosa em relação aos pretendentes, e com seu "não" ele despachou a todos, por mais arrumados que estivessem, mandando-os de volta a cavalo para os seus respectivos reinos. Isso criou um enorme mal-estar nas cortes da cristandade.

Porém, nesse período, o jovem Víliguis teve um sonho aterrorizante, do qual acordou com o corpo encharcado de tanto transpirar. Ele sonhou que o pai flutuava pelos ares acima dele com as pernas cruzadas para trás, o rosto vermelho-cobre de tanta raiva, com o bigode arrepiado, ameaçando-o em silêncio e erguendo os dois punhos, como se quisesse agarrar seu pescoço. Isso era muito mais apavorante do que parece ser quando expresso com palavras, e, de tanto medo de que pudesse voltar a sonhar aquilo, ele realmente sonhou de novo e exatamente da mesma forma, pela segunda vez, logo na noite seguinte, mas agora sendo ainda mais apavorante.

AS CRIANÇAS TERRÍVEIS

O sr. Grimaldo viveu mais dezessete anos depois da morte de sua esposa Baduhenna, nem mais nem menos; então, juntou-se a ela debaixo da pedra, na catedral de Ypres, e sobre a lápide estavam ambos novamente, esculpidos e rígidos na pedra, como cônjuges cristãos, as mãos cruzadas sobre o peito diante de Deus. É que esse regente, desde o falecimento da esposa, cada vez mais se afeiçoou excessivamente ao clarete, e certo dia realmente ficou com o rosto vermelho acobreado escuro, tal como Víliguis o tinha visto no sonho, mas eis que então: o derrame o acertou na têmpora e ele morreu, primeiro apenas do lado direito, sendo que ali não mexia mais nenhum músculo e em parte tinha perdido a capacidade de fala: só do canto esquerdo da boca ele ainda balbuciava palavras como se fossem bolhas. Seu médico de Lovaina, porém, assim como o grego Klias que ele mandou chamar, nenhum dos dois lhe escondeu que facilmente e em breve o derrame poderia atingi-lo de novo, e aí ele estaria inevitavelmente morto também do lado esquerdo.

Mas disseram aquilo para que ele ainda pudesse organizar seu reino a tempo, e pelo alerta trouxeram esse pensamento à baila, de modo que ele foi atrás dos melhores do reino, mulher, homem ou serviçal, para lhes encomendar sua alma e a de suas crianças, obrigando-os a jurar fidelidade, agora que a morte iria ser sua companheira de caminhada. Quando então todos eles, primos e vassalos com seus filhos, tinham se reunido em torno da cama em que estava deitado, bastante desfigurado, já que um de seus olhos estava fechado e a bochecha pendia para baixo, paralisada, ele falou a todos da melhor forma que conseguiu:

— *Seignurs barons*,* tomai minhas palavras como se eu as tivesse pronunciado de lábios cheios, uma vez que infelizmente só posso despejá-las de um canto da boca, perdoem por isso. A morte me pegou e já toca sobre mim a *cornure de prise*,** para dissecar o nobre cervo na sepultura. Por meio do derrame, ela me paralisou uma metade e poderá me derrubar de vez a qualquer momento, e quem me alerta a esse respeito constantemente e sem rodeios são meus médicos, demonstrando assim sua arte da cura. Então, devo me despedir deste jardim de vermes, deste maldoso vale de lobos aonde fomos lançados pelo erro de Adão, e que ainda quero xingar bastante, já que devo deixá-lo, e pelas chagas torturantes de Deus espero adentrar a porta do paraíso, onde os anjos cuidarão de mim, dia e noite, enquanto vós ainda tereis que ficar um pouquinho neste jardim de vermes. Portanto, nada de manifestações exageradas por minha causa! Mas lembrai-vos, *seignurs barons*, do momento em que colocastes vossas mãos unidas entre as minhas para o juramento de vassalagem! Fazei isso agora com o meu filho quando eu estiver totalmente morto, e colocai vossas mãos entre as dele, mesmo que pareça ridículo ele ter que vos proteger, uma vez que o menino é que precisaria de vossa proteção. Concedei isso a ele, primos e senhores, como homens confiáveis, e sede fiéis à minha casa, na guerra e na paz.

Depois de ter despachado os senhores do campo, ele se voltou para Víliguis e disse:

— Tu, filho, és o que menos motivos tens para manifestações de sofrimento, pois a coroa, o cetro e o país que me foram dados como herança por morte eu agora te passo por morte, mesmo desgostando muito disso, e gozarás de muitas honras neste vale de lobos, de onde agora me despeço. Não me preocupo muito contigo, mas muito me preocupo com essa bela criança, a tua irmã. Tarde demais reconheço que cuidei pouco do futuro dela, por isso me encho de culpa. *Vere, vere*,*** um pai não deveria se comportar dessa forma! Também em relação a ti, eu sei, de certo modo me tornei culpável, pois, devido a uma excessiva seletividade na escolha de um esposo para essa doce criança, acabei criando muita indisposição nas cortes contra a nossa casa. Posso apenas compensar isso dando a ti os melhores ensinamentos paternos no final, diante dos meus barões, enquanto ainda consigo falar do lado esquerdo.

---

* "Senhores barões."
** "Corneta de presa."
*** "Realmente."

E lhe disse tudo o que o seu próprio pai já lhe dissera, o que era costumeiro e o que achava que seria adequado dizer naquela hora.

— Sê honesto e fiel — assim disse ele —, não sejas ambicioso por tesouros, mas também não sejas perdulário demais, humilde no orgulho, afável, mas exclusivo e rígido respeitando a nobre moralidade, forte diante dos nobres e benevolente diante dos que pedem pão na janela! Honra os teus, mas também torna os de fora teus aliados e amigos afeiçoados e simpáticos. Prefere a companhia da sabedoria da idade àquela de jovens tolos! E, mais que tudo, ama a Deus e julga conforme a justiça d'Ele. Isso em linhas gerais. Mas, pela minha alma, ordeno a ti que te mostres como um irmão cavaleiro diante dessa tua bela irmã e não saias do lado dela até que tenhas encontrado, o mais rápido possível, um esposo à sua altura, o que, infelizmente, eu tornei mais difícil para ti em razão do meu pecaminoso zelo na escolha. Os príncipes pretendentes que já haviam pedido a mão dela não voltarão, nem o conde Schiolarss, nem o príncipe Plihopliheri, nem os outros, pois fui muito desagradável com eles. Mas ainda há muitos reinos cristãos cujos chefes até agora não a pediram em casamento, e os seus belos olhos, negros com laivos de azul, suas narinas encantadoras e seu corpo em flor, não esquecendo o rico dote de núpcias que lhe prometi, certamente ainda atrairão vários nobres pretendentes, o que me consola. E cuida tu também para que cases logo e produzas um filho para o qual possas transmitir por morte o teu poder sobre Artois e Flandres. Vejo aqui vários primos que trazem nos olhos a esperança de que a sucessão retilínea sofra um desvio. Digo isso porque não se pode negar uma palavra verdadeira a um moribundo. Nas cortes que ofendi em pecado tu não poderás procurar. Mas ainda há tantas outras, na Bretanha, Parmênia, Equitânia, em Brabante e em terras alemãs. Agora a minha face esquerda está doendo de tanto eu falar, e preciso descansar. Que Deus vos livre do sofrimento. Adeus.

Depois de ter dito isso, o sr. Grimaldo só viveu por mais alguns dias, e então o derrame o apanhou pela segunda vez e ele morreu em definitivo: rijo e amarelo, semelhante às velas de cera que queimavam ao lado de seu alto esquife, ele jazia em trajes ducais, mesmo que totalmente indiferente a isso, como de resto a toda a vida terrena, pertencente ao eterno, na capela do castelo, até que fosse levado para Ypres, onde ficaria junto de sua esposa na catedral e, a seu lado, monges entoariam cantos de súplica pela sua alma durante toda a noite. Mas agora grito "Ai!" e "Cuidado!" em relação a essa noite, na qual o duque

Grimaldo acabara de morrer, e se achava com o corpo ainda presente, mas apaziguado, afastado e, como pai, não mais entre os irmãos. Pois, seguindo o duro conselho do Diabo e para o seu terrível prazer, que os jovens julgavam erroneamente ser o deles, nessa mesma noite o irmão deitou-se com a irmã, como o homem deita com a mulher, e o seu quarto lá em cima na torre habitável, em torno da qual voavam as corujas em círculo, estava tão cheio de carícia, mácula, raiva, sangue e crime que, de tanta piedade, vergonha e preocupação, meu coração se revira e mal ouso falar disso.

Estavam os dois deitados nus debaixo das cobertas de zibelina macia, na luz fraca da lamparina e em meio ao perfume do âmbar que aspergiram nas camas — que estavam bem longe uma da outra, como mandam os bons costumes, e entre elas dormia, enrolado como um caracol, Raneguife, seu bom cão. Eles, no entanto, não conseguiam dormir; estavam de olhos abertos ou só às vezes os fechavam à força. Nem quero saber a situação da senhorita, mas Víliguis, excitado pela morte do pai e pela própria vida, gemia sob o martírio na carne e sob o aguilhão do Diabo, até que, por fim, não aguentou ficar na própria cama, esgueirou-se para fora dela, descalço, deu a volta em Raneguife, e o abandonado por Deus levantou de leve a coberta de Sibilla e se juntou à irmã entre mil beijos proibidos.

Ela disse em tom jocoso e com a voz abafada sem jocosidade:

— Ora, vede, senhor duque, que honra me prestais com vossa visita inesperada! A que devo o privilégio de sentir vossa querida pele na minha? Isso seria uma alegria para mim, se em volta da torre as corujas não gritassem tão assustadas.

— Elas gritam sempre.

— Mas não tão assustadas. Talvez porque vós não conseguis deixar vossas mãos paradas e brincais tão estranhamente comigo. O que significa, irmão, esse embate? Agora tenho o teu doce ombro encostado nos meus lábios. Por que não? Eu gosto. Mas não deverias insistir em separar meus joelhos, que querem, insistente e necessariamente, ficar juntos.

De repente, o cão Raneguife sentou-se e se manifestou num lamento, começando a uivar para o teto, assim como um cão uiva para a lua, em uivos longos, de cortar o coração, vindos do fundo da alma.

— Raneguife, quieto! — gritou Víliguis. — Vais acordar as pessoas! Animal, cala-te e te deita! Ó besta do Diabo, se não parares, irei calar-te!

Mas Raneguife, normalmente tão obediente, continuou uivando.

Então o jovem pulou da cama, do jeito que estava, selvagem e enlouquecido em busca de sua faca, agarrou o cão e cortou-lhe a garganta, ao que o cão estrebuchou buscando ar, jogou a faca sobre ele, cujo sangue embebeu a areia do piso, e voltou ébrio ao local da outra vergonha.

Ó céus, o bom e belo cão! Na minha opinião, foi a pior coisa que aconteceu naquela noite, e tendo a perdoar a outra coisa, por mais proibida que fosse. Mas, aparentemente, tudo estava associado e não se podia criticar mais aqui e menos ali, um emaranhado de amor, assassinato e necessidade da carne, que Deus tenha piedade. A mim, pelo menos, causa piedade.

Sibilla sussurrou:

— O que fizeste? Eu não olhei, cobri a cabeça com a coberta. De repente ficou tudo tão silencioso e tu estás um pouco molhado.

Ele disse, ofegante:

— Tudo bem até aqui. Anacleto, o meu servo particular, é doce e me é afeiçoado e fiel. Logo cedo ele cuidará para que tudo fique arrumado, vai se livrar de Raneguife e apagar todos os rastros. Ninguém poderá nos perguntar nada. Ninguém, desde que Grimaldo morreu, minha irmã-duquesa, meu doce outro-eu, minha amada.

— Considera — aspirou ela — que ele morreu hoje e jaz lá embaixo para o velório. Deixa, a noite pertence à morte!

— Foi da morte — balbuciou ele — que nós nascemos, e somos seus filhos. Nela, doce noiva, entrega-te ao teu irmão de morte e concede o que o amor deseja como objetivo do amor!

Então murmuraram o que não se entendia mais e nem se deve entender:

— *Nen frais pas. J'en duit.*
— *Fai le! Manjue, ne sez que est. Pernum ço bien que nus est prest!*
— *Est il tant bon?*
— *Tu le saveras. Nel poez saver sin gusteras.**
— Ó Villo, que armas! *Ouwê, mais tu me tues!*** Oh, tem vergonha! Como um garanhão, um bode, um galo! Sai! Oh, sai e sai! Ó menino angelical! Ó companheiro celestial!

Pobres crianças! Eu é que sou feliz, não tenho que lidar com o amor, o fogo-fátuo dançante sobre o pântano, o doce martírio diabólico. E

---

* "— Não, não vou fazê-lo. Tenho medo./ — Faz! Come, não sabes o que é isso. Comamos essa iguaria que foi preparada para nós!/ — É tão boa assim?/ — Tu logo saberás. Não saberás sem provar."

** "Ai, me matas!"

assim foram até o fim e pagaram o desejo de Satã. Este lambeu os beiços e disse: "Agora já foi. Vocês bem que podiam fazer de novo e mais vezes". Essa costuma ser a sua fala.

De manhã, o jovem Anacleto, cegamente devoto ao seu senhor, arrumou o dormitório e, sem ser visto, retirou o cadáver do fiel Raneguife de lá. Mas como era só externa essa arrumação, e como estava desordenado o par perdido, as belas pessoas, a quem eu quero bem, sem conseguir perdoá-las, e que agora, mais que nunca, estavam ainda mais fortemente soldadas uma à outra pelo prazer — amavam-se além da medida, e é por isso que não consigo me abster da benevolência, Deus me ajude, que tenho para com elas.

Conhecemos bem o ditado: "Uma vez adentrado o leito, garante-se o direito", mas o que estava garantido aqui além de injustiça e inversão louca?! Segundo a ordem, a noite de núpcias vem depois das núpcias e da festa de casamento, mas pensar aqui em núpcias e festa de casamento depois da maculação seria uma loucura absurda, e Sibilla, não mais virgem, de manhã não poderia prender o cabelo e usar o enfeite das mulheres, mas, mantendo a mentira, teria que continuar usando no cabelo solto a guirlanda que, no entanto, fora rasgada pelo próprio irmão, quando diante dos cortesãos caminhasse de mãos dadas com ele no sepultamento do sr. Grimaldo e na festa do juramento de vassalagem. Havia lá, diante de Arras na praça pública, muitas tendas voluptuosas com tetos de veludo tricolor (quando se tirava a cobertura de couro usada em caso de chuva), e mais varas do que árvores na floresta do Spessart estavam fincadas em torno da área, de onde pendiam escudos heráldicos e ricas bandeiras. Não foram poucos os cavaleiros idosos que colocaram as mãos entre as mãos jovens e pecaminosas do duque Víliguis e se curvaram diante da virgem-duquesa que, em nome da verdade, deveria ter se escondido em pó e cinzas. Ela, porém, tinha a curiosa opinião, externando-a a seu marido indigno, de que aquela que só pertencera ao próprio irmão não havia se tornado mulher no sentido comum, mas ainda era virgem e, portanto, teria o direito de continuar usando a guirlanda no cabelo.

E assim viveram em matrimônio indecoroso, lua após lua, e nem se aventava que um deles fizesse menção de se casar, como o pai havia prescrito. Eram próximos demais os dois, caminhavam até a mesa de mãos dadas como casal ducal, e os pajens saltitavam à frente deles. Mas estes já davam piscadelas, até mesmo os sarracenos, e como a morte triste de Raneguife também não passou despercebida, havia um burburinho em torno deles na corte, que por vezes aparecia em falas desbocadas. Pois o sr. Wittich, um cavaleiro de ombro torto e boca desavergonhada, disse à mesa que o duque Víliguis certamente algum dia ficaria famoso pelo fato de pegar o unicórnio adormecido no colo virginal de sua irmã. Então, a formosura da jovem senhora ficou um tom mais pálida e seu irmão se esqueceu de esconder a tempo o punho fechado debaixo da mesa: todos o viram se fechar de forma embaraçosa sobre o tecido adamascado, esvaindo-se a cor das falanges.

O SR. CHORAFERRO

Quando enfim alguns meses haviam se passado, o duque percebeu uma grande confusão e consternação e também sofrimento da querida, e o costume, que ela dividia com ele, de às vezes olhar do canto do olho, como se estivesse escutando com atenção, tornou-se fixo e constante, de modo que ela parecia não conseguir mais olhar de outra forma, além do que seus lábios finos ficavam assustadoramente abertos.
— O que tens, querida, única, amada, o que te assusta?
— Nada, vai embora.
E eis que ele a encontrou debruçada sobre uma mesa, o rosto enterrado nos braços, esvaindo-se em lágrimas.
— Sibilla, agora tens que me contar tudo! Não aguento mais a tua preocupação e me tortura a busca por uma razão para isso, que não consigo encontrar e, por mais que eu tente, não consigo saber qual é. Imploro-te agora, diz qual é o motivo!
— Ah, tolo! — disse ela entre soluços, mal tirando o rosto dos braços. — Ah, bobo, doce à noite, mas totalmente burro de dia! Por que perguntas? Só há uma coisa que pode jogar-me em tamanho desespero e terror infernal, mas tu não percebes. Ó Villo, como escondeste de mim que o próprio irmão pode realmente me fazer mulher e mãe? Eu não sabia e nem julgava possível. E agora está evidente ou, se ainda não está evidente, logo será comentado, por mais largas e amplas que sejam as roupas, e estamos ambos, estamos os três perdidos!
— Como assim, estarias...?
— Claro que estou! Por que perguntas? Estou há muito tempo, e carrego em sofrimento o meu segredo e o teu fruto. *E! Deus, si forz*

pechiez m'appresset!* Villo, Villo, se sabias que uma moça pode ter o ventre abençoado sem marido e sem casamento, apenas pelo irmão, então me fizeste muito mal, e fizeste mal a ti também e a nosso filho, para quem não há lugar algum neste vasto mundo de Deus, só no meu amor. Pois eu já o amo, em sua infâmia e inocência, acima de tudo, apesar de ser ele, pobrezinho, o nosso castigo. Mas como eu não sabia que se pode ter o ventre abençoado pelo irmão, quero dizer: o ventre amaldiçoado, também não sabia que se pode amar tanto o próprio castigo. De agora em diante, nada mais farei senão rezar para que Deus tenha misericórdia de nosso filhinho, apesar de ambos sucumbirmos à grelha do inferno!

Pálido e trêmulo estava ali o jovem pecador, caindo de joelhos junto a ela e misturando suas lágrimas às dela. Cobriu as mãos dela, buscando perdão com beijos, apertou a face molhada contra a dela e, como sua voz ainda era aquela voz frágil da juventude, sua fala soou muito lastimosa ao chorar.

— Ah, pobrezinha, amada, confidente — chorava ele —, como me rasga o coração ver-te assim, com a tua agonia e a minha grande culpa! Perdoa, me perdoa! Mas, mesmo se me perdoares, em que e a quem isso ajuda? Se nunca tivéssemos nascido, também não existiria essa criança proibida e sem morada, que tira o nosso próprio chão sob os pés e nos torna ambos impossíveis neste mundo! Por ti, amada, isso me rasga o coração, apesar de estares, no desespero, de certa forma numa situação melhor que a minha. Pois podes amar o nosso castigo com amor de mãe, enquanto eu não posso amá-lo, mas apenas maldizê-lo. Que infortúnio! Por vinte anos e mais ainda, Baduhenna, casada corretamente com Grimaldo, teve que esperar por nós, mas nós fomos abençoados logo de forma tão terrível! Será que o pecado tem tanta pressa em ser fértil? Eu não sabia que o pecado pode ser tão terrivelmente fértil, eu também não! E, agora, até mesmo o pecado da soberba, de que logo ela traria fruto, realmente, eu não acreditava que era de seu feitio! Mas a soberba, pobrezinha, amada, foi o nosso pecado, e o fato de não termos nos interessado por ninguém mais a não ser nós mesmos, nós, crianças especiais. Mas um pouquinho da culpa, com todo o respeito com que isso deve ser dito, também é do sr. Grimaldo, o sepultado, não só porque ele nos gerou, mas também porque foi demasiado cavalheiresco contigo e com muito afã frequentemente me afastou de perto de ti

---

* "Ó Deus, como me aflige o pecado!"

— foi isso que me levou à tua cama. Ah, mas de que adianta isso tudo? Sucumbimos ambos, não importa a distribuição da culpa, sucumbimos ambos aqui à culpa e acolá à grelha do inferno!

E voltou a chorar, sem palavras.

E então ela parou de chorar e disse:

— Duque Víliguis, não gosto de vos ver assim. Se podeis ser homem à noite, então o sejais também de dia! Essa choradeira feminina não vai nos ajudar na nossa situação, tão assustadora, que obviamente nada nos tirará dela, mas alguma coisa precisa acontecer nesse caso, nem que seja apenas olhar para a nossa criança inocentemente amaldiçoada, esse pobre fruto da nossa soberba, para quem precisamos encontrar um lugar na terra e no céu, já que estamos perdidos tanto cá quanto lá. Portanto, encoraja-te e pensa!

O advertido secou os olhos e as faces com o pano de estopa e retrucou:

— Estou disposto a isso e faço questão de ser um homem, também de dia. Chorei contigo e, nisso, falei de várias coisas, de culpa dividida e fertilidade mal distribuída. Mas pode-se muito bem chorar e pensar ao mesmo tempo, e, enquanto eu falava, pensei numa solução em silêncio ou, como é difícil achar alguma para nós, pensei em quais conclusões precisam ser tiradas a partir da nossa situação terrível e sem saída. Elas só podem ser duras, mas precisam ser tiradas, e não podemos tirá-las sozinhos, a não ser que nos atiremos os três juntos da janela mais alta da nossa torre, indo diretamente para o inferno. Tu és da opinião de que devemos agir dessa forma autônoma?

— De modo algum. Eu te disse que precisamos achar um lugar neste mundo e no céu, não no inferno, para o pequeno que alimento aqui.

— Então precisamos nos abrir e, embora as palavras não queiram ultrapassar a margem dos nossos lábios, que na cama estavam tão desgraçadamente juntos, precisamos nos obrigar a isso e confessar tudo. Pensei que deveríamos sussurrar no ouvido do nosso padre no confessionário, de forma intermitente e com suspiros, para que ele nos dê instruções provenientes do céu. Mas isso deve vir em segundo lugar, porque penso que instruções mundanas são mais urgentes neste caso do que instruções paroquiais. Sei de um homem firme e sábio em meu país, o sr. Choraferro, *cons du chatel*, meu conselheiro e *maistre de corteisie*, com quem aprendi a arte da caça, a montaria ligeira e toda a moralidade de um cavaleiro. Além disso, ele sempre me passou muitos ensinamentos bons e verdadeiros, mas eu não gostava muito dele, pois era tão forte e sincero, e também porque eu sabia que nosso pai, o sr. Grimaldo, muitas vezes lhe pedia conselhos. No entanto, relevando o fato de que sua grande sinceridade me enervava um pouco, minha confiança nele sempre foi tão firme quanto a sua própria pessoa. Ele tem olhos cinza-gelo, que olham por debaixo de tufos densos repletos de perspicácia e bondade, e uma barba grisalha curta, e anda com porte ereto em sua vestimenta com o brasão, onde, no escudo, está bordada a leoa em cujas tetas mama um cordeirinho, que é o símbolo da força e do cristianismo. É a ele que vamos nos confessar em nossa miséria. Ele tirará as conclusões a partir da nossa situação e será nosso consultor e juiz, dizendo o que há de acontecer neste mundo conosco, os desgraçados. Se eu mandar meu Anacleto até ele em seu castelo das águas com um chamado urgente, certamente ele virá.

É inacreditável como Sibilla se sentiu momentaneamente consolada com essa proposta. No entanto, embora a proposta não tenha provocado a menor mudança nem melhora alguma na situação desesperadora dos irmãos, pareceu à virgem terrivelmente abençoada que com o mero envio do pajem já se teria encontrado uma saída para a miséria deles, e assim pareceu também ao irmão mais que próximo, de modo que ambos caminharam até a mesa de refeições de mãos dadas e cabeça erguida, atrás dos pajens saltitantes. Também não tinham se enganado em relação à vassalagem do sr. Choraferro, pois mal haviam se passado duas semanas, durante as quais o frutinho terrível se nutria e crescia no ventre da senhorita, quando o cavaleiro atravessou a cavalo com Anacleto a ponte de Belrapeire, deixando-se desarmar no pátio e depois subindo até o quarto onde os pecadores o aguardavam esperançosos e temerosos.

Ele era exatamente como Víliguis o descrevera à amada para reconhecimento, e trazia a leoa que amamenta o cordeiro sobre o manto com o brasão. Aproximou-se, atarracado, saudou-os com respeito paternal e perguntou ao duque como se sentia. Este, porém, disse com voz pequena e gaguejante:

— Caríssimo barão e gurvenal, nada tenho a ordenar, mas eu e esta minha bela irmã temos apenas a pedir, até mesmo implorar, por um conselho e uma instrução sábia, para que possais, com mão firme, tirar as conclusões desta situação e extrema enrascada em que nos encontramos, conclusões estas que nossa temerosa juventude não nos permite tirar. Pois a enrascada é tamanha, que nossa honra está praticamente perdida, a não ser que Deus ilumine a vossa fidelidade com um bom conselho e vos ensine qual decisão tomar sobre nós para nos salvar. Vede-nos aqui!

E, com isso, ambos caíram de joelhos diante dele, como haviam combinado, e entre lágrimas ergueram as mãos em sua direção.

— Queridas altas crianças — disse o cavaleiro —, por Deus, o que fazeis! Este tipo de cumprimento me desconcertaria, mesmo se fosse eu um de vós. Peço-vos, ponde um fim nessa cena! Mas tu, duque, diz qual é a tua vontade, contra a qual eu jamais faria qualquer coisa! Ide e revelai-me qual a vossa preocupação. Vê, sou teu vassalo, e, no que eu dispuser de conselhos, tu disporás também, tem certeza disso! Então fala!

— Mas não vamos nos levantar — disse o jovem — antes de revelarmos tudo, pois não há como contar isso de pé.

E muito cavalheirescamente ele assumiu a fala em nome de ambos, de modo que Sibilla não precisou dizer nada, tendo apenas que ficar ajoelhada ao lado dele com a cabeça muito baixa — ele disse tudo tal como se passou, e como, mesmo ajoelhado, era difícil dizer: as palavras brotavam de seus lábios resistentes, entrecortadas e às vezes sem som algum, e o sr. Choraferro várias vezes teve que aproximar a orelha, onde crescia um grande tufo grisalho, para ouvir o rapaz. Quando este então se calou, o velho herói comportou-se de maneira absolutamente primorosa. Não meço esforços para louvá-lo e aqui tenho que lhe agradecer expressamente pelo seu comportamento. Aquele era um homem de verdade! Não gritou nem esperneou, não proferiu nenhuma maldição e não caiu sentado em nenhuma cadeira, mas apenas:

— Que terrível, que terrível! — disse ele. — Queridas e nobres crianças, que terrível isso tudo! Então dormistes juntos mesmo, ou seja, na irmã cresce o fruto do irmão no ventrezinho, e transformastes o vosso saudoso pai em sogro e avô ao mesmo tempo, de uma forma totalmente desregrada. Pois o que tu, senhorita, trazes aí é o neto dele em linha diretíssima e, por mais que ele insistisse em sucessão direta, esta ficou demasiado direta, e não se pode falar mais de sucessão em hipótese alguma. Vejo-vos chorando porque temeis a vergonha que vos ameaça. Mas me intriga saber se tendes conhecimento do que aprontastes neste mundo. Causastes o maior desregramento e um emperramento da natureza, de modo que ela mesma está tão perdida quanto vós. Segundo a vontade de Deus, a vida quer se reproduzir, mas vós fizestes com que ela pisasse no mesmo lugar, e plantastes juntos um terceiro irmão, ou seja lá como devemos chamar essa vida emperrada. Pois, como o pai é o irmão da mãe, ele é o tio da criança, e a mãe, por ser a irmã do pai, é sua tia e carrega insensatamente no ventre o seu sobrinhozinho ou sua sobrinhazinha. E foi essa desordem e confusão que vós, insensatos, lançastes neste mundo de Deus!

Víliguis, que nesse meio-tempo tinha se levantado e também ajudara a irmã a se erguer, respondeu:

— Gurvenal, nós concordamos. Nós mesmos já entendemos, ainda melhor com a ajuda de vossas palavras, toda essa terrível configuração. Mas agora, pelo amor de Deus, senhor, dai-nos um conselho, pois ele é absolutamente urgente! Logo chegará o tempo em que minha irmã dará à luz, e como ela se desembaraçará da criança sem que fique evidente que pisamos no mesmo lugar? Quanto a mim, estou pensando, sem querer antecipar a vossa decisão, se nesse intervalo eu não deveria viver fora do país, longe dela, em nome da discrição.

— Fora do país? — perguntou o sr. Choraferro. — Isso, senhor duque, dizendo de uma forma muito suave, pois nos reinos circundantes da cristandade não haverá morada para vós, consideradas as circunstâncias. Deixai-me pensar no caso!

E ele pensou durante algum tempo, com semblante muito compenetrado.

— Eu sei o que devo aconselhar — disse logo em seguida. — Mas só darei o conselho com a condição de que prometais de antemão segui-lo, sem reclamar.

Eles disseram:

— Certamente o faremos.

— Deveis, duque — disse então o cavaleiro —, convocar logo todos aqueles que administram o vosso país, jovens e velhos, mulheres, homens e serviçais, e aqueles que aconselhavam o vosso pai, em resumo, nós, homens destacados do reino, para virem à corte, e nos comunicar que em nome de Deus e de vossos pecados (eu digo "pecados" e não "pecado") decidistes assumir essa cruz e peregrinar até o Santo Sepulcro. Depois exigireis, com um pedido, que prestemos juramento de vassalagem diante de vossa irmã, para que ela possa administrar o país enquanto estiverdes longe, mesmo que seja para sempre. Porque peregrinação e perigo são muito próximos, e é possível que não retorneis, mas que na peregrinação percais o corpo que pecou contra Deus, para que vossa alma receba a misericórdia mais rápido. Nesse caso, o que em parte eu saudaria e em parte lamentaria (de fato, lamentaria um pouco mais), o juramento seria ainda mais necessário, para que ela seja a nossa senhora. Diante de todos os barões, devereis entregá-la a meus cuidados e à minha fidelidade, o que eles deverão aceitar; pois dentre eles eu sou o mais renomado e rico, uma vez que me pertencem todos os campos de linho em torno de Rousselaere e Thorhout, o que se deve unicamente a Deus. Levarei a virgem para a minha casa e da minha mulher e, prometo, lhe oferecerei todas as facilidades para que possa dar à luz seu sobrinhozinho ou sua sobrinhazinha sem chamar atenção. Vede que não estou aconselhando que ela renuncie ao mundo em nome de seu pecado, que se desfaça de seus bens e se tranque num convento. Nada disso. Porque, para penitenciar-se por seu pecado e sua vergonha, ela terá oportunidades muito melhores se sua bondade e seus bens ficarem juntos e ela puder cuidar dos pobres com ambos. Se ela não tiver mais bens, só lhe restará a bondade, e o que é a bondade sem os bens? Quase o mesmo que os bens sem a bondade. Parece-me bom, antes, que ela preserve bondade e bens, pois assim conseguirá exercer a bondade com os bens. Meu conselho vos é aprazível?

— Ele o é — respondeu o jovem. — Tirastes as conclusões da nossa situação, duras como tinham de ser e tão suaves quanto possível, com mão firme. Gratidão eterna.

— Mas o que será — perguntou Sibilla — do meu querido castigo, o filho do meu irmão, se eu der à luz sob a vossa proteção?

— Essa é uma questão para depois — retrucou o sr. Choraferro —, e atravessaremos essa ponte quando a ela chegarmos. Já vos dei vários conselhos de improviso. Não podeis exigir que eu resolva de uma única vez tudo o que me foi apresentado.

— Certamente não o faremos — asseguraram ambos. — Bom senhor, já resolvestes tanta coisa e sois de fato como a leoa em cujas tetas nós, cordeirinhos, mamamos.

— É, belos cordeirinhos sois vós! — disse ele com uma leve amargura. — Mas não importa! E agora, ação! Duque, enviai os mensageiros! Na maior brevidade vossa vontade e vosso pedido precisam ser informados aos senhores. Vós, aliás, nós três ou quatro não temos tempo a perder!

A SRA. CHORAFERRO

Quantas vezes, ao contar a história dessas crianças terríveis, tive que pensar em outro casal de irmãos: em nosso mestre *divum* Benedictum,* filho de Euprobus, e sua querida Escolástica, vivendo de maneira tão pura e sagrada com Sublacus no vale, até que Satã, por uma astúcia maldosa, os expulsou de lá. Pois ele levou sete belas hetairas selecionadas para junto deles no convento, sendo que alguns de seus alunos (não todos, mas um bom número deles) sucumbiram ao prazer dos sentidos. Depois, é óbvio que os irmãos fugiram e iniciaram, acompanhados de três corvos, uma caminhada árdua, aguentaram de tudo em nome do amor que tinham um pelo outro, converteram todos os pagãos que encontraram, derrubaram os altares dos ídolos, e o santo, sob os gritos de apoio de Escolástica, destruiu o último templo de Apolo tocando a lira. É isso que chamo de amor fraterno cristão, inseparável e angelical! E eu tinha que falar justamente sobre um amor tão pecaminoso?! Será que não seria melhor anotar com minúcia devota a história de Bento e Escolástica? Não, por livre escolha optei pela presente história, porque aquela é testemunho apenas da santidade, mas esta é testemunho da imensurável e imprevisível misericórdia de Deus. E me declaro culpado de uma fraqueza — não pelo pecado (que os céus me livrem disso!), mas pelos pecadores, sim, até ouso crer que também o nosso mestre, mesmo ele naturalmente tendo que fugir do vale Sublacus por ter se tornado impuro, não lhes teria negado alguma misericórdia. Pois lhe foi permitido sair em caminhada árdua com a sua querida irmã, mas o meu pecador aqui teve (devo concordar que isso era inevitável) que

* São Bento.

se separar de sua pecadora — mesmo eles sendo tão próximos um do outro desde pequenos e a lascívia malvada os tendo amalgamado ainda mais, o que não aumentaria minha misericórdia, apesar de tê-la aumentado mesmo assim —, e teve que partir sozinho com seu servo Anacleto em viagem para o sagrado-incerto, tão envolto em perigos, de modo que seu retorno era algo realmente sagrado-incerto.

Eles estavam pálidos como cadáveres e tremiam no corpo todo quando se despediram.

— Adeus, boa viagem! — disseram, e não ousaram se beijar de novo.

Se antes não tivessem praticado o pecado um com o outro, poderiam ter se beijado, mas aí Víliguis não teria precisado viajar. Este disse:

— A criancinha, nosso terceiro irmão, eu ainda teria gostado de vê-la com meus olhos. Não consigo evitar imaginá-la encantadora.

— Sabe lá Deus — respondeu-lhe ela — o que nosso anjo, o sr. Choraferro, decidirá a respeito, quando chegarmos à ponte. Mas uma coisa, Villo, te prometo: nunca pertencerei a nenhum outro homem além de ti. Provavelmente eu nem possa, mas o principal é que não quero.

Antes disso, é claro, houve o encontro dos barões do país no castelo de Belrapeire e a fala prescrita do duque dirigida a esses senhores: apesar da pouca idade, já havia se acumulado tanto pecado em sua pessoa, que se fazia necessária para sua alma uma viagem ao Santo Sepulcro, e eles deveriam, pela duração de sua ausência, breve ou longa, prestar à sua irmã o juramento de fiel vassalagem, para que ela fosse a sua senhora. Mas ele a confiaria aos fiéis cuidados do seu gurvenal, o sr. Choraferro, para que a auxiliasse e ela administrasse o país a partir de seu castelo envolto em águas.

Mas não foi tão tranquilo e fácil assim com o juramento, porque houve boatos e falatório a respeito da virgenzinha e de seu irmão, e alguns daqueles senhores não estavam dispostos a concordar com o pedido e tomar a senhorita como sua senhora. Contudo, por debaixo do pano, o sr. Choraferro fez correr a notícia de que todo aquele que se recusasse a seguir o pedido do duque seria desafiado para um duelo com lanças compridas e espadas curtas e não receberia a segurança de nenhuma parte. E como ele tinha um corpo de ferro e nunca fora derrubado do cavalo com lanças, pensaram melhor e prestaram o juramento, todos eles. Ele, porém, levou sua protegida através do país até lá embaixo, junto do mar, para o seu castelo, com viajantes na frente e atrás, de modo que Sibilla, pálida, viúva e órfã, flutuava numa liteira entre dois cavalos enquanto o sr. Choraferro cavalgava a seu lado, montado em armas, lançando olhares ameaçadores ao entorno e apoiando seu punho de cavaleiro fechado, desafiador, na coxa.

Precisa-se dar graças a Deus por Ele ter enviado a ela esse protetor robusto e sagaz, uma vez que ela ainda haveria de passar por tanto sofrimento, mesmo estando em situação tão deplorável desde já. Pobre coitada! Eu sou um monge, e nesta terra não prendi meu coração a nada; sou, por assim dizer, impermeável à felicidade e ao sofrimento e, encintado pelo cíngulo, não dou chance ao destino. E foi por isso mesmo que o espírito da narrativa me escolheu como receptáculo para me ocupar da miséria da pobre coitada e honrar seu sofrimento pálido por meio da narrativa, embora nisso haja grande falta de honra. A despedida foi dura demais para os irmãos. Com seu sinal da foice na testa e uma carregando o filho do outro, eles definitivamente não foram feitos para a separação. A virgem estava pálida em parte devido à criança, mas em parte e sobretudo porque estava desacoroçoada, pois seu coração se encontrava com o viajante. O dele, por sua vez, se achava com ela, por mais que dele precisasse urgentemente, para se virar no mundo com Anacleto, entre ladrões, animais selvagens, pântanos gulosos, florestas de péssima fama, pedras rolantes e águas torrenciais, até alcançarem o porto de Massília, onde pensaram em tomar um navio para chegarem à Terra Santa. O jovem e a moça, ambos estavam em situação mais miserável do que eu, o cingulado, jamais poderia estar destinado a viver. Mas devo confessar que a moça estava numa situação um pouco melhor; pois ela iria parir, e assim, nesse sentido, contemplava o semblante da vida, enquanto ele apenas o da morte.

Então, no castelo das águas do sr. Choraferro, na planície, perto do mar estrondoso, Sibilla foi acolhida de forma tão gentil, bondosa e agradável, com tanta discrição e, se assim posso dizer, com tanta simpatia especializada pelo seu estado, que era difícil imaginar situação melhor. Pois o sr. Choraferro sabia bem para quem estava levando a bela pecadora, a saber: para a sua esposa, a sra. Choraferro, uma matrona a quem, em seu jeito, devo louvar tanto quanto ao seu senhor. Pois havia nela algo muito especial e também exemplar: se ele representava uma figura de homem completamente firme e robusta, ela era feminina até o último fio de cabelo, na essência e na postura, dedicada de maneira solícita para o feminino com toda a alma — sim, à exceção de Deus (ela era muito devota e carregava uma grande cruz de âmbar-preto sobre seus seios altos como montanhas), ela não se interessava por nada além de tudo o que dissesse respeito à vida feminina, no sentido mais devoto-sanguíneo, ou seja, especialmente pelas cargas e misérias da mulher e pela produtividade sagrada repleta de dor, por regras interrompidas, por corpos grávidos e sufocamentos e prazeres estranhos, movimentos pulsantes no ventre, contrações, parto, choro festivo de dor, nascimento e secundinas* e suspiros bem-aventurados e panos quentes e banho no fruto gosmento, que ela esfregava energicamente com ramos e segurava de cabeça para baixo quando este não queria gritar e começar a viver logo.

Isso tudo era a paixão da sra. Choraferro. Não havendo suficiente disso no castelo entre os que lá viviam, a castelã ia até mesmo ver as camponesas plantadoras de linho nos vilarejos, para ajudá-las com seu conhecimento na hora do parto. Ela própria se tornara mãe seis vezes em meio aos panos. Quatro dos filhos faleceram ainda muito pequenos, sendo que (e isso me espanta) a sua dor foi muitas vezes menor que a alegria ao vê-los nascer. Ao que me parece, ela apostava todas as fichas no nascimento. Um dos seus filhos já crescidos falecera numa batalha, outro vivia casado dentro de seus próprios muros. Assim, a não mais fértil senhora vivia sozinha com o sr. Choraferro, pensando com ânimo triste nos tempos em que podia passar a mão branca devotamente na curvatura do ventre quando se encontrava no difícil estado honroso da mulher. Alto estava o seio, não mais seu corpo, por isso a valente se ocupava agora da fertilidade alheia que, assim que dela tomava conhecimento, preenchia seus olhos azul-água (era uma senhorita da Suábia) com um brilho quente e injetava um vermelho rosado em seu par de bochechas fartas e com penugem. Fazia muito tempo que a diversão tinha se tornado escassa, e dela fora até mesmo privada havia algumas luas, de modo que não ficou pouco agitada quando da chegada de Sibilla e das confidências secretas que seu marido lhe fizera sobre a virgem. De que forma sua devoção lidou com o estado proibido e totalmente sem sentido de sua hóspede, isso eu não sei. Provavelmente, para ela, toda maternidade, por mais louca que tenha sido sua origem, era uma bênção de Deus e um fato divino, que representava um estímulo à sua união com tudo o que é feminino e em sua disposição quase voraz em ajudar.

Como uma mãe, só que mais diligente e intensa, a sra. Choraferro se ocupou da sofredora, isolando-a logo de todo o resto do castelo e de

---

* Placenta.

todos os servos num quarto distante, onde não lhe faltava nada e onde ela se tornou a sua cara prisioneira, onde só ela a visitava, a alimentava e lhe provia, ouvia e sentia e buscava consolar a pálida, cada vez mais grávida, quando chorava pelo perdido, pelo viajante, pelo único amado.

— Ah, mãe Choraferro, para onde foi o meu querido, meu único, meu irmão? Como entender que estamos separados neste mundo? Eu não aguento, e é impossível me acostumar com isso! Estarei eu dobrando meu pecado e reforçando minha maldição pelo fato de estar chorando por ele? Ah, eu carrego a semente de seu corpo e de sua vida, e trago no coração o que seu abraço me deu! As corujas gritavam, Raneguife estava deitado no próprio sangue, e a cama também se ensanguentara. Mas foi tão mais-que-doce quando ele estava comigo, quando tive seu belo ombro nos meus lábios e quando ele me fez não esposa, mas mulher!

— Deixa estar — disse então a boa senhora —, e o deixa partir! Quando eles nos fazem mulher e dão a sua parte, podem muito bem ir embora, pois não servem para mais nada, e a coisa toda passa a ser assunto de mulher. Fiquemos felizes por estarmos entre nós, mulheres! Teremos um belo parto e não falta muito para eu te colocar num banho quente — ele solta e estimula. Desde a primeira contração, por mais fraca que seja, não sairei mais de perto de ti e, se for preciso, dormirei na cadeira reta aqui do lado da tua cama, alerta, até quando estejas em trabalho de parto. Vê bem, isso vai ser muito bom, e no fundo é muito melhor do que aquele pouquinho de abraço.

Mas Sibilla também teve um sonho terrível que teve que contar à senhora do castelo. Ela sonhou que dava à luz um dragão, o qual lhe rasgou o ventre de forma cruel. Depois de nascido, saiu voando, o que lhe causou grande dor na alma; contudo, ele regressou e forçou a entrada de volta ao ventre materno rasgado, para aumentar ainda mais a sua dor.

— Aí se vê que tens medo, criança, nada além disso. Que dragão o quê! Vamos dar à luz uma bela criança, perfeita, e eu queria que fosse uma menininha. Não te preocupes! Eu vou pegá-la e soltá-la e, se ela não quiser chorar logo, vou lhe dar um tapinha.

O ABANDONO

Mas não houve necessidade, pois a criancinha, a quem a virgem-mãe deu à luz em meio ao seu sofrimento, logo chorou conforme quis e era um menino, tão perfeito e bonito, que foi um espanto geral, com cílios compridos, cabeça alongada, cabelos castanhos e traços suaves, semelhante à mãe e, portanto, também ao tio, tão belo que a sra. Choraferro teve que reconhecer:
— É verdade que eu torcia por uma menininha, mas também me dou por satisfeita com este aqui.
Durante seis meses sua querida encarcerada ficou sentada em seu gabinete, como o ganso na caixa de engorda, e eis que chegou a hora do parto e ela pariu, apenas com o auxílio da senhora do castelo, pois isso precisava acontecer sem chamar atenção, e a parteira não permitiu que ninguém se juntasse a elas. Foi um processo acalorado, pois, apesar de ser verão, a sra. Choraferro tinha acendido um fogo alto na lareira (o que ela achava bom), e ambas ficaram com o rosto escarlate, inchado e gotejante durante seu trabalho sob o dossel da cama. Mas tudo transcorreu de forma favorável e natural, como se a criança não tivesse sido gerada em pecado, pela própria carne e pelo próprio sangue, mas, como convém, por um homem estranho. Sendo assim, as mulheres se esqueceram totalmente do pecado e do fato de não haver lugar na terra para aquela criança bem-vinda e graciosa, esqueceram-se totalmente disso, quando ela apareceu lavada e enrolada em fraldas, estavam ambas muito ansiosas para mostrá-la ao sr. Choraferro, para que ele compartilhasse a alegria delas. E eis que ele veio, chamado pela hospedeira, observou o recém-nascido com atenção e disse:
— Sim, é uma criança formosa e, devo confessar, mais imperial do

que deveria ser permitido, considerando que nasceu com pecados tão grandes. Resumindo, que pena, também tenho olhos e um coração, e não nego. Apenas pergunto: o que vamos fazer com ela agora?

— Fazer? — gritou a jovem mãe cheia de terror.

— Será que queres matá-la, Herodes? — perguntou a sra. Choraferro.

— Eu, matar? — disse ele. — Mulher, queres me atribuir o assassinato dessa bela criança? Morta — falou — ela já nasceu, apesar de estar viva, é esse o dilema, e não tem morada, apesar de estar aí. Esse é o contrassenso que vós me destes para resolver e ainda por cima me chamais de um monte de nomes. Será que o menino deve crescer aqui no quarto? Porque lá fora nenhum olho humano jamais poderá vê-lo. Eu não fiz os melhores do país jurarem diante dessa virgem que ela seria a nossa senhora para que seu crime e sua vergonha fossem revelados e minha honra se esvaísse junto com a dela. Mas vós, mulheres, tendes cérebro de passarinho, pensando apenas na parte carnal e em belas crianças, porém não tendes nenhum senso de honra e política.

As duas mulheres começaram a chorar: Sibilla o fazia em suas mãos pálidas debaixo do dossel, e a sra. Choraferro, que segurava a criança, a molhava com suas lágrimas.

— Vou meditar sobre o assunto — disse ele — e dormir uma noite pensando nisso com carinho, para ver qual a melhor forma de lidarmos com essa situação. Apenas proíbo que me chameis dos nomes que usastes para me chamar. — Então, fez um pouco de carinho com o dedo no queixo da criancinha. — Ei, bonitinho, ei, riso fofo, pobre pecadorzinho, não te preocupes, pois vamos encontrar um caminho e um conselho para ti!

No dia seguinte, porém, disse à esposa no salão:

— Choraferra, é melhor nós mesmos fazermos o mínimo possível com essa bela criança e a entregarmos totalmente nas mãos de Deus. Ele deve saber o que pensa em fazer com esse sem-casa, e, se deve viver ou morrer, isso a Ele confiamos com humildade. Determino que façamos apenas o necessário para entregarmos o menino nas mãos de Deus, nem mais nem menos. Por isso, decidi abandoná-lo no mar, mas com uma precaução para indicar a Deus que, quanto a nós, ficaríamos muito alegres se Ele salvasse a criança. Eu a colocarei num barrilzinho que já tenho em vista, muito firme e bom, e este colocarei num barco, que entregaremos às ondas. Se elas o engolirem, tanto pior, então terá sido decisão de Deus, não nossa, nós que envidamos todos os cuidados.

Contudo, se a Sua mão conduzir o barco e o barrilzinho para qualquer lugar, a uma terra qualquer onde vivem pessoas, então que o menininho seja criado lá como uma criança que foi encontrada e viva uma vida feliz, de acordo com aquela terra e com a sua posição. O que te parece?

— Parece-me que Deus vos deu, senhor, uma bondade dura — disse a mulher, e contou a Sibilla, que estava sentada em sua cama, tudo aquilo que o esposo lhe dissera. Ela segurava a criança em seu peito de mãe e chorou alto, de modo que o pequeno se assustou e perdeu o peito, e também fez uma careta e começou um choro amargo.

— Ai, ai, meu doce castigo que amo tanto desde que se mexeu dentro de mim pela primeira vez! A única coisa que me ficou do meu querido, o presente de seu corpo, do qual cuidei em sofrimento e ao qual dei à luz em meio a tanto calor! Ó cavaleiro Choraferro, monstro, é essa a tua fidelidade de vassalo? *Ó, tu es mult de pute foi!** Foi para isso que o chamaste de "riso fofo" e lhe prometeste conselhos, para abandoná-lo no mar selvagem num barril, e eu, sabendo que ele morrerá ou viverá como criança abandonada, nunca mais o ver com estes olhos? Não, não, não tolero isso! Prefiro que me coloque no barril também, eu junto, para que as ondas revoltas nos devorem, a mim e a meu filho, meu doce castigo! Ah, mãe parteira Choraferro, que me ajudaste na necessidade, ajuda-me agora também, pois estou desesperada!

— Ora, escuta, mulher, afinal de contas tens que recobrar o juízo — aconselhou a velha, em tom conciliador. — Que barril teria que ser esse em que caberiam os dois, tu e a criança, para a travessia das ondas? Esse que ele tem em vista, que é bom e firme, é pequeno demais para vós dois. Além disso, precisas cuidar do país como senhora, no lugar de teu irmão, como foi o combinado. O que seria dele se retornasse e descobrisse que tu também havias partido, junto com a criança? Olha para mim: quatro filhos aos quais dei à luz logo morreram, um morreu na luta, e achas que perdi a razão por isso? Nós tivemos uma bela gravidez e um parto primoroso, mas o fato de que a criança não teria morada nesta terra, infelizmente, não nos era desconhecido! Ela no máximo encontrará morada a partir do mar, nesse sentido Choraferro tem completa razão. Mas como faremos isso é algo que ele só desenvolveu num esboço muito rudimentar. Os detalhes finos, estes precisamos acrescentar, nós, mulheres. Ele simplesmente quer pôr o risinho fofinho no barril, mas assim não dá, Deus me livre! Nós colocaremos os melhores tecidos de seda junto

---

* "Ó, tu és de uma fidelidade muito ruim!"

de roupas, das mais caras, que colocaremos debaixo dele e o cobriremos com uma fartura dos mesmos. O que mais acrescentaremos? Uma soma em ouro vermelho, nada menos que régia, para que possa ser educado da melhor maneira, se Deus o mandar em misericórdia para alguma terra. O que dizes? Será que dessa forma a sra. Choraferro refinou um pouco o conselho do sr. Choraferro? Mas se pensas que já terminei o meu conselho, estás enganada. Pois ainda acrescentaremos o seguinte: poremos uma tabuleta, escrita como carta, na qual escreveremos com cuidado a situação da criança, sem pensar em nenhuma pessoa nem em nenhum país específico. Escreveremos que ele é de alta estirpe, só que — infelizmente! — o destino quis que ele fosse sobrinho de seus pais e a mãe fosse sua tia, de modo que o pai fosse o tio. Por isso, e para ocultar este fato, ele foi colocado no mar, e se pede a quem o encontrar, em seu espírito cristão (pois roga-se que seja um cristão), que batize o menino e use o ouro para educá-lo, sem prejuízos. Além disso, deve multiplicar de forma cristã o seu patrimônio e deixá-lo render. E também deve guardar fielmente a tabuleta e o dotar, antes de tudo, da arte da escrita, para que, quando for homem-feito, possa ler toda a história escrita na tabuleta. Assim ficará sabendo que é de alta estirpe, mas muito, muito pecaminoso, e não se tornará altivo, mas voltará os sentidos para o céu e então pagará o pecado dos pais com uma vida de devoção, para que os três alcancem a Deus. E diz, agora, se a mãe Choraferro cedo ou tarde não dá conselhos bons!

A puérpera apertava a criança junto de si e apenas soluçava, mas não disse mais nada, mostrando assim uma concordância dolorosa. E também não conseguiu evitar se alegrar com toda aquela seda preciosa que a senhora do castelo queria colocar debaixo e por cima da criança, além do tesouro que ela lhe indicou, vinte marcos de ouro: ela os assou dentro de dois pães, que deveriam ser depositados aos pés da criança. Mas o melhor de tudo foi a tabuleta que ela trouxe — ah, queria eu que Deus me trouxesse uma tabuleta tão bonita para escrever! Tenho prazer em escrever e por bons utensílios de escrita, mas sou um monge pobre, e aquela tabuleta, feita do mais fino marfim, emoldurada em ouro e salpicada de todo tipo de pedra preciosa no entorno, nunca será de minha propriedade. Posso apenas narrar sobre isso e manter-me impoluto por meio de louvor e enaltecimento. Foi nesse suporte nobre, então, que a mãe escreveu com tinta ferro-gálica a situação da criança, da forma que a hospedeira lhe havia prescrito, e escreveu entre lágrimas: "Tu, que não posso mencionar pelo nome, caso vivas, não te lembres de teus pais com ódio e dureza! Eles se amavam tanto, a si próprios e um ao outro, e foi esse o pecado e a tua concepção. Perdoa a eles e faz o certo diante de Deus, aplicando todo o teu amor num sangue diferente e lutando como um cavaleiro por isso, quando numa situação de emergência" — ela ainda quis escrever mais na moldura e preencher todos os cantinhos, mas a sra. Choraferro lhe tirou a tabuleta das mãos.

E eis que chegou a hora em que lhe tirou também a criança, de forma suave e consoladora. Contava esta apenas dezessete dias, quando o senhor do castelo decidiu que não se poderia mais dar guarida a ela, mas colocá-la com todo o cuidado nas mãos de Deus. Ela ainda se satisfez completamente no seio da mãe e estava inchada e vermelha de tanta satisfação. Então, a hospedeira a retirou e, sob as mãos dela e as do seu senhor, o barrilzinho trazido secretamente passou a ser sua nova morada, um novo ventre de mãe, de cuja escuridão, se Deus assim o quisesse, ela deveria renascer, junto com o seu dote em seda, os pães recheados de ouro e a informação escrita. Tudo aconteceu rapidamente e em segredo, e, quando o fundo do barrilzinho voltou a se fechar, houve um curioso transporte à noite, em meio à neblina, descendo do castelo para o mar: o próprio sr. Choraferro, disfarçado de cocheiro, conduziu o cavalinho pela areia e pela vegetação das dunas, atrás dele o caixãozinho barrigudo com cintas pintadas, com uma pequena abertura e argolas de ferro nas laterais: elas eram necessárias, pois também havia aberturas no interior do barco que estava à disposição lá embaixo na praia inóspita, e com cordas se amarrou firmemente o barrilzinho ali, num trabalho silencioso, durante o qual nuvens apressadas ora encobriam a lua, ora a revelavam. Então, senhor e servo empurraram o barco com seu delicado barqueiro para o mar, e o querido Cristo deu o vento desejado e a correnteza correta — num balanço suave, o barco fez o seu caminho, levando a criança, que estava nas mãos de Deus.

Mas do alto da torre para onde fora com o auxílio da senhora do castelo, erguendo-se do seu resguardo muito antes da hora, Sibilla procurou com os olhos, em meio à lua apressada, a carroça que oscilava por entre as dunas. Sim, ainda julgava ter visto na praia os homens mexendo no barrilzinho e o barco indo embora. Mas, quando nem ela acreditava mais ver alguma coisa, escondeu o rosto no peito da ajudante e lamentou:

— E eis que ele saiu voando, o meu dragão, ai, que dor, que dor!

— Deixa voar! — consolou-a a sra. Choraferro. — Eles sempre voam assim, e nós, plenas de dor, sofremos as consequências. Vem, vou te apoiar para descermos da torre e voltarmos ao santo resguardo, pois é esta a tua morada!

AS CINCO ESPADAS

O espírito da narrativa que incorporo é um espírito zombeteiro e sagaz, que bem sabe administrar o que é seu e não satisfaz de imediato e tão facilmente toda curiosidade, mas, ao suscitar várias, satisfaz uma e põe outra, por assim dizer, sobre o gelo, de modo que perdure e, assim, se aguce ainda mais. Se alguém quiser saber imediatamente o que se fez da criança nesse mar revolto de Deus, será distraído e entretido com outra história, da qual será muito importante que se tome conhecimento, mesmo que ela lhe cause tristeza no coração. Mas o fato de ela ser tão triste pode reforçar a esperança de que a situação sobre as ondas seja mais feliz, porque o espírito da narrativa não é tolo a ponto de anunciar apenas coisas tristes.

A próxima história é a da mãe pecadora e de como ela ainda ficou mal por algum tempo. A mulher, esta realmente teve que aguentar sofrimento em demasia, tanto que não sei se minha boca é hábil o suficiente para fazer jus a tanto sofrimento e alcançá-lo com palavras. Sinto que me falta experiência. Jamais me foram concedidas nem a felicidade verdadeira nem a infelicidade verdadeira. Vivo numa espécie de entremeio, apartado tanto de uma quanto de outra pela minha vida de monge. Pode ser esse o motivo pelo qual eu uso a alegoria para me auxiliar a descrever o sofrimento da minha mulher, e digo que cinco espadas perfuraram seu coração, nada menos que isso. E logo explicarei minha metáfora, citando cada uma das espadas pelo nome.

A primeira era o sofrimento espiritual que a amedrontava diante do pecado que havia cometido com seu irmão, mesmo ela se lembrando com prazer de sua carne e de seu sangue e esperando ardentemente o retorno do esposo. A segunda era a doença do parto e a doença do resguardo, pois se recuperava do parto do menino muito lentamente e com dificuldade, a despeito dos cuidados fiéis da parteira. O leite passou a lhe faltar, causando-lhe uma brasa febril, e depois de seis semanas — que, como me disseram, é o tempo correto para as mulheres se levantarem do leito do parto e fazerem sua primeira visita à igreja após darem à luz — ela ainda estava tão fraca que mal se sustentava nas pernas. Será que isso se devia apenas à febre do leite? Ah, não, pois agora vou citar a terceira espada: medo, tristeza e lamento pelo pequeno barqueiro lá fora no vento selvagem, aquele que havia sido entregue totalmente nas mãos de Deus, o qual não mais bebia do seu leite e ela não sabia se fora salvo ou engolido pelo mar. Como doía essa espada! Mas a quarta, esta tinha dois gumes, e lhe havia sido enfiada no peito com mão tão cruel que me espanta ver como ela sobreviveu, e ainda multiplicava os seus dias — não para a sua salvação, o que me dou o direito de anunciar. É bem verdade que desmaiou duas vezes diante dessa espada: a primeira, quando a recebeu no coração, e novamente ao acordar, quando percebeu que ela ainda estava lá. Depois, porém, conviveu com aquilo e carregou consigo — mas como? Isso tereis que perguntar à tenra e tenaz natureza feminina; eu não sei vos dizer.

Pois justamente três dias antes do dia em que a pálida iria à igreja, aconteceu de aparecer no castelo Anacleto, o pajem, com o escudo virado ao contrário, em sinal de más notícias. Que notícias poderiam ser aquelas? Ele nem precisava pôr em palavras, nem precisaria ter virado o escudo ao contrário, que já se entenderia a mensagem. Bastava o fato de ter voltado sozinho. Seu doce senhor estava morto.

Ah, estou inconsolável com essa perda! E eis que a escrita me concede um verdadeiro sofrimento, que na minha existência de monge também não me é dado sentir, tampouco a verdadeira felicidade. É possível que eu só escreva para me apropriar um pouco das duas coisas, a felicidade e o sofrimento humanos. É difícil segurar as lágrimas ao avistar o escudo invertido de Anacleto, e se lá fora nas ondas não houvesse alguma esperança de substituição e simpática ressurreição, eu não conseguiria matar o pobre Víliguis. Pois assim como é o espírito da narrativa que toca os sinos quando eles dobram sozinhos, é ele também quem mata os que morrem lá na canção.

Morto, o jovem Víliguis, tão esbelto e belo! É verdade, ele julgava que ninguém era digno dele, à exceção de sua irmã, nascida junto com ele e igualmente bela, e com ela pecara de forma imperdoável. E para mim é difícil perdoar também o assassinato de Raneguife, um cão tão bom. Contudo, em atitude de cavaleiro, dispôs-se a pagar por isso, mesmo ficando evidente que não conseguiria fazê-lo. Não sei, esse jovem, apesar de talentoso para o pecado e rapidamente disposto a isso, talvez nunca tenha sido bastante firme de coração. Empalidecia e tremia com muita facilidade; era valente porém frágil. A separação de sua doce irmã, sua esposa, afetou-lhe a vida de forma dura e corrosiva, e provavelmente sua alma não estava bem armada para a dura viagem da Cruzada. Com Anacleto passou por muitas coisas, ladrões, animais selvagens, pântanos, florestas, rochas e águas, mas não chegou ao porto de Massília: antes de lá chegar, pôs a mão no peito, voltou o rosto crispado para o céu e caiu no musgo, onde seu alazão o cheirava, compadecido. Com que rapidez Anacleto também não desceu da sela! Em seus braços, levou-o até um castelo, não muito longe dali, cujo senhor os acolheu com hospitalidade e fez deitar o peregrino adoentado, dispensando-lhe cuidados. Mas seu coração estava partido; no segundo dia, entregou o espírito, e, no momento em que se lhe cobriu a cabeça com a mortalha, a terra, por mais velha que ficasse, nunca mais veria aquele rosto fraterno especial, aquele lábio que dava forma à boca séria, aqueles olhos, azuis na negritude, aquele narizinho que tremia, a testa com o sinal em meio ao cabelo escuro, e as belas sobrancelhas.

Só de pensar nisso já derramo uma lágrima, e louvo o desconhecido senhor do castelo, pois ordenou com honras o traslado do corpo do peregrino real para a sua terra natal. Anacleto se adiantou ao cortejo em um dia e pôs-se diante de Sibilla, com o escudo virado e de cabeça baixa. Ela já estava próxima do desmaio quando lhe anunciaram seu nome, e apenas o seu. Ao vê-lo, desmaiou e caiu em seus braços. Devo envergonhar-me de minha própria lágrima, pois a derramei por uma suave tristeza, mas era dela a dor, que nenhuma lágrima poderia suavizar, e, quando ela acordou pela segunda vez, seus olhos estavam secos e seu semblante rijo. Ela pediu ao pajem que lhe contasse o que acontecera com seu senhor, dizendo depois:

— Bom.

Esse "bom" não era nada bom. Conformação com a decisão de Deus esse "bom" certamente não é, mas antes uma palavra de rigidez e de eterna negação da palavra de Deus, e quer dizer: "Seja como quiseres, Senhor Deus, tiro as minhas conclusões da Tua disposição, que não me é aceitável. Tinhas uma mulher em minha pessoa, uma pecadora, decerto. Agora, não terás uma mulher, mas para sempre uma noiva enrijecida da dor, fechada e renitente, vais Te surpreender". — Proteja-me

Deus dessa espada e dessa rigidez! Eu também não dou chance para isso. Mas, mesmo assim, fico feliz que a narrativa me deixe provar dessa sensação e eu a acabe provando, em algum sentido.

O sr. Choraferro disse a ela:

— Chegou o coche fúnebre de vosso irmão e está na igreja do meu castelo. Ele entregou a Deus seu corpo em troca de sua alma, e vós agora sois a nossa senhora. Aceitai, assim, que eu dobre o joelho! Ao mesmo tempo, ficai respeitosamente alertada, em nome de vossa honra e da minha, de que vós, quando o levarmos ao sepulcro, deveis mostrar a dor que se sente diante de um irmão falecido, e nenhuma outra. Toda dor que for mais quente do que aquela adequada e correta para uma irmã deve permanecer absolutamente oculta.

— Pela instrução e alusão delicada, senhor cavaleiro, meus agradecimentos. Acredito não ter o semblante com o qual eu exporia vossa honra, meu protetor, com expressões de uma dor que seja excessiva. Sois bastante inexperiente na dor se acreditais que a dor mais profunda é barulhenta. Penso agora em rezar por três horas sobre o caixão de meu doce irmão. Creio que isso não ultrapasse o limite do decoro. Depois, podeis levá-lo ao seu sepulcro, com o luto comedido. O meu não está mais aqui, em vosso castelo cercado de águas, e não será daqui que administrarei o país. Espero poder continuar contando convosco como um fiel vassalo, *cons du chatel*, mas não vos aprecio, e apesar de terdes me feito vossa senhora, não estais em minhas graças, que isso lhe seja dito por mim agora. Vós me tirastes meu doce filho-irmão, o lançastes ao mar bravo e enviastes o pai, meu querido irmão, para a morte — isso tudo deve ter sido em nome da honra e da arte de estadista, mas, mesmo assim, eu não vos perdoo e estou cansada de vossa dura benevolência, chegando à amargura. Não vos quero nem como senescal* nem como assessor, nem mesmo quero vos ter por perto quando eu estabelecer moradia em minha capital, no alto castelo em Bruges, no grande porto. Se estivésseis perto de mim, quereríeis urdir planos estratégicos para o Estado, pensando na sucessão direta, e me casar com um príncipe equivalente da cristandade, sendo que um único me era igual, pelo qual estarei em luto eterno. Não quero saber nada de casamento, mas *celui je tendrai ad espous qui nos redemst de son sanc precious*.** Esmolas, jejum, vigília e oração sobre pedras, além de tudo o que é

---

* Supervisor da corte e das finanças, mordomo-mor.
** "Tomarei como esposo aquele que nos redimir com seu sangue precioso."

desagradável e repulsivo à carne, é isso que será a minha vida como senhora deste país, para que Deus veja que não tem mais em mim uma mulher pecadora, mas mulher nenhuma, e sim uma monarca-freira de coração morto. É essa a minha decisão.

Sabe Cristo que essa não era, nem seria, a decisão correta. Pois, ai, ela traria a quinta espada sobre a mulher e sobre todo o país, mas disso falarei mais adiante. Sibilla não voltou para Belrapeire, o local de sua juventude e de seu pecado, que ficou abandonado, guardado apenas por um castelão e uma pequena tropa de sargentos. A regente estabeleceu a corte no castelo em Bruges, no golfo, uma corte enrijecida na qual não havia riso, exceto quando ela não aparecia e se encontrava sozinha ou entre dois monges, rezando sobre pedras nuas. Ela descia em trajes brancos, acompanhada apenas de duas mulheres com cestas, e doava aos pobres, que a chamavam de santa. Não se permitia alegria ou conforto, apenas missas noturnas, flagelo e refeições parcas, mas tudo isso não era para agradar a Deus, e sim para desafiá-lo, para que Ele sentisse e se assustasse.

Assim viveu vários anos, mas não perdeu em nada sua beleza, como certamente gostaria que Deus lhe tivesse concedido, mas, mesmo se frequentemente sombras azuis de vigília lhe circundassem os olhos, ela amadureceu, mantendo na terra os traços de seu irmão morto, e tornou-se, ano a ano, a mais bela das mulheres, o que, creio, também era o seu desejo, para que Deus se irritasse, pois ela não cederia um corpo tão belo a nenhum esposo, permanecendo a viúva penitente do irmão. Ainda assim, tal como acontecera em sua infância, vários príncipes cristãos a sondaram, pedindo sua mão por carta ou mensageiro e às vezes também pessoalmente. Mas todos foram recusados. Isso entristecia a corte, a cidade e o país, assim como entristeceu a Deus, a quem deveria entristecer mesmo, apesar de Ele não poder ter nada a objetar diante de tanta abstenção penitente. Ela cedia de bom grado essa dubiedade a Ele.

No sexto ano, um príncipe bastante nobre, Roger-Philippus, rei de Arles, começou a lhe fazer a corte em nome do filho em idade de casar, de nome Roger, sem o Philipp. Era um príncipe do tipo que eu odeio até a alma, um desavergonhado. Já com quinze anos de idade tinha uma barba pontuda, negra como seus olhos, semelhantes a carvão em brasa, com sobrancelhas arqueadas como o seu bigode, e era comprido, peludo, briguento e galante, um galo, quebra-corações, duelista, um sujeito do diabo, totalmente repugnante para mim. Entendo que seu pai quisesse coisas boas para ele, e também que julgasse aconselhável casar o filho logo, a fim de acalmá-lo. Para tanto, a filha nobre e devota do sr. Grimaldo parecia ser a escolha certa e, além disso, entrava no plano também uma ponderação estratégica, pois o rei não presentearia o herdeiro apenas com a bela esposa, mas ainda por cima anexaria Artois e Flandres a Arles e à Alta Borgonha, e era principalmente isso que legaria ao filho.

Por isso, mensagens e pedidos, propostas delicadas e presentes de pretendentes iam de país em país, e o rei Roger-Philippus em pessoa, junto com seu filho e um séquito considerável de cavaleiros da Borgonha, visitou a corte de Bruges, onde Roger logo seduziu três damas da corte, mas foi recebido com frieza pela senhora. Ela tinha um jeito de medir a pessoa altamente cavaleiresca dele com um olhar de mofa de cima a baixo, depois de novo para cima, o que amargurou o galo até o sangue e o atiçou para sempre, de modo que ele pensava que sua honra estaria perdida caso não a possuísse. A corte inteira, incluindo as três damas que a ele sucumbiram em poucos dias, era favorável àquele pedido, pois todos desejavam que Sibilla desse um duque ao país e que sua castidade logo tivesse um fim. Ela, porém, desviava-se educadamente da proposta do rei, não dizia não mas também nunca dizia sim, e pediu um tempo indefinido para pensar no assunto, de modo que os borgonheses voltaram para casa. De lá, renovavam as mensagens, insistências e pedidos, mas eram desconsolados e despachados com palavras que ora se aproximavam mais do não, ora, apenas por educação, do sim, e mantinham tudo em suspenso, com a finalidade de que pai e filho por fim se cansassem daquilo tudo.

Quatro anos se passaram dessa forma, e então o rei Roger-Philippus deu a mão à Morte, tendo que ir com ela, e assim Roger, o Barba-Pontuda, tornou-se rei de Arles. É verdade que ele havia subjugado todas as damas de sua corte com menos de cinquenta anos, além de um monte de filhas de burgueses, mas nunca se esqueceu do anseio pela moça seca do vestido branco que o olhara com tanto desdém, e, desde que chegara ao trono, o desejo de possuí-la se juntou à ânsia de ampliar seu reino, unindo-o ao dela, conforme a intenção estratégica de seu pai. Eis que, à doce proposta, mesclou-se uma ousada ameaça quando lhe escreveu e a encheu de mensagens, dizendo que preferiria conquistá-la com armas a renunciar a ela, a melhor das mulheres, e desposar outra. Era dela a culpa por seu reino estar sem rainha, assim como era dela a culpa de que em seu próprio reino faltasse um rei, e, diante de tanto mal, Deus enfim o exortaria a sacar da espada. Era assim ou de forma parecida que falava esse galo e garanhão. Mas como Sibilla, para mantê-lo sob rédea curta, voltava a aproximar suas respostas do sim, acabaram se passando mais três anos, até ele finalmente perder a paciência. Eis que ele a perdeu, e com dois mil cavaleiros e dez mil soldados invadiu as terras de Sibilla e as cobriu de guerra e fogo.

— Socorro, sr. Choraferro! Esquecei que em aflição vos expulsamos de nossa corte! Pensai nos serviços que prestastes a nosso senhor pai, iluminado em Deus! Chamai meus cavaleiros, reuni a minha plebe, abri os arsenais, valente mestre de batalha, e lançai-vos contra o descarado ladrão, que com mão sangrenta quer nos levar para sua cama! Protegei vossa duquesa, a consagrada a Deus!

Foi assim que começou a "guerra de amor" entre a Borgonha e Flandres-Artois, como a cantam os trovadores, e que, com alternados sucessos e sempre renovada pela resistência, persistiu de forma devastadora por cinco anos.

— Dai, senhora, a paz a este país depois de tantas lides, e dai a mão àquele que arde por vós, o pretendente ousado e tenaz!

Mas ela dizia:

— Jamais!

OS PESCADORES DE SÃO DUNSTAN

Eu, Clemens, louvo as obras da sabedoria de Deus. Quão perfeito e admirável parece, àquele que possui algum conhecimento de geografia, o fato de haver uma ligação entre o *oceanus* e o mar do Norte: a saber, através de um caminho de mar que, situado entre a Carolíngia e a Inglaterra, é chamado jocosamente de "mancha" devido à sua estreiteza, mas de resto também de "canal", se bem que, a rigor, só se deveria chamar de canal uma valeta cavada por mãos humanas, e não o elemento salgado de Deus, que nada apresenta da calma imóvel de um canal, mas, muito pelo contrário, frequentemente é açoitado por tempestades e agitado pelo bater das ondas, ensinando os barqueiros a rezar. Isso vale até para barcos maiores e de longa distância, como aquele no qual eu mesmo atravessei esta água há pouco tempo. Mas se penso nos perigos que corre um barquinho frágil, um barco aberto, um mero brinquedo das ondas, talvez até mesmo sem tripulação ou apenas tripulado da forma mais especialmente delicada e desamparada — aí tenho calafrios diante da escassez de esperança que existe em relação a esse barquinho para que chegue com sucesso a algum lugar, e admiro a habilidade de Deus, com a qual Ele sabe manejá-lo, quando assim o quer, através dos perigos que Ele mesmo engendra; por isso, logo se impõe em nossos lábios a frase: *"Nemo contra Deum nisi Deus ipse"*.*

Há ilhas dispostas nessa água, justamente ali onde ela já quer se abrir para o mar do mundo: maiores, menores, bem pequenas, chamadas de "Normandas", talvez por estarem mais próximas de Frância e do País dos Normandos que de Cornualha e Sussex, e a uma das menores

---

* "Ninguém consegue fazer algo contra Deus, além do próprio Deus."

delas estou prestes a me transportar em espírito junto com o leitor. Era um pedacinho de terra de Deus envolto pelas marés, cujos moradores, para a sua própria salvação, tinham sido alcançados pelo cristianismo, mas de resto levavam uma vida bastante primeva, pouco versada nos acontecimentos do mundo. Em sua maioria, residiam numa localidade com construções dispersas, repleta de pastos de gado e jardins arados que, pelo que lhes constava, se chamava São Dunstan, assim como toda a ilha, e viviam da criação de gado, do preparo de manteiga, da plantação de legumes e da pesca. Desloco-me até lá principalmente por causa de um homem devoto e excepcional, que tem minha total simpatia, e a quem desde já quero expressar minha gratidão pelos excelentes serviços que ele, em sua bondade, prestou a esta história, com cuja rememoração me entretenho, Deus queira. É Sua Reverência Gregorius, abade do mosteiro Agonia Dei,* que, surgido de uma laura** antiquíssima e de um povoado de cenobitas e obedecendo à Regra de Cistercium, localiza-se perto da praia da ilha, voltado para o poente, e representa o seu ornamento espiritual — aliás, espero que ainda hoje o represente. Dos conventuais que prestaram os juramentos, não havia muitos remanescentes entre aqueles muros, não muito mais do que o nosso Senhor e Salvador tinha de discípulos, talvez catorze, ademais, uma quantidade de irmãos leigos serviçais que cuidavam do gado do mosteiro, além deles também sempre algumas crianças que, predestinadas a serem monges, eram entregues aos irmãos de Agonia de Deus para treinamento espiritual e que em parte também vinham de outras ilhas. Mas todos eles, adultos e crianças, anciãos, homens e meninos, olhavam para o seu abade Gregorius com respeito unívoco e confiante devido à sua bondade, benevolência, justiça e cuidado, como para um pai; e assim é no sentido literal da palavra, como bem sabe o erudito.

O abade Gregorius deve ser descrito como um homem envolvente, de estatura mediana, cujo rosto cheio, cuidadosamente escanhoado, com uma boca pequena e arredondada de lábio inferior protuberante, era encimado por uma careca cintilante e belamente polida. Cabelos grisalhos encaracolados nas têmporas circundavam tudo. As vestes de sua ordem, envolvidas por uma corda retorcida à perfeição através da qual se via entretecido o terço, eram elevadas por uma respeitável coroa estomacal, que mais parecia expressão de consciência tranquila que

---

* Agonia de Deus.
** Celas onde viviam os anacoretas, e também mosteiro para os cristãos orientais.

de dificuldade e em nada tolhia o movimento feliz da circunferência do abade, admirável para os seus anos, que contavam cinquenta. O fato de a letargia e a frouxa autopreservação não serem coisa dele podia ser comprovado logo, pois o encontramos certa manhã bem cedo num clima mais que antipático (as nuvens pendiam e pingavam, e sopravam ventos tempestuosos de nor-noroeste) indo totalmente sozinho em direção à praia lá embaixo, dando a volta na baía em forma de ferradura que desse lado faz um corte na ilha e para dentro da qual o mar rola suas ondas, que quebram em bancos de pedra ali antepostos. Tendo às costas o seu mosteiro, cujas estruturas, enevoadas pela chuva, se destacavam diante de uma faixa de madeiramento escuro, o abade caminhava na areia molhada com as vestes levantadas, apoiando-se em seu longo cajado, muitas vezes atravessando todo tipo de pedregulhos, que jaziam ali ora pedaçudos e massudos, ora reduzidos a escombros. Nos ombros, para se proteger da umidade, ele trazia uma manta de feltro que segurava na frente com a mão, e usava um chapéu nada religioso, com as abas pendentes, tal como provavelmente os pescadores da ilha usavam em seu ofício. Com olhos dando pequenas piscadelas, ele mantinha a cabeça em posição oblíqua contra o vento, e com frequência virava o rosto molhado para o lado, para observar o mar alto com semblante preocupado.

Seus pensamentos eram os seguintes.

"Terrível, terrível. Temos muito tempo ruim na nossa ilha, mas este está excepcionalmente ruim, considerando a época do ano. Não estou reclamando, mas inquieto. Veja como as ondas do quebra-mar, que aqui em cima na baía já foram bastante domadas, espirram ali nos bancos, inundam-nos completamente de tempos em tempos e se espalmam com violência nos lagos de água salobra à minha direita, de modo que sou obrigado a pular para o lado com uma agilidade quase indecente! Imagine como não deve estar lá fora no mar aberto, onde a meu pedido se encontram os irmãos pescadores Wiglaf e Ethelwulf! Quem me visse aqui diria que me dirijo à praia *apesar* desse tempo terrível. Mas me dirijo à praia tão cedo justamente *por causa* do tempo, movido pela inquietação. E é também a inquietação que nos insufla observações tão irrelevantes e secundárias como essas sobre 'apesar de' e 'por causa de', que se tornam uma única e mesma coisa em minha inquietação. Deus não quer que o homem seja calmo demais, mas, para a sua domesticação, Ele o provê com inquietação, na medida em que o instiga a se prover dela ele próprio, tal como eu o fiz, mandando os homens pescadores para o mar com esse tempo que, aliás, não se podia prever ontem à tarde. Como eu poderia estar calmo sem esta preocupação autoinfligida?! Pois, de resto, tudo está ótimo ou pelo menos bem nesta ilha, que segundo a confirmação de seus moradores mais idosos se chama São Dunstan, e no meu mosteiro ali atrás, inquestionavelmente chamado de Agonia de Deus, e que também é conhecido por esse nome em ilhas mais distantes. Só se pode pensar nele com humildade, e não há tentação séria para o orgulho em ser seu abade. Pois entre os mosteiros da cristandade ele é pequeno e nem mesmo tem um capítulo próprio, mas o refeitório também cumpre a função de salão do convento, apesar de sempre haver lá um cheiro bafiento de refeição terrena. E só metade dos irmãos tem uma cela própria, os outros precisam pernoitar no dormitório comunitário, e somente eu, é claro, tenho um quarto espaçoso para mim, e não deveria pensar nisso com autossatisfação, mas apenas me lembrar com gratidão do quão *smooth*mente* tudo em nosso pequeno estabelecimento divino segue seu caminho devoto e bem azeitado, e de como é agradável encontrar uma cama feita por mão experiente, de modo que não se precisa mais fazer o trabalho de base e preparar a terra selvagem, mas apenas conservar e manter tudo em seu justo lugar. A exploração e a preparação do terreno foram trabalho dos irmãos de vida solitário-comunitária que primeiro vieram para cá há cem anos e muito mais, manuseando enxada, picareta e colher de pedreiro, transportando pedras e, à medida que iam tanto construindo o seu claustro quanto transformando o solo arenoso em terra arável para legumes, também esclareciam as cabeças obscuras dos moradores da ilha e as iluminavam com a verdade de Jesus. Eles bem sabiam que o ócio é a poça de todas as tentações, e por isso não se dedicavam apenas à contemplação, da qual também não teriam podido viver, mas obravam e capinavam com afinco, assim como eu também faço questão de que os meus cordeirinhos, ao lado da contemplação de Deus, sempre executem algum trabalho braçal ou de jardinagem, contribuindo para o seu correto cansaço. Eu mesmo, evidentemente, sou velho e digno demais para isso. Velho demais, não digno demais. A palavra 'digno' me é insuflada apenas pelo Diabo, para derrubar a minha humildade que, aliás, sempre está exposta a certos perigos, porque eu, felizmente, como abade que veste a ínfula, sou o primeiro homem da ilha, sobre cuja mão se curva todo aquele que dele se aproxima. Será que essas pessoas realmente foram

---

* Advérbio composto de *smooth*, "suave" em inglês, e do sufixo "-mente" (no original, *smoothlich*).

convertidas há tempos ao cristianismo pelo fato de uma virgem já esclarecida, que eles queriam sacrificar a um dragão que dizimava a ilha, ter lhes mostrado o crucifixo, de modo que ele, depois de ainda expelir uma última vez fogo e vapor de sua garganta, deitou de lado e morreu? Conta-se que ficaram tão impressionados com aquilo que imediatamente todos se converteram a Jesus. Mal consigo acreditar nessa história, pois como um dragão chegaria a esta ilha, e de que ovo ele teria nascido? Simplesmente não consigo imaginar aqui um dragão que receba jovens virgens em sacrifício. Mas isso talvez seja apenas uma falta pecaminosa de ingenuidade, mesmo me parecendo justificada certa diferença entre aquilo em que um homem sábio deve acreditar e a crença do *vulgus** diante de Deus, correndo o risco de com isso entrar na caldeira da soberba do Diabo. Pensando em paralelo, e pensando com preocupação, o cristianismo das pessoas aqui nem mesmo está fincado em bases muito sólidas, quando perguntam se houve um dragão ou não, e justamente por isso é uma bênção tão grande o fato de nós, irmãos, estarmos aqui na vigília da fé no Agonia Dei. Pois algo adquirido pode ser perdido de novo, como fiquei sabendo que aconteceu nas chamadas terras da Alamânia, longe daqui, onde o cristianismo já tinha se consolidado na época dos romanos, mas aquele país recaiu nas trevas, até o surgimento de certos mensageiros irlandeses, que reacenderam a luz. O isolamento do mundo pela água, aparentemente, tem suas vantagens, pois preserva a ingenuidade e protege de várias confusões. Mas, pensando por outro lado, também não é bom quando grandes movimentações de povos, transformações e migrações, como sei que aconteceram em épocas remotas, passam longe daquele que está enredado em si mesmo, ou seja, se é que posso expressar meus pensamentos dessa forma, não é bom quando os acontecimentos do mundo não o levam consigo mas o deixam de lado e para trás num patamar antiquado, numa situação de inexperiência. Sei bem que aqui há bastante coisa atrasada nos ânimos e nos costumes silenciosos que não merece um nome melhor que o de terror druídico, e contra a supremacia desses costumes o nosso pequeno burgo de Deus é a única barragem. Essa gente sempre esteve por aqui, pois ninguém se preocupava com ela, e creio que nenhum país da terra ainda seja habitado por seus ocupantes primevos, porque todos foram empurrados e empurraram outros, que tiveram que buscar outras moradas, que ou encontravam abandonadas ou das quais se apoderavam

* O povo.

recorrendo à força bruta. Foi o que ouvi em relação aos borgonheses, que desceram do alto de Thule até a muralha romana na fronteira e se sentaram, não sem vaidade, às margens do rio Reno, onde, porém, foram dizimados pelos hunos até sobrarem apenas uns poucos. Como se não bastasse, também sei de Vortigern, o soberano dos britânicos, que buscou ajuda de navegantes germanos contra os pictos selvagens, com os quais aqueles imediatamente entraram em acordo e se juntaram contra o contratante. De repente, os bretões, anglos, jutos e saxões criaram um reino britânico no qual o normando fincou pé e o qual agarrou com as duas mãos. Sim, meus conhecimentos são espantosos! Mas, meu Deus, em vez de me gabar deles diante de mim mesmo, eu deveria lembrar por que estou peregrinando até aqui com o meu cajado nessa intempérie, e que todos os pensamentos absurdos e completamente inúteis que teço aqui só brotam devido à inquietação por causa da falta de cuidado da qual sou culpado, mesmo que justamente por cuidado. Pois cuidei de meus cordeirinhos como um pai, ao encomendar para o jejum de hoje um bom prato de peixe que fosse suficiente para todos. Por isso, instei Wiglaf e Ethelwulf, os homens pescadores, a saírem já antes do raiar do dia e lhes prometi um bom pagamento extra se me trouxessem peixes saborosos e em boa quantidade. Mas o Diabo, instalando um tempo que normalmente só temos no outono, transformou o meu cuidado na pior das falhas. Pois, atraídos por Mammon, os dois se aventuraram lá para o mar alto, sabe-se lá a que distância e se neste momento a tempestade já os engoliu, então eu, Deus me livre, serei o seu assassino. É bem verdade que são rapazes acostumados ao mar, salgados, duros como couro húngaro, que nada têm contra uma dancinha com as ondas selvagens. Mas o que faço se eles forem apanhados mesmo assim, e como fico diante de suas viúvas e de seus órfãos? Ao que parece, Ethelwulf, o mais velho, tem apenas uma filha, que é casada com um homem na próxima ilha a leste, chamada de Santo Aldhelm, como crê a maioria. Já Wiglaf, seu irmão, alimenta seis filhos com sacrifício, e a esposa ainda amamenta o mais novo. Minha inquietação em relação a todos eles está em constante crescimento. Chega! Agora vou ficar aqui como que enraizado, observando a entrada da baía, onde creio divisar uma vela com meu olhar ainda gratamente aguçado. Essa visão me é facilitada pelo fato de ter parado de chover, ainda que não tenha parado de ventar forte. Sim, Deus seja louvado, é uma vela, é o barco de Wiglaf e Ethelwulf! Como eles alcançaram a baía protetora, podemos considerá-los salvos, e talvez eles até me tragam os peixes desejados. Isso é realmente forte: mal ganho alguma esperança em relação à sobrevivência dos homens, e já penso de novo nos peixes, cuja importância já tinha se tornado nula pelo perigo aí envolvido! Que joguete é o coração humano entre o temor e a soberba! Ainda bem que é a virtude do cuidado que logo desperta em mim a lembrança dos peixes. — Mas como assim? Creio divisar ali *dois* barcos, um perto do outro, balançando sobre as ondas! Seria isso uma ilusão dos meus olhos, que normalmente são tão confiáveis? Não, por Cristo! Vejo uma vela e dois barcos. Ou por um momento pareceu ser isso, pois agora o outro parece se dissolver em vapor, ou ser engolido pelo vapor, e só o barco a vela, que é o que interessa, ainda está presente e dirige-se rapidamente para a baía com o vento em popa. O par de irmãos salgados tem tanta experiência e arte em evitar os bancos de pedra, que nesse sentido minha preocupação é nula. Eles estão vindo, estão vindo, vêm num tiro, a vela cheia de vento que sopra por trás! Eu estaria bastante tentado a gritar 'Oi! Olá!' a eles por entre as mãos em concha, mas isso não seria um comportamento adequado para um religioso. Como vejo, estão chegando ali pelo pontal, e querem entrar onde o mar é estreito e raso, cortando entre o banco de rocha e a costa. Preciso voltar até lá, o coração cheio de agradecimentos, para recebê-los. E não me espantaria se ainda trouxessem uma carga generosa de peixes!"

E assim o barco entrou, sob os acenos do abade, e deixou a vela cair, e os homens o empurraram até mais perto com a vara, desceram no final, dentro d'água, e puxaram o barco com os braços até a areia, quando o abade os saudou com palavras alegres:

— Olá, olá, valentes Wiglaf e Ethelwulf, bem-vindos a terra firme, ao porto seguro! Que Deus seja louvado por terdes voltado dessa tempestade! Faríamos bem em nos ajoelharmos os três aqui agora e cantarmos loas a Ele. Podeis ver bem que o vosso abade se preocupou terrivelmente convosco, que ele peregrinou até a praia, atravessando a tempestade e a chuva. Como estais? Trouxestes peixes?

— Ei, olá, senhor, dessa vez ainda até que foi bom — responderam eles. — Peixe? Não, não, aí já é querer um pouco demais. A gente pode dizer que teve sorte de os peixe não levantar a gente, porque era uma tempestade, senhor, e o *coup de vent** que levamos, senhor, o senhor nem não imagina. Um sempre tinha que ficar tirando água do barco e o outro segurava o timão bem forte, tanto que não deu pra pensar em mais nada.

---

* Rajada de vento.

"Que jeito de falar", pensou o abade. "Muito ordinário." Ele pensava estar irritado com o modo de falar deles, mas na verdade estava apenas decepcionado por não terem trazido peixes. "Estou tão feliz e aliviado por eles estarem de volta, mas mesmo assim eles são muito vulgares."

— Como Deus vos salvou — disse —, suponho que rezastes com fervor para Ele na agonia que passastes.

— Sim, sim, senhor, isso também.

— E não misturastes nada de outro tipo nessa oração, falas duvidosas e um monte de besteiras de antigamente?

— Não, não, senhor, que que é isso?

"Devem ter misturado, sim", pensou ele. "Com essa vulgaridade toda. Que barbas vermelhas eles têm, e seus corpos musculosos e com tendões à vista são vermelhos e salgados, nus da cintura para cima. Por que estão tão nus e se livraram de suas camisas e casacos com esse tempo?"

Seus olhos passeavam pelo barco, que por fora era pintado de verde mas com tinta descascando em todo canto, sendo que era possível ver a base branca debaixo dela. Havia redes ali, dois remos, uma vara. Na parte de trás havia algo guardado, sobre o qual eles tinham jogado suas roupas.

— Mas o que tendes aí, e que montinho é esse? — perguntou ele, apontando com o cajado.

— Coisa de gente pobre — murmuraram. — Um senhor nem liga pra essas coisa.

"Será que eles têm peixes", pensou, "e querem comê-los sozinhos? Ou o que poderiam estar escondendo de mim com as roupas? Estão visivelmente incomodados. É preciso averiguar isso." E disse:

— Ei, deixai-me dar uma olhada — apontou o cajado para lá e empurrou para o lado as roupas, abrindo o que estava coberto. Era um barrilzinho, jeitoso e estufado, de madeira pintada.

— Ora, ora! — disse ele. — Como é que vós, homens, conseguistes esse barrilzinho aí? O que tem dentro dele?

— Que que tem aí dentro? — responderam, com o rosto virado para o outro lado. — Necessidade de gente pobre. Tem água fresca, tem piche, tem pinga pra tomar. — E se contradisseram de forma ridícula.

— Mas estais mentindo — disse o abade, reprovando. — Falar direito, isso não é preciso. Mas dizer a verdade, ah, isso é preciso.

E chegou mais perto, tateou o barrilzinho e se debruçou sobre ele para ver melhor. E então recuou em susto, juntando as mãos. Pelo pequeno buraco chegava até ele um choro vindo de lá de dentro.

— Deus do céu! — gritou. — Silêncio! Não vos mexais, nem um pio, para que eu ouça!

E de novo se debruçou sobre o barril. Continuou o choro.

— Espíritos bem-aventurados e mensageiros da luz — disse o abade nem mais em voz alta, pois perdera a voz, e fez o sinal da cruz várias vezes. — Homens, vós, filhos de uma mãe, Wiglaf e Ethelwulf, onde conseguistes esse barril? Porque não sei se sabeis, eu juro, tem uma criança escondida aí.

— Só uma criança? — perguntaram.

Eles não sabiam de nada disso e ficariam decepcionados se fosse só isso. Pescaram o barril no meio da tempestade na entrada da baía com mão congelante, pois ali havia um barco sem marinheiro, à deriva, do qual se aproximaram e o puxaram para perto com a vara, e pegaram o barrilzinho e o puseram no barco, na esperança de que pudesse conter algo útil para pessoas pobres, e ninguém teria nada com isso, pois era deles.

— Nenhuma palavra mais! — interrompeu Gregorius. — Pois cada palavra agora é supérflua e cada momento é valioso. Tirai esse barril daí rápido e levai-o para a praia aqui em cima, para cá, onde vou estender a manta que trago nos meus próprios ombros. Sem conversa nem atraso! Abri imediatamente esse barrilzinho maravilhoso e profundamente tocante, aqui e agora. Eu vos digo: há uma criança viva aí dentro. Quebrai logo o fundo, rápido e com cuidado! Pegai o machado, as facas! Raspai o piche com o qual foi vedado! Oh, abri, abri!

E assim fizeram. Animados com o seu empenho, eles o ergueram com agilidade e o levaram para terra e foram muito habilidosos, tal como homens talentosos que sabem lidar com as coisas, ao soltar o flanco do barrilzinho, parti-lo e abri-lo. O abade se ajoelhou junto deles e, quando a moradia se abriu, tirou de lá com devoção e preces em voz baixa aquilo que ali se escondia: um bebê em fraldas, deitado sobre camadas de seda alexandrina e também encoberto por ela, a seus pés dois pães e uma tabuleta, muito preciosa, com escrita em forma de carta. Mas a criança piscava os olhos e espirrava diante da luz do dia, por mais cinzento que estivesse.

Para o abade, calhou estar ajoelhado, pois não teve mais que cair de joelhos.

— *Deus dedit, Deus dedit!** — disse ele, com as mãos postas. — Esse nascimento do mar selvagem é a coisa mais sagrada-curiosa que me aconteceu em toda a minha vida. O que nos ensina essa tabuleta?

Pegou-a, colocou-a diante dos olhos e sobrevoou a escrita. Aquilo que lia chegava apenas de maneira provisória à sua compreensão, mas o que logo compreendeu foi que a criança era de origem nobre porém provinha de uma condição terrível.

"O que eu estava esperando?", pensou. "Que fosse um bebê de uma família perfeita, que vagava ali na tempestade dentro de um barril?" Misericordioso, debruçou-se sobre o achado frágil e pecaminoso. E olhe só, percebendo o rosto suave tão perto do seu, o pequeno sorriu para ele com a doce boca.

Os olhos do bondoso se umedeceram. De repente, sua alma ficou plena de agitação, e levantou-se pronto para tomar as disposições mais decisivas.

— Homens — disse —, essa criança encontrada, um menino, como escreveram aqui, é tão bem-aventurada e, além disso, preservada por Deus de forma tão milagrosa nesse pequeno barril, que fica claro o seguinte: precisamos nos ocupar dela, de modo discreto e sagaz, pelo amor de Deus e de acordo com o Seu plano indubitavelmente revelado. Entende-se que a criancinha, ainda não batizada, pertence ao mosteiro. Mas por enquanto e imediatamente, tu, Wiglaf, deves levá-la contigo para a tua cabana aqui perto, onde já há uma profusão de crias e bênçãos do casamento, e deves entregá-la à tua esposa Mahaute, que neste momento tem novamente muito leite nos seios e deve aquecê-la e alimentá-la, pois, mesmo Deus sendo benevolente e tendo-a mantido viva em sua viagem, a criança ainda se encontra na situação oscilante do risco de morrer por falta de cuidados. *Credite mi!*** O que fizerdes com esse pinguinho de gente não será para o vosso prejuízo. A situação dela, sabe-se, é confusa, mas não é de pobreza, como já se vê nesses tecidos raros que trouxe consigo.

Ele consultou mais uma vez a tabuleta, que já havia guardado em suas vestes, e leu o que estava escrito nela. Depois, pegou um dos pães, partiu-o e olhou dentro dele.

— Se eu te der — disse, voltando-se de novo para Wiglaf — dois marcos de ouro para cobrir os custos, de uma vez por todas, tu te

---

* "Foi Deus quem deu, foi Deus quem deu!"
** "Acreditem em mim!"

ocuparias da criança e irias criá-la junto com os teus, como se fosse teu próprio filho, apenas com um pouco mais de cuidados, porque, quando tiver a idade certa, deverá pertencer ao mosteiro?

Como dois marcos de ouro eram mais dinheiro do que Wiglaf jamais tinha visto na vida, ele prometeu.

— Então vai para casa! — gritou o abade. — Já estamos aqui debatendo por tempo demais, diante da necessidade urgente dessa criança. Wiglaf, enleia a criança nos tecidos que traz debaixo dela. São de Alexandria, no Oriente, entende? Toma-a nos braços e carrega com a maior suavidade possível! Vou ficar com a camada de cima dos tecidos e os dois pães, pois a criança não pode comê-los. E ouve: se qualquer pessoa perguntar a ti ou à tua esposa de onde vem a criança, estranhando que de repente vós tendes sete filhos em vez de seis — mas quem é que vai perceber a diferença? —, então diz que ela é da filha do teu irmão que mora em Santo Aldhelm, ou seja lá como se chama aquela ilha, ela deu à luz a criança mas tem o peito seco e não pode amamentá-la, por isso vós a buscastes e, por amor familiar, quereis cuidar dela.

— Mas isso é mentira, é falatório — meteu-se agora Ethelwulf, contrariado. — Minha filha não tem peito seco, não, é bem forte e redonda no corpo inteiro, que nem uma maçã, e podia criar doze filho, se tivesse. Isso aí é balela. O senhor disse pra gente que temos que falar a verdade, mesmo que com as palavra errada.

— Precisas, Ethelwulf — perguntou o abade —, latir contra uma desculpa tão bem urdida e chamar de nomes feios aquilo que é tão próximo da verdade? Pois quando entrastes com a criança no barco, pela aparência e pelo que se viu ali, vós bem poderíeis ter vindo da ilha de Santo Aldhelm, da casa da tua filha, que eu não conheço e a quem tu, certamente de propósito, descreves como sendo exageradamente robusta. Vou te dizer uma coisa. Se eu te der um marco de ouro, de uma vez por todas, vais manter essa mentira devota de que incumbi teu irmão e calar sagradamente a tua boca sobre como achamos esta criança?

Por um marco, Ethelwulf imediatamente ficou satisfeito.

— Wiglaf — alertou o abade —, não tropeces com a criança por causa da alegria pela tua riqueza. Mas também Ethelwulf agora tem um patrimônio considerável. Ele não tem nada contra se vós, tu e Mahaute, logo que tiverdes comido, depois do meio-dia, levardes o menininho até mim no mosteiro e me contardes que ele é o filho da filha do teu irmão, e que quereis fazer o papel dos pais, já que a mãe geralmente fica doente e de cama, mas quereis que eu, assim pedireis vós todos, seja o seu pai espiritual e logo lhe conceda o batismo, que ainda lhe falta. E falai de forma correta e bela! Quero receber-vos no círculo dos irmãos, e essa não é uma situação em que podeis usar a boca com o hábito do dia a dia. Os irmãos iriam rir de vós. Não digais: "Você tem que batizar ou banhar o bebê!". Não dessa forma indecorosa. Componde-vos, fazei biquinho e dizei: "Em honras, senhor abade, esta criancinha há pouco nascida vos é enviada por nossos parentes devotos, que no-la confiaram e vos pedem que lhe conceda de mão própria o batismo sagrado, para que se lhe consiga uma vida bem-aventurada, e pedem, em especial, que, se estiverdes de acordo, o senhor lhe conceda o vosso próprio nome, Gregorius". Wiglaf, repete!

E Wiglaf teve que repetir três vezes o pedido, fazendo biquinho e com grande esforço, antes de o abade se despedir e ele chegar à sua cabana. Ali, deu a criança à sua esposa Mahaute, ordenando a ela que nunca perguntasse sobre a origem da criança, sob ameaça de puni-la com uma grande surra, mas, se necessário fosse, que dissesse às pessoas isso e aquilo e cuidasse dela como se fosse a sua própria criança, só um pouco melhor. Mas ela pensou: "Ele e suas surras! Só mesmo um homem para acreditar que um segredo desses pode ser escondido por muito tempo de uma mulher. Logo vou desvendar tudo!".

O DINHEIRO MULTIPLICADO

Ora, vede como Deus levou a cabo e impôs contra Si próprio, com a maior destreza, o fato de o neto do sr. Grimaldo, filho das crianças terríveis, ter chegado feliz a terra firme dentro do barrilzinho. Uma correnteza forte levou o barco sem timão, esse joguete dos ventos selvagens, a boiar à deriva através do estreito, que fica a apenas um passo de distância entre os países, e depois vagando pela mancha marítima até próximo da ilha oculta, que a sabedoria preparou como morada para o sem-pátria. Sua viagem durou duas noites e um dia, e, estou certo disso, mesmo uma criança forte, até então bem nutrida como aquela, não teria aguentado uma viagem mais longa. Acho que ela deve ter dormido a maior parte do tempo, embalada pela batida das ondas e protegida delas na escuridão materna de seu barril, pois se na chegada não estava completamente seca, não era por causa do mar. Um grande perigo ainda ameaçava sua vida pecaminosa na última hora pelas falésias espumosas da baía, em cuja entrada seu barquinho navegava. Mas foi aí que os pescadores o acharam, e não puderam escondê-lo do abade. Depois, tudo aconteceu conforme narrei.

Mahaute, a esposa de Wiglaf, normalmente esquálida e birrenta, ficava suave e frondosa sempre que se tornava mãe, motivo pelo qual o marido, apesar da pobreza de sua cabana, a punha em estado de graça o maior número de vezes possível. Ela tinha leite mais que o suficiente para o próprio filho lactente, e suficiente ainda para aquele que lhe fora trazido, a quem amamentou e aqueceu com a suavidade que lhe era própria uma vez mais por algum tempo. E assim ele repousava, vermelho e satisfeito em fraldas simples e acomodado sobre o feno, ao lado de Flann, filho do pescador e agora seu irmão de leite. Depois de comer, o casal pegou a criança e a levou até o mosteiro, conforme a instrução do abade. Este havia mantido os irmãos no refeitório e ordenado ao leitor, irmão Fiakrius, um monge de voz grave aveludada, a ler para eles ainda um capítulo excepcional do livro *Summa Astesana*. Eles ouviam com deleite, quando os pescadores pediram para ser recebidos, e meu amigo, o abade, mostrou-se um pouco irritado com a interrupção.

— Por que nos interrompem — disse ele — justamente neste capítulo espirituoso?

Depois, porém, demonstrou extrema benevolência diante dos pobres, mesmo que com espanto.

— Minha boa gente — disse —, o que vos traz, os três, até aqui, com essa criança de beleza notável?

Havia chegado a hora de Wiglaf fazer o biquinho e apresentar sua fala ensaiada sobre os parentes devotos, a filha doente do irmão e o batismo, e, enquanto ele a proferia, uma diversão enorme se espalhou entre os irmãos. Pois o abade decerto havia pensado que eles ririam se o pescador falasse com aquele linguajar tosco, mas agora estavam rindo exatamente porque ele falava de modo tão refinado porém não conseguia fazê-lo direito, e no meio disso ainda incluía um "bebê" e um "banhar", indo contra a proibição.

— Ouvi o cabaneiro! — exclamavam eles. — A língua que ele tem na cabeça e sua *eloquentiam*!*

Mas o abade os reprimiu pelo escárnio, chegando a sorrir um pouco, e tomou o menininho nos braços com suavidade e admiração.

— Por acaso — disse — alguém já viu nesta ilha de São Dunstan uma criança tão bem-feita, que motivasse o amor por ela? Percebei esses olhos, com um azul em sua negritude, e esse labiozinho superior fino! Além disso, essas mãozinhas na sua curiosa delicadeza! E, quando toco esse rostinho com as costas do meu dedo, é como se tocasse espuma e perfume — quase não é substância, ou então é uma celestial. Dói-me ouvir que é uma espécie de órfão, com a doença de sua mãe distante, e só posso louvar o casal Wiglaf e Mahaute por querer cuidar dele e criá-lo como se seu fosse. Mas o que me preocupa especialmente, *credite mi*, é que essa criança tão adorável ainda não foi acolhida na cristandade. Está mais do que na hora. Vamos todos juntos imediatamente até a pia batismal da igreja, e lá irei batizá-lo com a minha própria mão

---

* Eloquência.

e, conforme me pediram, serei seu pai espiritual, batizando-o com o meu nome, Gregorius.

E assim foi feito, meu amigo fez o que disse, e o menininho agora tinha o seu nome solene: Gregorius, mas no dia a dia era usualmente chamado de Grigorss. Foi com esse nome que cresceu entre as crianças da cabana e passou bastante bem nas mãos de Mahaute, mesmo tempos depois de ela ter saído do estado de suavidade frondosa e retornado para sua forma esquálida e birrenta. Pois o abade manteve um olho aguçado sobre o modo como ela desempenhou o seu papel de mãe, e nem por um dia sequer deixou de ir até a cabana de Wiglaf, para se certificar do bem-estar de seu filhinho espiritual. Todos os filhos do casal de pescadores, estes dois inclusive, viviam melhor que antes, pois os dois marcos que Wiglaf recebera do abade os ajudaram muito além do necessário para manter o seu sétimo filho, e, se até então a amarga pobreza o mantivera preso, agora estava livre de suas garras e conseguia, pouco a pouco, elevar sua vida a um patamar melhor. Por muito tempo seus campos ficaram em meio ao sal, e com muito esforço trabalhou ali para impedir que os seus sentissem fome por meio da pesca: agora tudo havia mudado. Comprou três vacas e dois porcos, e também direito de pasto para o gado num campo público, e adicionou à sua cabana um estábulo e um chiqueiro e um cômodo, e se sentava lá com os seus para tomar sopa de leite, comer salsicha e repolho. Adquiriu também da comunidade um pouco de quintal e de lavoura de raízes, e, adubando o solo com esterco do estábulo, começou a plantar cenoura, repolho e favas, em parte para consumo próprio, em parte para o mercado, e logo o árduo trabalho da pesca era apenas atividade secundária — tudo devido à bênção da criança.

Quando sua esposa Mahaute o viu primeiramente construindo um estábulo, lançou os braços para cima e se espantou com o que, em sua pobreza, ele fazia ali e com que propósito. Mas ele não disse. Quando vieram as duas vacas, e depois mais uma, depois o chiqueiro e os porcos, em seguida o outro cômodo, mais adiante a lavoura de raízes, ela se espantava terrivelmente a cada novidade e dizia em voz alta:

— Homem, tu perdeu o juízo? Homem, pelo amor de Deus, o que te deu na telha e onde isso vai dar na nossa situação de pobreza? Deus ajude, homem, de onde tu tira o dinheiro em ouro pra esse luxo todo? A gente não tinha nada além de comida de pobre e agora temos salsicha e leite gordo e viramos gente iluminada e feliz! Homem, tem coisa estranha aí, agora tu tá plantando cenoura também! Se tu não me falar de onde vem o dinheiro, vou acreditar que tu tem parte com o Demo.

— Eu não te proibi — ameaçou o homem — de fazer pergunta, pra não ter que usar a cinta?

— Tu me proibiu de perguntar sobre a criança, não sobre o dinheiro!

— Eu te proibi de fazer pergunta em geral — disse o homem.

— Então não posso perguntar mais nada? Tu tá acumulando tesouro e trazendo gado e porco num passe de mágica, e eu não posso perguntar: com ajuda de quem?

— Mulher — disse o homem —, mais uma palavra e eu tiro a cinta e te faço lamentar por outro motivo.

Ela se calou. Certa noite, porém, quando o desejo matrimonial do marido pelo seu corpo esquálido se manifestou, ela não deixou que ele se aproximasse até que lhe segredasse o que acontecera com a criança, ou seja, que ele e o irmão a tinham pescado com mão gelada na tempestade e o abade tinha descoberto e lhe dado dois marcos de ouro para que a criassem para o mosteiro. Mas filho de quem ele era ou quem o colocara no barril e no mar, ninguém sabia. Mais tarde, depois de ter se saciado, ele disse:

— Ufa, não valeu a pena pelo segredo! Se tu não guardar segredo e fofocar por aí que o Grigorss foi achado no mar, eu te bato até te deixar roxa e dura.

E ela guardou segredo e não fofocou durante muitos anos, porque temia perder a salsicha e o leite gordo caso não ficasse calada. Não criou o menino de modo pior do que criou Flann, o próprio filho mais novo, e, toda vez que o abade aparecia para ver se estava tudo bem, ela apresentava um par viçoso de irmãos de leite. Ele também fazia de conta que se preocupava na mesma medida com a evolução de ambos, elogiando Flann, mais grosseiro, tanto quanto a criança vinda de fora, que visivelmente havia sido esculpida em madeira mais nobre e a quem na verdade ele secretamente dedicava toda a atenção: não apenas por ser delicada e bela diante dos filhos do pescador, mas principalmente porque sabia que ela nascera em pecado, pois isso mexe muito com um cristão e leva o seu coração a uma espécie de louvor.

Ele via com um sorriso secreto de regozijo o modo como o pescador lidava com o dinheiro que recebera. Mas isso também lhe lembrava ter sido ele mesmo instado pela tabuleta a multiplicar o dote da criança e a fazê-lo render. Desde o primeiro dia, leu muito aquela tabuleta — somando tudo, provavelmente nunca uma tabuleta foi tão lida quanto aquela. O abade Gregorius se fechava em seu quarto quando a estudava, e de início lhe custou bastante tempo para divisar, com base nas tímidas descrições do parentesco da criança (que, justamente, era irmão e sobrinho de seus pais), a verdade pecaminosa e que mexe com um coração cristão. Irmão e irmã, que agonia! Deus tinha transformado o nosso pecado em Seu sofrimento. Pecado e cruz eram um só n'Ele, e Ele era principalmente um Deus dos pecadores. Por isso designou ao frutinho sem morada o Seu burgo Agonia de Deus como sua morada. O abade sentia aquilo profundamente, e sua tarefa lhe era cara. A primeira solicitação da tabuleta ele já cumprira ao batizar a criança selvagem. A outra, a de lhe ensinar a escrita para que no futuro pudesse ler a tabuleta, essa ele cumpriria assim que a criança tivesse sido criada pelos pescadores e se tornado um menino a quem se pudesse ensinar. A terceira também exigia ser cumprida: a de multiplicar o patrimônio do abandonado, os dezessete marcos de ouro que ainda haviam sobrado daqueles vinte encontrados, depois de três deles terem sido dados aos pescadores. Isso criava nele certos escrúpulos, pois já não é um tesouro assim matéria inflamável para o fogo do inferno, sem falar sobre cobrar juros por isso e se deixar pagar pelo tempo de Deus? Mas ele o faria com prazer para o seu filhinho espiritual, seguindo as instruções da tabuleta.

Por isso chamou o tesoureiro do mosteiro, irmão Crisógono, ao seu quarto, trancou a porta e disse:

— Irmão, eu, teu abade, tenho aqui um capital razoável, dinheiro de órfão em marcos de ouro, dezessete no total, que me deram em confiança — não apenas para que os guarde num cofre como valor morto, mas para que gerem lucro. Agora dizem que um servo devoto não deve enterrar o tesouro que Deus lhe confia, mas sim fazê-lo crescer. No entanto, se pensarmos bem, a usura não é exatamente coisa de cristão, e chega a ser pecado. Nesse impasse, o que me aconselhas a fazer?

— É muito simples — respondeu Crisógono. — Dai o valor ao judeu Timon de Damasco, de barba e chapéu pontiagudo, um homem certo e confiável, muito experiente na prática da usura. Ele não lida com nada além de dinheiro em seu banco de câmbio, e tem um panorama do mundo do dinheiro no qual não acreditaríeis. Possivelmente ele enviará a vossa soma até Londinium em Essex, para que lá opere e renda, acumulando juros e juros sobre juros no capital básico, e, se deixardes o capital lá por tempo suficiente, ele transformará dezessete marcos de ouro em cento e cinquenta.

— É assim mesmo? — perguntou o abade. — E será que ele sabe bem o tempo para a ordenha? Ele é fiel?

— Não há usurário mais devoto — respondeu o irmão — que o judeu de São Dunstan.

— Muito bem, Crisógono, então vai e pega o tesouro do órfão e o entrega a Timon do chapéu amarelo em seu banco! Vai logo, para que o dinheiro comece a render logo, e traz-me o recibo!

Assim ordenou o abade ao irmão, mas quando este estava na porta, chamou-o ainda uma vez.

— Crisógono — disse —, eu, teu abade, tenho um conhecimento abrangente, que nem sempre é fácil de carregar, *credemi*!* Passam-me pela cabeça vários sínodos e concílios, que sempre proibiram os negócios com juros tanto aos religiosos quanto aos leigos, ou, se não a estes, pelo menos sempre os proibiram a nós, religiosos. Por isso, quando tiveres entregado o dinheiro ao judeu, farás bem em ir até o quarto do flagelo e executar em ti mesmo uma punição moderada como penitência.

— Não, senhor — retorquiu o irmão. — Já tenho sessenta anos e aguento muito mal os golpes do flagelo, mesmo se os aplicar com cuidado em mim mesmo. Mas vós tendes dez anos a menos, e o dinheiro é vosso. Por isso, se é a penitência que vos preocupa, vós próprios deveis vos dirigir ao quarto do flagelo e aplicar a medida adequada em vós mesmos.

— Vai com Deus! — disse o abade, e voltou a ler a tabuleta.

---

* "Crê em mim."

O ENLUTADO

O menino Grigorss nada sabia dessas preocupações e desses negócios, e nada sabia de si próprio e dos fatos que causaram tudo isso, não sabia nada além daquilo que o dia a dia lhe mostrava. Cresceu entre os filhos do pescador, que julgavam ser ele seu irmão, assim como ele os considerava irmãos, e também pelas pessoas da ilha, quando em todo canto falavam dele, era tido como o filho mais novo de Wiglaf e Mahaute, pois a história inventada pelo abade, de que seria filho de Santo Aldhelm e da filha doente de Ethelwulf, não teria sido necessária, ou, se o tivesse sido alguma vez, a informação já tinha se perdido na memória das pessoas. Usava as roupas comuns dos seus irmãos, e, quando fez três anos, começou a falar como eles e os pais, dizendo também: "Que que tem aí dentro?" e "Nem ligo pra isso"; só que tinha aprendido com o abade, seu padrinho, que os visitava com tanta frequência, a inserir a palavra *"credemi!"* em sua fala, de modo que dizia: "Flann, *credemi*, eu não roubei tuas bolinha de gude", motivo pelo qual os irmãos, e por fim também os pais, primeiro como brincadeira, depois não mais, se acostumaram a chamá-lo de Credemi. E ele atendia.

Credemi-Grigorss era adorável de ver. Seus lábios não pareciam feitos para o linguajar de cabaneiro que falavam, seu cabelo castanho macio não se parecia com a palha seca sobre a cabeça dos rebentos do pescador, e seu sorriso não se parecia com as caretas sorridentes deles, nem o berreiro destes tinha a ver com as suas lágrimas silenciosas quando se machucava. Aos cinco anos deu uma esticada e ficou com membros esbeltos, destoando cada vez mais dos rebentos de acordo com a sua formação, de acordo com mão e pé e estirpe e modo de andar, a cabecinha alongada, o rosto sério e agradável, com boca dura: já naquela época, ele gostava de manter o rosto inclinado para o ombro e olhar escondido para dentro de um sonho, com o braço dobrado na direção do outro ombro, os olhos ocultos debaixo de cílios escuros.

Aos seis anos foi para o mosteiro; o abade achou que era chegado o tempo; pois para esse bom homem urgia que Grigorss aprendesse a escrita — não que ele quisesse que o menino já lesse a sua tabuleta, mas o abade estava inquieto com o fato de que logo ele estaria apto a lê-la. A despedida dos seus não pareceu muito problemática, nem para eles, nem para o menino. É que ele saiu da cabana dos pais para ir morar logo ali, um pedacinho de caminho mais à frente, com os monges. Mesmo assim, a separação foi mais profunda, e a cisão em sua vida foi mais importante do que ambas as partes pensavam diante de sua partida fácil, e, ainda que ele os visse quantas vezes quisesse, de lua em lua o abismo entre eles se abria mais, de modo que os outros geralmente emudeciam quando se sentava entre eles.

Agora era um aluno do mosteiro, trocara o casaco de retalhos por uma espécie de veste do coro, trazia o cabelo denso em volta das orelhas, cortado rente na nuca, e tinha as mãos e os pés limpos. Aprendeu a ler e escrever muito rápido com o padre Pedro-e-Paulo, um irmão suave, que como sábio e poeta se chamava Galfried de Monmouth e controlava e ensinava os cinco, seis alunos de Agonia Dei, com os quais Grigorss dormia numa alcova arqueada. Eram mais velhos que ele e já conheciam a escrita quando ele lá chegou; mas logo ele os alcançou no estilete e na pena, e após dias e anos, para a alegria de Pedro-e-Paulo, ultrapassou-os à larga nas pequenas ciências e artes da palavra, do número e do canto, pois os meninos também cantavam cantos de louvor latinos que o irmão havia composto e que acompanhava tocando a teorba.* Gregorius também aprendeu a tocá-la, assim como aprendeu o latim.

Sua fala era limpa, assim como seus pés e mãos, e logo não sabia mais falar o linguajar de cabaneiro, por mais que se esforçasse e não por esnobá-lo. Quando, aos oito ou dez anos de idade, visitava os cabaneiros, por educação se esforçava em usar as palavras deles, mas agora soavam erradas em sua boca e não pareciam naturais, de modo que os rostos se distorciam: o dele de vergonha, os deles de irritação, porque lhes parecia que debochava deles. Especialmente seu irmão de leite Flann, um rapaz com cabeça redonda e pescoço curto, além de olhos

---

* Instrumento de cordas originário da Itália.

também redondos e parecidos com castanhas descascadas, olhava-o com repulsa, distorcendo a boca grossa e até cerrando os punhos.

Isso causava dor em Grigorss, pois sua intenção era de simpatia, e ele não gostava de se sobrepujar a outros, só muito involuntariamente. Seus progressos eram rápidos, eram a alegria de Pedro-e-Paulo e de todos os outros irmãos que lhe ensinavam, e quando o abade o examinava, ficava surpreso. Aos onze anos era um firme *grammaticus*, e nos anos seguintes sua razão se fortaleceu tanto que a *divinitas* se lhe tornara totalmente clara. É a ciência da divindade. Ele folheava muitos livros, e se aprofundava rápido em tudo que lhe dessem para ler, captava a essência e se tornava mestre no assunto. Aos quinze e dezesseis anos ouviu o *De legibus*,* uma ciência que trata da lei e que necessita de uma mente muito aberta. O jovem Credemi, porém, compreendeu-a brincando e logo se tornou um *legiste* como se acham poucos por aí. Com isso quero dizer e sei que é verdade que, apesar de toda essa aquisição de conhecimento, sua alma estava só meio presente. E quero acrescentar, o que pode parecer misterioso, que, se a fina erudição o levou a se alhear de sua cabana de origem, ainda havia outras coisas, outros sentimentos e outras imagens que agora voltavam às vezes a lhe tirar até o prazer do conhecimento do mosteiro e dos livros, pois não apenas se sentia diferente dos seus pela matéria e pela estirpe, mas também no fundo achava que não combinava com os monges e colegas escolásticos, que não combinava com suas roupas, com a sua classe, com o seu percurso de vida, em que o ajoelhar-se alternava-se com o debruçar-se sobre livros, enfim, era um alienado em segredo, tanto aqui quanto lá.

Seria isso altivez e presunção pecaminosa? Mas se ele não se orgulhava de seu sucesso nos estudos, considerando-o insuficiente e como algo que não era realmente a sua área e sua honra, o que lhe restava então de que pudesse se orgulhar? É possível simplesmente ter orgulho de si próprio, do jeito que se é e se anda, sem considerar os talentos, e ver assim a erudição como algo para pessoas que dela precisam para ser alguém? Ele, porém, era humilde e educado com todo mundo, e não de forma bajuladora, mas devido aos bons modos que lhe foram ensinados. Aos quinze, dezesseis, havia crescido e se transformado no mais belo jovem, de membros longilíneos, rosto fino com narizinho reto, boca bonita, belas sobrancelhas, iluminado por suave melancolia. As pessoas da ilha gostavam dele. Quando se misturava a elas a mando

---

* *De legibus* é um diálogo do escritor e orador romano Cícero.

do mosteiro, indo até o vilarejo em São Dunstan, falavam-lhe sorrindo pela frente, mas pelas costas faziam comentários a seu respeito — ele percebia e não gostava, mas ainda assim com um curioso afã. Certa vez, estava conversando com um homem sobre determinado assunto, e ao mesmo tempo ouviu atrás de si duas pessoas falando sobre ele, sem se preocuparem em não ser ouvidas por ele.

— Aquele é — era assim que diziam — Gregorius, o erudito, o afilhado do abade, um jovem misterioso, apesar de ser simplesmente filho de Wiglaf e Mahaute, algo insuspeitável. A *grammatica* e a *divinitas*, para ele, são transparentes como o vidro, e nem parece, pois com essa cabeça ainda é sociável, um convite aos olhos, esse rapaz. Ainda vai acabar se tornando, ele mesmo, abade, se querem apostar, e logo todos nós lhe beijaremos a mão em cumprimento. Hoje mesmo o faríamos sem ofensas, pois (ele ouvindo minhas palavras ou não) ele tem algo que torna fácil e quase prazeroso para nós nos curvarmos. Sabe lá Cristo de onde ele tira isso! Se eu não soubesse que ele nasceu na cabana, eu não acreditaria, e na verdade não gosto de saber. É realmente uma pena não se poder associar a ele uma origem nobre, porque, se fosse assim, ele poderia, digo eu, se candidatar a senhor de um país rico qualquer. — E diziam outras coisas desse tipo.

Grigorss ouvia esse falatório com o coração a mil. Não seria justo dizer que era doce aos seus ouvidos; até lhe fazia mal, por mais sedento que estivesse ao ouvir tais palavras, e aquilo o atingia como um boato de que algo não estava certo em relação a ele. Isso reforçou ainda mais suas próprias preocupações a respeito de sua identidade, acirrando também a cisão que, quanto mais durava, mais ensimesmado o deixava. Quando ficava assim de pé como vos descrevi, com a cabeça inclinada para o ombro e olhando para baixo sob os cílios para dentro de um sonho — imaginem só, ele sonhava com cavalaria. Esse universo, ofício de escudos, vassalagem e polidez orgulhosa, lhe fora apresentado pelos livros que o mosteiro também possuía, além dos eruditos: livros de histórias e aventuras, de Rolando e Artur, o bretão, um rei com uma corte festiva em Dianasdrun. Quando lia aquilo, o lado esquerdo do peito lhe crescia, como costumavam dizer os poetas. Ele sonhava em ser um dos gentis-homens de Artur, e quando estava sozinho na praia, em suas vestes do coro, com a cabeça sobre uma pedra, via-se em outras vestes, um manto escarlate, cota de malha e capuz de anéis de aço — vestido assim, chegava até uma fonte na floresta densa, onde se via uma bacia de ouro pendurada numa árvore enorme. Se alguém pegasse a bacia, colhesse água da fonte e depois a derramasse sobre a placa de esmeralda logo ali ao lado, começaria então uma terrível tempestade na floresta que inevitavelmente destruiria qualquer um que se atrevesse a fazer isso. Mas os raios e troncos caindo o poupariam, e ele, tranquilo, vislumbraria a chegada do arnesado Senhor da Fonte que, como esperado, exigiria uma justificativa dele. O raivoso Senhor da Fonte era duas vezes mais alto e mais forte que ele, mas não conseguia se concentrar totalmente na luta como Grigorss, e por isso este o teria abatido, não sem depois cair nas graças da bem-aventurada viúva do derrotado.

Eram desse tipo os seus sonhos; porém, quando os exames aos quais se submetia em espírito também o agitavam, tampouco eram eles que de fato o ocupavam e lhe deixavam a mente pesada. Ele era constituído de tal forma que não apenas sonhava, mas ao mesmo tempo exigia uma justificativa de si próprio por seus sonhos, assim como o Senhor da Fonte exigiu uma justificativa dele pela ousadia. *O fato* de sonhar, *o fato* de desejar a cavalaria, de seus pensamentos lutarem a todo tempo contra um escudo, de ele querer tanto ter erguido o próprio escudo diante do pescoço, de ter colocado a empunhadura da lança sob o braço e esporeado o cavalo para que este arrancasse de um salto e o levasse — isso tudo lhe chamou a atenção e o levou a meditar sobre si mesmo e sobre o que havia acontecido com ele. É ridículo quando alguém não sabe uma língua estrangeira mas afirma que a conhece interiormente e a fala excepcionalmente bem e com naturalidade. Era assim que ele se sentia em relação à montaria. Não importava a pessoa no mundo que fosse a melhor em montar o cavalo, a cavalgar em círculos, com a rédea solta e pressionando o cavalo com as pernas — interiormente, sentia que sabia fazer tudo isso igualmente bem, ou até mesmo melhor. Não dizia isso a ninguém, porque, contemplando a partir da alma dos outros, achava aquilo ridículo. Em sua própria alma, porém, não era ridículo, mas sim a verdade, e isso junto com o que ouvia pelas costas: que mal se podia e queria acreditar que ele era filho da cabana, o que tornava seu coração pesado e lhe insuflava dúvidas em relação à sua própria identidade.

Essa talvez fosse a razão pela qual a tristeza recobria o seu ser como um véu, tristeza que, aliás, lhe caía bem e até beneficiava sua graça juvenil em vez de prejudicá-la. Ou será que eu deveria ir além e usar esta afirmação ousada: ele suspeitava, no fundo de sua alma e mesmo em sua carne e em seu sangue, que, se as coisas não estavam certas em sua vida, então sua própria identidade era totalmente falsa? Como eu poderia trazer provas do conteúdo dessa frase ousada? Mas é certo que o rapaz estava coberto pela tristeza, e os irmãos da Agonia de Deus, juntamente com seus colegas de erudição, gostavam de chamá-lo de Enlutado, ou, quando eram do continente normando, de Tristão, o Enlutado, *qui onques ne rist*.* Dessa forma, ele tinha mais um apelido além de Credemi, e realmente o carregava sem vergonha, pois, se era chamado de O Enlutado, ninguém queria dizer com isso que era um jovem frouxo e um borra-botas sem hombridade. De resto, como isso combinaria com seus sonhos secretos de cavalaria? Seu corpo estava mais para esguio, desprovido de forças imensas, com braços leves e pernas magras. Contudo, na competição com os escolásticos no pátio do mosteiro, recoberto de pedriscos, bem como na praça pública, quando a juventude da ilha fervia ali nos desportos, no jogo de bola, na luta, no salto, na esgrima com madeira, no arremesso de lança e na corrida, ele ganhava mais pela sua fragilidade do que outros ganhavam com sua força — da mesma forma, aliás, que superou em pensamento o Senhor da Fonte, quero dizer: porque, diferentemente dos outros, ele sabia reunir o seu todo a cada momento no jogo de luta, e não apenas lutava, assim como eles, com todas as suas forças, mas com outras forças também.

Se Grigorss, o Enlutado, sempre era agradável aos olhos, na competição se tornava bonito justamente pelo motivo acima, e ninguém conseguia negar que percebia isso. Seu cabelo castanho caía sobre uma testa retesada, um cabelo mais macio que o dos outros, e a face estreita com o lábio superior demasiado arqueado, depositado firmemente sobre o lábio inferior, e as narinas finas e esvoaçantes — nesse rosto, que diferentemente dos outros colegas não inchava em coloração vermelho-peru devido ao esforço, mas, antes, passava para uma palidez opaca, os olhos azulados queimavam com especial força e estavam em todo lugar: viam toda a movimentação e toda a finta do adversário, e num instante mínimo, com membros elásticos e saltitantes, ele enfrentava a todos, os suspendia, derrotava e tomava para si a vantagem e a supremacia. Ninguém poderia se opor à afirmação de que, dentre a juventude da ilha, ele era o melhor nos esportes, exceto por Flann, seu irmão de leite — este era ainda melhor.

Flann, como eu dizia, era um rapaz de pescoço curto, muito robusto, de peito largo, ricamente provido de forças em todo o corpo. Fazia tempo que estava pronto para ajudar o pai na pesca, assim como nas

---

* "Que nunca ri."

atividades na lavoura e no estábulo e no chiqueiro, e isso o afastava dos esportes tanto quanto os estudos afastavam Grigorss. Porém, toda vez que este participava dos jogos, o outro também estava ali disputando com sua força a primazia no jogo, de modo que ninguém saberia dizer qual dos dois era o melhor. Grigorss jogava a lança extraordinariamente longe, muito mais longe do que se poderia esperar daqueles braços leves, mas então a lança de Flann se enterrava trêmula bem ao lado, nem um pouco mais à frente e nem uma polegada atrás — juiz nenhum saberia medir a vantagem, assim como na corrida, quando chegavam ao mesmo tempo, nem um fio de cabelo de diferença, com o último fôlego, um deles sobre pernas musculosas e o outro sobre pernas finas: tocavam juntos a corda da chegada, e dois nomes tinham que ser anunciados, os vencedores eram dois. Os meninos adoravam quando Flann e Grigorss participavam dos jogos: isso os tornava muito mais animados, pois estavam ali dois extremamente astutos que retesavam as forças e os ânimos de todos. Flann nunca teria jogado do mesmo lado que Grigorss no jogo de bola, sempre jogou do lado oposto, e isso era animador para todos, visto que cada equipe queria ter um dos irmãos como capitão, pois sabiam que, por serem bons, a equipe ficaria melhor do que na verdade era, seja no ataque, na corrida, no passe ou no gol — de ambos os lados, cada equipe de onze parecia se fundir num único corpo, e os jogadores passavam a redonda de um para o outro com a precisão de um relógio, de modo que a bola passava entre as traves a mesma quantidade de vezes de um e de outro lado.

Certa vez, instigaram os irmãos, desiguais mas mesmo assim igualmente bons no campo de jogo, a travarem uma luta corporal diante de toda a juventude, e isso transcorreu de maneira curiosa. Flann, mais forte mas não melhor, logo derrubou Grigorss, mas este se manteve distante do chão com as mãos, com a perna de sustentação e sobretudo com seu tronco; e o outro não conseguiu virá-lo e forçar seu ombro a tocar o chão: antes, como se viu bem, o semiderrotado teria preferido que o outro lhe esmagasse o crânio a arredar o pé de sua posição de trava. Isso perdurou durante minutos, que aos espectadores pareceram muitos, e por todo esse tempo os braços de Flann permaneceram inchados pelo esforço muscular. Depois disso, aconteceram duas coisas de uma vez só, ou se seguiram tão rapidamente que pareceram simultâneas. Em determinado momento, quando a força de Flann relaxou por um mínimo de tempo e se retraiu apenas um pouquinho para renovar a pegada, Grigorss se afastou do chão com a cabeça e a perna de travamento e jogou aquele que o enlaçava para o lado junto consigo e para debaixo de si, sendo que o ombro dele tocou a grama — mas apenas muito levemente; tão rápido que o juiz observador não teve tempo de gritar o nome de Grigorss, e eis que Flann, que não havia soltado o adversário, voltou a girar o vencedor e empurrou seu ombro para a grama: dessa forma, este venceu por último, mas aquele venceu primeiro — e novamente o vencedor não pôde ser nomeado, a não ser que se chamassem dois.

Não me interesso nem um pouco por lutas livres, tampouco por esportes. Também considero abaixo da minha dignidade, assim como da dignidade do local em que escrevo, além daquela da mesa na qual escrevo, o fato de narrar as competições de uns jovens insulares quaisquer no distante canal da Mancha. E mesmo assim sinto calor ao fazê-lo, e curiosamente meus pensamentos estão concentrados no assunto. E no fundo foi mais curioso ainda que Flann tivesse sobressaído tanto no jogo quando Grigorss era tão bom, pois era talhado de madeira distinta da de todos os outros; Flann, porém, era alguém comum, e aquela força muitos possuíam. Mas, cá entre nós, diga-se que ele também não lutou apenas com as forças do corpo, ele também não, mas com outras forças. E, se vós perguntardes que forças complementares e inspiradoras seriam essas, eu responderia: era o ódio. Era o ódio que tinha de Grigorss, seu irmão, que o inspirava e o tornava igual no jogo. Sim, e esse ódio conseguia ainda mais: fazia Flann se irritar e lamentar que entre ele e Grigorss o jogo fosse apenas jogo, e não algo realmente sério.

O SOCO

Por isso, aconteceu o seguinte. Certa vez ocorreu que, quando se aproximavam dos dezessete anos, os irmãos de leite estavam mais ou menos ao mesmo tempo na praia, não muito longe um do outro, quase no mesmo lugar aonde outrora o barco de Wiglaf e Ethelwulf havia chegado com sucesso. Era verão, início de tarde. Devagar, o sol se debruçava sobre o mar, mas ainda não se tornara vermelho e ainda não desencadeara a maré alta, que se estendia ao longe, não propriamente sem vida mas tranquilamente, espirrando em linhas longas e suaves atrás dos bancos, salpicando de paetês de prata o azul. Era bom estar ali àquela hora. Gregorius havia chegado primeiro, pois estava de folga. Estava sentado na areia, encostado numa pedra grande, os pés esticados para a frente, sob as tiras de couro de suas sandálias, e lia um livro, erguendo às vezes a cabeça para observar o voo cruzado e deslizante das gaivotas ou passear com os olhos sobre o mar, em direção ao horizonte claramente delineado, diante do qual a cor das águas escurecia em sombra, bloqueando a vista para os países do mundo. Dito de passagem, ele usava um anel de sinete no indicador da mão direita, que seu pai em Deus, o abade, tinha lhe dado de presente havia pouco tempo e em cuja pedra de um verde profundo fora gravado o Cordeiro com a Cruz.

Flann veio um pouco mais tarde. Trinta passos, ou algo assim, distante de onde estava Grigorss, ele foi trabalhar no barco de seu pai, que havia sido puxado para a praia mas que não era mais aquele mesmo barco que o abade Gregorius tinha ficado aguardando com tanta preocupação: era maior e mais forte, de casco robusto, com ponteira de proa e mastro abaixado e velas arredondadas, por fora de uma bela cor vermelho-escura, e na lateral esquerda da frente era até mesmo decorado com um nome. Enquanto o barco anterior nem nome tinha, este se chamava *Rainha Inguse*. Era o que lia na proa aquele que soubesse ler. Flann não sabia, mas conhecia o nome de ouvir falar.

Ao chegar, lançou um olhar obscuro com seus olhos redondos para Grigorss, e então foi trabalhar com as redes, martelou num remo e por fim o jogou no barco com um barulho abafado e se afastou dele, caminhando na praia calmamente e assobiando, de maneira desleixada, em direção ao lugar onde estava sentado o irmão. Trajava apenas calças curtas e uma camisa de linho solta e aberta no peito, cujas mangas cobriam metade da parte superior do braço. Ao passar pelo irmão, chutou grosseiramente com o pé esquerdo suas pernas esticadas, como se fossem uma coisa inoportuna jogada ali, não se importando se ele próprio se machucaria ou não, e continuou andando.

Grigorss acompanhou-o com o olhar, as sobrancelhas elevadas.

— Perdoa, Flann — disse em sua direção —, por minhas pernas terem estado no teu caminho!

Flann não se importou com isso. Depois de ter andado mais um pouco, voltou. Quando Grigorss o viu, recolheu as pernas e as pôs anguladas, de modo que houvesse passagem livre para Flann, mesmo ele passando bem próximo.

Dessa vez, porém, ficou parado diante de Grigorss, que abaixou o livro e olhou para cima com olhar de interrogação.

— Tu tá lendo? — perguntou Flann.

— Sim, lendo — respondeu Grigorss com um sorriso e dando de ombros, como se ler fosse uma mania dele. E acrescentou: — E tu, como vi, foste ver se estava tudo certo com o *Rainha Inguse*.

— Tu não tem nada que ver com isso — disse Flann, espichando um pouco para a frente o pescoço curto. — Mas tu tá lendo o quê?

— Poder-se-ia dizer — respondeu Grigorss com um leve enrubescer — que isso agora não te diz muito respeito. Mas é um livro, *De laudibus Sanctae Crucis*, que estou a ler no momento.

— Isso aí é grego? — perguntou Flann, novamente avançando a cabeça um pouco para a frente.

— É latim — respondeu Grigorss —, e significa "Dos louvores à Santa Cruz". Eu deveria ter dito logo. O irmão Pedro-e-Paulo me incumbiu de lê-lo no meu tempo livre. São versos, sabes, providos de bons esclarecimentos em prosa.

— Não vem se gabar e falar besteira na minha frente — ralhou o outro —, com esse teu papo de sabido de iluminação na roça! Tu quer é me humilhar de propósito com teu falatório e fala isso pra fazer eu sentir como tu é mais esperto e fino que eu.

— Nada disso, Flann — respondeu Grigorss. — Juro que estás enganado. Quando me perguntaste o que eu estava lendo, senti que o meu rosto ficou um pouco quente, o que sem dúvida, para quem vê de fora, ficou visível como um enrubescer. Não pode ter passado despercebido por ti. Fiquei vermelho como uma mocinha, porque me obrigaste a falar de leitura e de versos latinos na tua frente. Não gostei de fazê-lo, me envergonhei, e foi desagradável para mim quando me perguntaste, pois estou longe de querer te desafiar.

— Ah, então tu teve vergonha! Tu teve vergonha de mim, tu teve vergonha por causa de mim! Tu sabe que essa é a humilhação mais malvada e o desafio mais atrevido? Eu te perguntei pra te mostrar que tu não consegue abrir o bico, não consegue nem mesmo ficar aí sem me desafiar! Mas tu diz que não quer. E decerto tu também não quer que eu te desafie?

— Não vais fazer isso.

— Mas eu fiz! E tu recolheu as perna. Por que recolheu as perna quando eu vinha vindo no meu caminho?

— Porque eu não queria que topasses de novo com os meus pés.

— Não, então tu tinha que ter levantado na minha frente e tirado satisfação comigo e exigido explicação que nem um homem e um sujeito de fibra. Mas tu recolheu as perna, seu covarde, seu padreco covarde encolhido e espreitador!

— Tu não deverias ter dito isso — disse Grigorss, e levantou-se devagar.

— Mas eu falo, sim — gritou Flann. — Eu falo porque tu não quer entender e não quer ver, e fica fugindo que nem um padreco, porque temos que resolver isso entre nós, no fundo e de uma vez por todas, tanto faz o resultado, tem que ser fundo, tanto faz o resultado, entende? Porque não dá pra continuar desse jeito! Tu nasceu na cabana junto comigo, e tu é fruto do Wiglaf e da Mahaute, como eu e os outro, mas tu também não é, tu é como se tivesse saído dum ovo de cuco, e é diferente da gente, no corpo e na vida, uma coisa insuportável de diferente, sabe lá o Diabo o que é, e tu se deu ao luxo de ser um tipo diferente, uma coisa mais fina, mais alta... Como se tu não soubesse! Mas tu é atrevido a ponto de saber, sim, e atrevido a ponto de ainda ser simpático com a gente! Se tu fosse abusado com a gente, isso seria muito menos atrevido! Tu é o filho divino do abade, que te pegou fedelho e te tirou da cabana, e porque é metido te levou pro mosteiro com seis anos, te ensinou as letra e as ciência e a fala limpa dos padreco, mas tu sempre vai ter com a gente lá e faz a gente ver que tu não quer que se perceba... Tu fala que nem nós, mas com a tua boca fina, o que não dá pra aguentar, porque só dá pra falar como gente pobre com boca de pobre, e se tu faz isso com a boca fina, é escárnio! Tu é um escárnio, no corpo e na vida, porque tu bagunça o mundo e confunde as diferença. Se tu fosse um irmão de reza magrelo, fininho, um religioso meio mulherzinha, sem coragem nem peito pra nada, então um sujeito direito podia dizer: "Bom, tu é fino e eu sou forte, assim são as coisa, não te bato, e que tua fraqueza seja sagrada!". Mas de algum lugar tu rouba ousadia e tu é bom no esporte, que nem eu, tão bom quanto eu, que sou forte mesmo, mas tu é forte pela fineza... Isso não dá pra um sujeito direito aguentar, e por isso te falo: precisamos resolver isso entre nós, sem jogo e sério de verdade, aqui e agora, com os punho livre, no fundo e no extremo... É pra isso que te desafio com palavra e com chute, e tu não tem como escapar!

— Não, de fato não posso — disse Grigorss, e ficou com aquele seu belo rosto, pálido-escuro, sério, o lábio superior um pouco fechado sobre o inferior. — Então queres que nós, sozinhos, sem testemunhas nem juiz, façamos uma luta com os punhos, necessariamente e indo ao extremo, até que um de nós não consiga mais lutar?

— Sim, é isso que eu quero — gritou Flann, e arrancou o casaco.
— Então te prepara, te prepara, te prepara, pra que eu não comece a te bater antes de tu estar pronto, porque mal posso esperar e quero me ver livre de tudo que é dever de preservar a tua maldita fineza, seu ladrão de força! Vou te estraçalhar, vou te deixar a fuça roxa, vou te afundar o estômago, vou te destruir o baço, então te prepara, pra que eu prepare a tua destruição!

— Cuidado com o teu próprio baço! — disse Grigorss, enquanto tirava as vestes e baixava a camisa, cujas mangas amarrou na cintura, dirigindo o olhar para o lugar do baço no corpo de Flann. — Eis-me aqui — disse ele, magro como um menino, de braços leves, diante do outro carregado de forças.

Flann se jogou sobre ele com a cabeça abaixada, como um touro, e acertou duramente com o punho o braço do irmão que subia e descia protegendo o rosto e o peito, e com o outro braço batia nele, mas não com força — o que ele recebia no pescoço, na têmpora e nas costelas era mais forte, mesmo se o braço, que vinha voando e às vezes errava o alvo por um agachamento ou uma virada do adversário, findasse no vazio, levando o homem todo consigo, de modo que nessa viagem falha tinha que levar algum do outro. Era um emaranhado de punhos martelando, cabeças se esquivando, pernas abertas buscando sustentação, pés saltitando e batendo, entrelaçamentos no embate e engate dos corpos, e então o destravamento, para em seguida recomeçar um novo turbilhão — que em determinado momento cessou, e um ficou a observar o outro saltitando, protegendo-se e mirando o objetivo a ser alcançado, apenas para logo depois recomeçar novamente, com aquele dar e tomar, errar e acertar, jogando-se um sobre o outro, mas não por muito tempo.

Pois acontece que Flann, que, creio eu, gastara muita energia no desafio e estava extremamente raivoso, não tirava da cabeça aquela fala do irmão odiado, aquela ameaça que dizia que deveria tomar cuidado com o próprio baço, e sempre lhe parecia que Grigorss, com seu semblante nunca distorcido e sempre concentrado, com os olhos que queimavam profundo ali no meio, tinha mirado aquele lugar específico de seu corpo — especialmente em certo momento muito breve e que pôs fim a tudo, quando Grigorss, movendo o braço direito apenas para proteger-se, tomou impulso visível com o esquerdo, que ele usava muito bem, mirando o famoso ponto para onde seus olhos se dirigiam. Mas, como Flann adotou medidas rápidas e absolutamente corretas contra o golpe desferido, a mão direita de Grigorss, que não queria ter tido nenhuma intenção, foi parar no nariz do adversário, rápida como um raio e com uma força que até então ele não tinha empregado em toda a luta e nem tinha tentado usar, quebrando-o: falando sério, o nariz se estilhaçou, a ponte nasal quebrou, o soco-raio ainda foi reforçado pelo anel de sinete no punho de Grigorss, com o Cordeiro e a Cruz — o nariz de Flann afundou para dentro e para os lados, o sangue brotou e escorreu sobre o queixo, não havia mais o seu rosto, ele arregalou os olhos por sobre a coisa disforme ali no meio, que inchava e jorrava sangue, erguendo o rosto, enquanto seus punhos esticados para a frente se moviam no vazio diante dele.

Grigorss, assustado com sua rudez, se afastou bastante. Flann jogou-se em cima dele, arfando:

— Continua! Te defende, bastardo!

E, dizendo isso, cuspia o sangue que escorria sobre os lábios, até alcançar o corpo de Grigorss. Este, porém, se esquivou de novo e não se defendeu, mas apenas afastou aquele que espumava em vermelho, irreconhecível e meio cego.

— Não, Flann — disse, ele próprio sem fôlego, com um olho roxo e marcas roxas, que não eram poucas, pelo corpo. — De maneira nenhuma podes me chamar de covarde, mas desta vez não vou continuar lutando, precisamos adiar a decisão para outro dia. Tu quebraste o nariz na luta, e aí chega, não há mais luta, mas apenas compressas de água fria e qualquer coisa que tenhais na cabana contra o sangue. Espera, vou rasgar um pedaço da minha camisa e molhar no mar.

E vejam só, como Grigorss não queria mais, também Flann renunciou, reticente. É bem verdade que, quando um osso se quebra, todo o *systema* do homem se abala de forma muito curiosa. Flann bem poderia ter desmaiado, e a escuridão do desmaio de fato passou diante de seus olhos, mas ele era forte demais para sucumbir a ela. Foi para o lado onde Grigorss tinha-se sentado, pegou seu casaco, sentou-se com ele e o segurou na frente do rosto.

Quando Grigorss voltou com seu pedaço de camisa molhado, Flann o rechaçou violentamente com o ombro, e até tentou chutá-lo daquela posição em que estava, mas esse movimento raivoso doía tanto em seu nariz destruído, que naturalmente gritou alto:

— Ai! Ai!

— Vês? Vês? — disse Grigorss, compadecendo-se, mas não ousou mais se aproximar dele com o pano.

Flann ainda ficou sentado algum tempo ali, depois se levantou e, segurando o casaco ensopado de sangue diante do rosto, caminhou lentamente pela praia, pela grama das dunas, na direção da cabana dos pais.

A DESCOBERTA

"Terrível!", pensou Grigorss, ali de pé, olhando o irmão se afastar. "Foi terrível o fim disso tudo, tanto para mim quanto para ele, e para mim provavelmente foi ainda pior. Porque agora sou eu o culpado, apesar de no início ter sido ele, com seu afã louco de lutar. A cabana me amaldiçoará e o abade me punirá com ajoelhamentos e jejuns, porque fiz contra o irmão de sangue aquilo que, temo, nunca mais poderá ser remediado totalmente. E, ainda assim, o que poderia ter feito? Ele queria a todo custo que lutássemos a sério, a fundo e levando ao extremo, e assim teve que terminar de forma terrível para mim, seja no corpo seja na alma, e talvez eu devesse ter sacrificado meu corpo em vez de ter me tornado eternamente culpado pelo que aconteceu com seu nariz. Mas que culpa tenho eu se meus espíritos vivazes se concentram tão extraordinariamente na luta? O irmão Clamadex do mosteiro, que faz muitas experiências com a natureza, e ali, às escondidas, chega a fazer mágica, tem uma lente chanfrada que reúne os raios de sol de tal maneira naquele bisel que, quando colocada sobre a mão, esta recua por instinto rapidamente, já que é atingida pela picada em brasa, e, se colocada sobre papel ou sobre um pedaço de grama seca, ele fica marrom, começa a fumegar e arde em chamas — só pela concentração. É isso que acontece com meus espíritos durante a luta, e foi assim que, infelizmente, o nariz de Flann se quebrou — eu sabia de antemão, a bem dizer tão logo ele me obrigou a essa rodada dura, eu sabia com certeza e deveria tê-lo alertado, pode ser, mas, em sua obsessão louca, isso também não teria adiantado. Que devo fazer agora? Confessar-me primeiro com o abade? Não, prefiro segui-lo de perto e me desculpar com meus pais da melhor maneira possível."

E, depois de ter posto novamente as vestes, foi atrás do ferido na luta, mantendo certa distância, subindo na direção da cabana, só apertando o passo no final, quando Flann já tinha atravessado os canteiros de legumes na frente da casa e a soleira da porta. Mahaute estava lá dentro, logo se ouviu que Flann a encontrara. É claro que ela viu o sangue, e é claro que, em meio a gritos e perguntas abafados, tirou-lhe o casaco do rosto, percebeu a desgraça, o nariz, que nesse meio-tempo por certo havia inchado ainda mais e oferecia uma visão totalmente inconcebível, e então começou uma gritaria.

"Tinha que ser assim", pensou Grigorss. "Exatamente assim ela começaria a berrar quando ele corresse para os seus braços. Teria sido melhor se Wiglaf também estivesse em casa. Ele teria uma visão mais sensata da coisa. Mas ele deve estar na plantação de cenouras ou no mercado. Vou deixar que ela grite um pouco mais até cansar e esperar que Flann explique tudo, antes de eu aparecer." E ficou por trás da porta aberta. Lá dentro, o seguinte se passava:

— Mas pelo amor de Deus, meu Todo-Poderoso, pleno de bondade! Flann, Flann, meu filho, todo ensanguentado, banhado em sangue? Que foi, o que tu tem? Deixa eu ver, ora, deixa eu ver, o nariz? Ó dor! Ai, ai! Ó dia! Não posso crer! O nariz se foi, o nariz se quebrou, isso não é mais um nariz, Flann, meu filho do coração, diz, o que foi que tu teve, uma luta de punhos, uma briga e um confronto? Com quem, com quem? Quem foi que fez isso com meu filho? Eu quero saber!

— Isso não é tão importante assim agora, quem fez isso — ouvia-se Flann dizer mal-humorado pelo nariz destruído. — Me dá um pouco desse algodão vermelho e água, em vez de se lamentar.

— Eu, não me lamentar?! O algodão vermelho, a compressa de água! Claro, aqui, imediatamente! Mas não me lamentar? Tua própria mãe não deve se lamentar e não deve perguntar quem te ofendeu e te desfigurou para o resto da vida? Ó dia! Que dia, que dia. Não posso crer! Quem foi? Quem é o assassino?

— O maldito Credemi — soltou Flann —, foi ele, pra que tu saiba! Ele mirou o baço e bateu no nariz, o trapaceiro, o traidor! Eu queria continuar lutando, mas ele amarelou.

— Credemi? Grigorss? Como ele se atreve! Mas que foi que tu fez a ele?

— Eu perguntei o que ele tava lendo, aí ele disse que ia destruir o meu baço e, quando eu protegi o baço, ele acertou o nariz. Meu nariz nunca mais vai se erguer, e pelo resto da vida vou andar por aí como uma cabra, foi o teu filho querido, o padreco, o meu irmão que fez isso.

Então, rompeu-se a eclusa, quebrou-se a barreira, não havia mais como parar a água represada.

— Ha, ha, ha, ha! Meu filho, teu irmão? Ele não é meu filho, eu não empurrei ele pra fora do ventre, nem foi teu pai que fez, ele é tão teu irmão como o porco do chiqueiro, não acredita nessa mentira obscura, nessa bobalhada, nessa enganação! Ai de mim, mulher ferida! Ele que veio aportar aqui, bandido que veio boiando, bandido do mar, maldito quebra-osso, carrasco e violador! É esse o agradecimento? Foi pra isso que eu criei ele junto com os outro, esse nada, esse ninguém, esse aterrado na praia, pra quem eu dei o peito, junto com os outro, pra ele agora partir os meus filho, transformar eles em mingau, os meus filho, que são gente de bem, aqui em casa junto com os parente, que ele não tem nenhum nessa ilha, esse pássaro achado! Pois ninguém sabe quem ele é, nem de onde veio boiando! Mas eu, Cristo me ajude, vou dizer pra todo mundo, Deus me ajude, eu vou dizer, ele é um abandonado, foi achado, por mais que ele tenha se arrastado até aqui, um abandonado, um pobre abandonado, nada mais! Ele se esqueceu disso, ninguém ainda falou pra ele como ele foi encontrado, em situação miserável, num barril, amarrado num barco, no mar deserto! Se ele tocar no meu filho, eu conto, eu grito pra quem quiser ouvir! Ai de mim, que que esse fedelho pensa? O Diabo trouxe ele até aqui pra me causar preocupação! Conheço bem a origem dele, o barril, da tempestade! Será que ele esperava que a sua vergonha ia ficar escondida pra sempre? Ha, ha! Isso ia ser lindo, aí ele ia ficar tranquilo em sua altivez, protegido da mentira! Maldito os peixe que não comeram ele, o abandonado! Ele teve sorte, muita sorte, igual os bastardo têm. Ele nadou direto pras mão do abade; se o abade não tivesse tomado ele do seu pai e se tornado o seu sustentador, ele ia ter que ser submisso a nós de um jeito bem diferente, sabe lá Cristo! Ele ia ter que cuidar do gado e dos porco, limpar o estábulo com as própria mão! Onde é que o teu pai estava com a cabeça quando pescou ele com mão fria da tempestade, e deixou ele pro abade e deixou que ficasse fino e malcriado, em vez de ficar com ele como um bem encontrado, pra manter ele como criado, como criado de bosta!

Era o que dizia Mahaute. A gritaria foi diminuindo no interior da cabana. Atrás da porta estava Grigorss, com respiração rápida e olhos arregalados. Não tinha perdido nenhuma palavra, cada uma delas ressoava em seus ouvidos, queimava em seu cérebro. Como foi aquilo, o que foi aquilo? Loucura e ira de uma mãe magoada? Bobagem e xingamento sem sentido? Não, a loucura de uma mãe não inventaria uma coisa dessas na raiva: o barril, a tempestade, um abandonado que veio aportar na praia, um enjeitado e estranho. Não é mentira! É a pura verdade! — Ele ainda ficou ali estarrecido por um tempo, depois saiu de um salto, mas não foi para o mosteiro, o mosteiro não era mais sua pátria, ele, o desconhecido e sem parentes; para o pássaro encontrado e livre para ser caçado, apenas servia de teto o céu, de onde caía a noite e que se cobria de estrelas. Grigorss andou pela areia e pelo musgo, por bosques de pinheiros inclinados pelo vento, chegando ao mar, e depois, voltando para terra, andou por toda a ilha, evitando o vilarejo, evitando as cabanas, e finalmente se jogou ao chão diante de uma árvore, o rosto de estranho entre as mãos. Ninguém sabia quem ele era — que vergonha! E todos poderiam lhe jogar na cara, até os mais pobres: "Tu, desconhecido!" — e não saberiam que alegria lhe proporcionavam, lançando esses impropérios contra ele, a alegria que lhe sacudia o peito quando pensava em sua vergonha. O soco enérgico desferido no nariz de Flann, aquele que fez a mulher, sua ama, abrir a boca, foi um soco de libertação, um soco explosivo contra o portão que agora estava escancarado: o portão de todas as possibilidades. Ele era desconhecido, mas existia, e alguém ele tinha que ser. Fora trazido pela água, mas não era alga marinha, tinha que ter vindo de algum país. Onde era o seu país, onde estavam seus pais e quem eram eles? Eles o tinham entregado ao mar, ou quem o teria entregado, recém-nascido — e por quê? Será que era tão falsa a sua verdadeira identidade? Será que dali em diante toda a sua vida não teria que ser dedicada a descobri-la, fosse ela qual fosse? Era um segredo, ele próprio era um segredo, mas o segredo é o receptáculo de todos os desejos, esperanças, intuições, sonhos e possibilidades. Abandonado por causa de uma mácula obscura? Mas onde há mácula, há nobreza. A baixeza não conhece mácula. Como estava disposto a abdicar de uma verdade comum em benefício de uma inverdade nobre!

 Pensando nisso, adormeceu, e dormiu a noite toda sob a árvore. Quando amanheceu, foi até o mar, lavou-se e foi dar no mosteiro justamente na hora em que o abade saía da igreja com os irmãos e alunos após a matina. No corredor arqueado, o bondoso avistou seu afilhado e ficou austero, ainda que pela manhã sempre estivesse com seu narizinho vermelho, o que lhe dava um aspecto ingênuo que não parecia combinar com austeridade.

 — Gregorius — disse ele —, onde estiveste?

 De cabeça baixa ele já estava, e, em vez de responder, baixou-a ainda mais.

— Será que eu terei que reconhecer em ti — continuou o abade —, com o passar dos anos, um vagabundo e jovem sem limites? Faltaste na oração da noite e na refeição, passaste a noite fora dos nossos tetos e ainda perdeste a oração da manhã. Que loucura! O que foi que te aconteceu, tu que normalmente és um menino devoto?

— Pai — disse Grigorss, humilde —, *peccavi*.*

— *Peccavisti?***

O abade ficou visivelmente assustado. Seu lábio inferior arredondado mexeu-se por alguns momentos sem palavras, e o sangue esvaiu-se de seu narizinho matinal.

— Vem comigo! — ordenou ele, por fim. — Vem comigo agora mesmo até o meu quarto!

Era isso que Grigorss queria. Falar com ele, que o comprou de Wiglaf e lhe deu seu nome, falar com ele a sós, era tudo o que queria. Com as mãos dentro das mangas, a cabeça baixa, ele o seguiu. O quarto do abade acolheu a ambos. Em frente ao genuflexório erguia-se um crucifixo com o semblante sanguinolento do martírio; para lá o abade apontou com a mão.

---

* "Pequei."
** "Pecaste?"

O EMBATE

— *In nomine Domini** — ordenou ele —, fala!

Gregorius ajoelhou-se, as mãos postas.

— É o que farei — disse —, por pior que eu me saia. Pois nunca a minha boca poderá vos agradecer o suficiente, pai e senhor, por tudo o que fizestes para mim. Mas uma coisa eu vos juro em lealdade, que por toda a minha vida pedirei Àquele que não deixa nenhuma boa ação sem recompensa, de minha parte, para que vos coroe com a coroa celestial pelo fato de terdes educado a mim, menino desconhecido, pobre enjeitado, de forma tão carinhosa diante de toda a vossa comunidade.

Ante isso, o abade se espantou de novo e de modo diferente. O último resquício de rubor matinal desapareceu de seu narizinho.

— Que dizes! — disse ele rapidamente e em voz baixa, pegando as mãos entrelaçadas de Grigorss com as suas.

— Eu fui traído — prosseguiu este, e se curvou profundamente, como se tivesse que confessar a sua própria traição. — Fui traído em meio a amor e bondade. Não sou aquele que me ensinaram a achar que era. O portão da verdade, que também poderia ser chamado de portão das possibilidades, abriu-se diante de mim com um soco. Um soco eu dei em Flann, a quem eu chamava de irmão, na luta, graças a uma habilidade minha não tão difundida por aqui de me concentrar extraordinariamente. Em sua ira por eu tê-lo machucado, minha ama, sua mãe, divulgou aos berros, diante de meus ouvidos, que sou um enjeitado, nada mais, um sabe-Deus-quem, pescado do mar com mão fria

---

* "Em nome do Senhor."

quando criança pequena. A vergonha dominará meu corpo e minha alma se eu voltar a ouvir isso, e, *credemi!*, nunca mais ouvirei isso.

Ditas essas palavras, levantou-se. Ergueu-se da posição humilde de joelhos e ficou em pé, firme, o belo rosto pálido, onde os olhos ardiam azulados.

— Deveis me dispensar, caro senhor, pois não ficarei mais aqui. Preciso assumir a agonia da busca como servo errante e sem-teto, assim como na noite passada também não tive teto. Certamente em algum lugar encontrarei o país desconhecido de onde vim. Tenho habilidade e razão e, *credemi*, não sucumbirei se Deus assim não desejar expressamente. Ele deve estar tentado a desejá-lo, e eu prefiro definhar e morrer no deserto a continuar vivendo nesta ilha. A desonra me enxota. Temo por demais o escárnio. Como é falastrona a mulher! Depois que ela conta para um, logo o saberão três e quatro e depois todos. Por isso, senhor, abençoai-me para a viagem errante!

Como ficou triste aí o meu amigo, o abade, a quem ao longo da narrativa aprendi a valorizar cada vez mais! Seu narizinho voltou a ficar vermelho e ele tinha lágrimas nos olhos.

— Meu filho — disse —, agora ouve! Quero te aconselhar por bem e de coração, assim como aconselho a uma pessoa querida a quem desde cedo se voltaram os meus cuidados. *Credemi*, Deus foi muito bondoso contigo, pois te abriu os olhos, para que não caminhasses mais no escuro e não passasses mais teus dias em ignorância, mas de acordo com o teu livre-arbítrio. Essa decisão tive que delegar a Ele, eu não podia me antecipar à Sabedoria. Tu me viste assustado ao ouvir tuas primeiras palavras — na verdade estou aliviado pelo desígnio de Deus e pelo fato de Ele ter te dado a liberdade de decidir sobre a tua vida segundo a razão e de escolher entre Ele e o mundo. Essa luta agora precisa ser travada em teu peito, e deve se demonstrar como vais aproveitar tua liberdade, seja para a salvação, seja para a desgraça. Deus esperou dezessete anos para te libertar, mas mesmo assim ainda és jovem demais para que tua liberdade dispense conselhos. Filho amado do coração, tem boas intenções contigo mesmo e segue o meu ensinamento, para que escolhas o seguro em vez do altamente inseguro, para que a tua ira de menino não se apresse na decisão e depois tu te arrependas. Não digas nada ainda! Ainda não me ouviste. Ouve isto: és um menino primoroso. As coisas todas estão de acordo com o teu desejo, as pessoas aqui te querem bem, elas ficam com olhos alegres quando te veem. Não as abandones! Estás acostumado à religiosidade, não te esquives de seu suave fascínio, associado a tantas amenidades! Tens conhecimento excelente dos livros, teu caminho está predestinado. Pelos anos, já sou um ancião, já tenho sessenta e sete, *dear me*,* quanto tempo mais posso viver? Não estou dizendo que, no caso de eu fechar os olhos amanhã, estejas destinado a assumir meu lugar imediatamente. Um abade precisa ter certa idade, apesar de a idade não tornar a maioria deles mais sábia. Mas algum dia, isto é certo, e eu o documentei em meu testamento, tu serás o abade de Agonia Dei, senhor de velhos e jovens e guardião da fé nesta ilha. E queres deixar isso tudo de lado por causa do latido de uma tola? Uma única vez ela pôde e teve que latir; Deus quis assim, para que tivesses liberdade de escolha. Mas espero que acredites se eu disser que sou eu o homem que evitará que tal tagarelice jamais volte a sair de sua boca.

A ele respondeu Grigorss:

— Ouvi a verdade atrás da porta da cabana. Cada uma de vossas palavras confirma isso, especialmente o fato de vós, senhor, chamardes a mulher de tola que late, pois, se ela fosse minha mãe, vós tomaríeis mais cuidado com as palavras que usais. Aliás, ela é minha ama de leite, e fostes vós quem outrora a incumbistes desse papel. Se tivesses visto o nariz de Flann, meu ex-irmão, que certamente ficou muito machucado numa luta honesta, entenderíeis bem que uma mãe não se segura diante de uma visão dessas. Não tenho raiva dela e afasto palavras más dirigidas a ela, já que ela foi o meio para me iluminar. A vós, evidentemente, devo agradecimento eterno. Através de mim, pobre coitado, honrastes a Deus e multiplicastes vossa salvação de tal maneira, que amor e respeito deveriam me impedir de vos contrariar. E, mesmo assim, eles não conseguem, para verdes como é mais-que-forte a minha ira juvenil só de pensar que podem ser feitos comentários de desdém a meu respeito. O fato inevitável é que, desde que sei que não sou filho desse pescador, tornei-me ainda mais sensível do que sempre fui nessa questão de honra. E por quê? Porque o fato de eu ter sido encontrado como enjeitado traz em si as mais variadas possibilidades. Ninguém conhece os meus antepassados. O que aconteceria se eles fossem de uma linhagem que me desse o direito de ser cavaleiro? Senhor, querido pai, todos os meus sonhos vão na direção de que a cavalaria e nada mais é o que me compete! É verdade, tendes a melhor das vidas. Satisfação e conformidade com os desejos de Deus misturam-se deliciosamente aí, e quem escolhe isso com boa intenção será bem-aventurado. Eu, porém, disso

---

* "Pobre de mim."

não posso nem partilhar, nem herdar. Preciso partir, pois, desde que sei quem não sou, só devo fazer uma coisa: a viagem em busca de mim mesmo, o conhecimento de quem sou.

— Meu filho, meu filho, não é todo mundo que tem a graça de saber exatamente quem é, mesmo se com isso tivesse direito à cavalaria. Se alguma vez acreditaste em mim, então acredita em mim agora: estás em teu lugar aqui nestes muros. Através de mim, Deus te protegeu. De quê? Talvez de ti mesmo. Queres sair da proteção de Deus, sem temer que com isso vás te aliar ao inferno? Quanto à incerteza sobre quem és, não há nada mais adequado e não há solução melhor para o teu enigma do que terminares teus dias nesta ilha pacífica e distante do mundo como abade devoto e muito amado. Por isso, te alerta, pede e implora alguém que te ama: oh, fica!

— Não, senhor, preservai o vosso amor, assim como eternamente alimentarei e preservarei o meu por vós em meu coração, mas tenho que partir. Todo o meu ser se dirige à cavalaria, e é melhor ser um cavaleiro de Deus do que um monge trapaceiro!

— Filho, *credemi*, para o velho não é fácil, e é um duro desafio para a simpatia e a paciência ouvir um sangue tão jovem lançar aos ares sua tolice com voz áspera de menino. Cavalaria! Anseias por cavalaria! E não tens a mínima noção do que é isso, nem tens a menor formação para isso. Por acaso, sabes montar a cavalo? Claro que não. Como saberias sentar-te num cavalo? Mas pretendes ser motivo de piada. Pergunta a qualquer um versado em cavalaria: "Se alguém vai para a escola", ele te dirá, "e lá fica doze anos lidando com livros, sem cavalgar, permanecerá sacerdote a vida toda, e estará perdido como cavaleiro". Mas o que significa "perdido"? Um cavaleiro e galo cacarejante desses, que não aprendeu a ler e, por mais que tentasse, não conseguiria decifrar o mais essencial que lhe dissesse respeito e que fosse escrito para ele, este também não aprenderá mais nada e está perdido para o sacerdócio. Para o outro, perde-se um estado de honra, mas tu, tu nasceste para ser filho de Deus, e, quando andas por algum lugar, ouve-se claramente: "Vede como lhe caem bem as vestes clericais!".

— Senhor, se pondes o hábito num cavaleiro, ele parecerá um homem mal-ajambrado. Mas dai-me o traje de cavaleiro e vereis se há pessoa na qual ele cairia melhor! Se eu ficar ridículo com esse traje — eu juro! Nesse caso, imediatamente voltarei a usar as vestes de Deus.

"Ah, que macaquice", pensou carinhosamente o abade Gregorius. "É claro que as vestes de cavaleiro lhe cairiam bem, e por certo há tecido para lhe fazermos o traje." Mas não disse nada e apenas balançou a cabeça, preocupado.

— Não sabeis, caro senhor — continuou Grigorss a sua fala juvenil —, como estou bem preparado interiormente para a cavalaria. Nunca vos confessei isso enquanto o portão das possibilidades esteve fechado. "Mas não sabes cavalgar", me dizeis de modo paternal. Não, fisicamente jamais cavalguei, mas em espírito já o fiz milhares de vezes, e não importava que cavaleiro cavalgasse vistoso lá em Hennegouwe, em Haspengouwe ou em Brabante: em meus sonhos, eu fazia melhor, não apenas por presunção, mas pela técnica mesmo. Não me arrependo dos livros que conheço, *grammaticam*, *divinitatem* e *leges*, todos eles estudei com prazer e facilidade. E, ainda assim, quando as pessoas me viam debruçado sobre os livros, como os meus pensamentos lutavam em segredo contra escudo e lança! Meu verdadeiro anseio permaneceu insatisfeito. Um cavalo, um alazão! Ele relinchava num tom claro, porque rapidamente reconheceu seu mestre. Então deixei minhas coxas voarem, conseguindo dobrá-las tão depressa, que não esporeava meu cavalo nem nos flancos nem na frente: não, um pouco mais para trás era o meu truque, à distância de um dedo, ali onde fica o *sursangle*.* As pernas voavam ao lado da crina, e quem me visse na sela, realmente, quero dizer: para quem me visse, eu devia parecer uma imagem de tapeçaria, uma pintura fina. Não é apenas a firmeza na sela que conta: o importante é a bela facilidade sem esforço. Meu corpo sabia se portar nesse sentido — tão leve que tudo parecia mero passatempo. As esporas fincadas, disposto a cavalgar em círculos, eu corria de longe contra o adversário no *poigneis*,** e nesses jogos nunca me esquecia de mirar nos quatro pregos de seu escudo. Então, pai, ajudai-me com um bom conselho, para que o sonho da cavalaria se transforme em ação!

— Filho, filho — disse o abade, abalado com tais conhecimentos. — Tens uma eloquência e dispões de vocábulos... Estou impressionado, não nego. *Sursangle*? *Poigneis*? *Credemi*, não entendo nenhuma dessas palavras, é como se estivesses falando grego. O irmão Pedro-e-Paulo não te ensinou essas coisas. Mas não importa de onde tiraste isso, eu vejo bem: no fundo do coração, não és um homem do mosteiro. Pena, Gregorius, profundamente lamentável, cara criança. Mas que seja, vou te aconselhar, de forma paternal e sensata, meu filho.

---

* A cinta que prende a sela.
** Choque entre adversários, com o objetivo de derrubar o outro do cavalo.

Está bem, tira essas vestes, renuncia à tua religiosidade! Veste roupas mundanas ou, em nome de Deus, também as de cavaleiro, honrando as possibilidades, que aliás são difusas, resultantes do fato de não seres filho do pescador. Mas fica aqui, Gregor, fica conosco! Não partas em viagem errática, não saias para o mundo! Eu te peço, pois não tens moedas, nem centavos, nem dinheiro algum. És pobre de amargar, meu querido! Como pretendes enfrentar um mundo orgulhoso como cavaleiro, totalmente sem *subsidia*?* Sim, se tivesses, por exemplo, cento e cinquenta marcos de ouro, aí poderias assumir a cavalaria. Mas de onde tirarias esses marcos? Nem se pensa nisso. Então, deixa-me agir. Vou providenciar — confia em mim — que faças um casamento rico, um que não se encontra aqui em São Dunstan, mas talvez em Santo Aldhelm ou em algumas das outras ilhas. Pelo menos, converte o teu coração para que fiques conosco até que eu tenha encaminhado isso!

Mas a obstinação de Grigorss era inabalável e não ouvia conselhos.

— Pai — retrucou ele —, agradeço-vos. Agradeço-vos cada vez mais, e cada vez mais do fundo do coração, pelo que já fizestes por mim e agora também pela vossa oferta de me arranjar um casamento por dinheiro. Mas, em gratidão, preciso recusar. Nenhum jovem honrado se casa antes de saber quem é, pois passaria vergonha se seus filhos perguntassem pelos antepassados. Colocar-me em bem-estar matrimonial aqui não me é dado, mas sim tentar a sorte numa viagem trabalhosa, para ver se ela não me revela quem sou. A sorte me acena, imperiosa, ela que nunca se furtou àquele que a buscava de forma justa. Senhor, a vossa bênção, tende a bondade! Que termine aqui a disputa.

Então, o abade suspirou profundamente e disse:

— Pois bem, então é chegada a hora. Eu gostaria de tê-la adiado mais um pouco, mas tua obstinação, que respeito e lamento, impõe a chegada dessa hora. Minha criança, deves saber agora qual é a verdade sobre ti. Deves ler agora por que te fiz um aluno do mosteiro, para que pudesses ler isso no futuro. Sim, mas vê: *grammatica*, *leges* e até mesmo a *divinitas* são meros produtos paralelos e resultado suplementar do fato de que devias aprender a ler, seguindo a orientação e para o teu conhecimento.

Assim, foi até sua escrivaninha, destrancou-a e buscou com a mão uma gaveta de fundo, que também destrancou com uma chave secreta e de onde tirou um objeto muito ornamentado e de raro valor, feito de

---

* Subsídios.

marfim emoldurado em ouro com fragmentos brilhantes, e recoberto com uma escrita densa.

— Isto é teu — disse o abade Gregorius —, é tua propriedade, apesar de ter sido escrito como uma carta para quem te encontrasse, que Deus quis que fosse eu. Foi colocado junto a ti quando criancinha no barrilzinho, e guardei para ti por dezessete anos. Agora, amado, senta nesse banquinho e faz uso de tua habilidade, a ti transmitida apenas para esse fim. Não é bom ler isso de pé. Tens, pobre criança, que estar preparado para sentimentos mistos e fortes quando estiveres decifrando a escrita.

Confuso, Grigorss tirou a tabuleta de sua mão, olhou para a peça escrita, olhou para o abade, de novo para a tabuleta, sentou-se no banquinho e leu, às vezes levantando a cabeça e olhando para o vazio com os lábios abertos e o olhar paralisado. O abade o observava, as mãos entrelaçadas, o narizinho vermelho, e piscava por sobre as lágrimas.

O jovem leu por muito tempo. Por fim, deixou a tabuleta cair e, com a cabeça jogada para trás, gesticulando com o braço todo na direção do velho, cambaleou para perto deste, que se aproximava, e caiu sobre seu ombro sob os mais intensos soluços, enquanto o abade lhe dava tapinhas nas costas para acalmá-lo e até o embalava um pouco. Quantas vezes isso aconteceu! Sempre se repete na Terra. Um soluça incontrolavelmente no peito do outro, e este diz: "Calma, calma. Já passou, já passou. É assim mesmo. Mantém a compostura. Não é tão grave assim. Não é tua culpa. Vais superar isso. Busca força em Deus etc.". E assim também fez o abade Gregorius com os tapinhas, apesar de ele próprio ter lágrimas escorrendo pelo rosto. Este disse, também soluçando:

— Quem és, isso não está escrito. Mas o que és, pobre criança, isso tu sabes agora.

— Sou um enjeitado! — soluçou Grigorss. — Sou o fruto terrível do pecado! Nem pertenço à humanidade! Sou um abjeto, um monstro, um dragão, uma serpente!

— Mas não, estás exagerando — embalou-o em consolo o abade. — Também és um ser humano, e um ser muito querido, mesmo que não dentro da ordem. Deus é cheio de milagres. O amor pode muito bem surgir de algo terrível, e da desordem pode surgir algo muito dentro da ordem.

— Eu sabia! — continuou Grigorss, acusando a si mesmo. — Eu desconfiava em meu sangue que tinha alguma coisa comigo fora da ordem. Não era por acaso que os colegas sempre me chamavam de O

Enlutado. Mas que eu era um dragão e um monstro, com tia e tio como pais, isso eu não sabia!

— Esqueces o outro lado da coisa — disse o abade —, que até certo ponto compensa aquilo que exageradamente chamas de monstruosidade, ou seja, o fato de teres nascido em berço de ouro.

— Isso também — disse Grigorss, soltando-se do ombro e erguendo-se —, isso também eu sabia e suspeitava em meu sangue. Ah, pai, meus pais, meus doces e pecadores pais, que me conceberam em pecado e me tornaram pecador! Tenho que vê-los! Tenho que procurá-los pelo mundo até encontrá-los e poder lhes dizer que os perdoo. Então também Deus os perdoará, provavelmente Ele está apenas esperando por isso. Mas eu, depois de tudo o que sei da *divinitas*, eu, que sou apenas um pobre monstro, ganharei humanidade por meio do perdão.

— Filho, filho, pensa bem! Supondo que teus pais ainda estejam vivos e tu os encontres neste vasto mundo... Quem te diz que serias bem-vindo? Isso simplesmente não seria garantido, afinal eles outrora te colocaram no mar. Também podes perdoá-los daqui, e com isso conquistar humanidade e bem-aventurança. Aqui, onde Deus fez com que o enjeitado aportasse por milagre e determinou este pequeno burgo de Sua paz como morada daquele que não tem lugar no mundo. Queres fugir daqui e te jogares no mundo, correndo todos os perigos? No fundo do coração, eu esperava que, quando soubesses da tua situação, tu reconhecesses que aqui estás no lugar que te pertence.

— Pai, de modo algum! Desde que tenho esse conhecimento, minha decisão é mais firme do que nunca. Quantas vezes lestes a minha tabuleta? Eu a li com fervor e ainda a lerei inúmeras vezes, diariamente, para minha flagelação. Ei-la. O que me escrevem meus doces pais? Eles se amavam por demais, um no outro, foi esse o seu pecado e a minha concepção. Mas eu vou reverter isso junto a Deus — e não o farei permanecendo aqui no mosteiro, cultivando a minha própria alma, mas aplicando todo o meu amor em outro sangue e lutando como cavaleiro em favor de sua agonia. Assim, vou me bater pelo mundo até chegar aos meus pais.

— Filho, então que seja, vejo que não consigo te segurar. Minha velhice gostaria de ter se deleitado com a tua permanência; mas, sendo assim, vou rezar por ti e falar para Deus de ti, meu filho, essa também é uma forma de te manter aqui comigo. Deixa-me revelar a ti o restante!

Dizendo isso, o abade conduziu o jovem até uma arca, abriu-a, empurrou para o lado paramentos religiosos diversos, estolas, gorjais e apetrechos de missa, tirou lá do fundo várias camadas do mais belo brocado e o entregou ao rapaz com as seguintes palavras:

— Isto é teu, além da tabuleta. Estava embaixo e em cima de ti no barrilzinho, e deve ser suficiente para fazer um ou dois trajes de cavaleiro. É de Alexandria, no Oriente, meu caro, mercadoria finíssima. Quem te deu isso tem a vida bem resolvida. Vejo que te alegras com o dote. Mas este não era nem é o único, no que deves ter prestado menos atenção ao ler a tabuleta. Quando te disse, filho, que não tinhas tostão nem centavo, como um rato de igreja, foi apenas para despistar, pois não é esse o caso. Foram colocados junto a ti quando criancinha dois pães além dos tecidos, e dentro deles haviam assado ouro, vinte marcos, para pagar tua criação. Entreguei apenas três deles aos pescadores, pressupondo a tua concordância. Quanto aos outros, não os enterrei, nem os deixei mofar, nem que fossem comidos pela ferrugem, mas os confiei a um usurário excepcional, o judeu Timon, que os fez render e, em dezessete anos, os transformou em cento e cinquenta. Disso tudo agora és o dono, uma quantia com a qual certamente se pode enfrentar o orgulhoso mundo como cavaleiro.

Grigorss estava confuso e feliz. É claro que é monstruoso e uma carga pesada de pecado o fato de ter nascido como filho de irmãos. Mas, como isso não dói no corpo, a consciência facilmente pode ser empurrada para segundo plano com presentes que lhe caem no colo ao se descobrir toda a história.

— Estás sorrindo — disse o abade. — Estás sorrindo, apesar de teres o rosto de quem chorou e de estares pálido. Eu te avisei que seria com uma mistura de sentimentos que tomarias conhecimento da tua situação.

O SR. POTEVINHO

Mistura de sentimentos! Eu, Clemens, sentado à mesa de Notker como hóspede de Sankt Gallen, também posso dizer que os tenho enquanto narro. Confesso abertamente que, durante o debate entre Grigorss e Gregorius, eu estava totalmente do lado de meu amigo, o abade, e achei excepcionais os seus motivos, ao passo que, na minha opinião, seu aluno falava como um novato. O que ele descobriu sobre a sua origem pecaminosa deveria justamente segurá-lo em gratidão no refúgio que lhe fora preparado e mantê-lo fiel à classe religiosa, em vez de empurrá-lo para o mundo. Nesse sentido, pelos critérios humanos, seu pai em Deus tinha total razão e permaneceu com razão com o seu alerta de que nada de bom e até mesmo algo terrível viria com aquela ânsia de pesquisa do jovem e sua vontade de conhecer o mundo. Mas os critérios humanos não vão longe, à exceção do caso do narrador, que conhece toda a história até o seu final miraculoso, participando inclusive da Providência divina — uma graça única que, na verdade, não é destinada aos homens. Portanto, também estou inclinado a me envergonhar dela, a honrar os critérios humanos e, no atual estágio da história, reprimir aquilo que mais tarde, dominado pela resolução da misericórdia, serei obrigado a enaltecer.

Sendo assim, é com certa má vontade que relato como Grigorss, de posse de todo o seu dote, da tabuleta, do ouro e dos tecidos preciosos, realizou avidamente sua despedida da ilha, para se dirigir a países estrangeiros como cavaleiro. Desfez-se das vestes de aluno religioso, trocando-as por vestes mundanas, meio de cavalaria, meio de serviçal: uma cota de malha encouraçada e acinturada com gorro, nas pernas e nos pés também uma proteção leve. O traje não era pretensioso. No entanto, encomendou aos irmãos alfaiates do mosteiro um traje muito digno de um senhor, a ser feito com os tecidos que lhe haviam sido dados: um casaco de seda de primeira linha ou um *houppelande** de um colorido escuro, com mangas leves cuja ponta provavelmente se usa pendurada sobre o braço; além disso, vestimentas de tecido aderente para as pernas e um barrete. Mas o casaco era um casaco com brasão, pois no peito estava encravada uma mancha redonda e alongada, sobre a qual havia sido bordada a forma de um peixe. Este deveria, como o jovem pensara, ser o seu brasão na viagem errante, e devo dizer que é a única coisa que me agrada em suas preparações. Pois, se o peixe indicava que o viajante provinha de uma cabana de pescadores, essa figura também é o símbolo de Cristo, confirmando que seu portador cresceu entre muros religiosos. Isso eu louvo.

Então, ele guardou a roupa mundana, além de tudo que necessitava para a viagem, alimento, água doce e patrimônio em ouro, no navio de tábuas vergadas protegidas por escudos e de proa eriçada que ele havia preparado e para o qual contratou uma pequena tripulação com dinheiro e boas palavras. A vela listrada também trazia o peixe bordado. Grigorss perguntava pouco sobre a capacidade de seu barco navegar no mar, ou se o barco poderia enfrentar as águas limitadas porém agitadas a que se costumava chamar jocosamente de "canal" e "mancha". Ele aportara aqui outrora num meio de transporte muitíssimo mais frágil, e sua decisão de se lançar na viagem e nos perigos brotou do desejo de pagar pelos horrores de seu nascimento, cuja nobreza, contudo, lhe era tão valiosa. O fato de os membros de sua tripulação, nascidos de forma correta e usual, não terem nada para pagar nesse sentido nem passava pela cabeça dele, pois via-se como o herói de uma história, enquanto os outros ele via apenas como coadjuvantes irrelevantes. Involuntariamente, também eu penso assim, e me condeno por isso — a mim, mas não a ele, pois quem discutiria com a Providência?

Quando então — o outono já estava começando — chegou o dia de sua partida para longe da ilha que o havia criado e onde ele não suportava mais ficar devido à honra e à vergonha — sim, ele verteu lágrimas de despedida vindas do coração no peito do abade, que o acompanhou até o barco junto com alguns irmãos e o abençoou várias vezes para a viagem errante.

— Para onde vais, criança, para onde? — perguntou, preocupado.

---

* Sobretudo.

— Seguir a minha tabuleta — respondeu Grigorss, apontando para o lado esquerdo de seu peito —, e para onde os ventos de Deus me levarem. A eles confiamos as nossas velas.

E assim, em meio à neblina, zarparam do mesmo lugar onde outrora a criança havia aportado, e pai e filho prolongaram a despedida cheios de tristeza no olhar e nos acenos, até que a largura do mar e o nevoeiro os impediu de verem um ao outro. E aconteceu rapidamente: o barco desapareceu na névoa algodoada tão logo se afastou da praia, e a bruma borbulhante pairou invisível durante toda a viagem, envolvendo-os dia e noite com uma duração raras vezes vista, como se fosse para encobertá-los e protegê-los de forma sinistra. Quem estava prevendo tempestade e naufrágio e um sumiço selvagem para o cavaleiro errante viu o inverso: o mar estava calmo e quase não havia vento. Um vento oeste soprando do norte, muito fraco, por vezes enchia a vela, mas durante o dia enfraquecia totalmente, de modo que se deixavam levar, sem rumo, a não ser que ajudassem com remos, não sabendo realmente se estavam avançando, mal vendo o sol e não vendo as estrelas, sem deparar com um único navio sequer, muito menos terra. Eles teriam preferido, creiam-me, a batida forte das ondas e o mar revolto a essa desgraça de morte, a tatear dia após dia na densidade da neblina. Devo cravar essa sua viagem embalada em dezessete dias. A água doce desapareceu, a comida acabou. Uma agonia marítima silenciosa os acometeu, e a tripulação, triste, estava largada no barco, alguns espreitando, os outros dormitando, pois um tempo desses associado ao estômago vazio traz sonolência. Junto ao mastro estava Grigorss, o marinheiro, espiando o não divisável, onde todo olhar se nublava e se perdia.

Porém, foi por isso que ele foi o primeiro a presenciar o milagre que, passados dezessete dias, se deu logo após o meio-dia. Ó felicidade, a neblina se abriu num rasgo. Uma brisa, primeiro sussurrante, depois acelerada, a rasgou, a desfez em farrapos, um feixe de luz do sol caiu amplo e reto sobre uma imagem — será que foi ofuscamento da vista, truque de uma Fata Morgana? Não, desvelavam-se ali porto, terra, uma cidade edificada com torres e portões, e estavam tão perto de tudo isso em meio ao véu que os encobria. Como descrever a alegria dos entristecidos diante dessa revelação?! Avante, o remo colocado, a vela içada em direção à cidade no raio de sol, coroada de burgos, em meio ao fundo golfo, sobre cujas ondas agora agitadas eles oscilavam. Não foi sem esforço que atravessaram o mar até chegarem ao seu destino.

Antes fossem apenas o vento e as ondas o seu obstáculo na chegada!

Infelizmente, foi também a cidade, pois a neblina descoberta revelou à cidade a aproximação deles, assim como para eles revelou a sua elevada imagem. Os cidadãos, ao que parecia, tinham-se colocado em defesa contra a aproximação do barco estrangeiro. Pedras e bolas de ferro voavam, lançadas a grande distância por catapultas. Fogo grego caía diante deles no mar, servindo de barreira. Só quando deram vários sinais de humildade e de intenção pacífica e de simpatia é que a defesa cessou e permitiram que chegassem a terra. O barco estava chamuscado pelo fogo, e dois membros da tripulação tinham a cabeça sangrando devido às bolas e pedras lançadas. Mas eles eram apenas personagens secundários.

Aproximou-se de Grigorss no cais, onde carregadores retiravam mercadorias da barriga de vários navios, cercado de soldados com lanças e vestindo trajes listrados, um homem vistoso, de rosto mais preocupado que sério, um chapéu na cabeça, de cuja aba pendia um pano que passava pelas orelhas e caía sobre o peito, mas com os braços e pernas protegidos. Sua pergunta sobre a identidade e a origem do estrangeiro começou curta e grossa, e assim que o viu mais de perto, rapidamente suavizou o tom; e, quando já tinha feito as perguntas, nem esperou pela resposta, mas apresentou-se, como que se desculpando, com as seguintes palavras:

— Sabei que sou um dos melhores nesta *quemune*,* a bem da verdade o melhor daqui, pois sou o alcaide** e prefeito. Informaram-me da vossa chegada, que foi interpretada como inimiga. Sendo assim, vim para ver se o era e, como reconheci que não, ordenei a suspensão da defesa. Não deveis estranhar a recepção rude. Esta cidade outrora pacífica está carregada de agonia e, se a porta dos fundos não estivesse aberta, aquela que dá para o mar, de onde pode receber algumas importações, a preços que não se pautam pela decência, há muito tempo teria sucumbido. Quanto a vós, não sabíamos o que pensar. Reis do mar deixam os mares inseguros e surgem aqui e acolá nos litorais para saquear. Antes de vos ver de perto, seria possível supor alguém dessa estirpe em vossa pessoa. O quão distante a vossa condição está daquela temida é o que ouvirei agora.

— Muito distante, senhor prefeito — respondeu o jovem. — E venho de longe, em longa viagem pela neblina, do mar de Uker, e me chamo de Cavaleiro do Peixe, mas meu nome é Gregorjus.

---
* Comuna.
** No original, "*Schultheiß*", um cargo administrativo medieval, algo como um coletor de impostos.

— O meu é sr. Potevinho — disse o alcaide.

— Agradeço — respondeu Grigorss. — O ofício do escudo — continuou — é o meu ofício, e estou em viagem de cavalaria, para reinos estrangeiros, por conta própria e sem a menor tentação para a pilhagem, pois sou rico em ouro.

— Muito prazer — disse o sr. Potevinho, curvando-se.

— Na tabuleta de minha vida — acrescentou Gregorjus — está escrito que eu deveria aplicar aquilo que sou ao sangue estrangeiro e brigar como cavaleiro quando ele estiver em perigo. Para esse fim estou em viagem errante.

— Isso é altamente notável, *beau sire*, sr. Cavaleiro do Peixe — respondeu o cidadão. — Certamente, vos trouxe ao mundo uma mulher pura, pois vossos traços são firmes e agradáveis e vossa postura é elegante. Sois normando?

— Não estais de todo enganado — respondeu Grigorss.

— Meu olho tem certo juízo — disse o prefeito com satisfação. — Se for de vosso agrado, segui-me até a minha casa de viúvo para uma colação com boa bebida, da qual o porão deve ter ainda um acervo restante. Que não se diga que esta cidade não sabe ser hospitaleira, mesmo que repleta de agonia.

— A graça com que ela sabe receber o viajante por intermédio de vós — respondeu Grigorss — diz muito a seu favor. Irei convosco, com prazer. Mas por que — perguntou, quando o alcaide os colocou a ambos sobre mulas e eles passaram por uma ponte de troncos de árvore e atravessaram um portão que dava para as vielas —, por que repetistes várias vezes que vossa cidade está repleta de agonia, o que, aliás, é perceptível no rosto dos poucos cidadãos que encontramos? E por que parece que a maioria deles, à exceção de anciãos e crianças, está nos muros e nas torres mais altas, manuseando armas?

— Deveis — respondeu o sr. Potevinho — ser de longe da terra de Uker e do mar de Uker para, ao que parece, ainda não terdes ouvido falar da desgraça do nosso país e desta sua capital, Bruges, que outrora se chamava *la vive** e agora praticamente pode ser chamada de "a morta". Mas não é de espantar! As pessoas vivem umas separadas das outras, seu alcance auditivo é limitado, e mesmo o conhecimento dos fatos mais selvagens emperra nos ares próximos — aos mais distantes, esse conhecimento chega tarde ou nunca. Eu mesmo sei muito pouco, para não dizer

---

* "A viva."

nada, do que acontece nos povos estrangeiros, como, por exemplo, os aquitanos, os gascões, os anglos, os lorenos, turcos e escoceses. E vós, então, nunca ouvistes falar da guerra de amor, como sem dúvida futuramente nossa miséria será chamada pelos cantores, uma vez que é assim que a chama a voz do povo? Ela já dura cinco anos. Roger, o Barba--Pontuda, rei de Arles e da Alta Borgonha, destruiu nosso país e nossos burgos, toda Artois e Flandres foi destruída em suas mãos, e para nossa senhora, a regente do país — que Deus mande seus anjos para ela —, nada restou além desta sua capital, em cujos muros o ataque ainda é contido — por quanto tempo, isso só o Misericordioso sabe, e esperemos que Ele se lembre de sua misericórdia, antes que seja tarde demais. Mas temo que Ele a suprima de bom grado, porque está com raiva de nós, e nossa senhora, indiferente à mais sagrada transformação, não tem a melhor das relações com Ele. Pois ela é mais-que-intocável, e nega, para a tristeza de Deus, a sua feminilidade, e sempre se negou a dar ao país um senhor e duque, e é por isso que estamos pagando na chamada guerra de amor, nome cujo sentido vós perguntais com razão. É que Roger, o Barba-Pontuda, faz a corte e deseja a nossa senhora, faminto por sua beleza, querendo tê-la como esposa já há doze anos, sete dos quais passou fazendo a corte pacificamente, mas quanto mais o tempo passava, mais ele fazia pressão e ameaças. Por fim, declarou guerra, pois jurou, esse enlouquecido peludo e excitado, arrastar a qualquer custo para sua cama o corpo orgulhoso da senhora. Como rechaçamos o seu ataque! Uma vez, duas vezes, afugentando os borgonheses em vitória, sendo que vários dos nossos melhores homens sucumbiram nessa empreitada, por exemplo, o sr. Choraferro, o fiel — a vós, pobre coitado, esse nome não diz nada, mas a nós, muito, e nos leva às lágrimas. Ah, em vão! Inspirados pela tenacidade de seu soberano, sempre renovavam os ataques, e ao longo de três anos atearam incêndios, afugentaram nossos rebanhos, devastaram nossos campos de linho e assolaram o país, e no quarto ano avançaram até esta cidade fortificada, a última que lhes oferece resistência e que eles mantêm cercada há muito, atacando seus muros com todo tipo de instrumento de arrombar, torres de assalto, bestas, cabanas móveis, escadas arrojadas e abomináveis catapultas. Mas lá em cima, no castelo, seu último refúgio, esconde-se aquela que é o troféu desse ataque e que diante de todo o nosso sofrimento se limita a dizer: "Jamais". Ireis vos espantar com o fato de aqui e acolá haver vozes, mesmo que abafadas, que se perguntam, numa linha de pensamento não tão distante, se nossa senhora, que se guardou por tanto tempo, não faria melhor se enfim desse a mão ao Barba-Pontuda e encerrasse assim essa maldita guerra de amor? No castelo, na corte mesmo, há um grupo considerável e de alta posição que favorece abertamente essa sugestão. Mas a mulher, o que ela diz? "Nunca *de la vie!*"

Foi na casa e na sala do sr. Potevinho, comendo um desejado lanche de carne defumada e cerveja quente com cravos, servida a eles pela condutora e guardiã das chaves, corpulenta por natureza, ela também com o semblante preocupado, que Grigorss recebeu esses ensinamentos, e mostrou-se extremamente tocado com eles.

— Senhor hospedeiro, caro alcaide — respondeu ele —, ouvindo suas palavras, cai o véu diante dos meus olhos como neblina dissipada, e revela-se para mim por que depois de uma viagem longa e embrumada se revela para mim a imagem desta cidade. Cheguei ao destino. Foi para cá que Deus guiou o meu leme e, claro como a luz do sol, vejo que vim com um propósito. Foi isso que sempre pedi a Ele, que me levasse a um lugar onde houvesse algo a ser feito por mim, para que minha juventude não passasse em brancas nuvens mas se lançasse numa luta justa diante da inocência acuada. Se aprouver à minha estimada senhora, serei seu servo e mercenário, e o lema escolhido pela martirizada será também o meu: "Nunca *de la vie!*". Pois a esse duque que chamais de Barba-Pontuda, provavelmente por ele usar uma barba assim e que deve também ser peludo, o que, por mim, pode ser um sinal de especial virilidade — a ele, vos digo, dirige-se toda a minha aversão, que também se dirige ao grupo que, em voz alta ou baixa, aconselha a entrega e quer convencer a pura a dar sua mão em casamento ao ousado cortejador e odiado saqueador de seu país. Sinceramente, espero que esses detratores sejam minoria na corte e que cavaleiros de intenções mais elevadas se aglomerem em torno da santa!

— Ah — respondeu o mandatário —, é justamente a fidelidade que faz decrescer o número deles. E por que motivo, eu vos direi com palavras breves e repletas de consequências. O duque Roger tem o hábito de cavalgar até a frente do portão e desafiar os nossos melhores heróis para duelos individuais, nos quais até agora ninguém o venceu. Pois a sua arte cavaleiresca de luta é grande e muito conhecida em todos os países. Movidos pela honra, os nossos atendem ao chamado, um após o outro, mas ele tem derrubado a todos e, se oferecesse segurança, os prendia e levava embora diante de nossos olhos, do contrário os matava. Dessa forma, a nobre *entourage* da nossa senhora já se diluiu tristemente.

— Esse homem — suspeitou Grigorss — deve ter o dom de se

concentrar além da média durante a luta e de reunir todos os seus espíritos vitais num ponto central.

— Não entendo bem — respondeu o hospedeiro — o sentido de vossas palavras. Na minha opinião, nossos lutadores sucumbem à fama da irresistibilidade do duque. A honra os leva até lá, não a crença na vitória, diante da qual, sabendo eles disso ou não, se desesperam, por mais valentes que sejam.

— Sois muito perspicaz, senhor hospedeiro — observou Grigorss com respeito.

— Eu sou — respondeu aquele. — Do contrário, teria eu me tornado o prefeito de Bruges? Além disso, minha perspicácia tem a forma de perfeita clareza e compreensibilidade.

— E para quando — assim perguntou Grigorss — será que se espera o próximo desafio com vitória garantida desse senhor do exército?

— Ele não está na frente da cidade — respondeu o mandatário.
— Sua tenda foi desfeita. Quando chega o outono, ele volta para casa, atravessando nossos caminhos aniquilados, até a primavera seguinte, chegando a seu reino, que também precisa ser regido. Nossa pobre cidade, entende-se, fica cercada. Mas, durante o inverno, só acontecem poucas ações de luta e escaramuças.

— E na primavera — acrescentou Grigorss — ele retorna para roubar da senhora os seus protetores em meio à arte da luta cavaleiresca, tentando obrigá-la, assim, a se transferir, o que nesse caso significa: entregar-se a ele. Ela é jovem e bela?

— Ela deve — respondeu o hospedeiro — ter mais ou menos o dobro de vossa idade, que julgo ser de dezessete ou dezoito anos, mas, passando incólume por todas as missas noturnas e privação, se manteve muito bonita — para a preocupação de Deus, suponho, uma vez que priva qualquer homem de seu corpo.

— Entregá-lo àquele Barba-Pontuda — respondeu Grigorss — certamente não é o desejo d'Ele. Até aí, aventuro-me a adivinhar Seus pensamentos, pois em determinada época estudei a *divinitas*.

— Como, também tendes conhecimento dos livros?

— Um pouco. E pouco me ajuda nestas circunstâncias. O que me ajuda, e para isso suplico por vossa ajuda, meu honrado e perspicaz hospedeiro, é unicamente que eu seja levado à presença de vossa senhora, para me oferecer como seu servo e para que ela permita que me lance na batalha em nome de sua liberdade, defendendo o refúgio de sua pureza contra bandidos peludos.

— Vosso ímpeto vos torna honrado — disse o cidadão, depois de refletir por algum tempo —, e não escondo a confiança que me inspirais. Tenho pouquíssima dúvida de que seríeis aprovado, apesar de vossa juventude, pelos olhos da senhora, baseado em vossa educação e *tournure** normanda. Mas isso não é fácil, pois ela é muito rígida e econômica nas aparições públicas, permitindo que apenas poucos a vejam — no máximo na catedral, quando está prostrada diante de Deus, aí se pode ver dela o que se vê de uma mulher mergulhada em oração. Com prazer tentarei ajudar-vos. O sr. Feirefitz de Bealzenan, o senescal da regente, é meu amigo e mecenas — um homem de fibra, um homem da mais fina escola da corte: imaginai-o gordo em cima e muito fino nas pernas, vestido em seda verde-clara florida e portando uma barbicha loira bipartida, também como seda. Essa é apenas uma breve descrição de seu exterior. Vou falar de vós a ele, louvar diante dele vosso intento e vossos desejos e, creio eu, determiná-lo a guiar o olhar da senhora para vós, com toda a destreza ornamentada que lhe é própria. Até lá, sede meu hóspede! Quero dizer: ficai aqui como locatário e companheiro de mesa! Ouvi com simpatia que sois rico em ouro. Isso é uma agradável exceção. Cavaleiros errantes costumam ter intenções elevadas, mas costumam ser pobres, uma mistura para a qual sempre tive pendores apenas com meio coração. Mas vós pagais com justiça e com vosso dinheiro pelo teto e pela subsistência. Que vosso alimento seja abundante mas também razoável, para que nada se altere em vossa figura esbelta e vossa virtude não engorde, dormitando. Vale?

— Vale — disse Grigorss, ao que os dois brindaram com sua cerveja com especiarias, uma bebida muito boa, com cravinhos, que eu mesmo nunca provei mas que faço escorrer com prazer em ambas as gargantas. Muitas vezes, a narrativa é apenas um substituto de prazeres que nós mesmos nos negamos ou o céu nos nega.

* Aparência.

O ENCONTRO

Eu bem sabia que o sr. Potevinho iria cumprir sua promessa e, na primeira oportunidade, falar sobre Grigorss e seus desejos com o senescal, cuja pessoa ele tinha descrito como excelente — nunca duvidei disso. O alcaide gostou por demais de seu jovem hóspede, de seu semblante firme e delicado, de seus modos e do pagamento generoso por cama e comida, para não honrar sua palavra. Apenas duas semanas após a chegada do jovem, ele a honrou em sua prefeitura, onde aquele Bealzenan, que desceu a cavalo lá de cima do burgo, foi lhe fazer uma visita, para discutir a situação da guerra de amor, suspensa durante o inverno e nessa época transformada apenas em troca de ofensas, além de falar do abastecimento da corte de certas necessidades e comodidades, sendo que era tarefa do sr. Potevinho estabelecer a diferença entre estas e aquelas, não sem antes, à vista de meras comodidades, remeter ao modo de vida da própria senhora como modelo, marcado pela renúncia e rico em jejum e vigília.

Em sua resposta, o sr. Feirefitz lembrou que, na cidade e no país, a preocupação e a admiração em relação a esse modo de vida estavam em pé de igualdade. Nessa conversa, ele não trajava seda florida, e portanto sua imagem se desviava daquela esboçada pelo alcaide. Muito pelo contrário, seu peito extenso estava envolto numa armadura, como proteção contra eventuais pedras que lhe voassem, a qual ele usava com um gorjal reforçado, e um capacete de ataque com ponta lhe cobria a cabeça. Suas pernas tão finas, por sua vez, se achavam cobertas apenas com tecido aderente de cores diferentes, terminando em sapatos de bico, cujas pontas haviam se empinado bem alto diante dos estribos durante a cavalgada. Mas, mesmo vestido de ferro em metade do corpo, o senhor da corte em nada perdeu sua flexibilidade, e durante a conversa conseguiu angariar para diversas comodidades o grau de urgência das necessidades. Depois disso, o mandatário disse o seguinte:

— *Au reste*, senescal, *incidemment* e *à propos** um viajante errante de posses, ainda jovem, aportou aqui há pouco e recebeu morada e alimentação na minha casa, Gregorjus da terra de Uker, um valoroso cavaleiro. Ele traz o peixe em seu brasão e jura pelo que lhe é mais sagrado que Deus apenas o fez ver esta cidade repleta de agonia para que pudesse ajudar, fazendo valer a sua cavalaria aqui e diante de seus fustigadores. E, principalmente, ele anseia por se aproximar de nossa senhora, a altamente fustigada, e oferecer-se a ela como vassalo. Será que podeis, hábil como sois, intermediar isso?

— Seria fácil para mim — retrucou o sr. Feirefitz. — Mas tendes certeza absoluta da pureza de sua nobreza? Porque dirigir a atenção da minha senhora para caminhos errados seria um *faux pas*** condenável de minha parte. Terra de Uker, confesso, é uma denominação um pouco vaga, porque da terra ou do mar pode vir qualquer um. A indicação de dados mais precisos de identificação de sua ordem de cavalaria fortaleceria o compromisso convosco.

Era visível a consternação do sr. Potevinho, pois a fala o fez perceber tarde que ele mesmo não se preocupara com maiores detalhes sobre a origem do jovem, e que (ele quis se admirar com isso, mas, para sua admiração, não se admirou) tinha ficado bastante satisfeito com o pouco que aquele lhe dissera sobre sua origem, que, visto à luz do dia, era quase nada. Então, foi tanto para si próprio quanto para seu interlocutor que ele disse, em resposta:

— Não sei se posso confiar que tenhais acompanhado minhas palavras com tanta atenção e que tenhais preservado tanta memória delas para vos lembrardes de que mencionei que esse jovem rapaz leva o peixe no brasão. Para não falar sobre o mais sagrado (e também para não se calar totalmente, pois fiquei sabendo que meu hóspede viveu por algum tempo entre muros religiosos e estudou *divinitatem*), o peixe, como bem sabeis, tem vários sentidos. Ele é o símbolo da água — de fato, o jovem veio até nós pela água, com o peixe tecido em sua vela. Ademais, é o símbolo da virilidade e de uma característica e virtude especial aí inclusa, chamada de discrição sigilosa. Assim, não se pode nem dizer que

---

* "Um momento, senescal, por acaso e a propósito."
** Erro, gafe.

é chamativo quando o portador desse sinal exercita o sigilo viril. Se a cavalaria é a virilidade refinada, então à primeira vista vossos olhos vos dirão mais do que a vossa boca teria querido perguntar, de modo que preferireis calá-la. Além disso, quero apenas vos segredar que, para o nosso coração bater mais forte, o forasteiro fez aparecer sua coragem virtuosa, precocemente, ainda nem estando a serviço da senhora. Logo subiu nas torres mais altas, juntando-se àqueles que vigiam a cidade como proteção e defesa, pois queria ter uma visão melhor do acampamento borgonhês e do cerco tão sofrido da cidade. Com sobrancelhas sérias e boca firme, ele observou tudo, tendas, máquinas de arrombamento, a região e as pessoas. Como ele conversou com o guardião da torre leste sobre o que tinha em mente e, depois, como conquistou a simpatia do guerreiro para com seu plano ousado, isso eu não sei. O fato de ele o ter convencido eu atribuo mais ao seu porte e a seu olho do que às suas palavras. Em resumo, ouvireis milagres e direis coisas exageradas: já no terceiro dia, o duque mercenário o deixa puxar as travas de dentro das valas a tempo, baixar a ponte levadiça e abrir os portões, e sozinho aquele da terra de Uker vai para fora — todos nós pensamos realmente que ele andava de mãos dadas com a morte. Com o peixe no escudo, ele manuseava de modo livre e claro a sua espada, afiada dos dois lados, sua única companhia. Aí eles vieram correndo, os arrendatários do duque Roger, pois tinham visto o aceno de sua arma e o portão aberto. Queriam se aproveitar disso e logo eliminá-lo; mas ireis ouvir agora como ele os atrapalhou. Não sei o que há comigo, não quero fazer rimas — nem mentir, mas... com os diabos! Eu acho que nunca mais vou conseguir sair dessa sequência de histórias enquanto estiver vivo. Gregorius do Peixe era ágil o suficiente! Abateu três da tropa de Roger rapidamente. Ceifou-os pelos elmos com velozes golpes de espada. Dois rolaram para dentro da vala, o terceiro ficou no chão estrebuchando. Mas, diabos, senescal, deve ser possível que eu vos relate, de forma sensata e sem cantar, como ele se impôs diante deles! Pois pensaram que fosse uma brincadeira, mas a chama azul dos olhos em seu rosto pálido, ah, essa lhes tirou a alegria. Eu vos digo: logo não conseguiam mais vencê-lo com espadas, por isso atiraram tantas lanças em seu escudo que os enfeites voaram longe e por isso ele teve que abandonar o escudo devido ao peso. Quando viram isso, quiseram atacá-lo, mas ele, tal como um javali diante da presa na floresta, correu diante deles, desferindo vários golpes, com os quais quebrou a armadura de ferro de um deles e fez com que o arnês se tingisse de vermelho-fogo de tantas fagulhas. Essa história não é invenção: diante dele, caiu nos braços da morte. Senescal, vou me recompor e não vou cantar. Nós todos vimos: ele tirou do chão uma lança que lhe tinha sido dirigida e a arremessou direto na cabeça de um dos borgonheses — a lança estava fincada no elmo, e assim ele se arrastou para fora da ponte, esse com certeza logo não sentiu mais a vida. Eu vos juro, um outro ele chegou a partir ao meio, que nem se deu conta da rapidez da lâmina afiada. Logo que tentou se abaixar para pegar a espada que lhe havia escapado da mão, caiu-lhe a parte de cima do corpo. Em resumo, senescal, com esses atos, passo a passo, o rapaz recuou diante deles em direção ao portão, que ele sozinho defendeu, e, assim que entrou, as portas se fecharam diante do nariz deles, com o barulho das correntes. Imaginai sobre a muralha os gritos de escárnio e prazer. Carregavam-no nos ombros, eu vim apressado para ver. O sangue todas as suas vestes manchava, assim como a arma afiada, que firme segurava. "Agora dizei-me, cara adaga, como tendes tão rubra cor? Quero crer que passais grande agonia, de feridas uma grande dor." "Não vos inquieteis", disse com ânimo brejeiro. "Vedes que ferido não estou. Este é sangue estrangeiro."

— Muito notável — respondeu o sr. Feirefitz. — Nessas circunstâncias, vossa ânsia de cantar me é totalmente compreensível, a mim, mandatário.

— Se não pude controlá-la muito bem — retrucou o hospedeiro de Gregor —, isso se deve essencialmente à chama azulada dos olhos naquele rosto pálido. Aliás, empolguei-me, admito. O fato de ele ter cortado o outro no meio, de tal modo que este não percebeu e só depois caiu pela metade, isso fui eu quem acrescentou ao canto; na verdade, isso não aconteceu.

— Mesmo assim — respondeu o senescal. — A diversão permanece impressionante, ainda que sem esse detalhe. Ela não deixa pairarem dúvidas em relação à cavalaria de vosso jovenzinho e ao fato de ele poder ser útil a nós.

— Quero vos segregar uma teoria — continuou o alcaide — pela qual se pode explicar, se preciso for, a extraordinária demonstração que meu hóspede nos deu de sua generosidade. Ele deve ter o dom de se concentrar além da média a todo momento durante a luta e de reunir todos os seus espíritos vitais num ponto central. Normalmente, costumo dar uma forma clara a meus pensamentos, que seja compreensível de imediato a todos, mas nesse caso vejo-me obrigado a me expressar de modo um pouco mais intrincado.

— Seja como for — respondeu o senescal —, não ponderarei mais aqui se vou direcionar os olhos da mulher para o vosso hóspede e apresentá-lo a ela, para que ele peça para ser seu vassalo. São parcas as oportunidades, mas a festa de nossa fé, a festa da Anunciação de Maria, não está longe. Nesse dia, como sabeis, ela se mostra e desce cavalgando com toda a corte do castelo até a catedral, para se saciar com a missa. Vosso herói poderá então satisfazer sua ardente curiosidade, e quanto a alertar a mulher para a sua presença no momento certo, isso será tarefa minha.

E assim foi feito. No dia em que a Magnífica, rosa sem espinho, concebeu na carne, mas ao mesmo tempo sem pecado, pela injunção do espírito (segundo a nossa fé consolidada), a regente cavalgou sobre um palafrém* asturiano, que dois pajens levavam pelo cabresto, com um séquito nobre, saindo do castelo pelo caminho sinuoso até a sua última cidade e a catedral que tocava os sinos; então apeou, diante de um povo ajoelhado e de cabeça descoberta, que a contemplava com olhos vermelhos, e a acompanhou ansioso quando ela atravessou, com seus senhores e damas, o portal bem aberto e muito ornado com figuras, e, de olhar baixo, seguiu seu caminho, a mão esquerda na manga do casaco forrado com o pelo macio da barriga do esquilo, segurando-o levemente com dois dedos da mão direita, e atravessou o salão festivo de Deus até o seu assento com a almofada de franjas com debruns dourados, preparada para os seus joelhos. Foi assim que Grigorss a viu de seu lugar acima do corredor, ao lado do alcaide, entre cantos, clarões e cheiros, e viu dela tanto quanto se pode ver de uma mulher mergulhada em oração. Ele divisava o perfil de seu rosto, que transparecia debaixo da faixa do diadema e das faixas que envolviam as faces, pálido como marfim na bruma colorida, quando ela vez por outra erguia as faixas e dirigia os olhos dolorosamente para o alto, e, quando erguia o véu, erguia-se também o coração do observador em entusiasmo. "É ela", dizia algo dentro dele, "a minha senhora, a grandemente aflita, pela qual fui mandado aqui no intuito de libertá-la da agonia em que um rapagão peludo a colocou." E, crispando os dedos, lançou um juramento para o alto, que deveria — assim achava ele — ser um grito de guerra contra todos que lutavam ardentemente por ela:

— Nunca *de la vie*!

Atrás da regente estava ajoelhado o seu senescal, que hoje usava

---

* Cavalo elegante e adestrado, destinado especialmente às senhoras.

sua veste de seda com estampa de florzinhas miúdas e, portanto, estava igual à descrição feita pelo hospedeiro de Grigorss. Quando a cerimônia sagrada terminou, este levou sua barbicha sedosa até o ouvido da mulher e lhe disse algumas palavras — quais teriam sido elas? Será que disse: "Senhora, cumprimentai aquele homem ali! Bons serviços ele poderá vos prestar"? O temor era grande de que ele não dissesse "homem", mas "jovem", e possivelmente algo ainda mais juvenil. Mas não, ele deve ter dito "homem", pois afinal queria recomendá-lo. E, mesmo assim, ela mal baixou a cabeça para ouvir o que ele lhe dizia, virando-a minimamente para o lado indicado por suas palavras; fez mais uma vez o sinal da cruz após o *Ite, missa est** e cruzou a nave central. Damas caminhavam à sua frente e cavaleiros a seguiam. Mas o senescal tomou Grigorss pela mão e o conduziu atrás dela até o pátio de entrada sustentado por colunas. Eis que disse as seguintes palavras seletas:

— Este, senhora, é o sr. Gregorius, um cavaleiro do mar de Uker. Ele anseia por honra e principalmente por aquela de se ajoelhar diante de vós.

E foi o que fez Grigorss; com seu barrete na mão, ajoelhou-se sobre um joelho, de cabeça baixa. A regente, em pé, cercada por seu séquito em semicírculo, olhou para baixo e para o repartido do cabelo.

— Levantai-vos, meu senhor — ele ouviu sobre si a voz dela, de sonoridade baixa, suave e madura, e que não era como a tagarelice de uma menininha. — Apenas diante de Deus e da Rainha do Rosário dever-se-ia ajoelhar aqui.

Mas, assim que se levantou diante dela, aconteceu o que ele temia: a boca vermelha dela teve que sorrir, porque o achou muito jovem. Foi um sorriso tão cuidadosamente macio, quase misericordioso, com as sobrancelhas elevadas com sarcasmo, mas que logo desapareceu de seus lábios: não por ele ter levantado a cabeça enrubescido, isso ela não viu, uma vez que seus olhos desceram perscrutadores pela sua figura e se fixaram observando seus trajes. Pois naquele dia Grigorss tinha vestido o seu traje com o brasão, aquele bonito, feito dos tecidos de seu dote; era seda do Oriente, de cores escuras, entretecida com fios de ouro, e o brocado parou o movimento dos olhos dela de tal forma que seus lábios se abriram e as sobrancelhas se contraíram em observação. Contudo, mesmo durante a mirada curiosa, seu olhar se transformou em sofrimento.

---

* "Ide, a missa acabou."

"Ó espada, como, de novo, atravessas tão amargamente meu coração! Tiraram, tiraram de mim o meu filhinho, o legado do meu confidente, o doce presente de seu corpo, e o entregaram dentro de um barrilzinho para repasto do mar selvagem — que perdoe a eles aquele a quem do fundo da minha alma eu não perdoo! Com um tecido igual a esse, o mesmo, envolvi em lágrimas por cima e por baixo o pobre marinheirinho, realmente é igual a este em termos de qualidade e cor, e disso não tenho dúvida, poderia ter sido tecido junto a Deus e pela mesma mão, e possivelmente o foi. Terror e dor e mil lembranças pecaminosamente prazerosas me perpassam ao avistar esse tecido de trama tão igual, e ao mesmo tempo não há como evitar a suspeita de que deve ser uma casa nobre, com rocas raras, que deu ao rapaz este brocado como herança."

Seu peito se elevou em angústia na estreiteza superior do vestido, que caía do cinto em amplas pregas de veludo cor de neve aos seus pés e era envolvido em púrpura pelo manto. A bainha, ela a ergueu com a mão bela e magra até o cinto. Seus olhos azul-escuros, acima da sombra azulada causada pelas vigílias noturnas, olhavam para os dele. Adorável lhe pareceu aquele rosto sério em sua juventude decidida à virilidade, e tocou-a na profundidade da alma; para ele não foi diferente, era como se visse a imagem terrena da Rainha dos Céus.

Ela disse suavemente:

— Tendes um pedido a me fazer?

— Tenho um, sim — respondeu ele com entusiasmo enérgico. — O de vos servir, senhora, para o que tenho a maior vontade. Tomai-me como vassalo, é o que vos peço, e concedei-me que eu possa, com tudo o que sou e consigo, jogar-me diante de vós contra o ladrão e estar a vosso lado até a minha morte!

Ela disse:

— Cavaleiro, tenho ouvido falar de vós, assim como de certas honrosas precocidades, mesmo que condenáveis. Dizem que sois mais ousado do que alguém deveria ser. Sabeis a que diversão desvairada aludo aqui. Ainda tendes mãe?

— Nunca a conheci.

— Então, deixai que eu vos reprima, em seu lugar. Haveis tentado a Deus. Se fôsseis sensato, não deveríeis ter feito essa traquinagem.

— Senhora, exageraram muito os detalhes do acontecido, fazendo parecer uma lenda. Mas a interrupção do inverno e a sonolência da guerra de amor me irritavam. Dentro de mim algo dizia que aquilo deveria ser afrouxado e que se deveria ensinar com um susto ao inimigo preguiçoso que nesta cidade há um espírito que não teme empreitadas em vossa honra, dessas que não se veem todos os dias.

— Então vos agradeço, sem retirar minha reprimenda. Que haja fidelidade ante a minha desgraça, isso é muito necessário para mim, pobre mulher. Mas não aprecio que a nobre juventude se desgaste irracionalmente por minha causa. Prometei-me não fazer mais isso e evitar de agora em diante a altivez criminosa!

O fato de ela ter se referido a si própria como "pobre mulher" lhe escancarou o coração, e logo ele voltou a se ajoelhar, erguendo o rosto incandescente para ela.

— Seguindo as vossas ordens, senhora, prometo, sempre que a honra de vos servir me permitir.

Ela tomou uma espada desembainhada de um de seus cavaleiros e tocou seu ombro com ela.

— Sede meu vassalo! Tomai a honra sensata na luta por esta cidade, pelo país pisoteado! Senescal, confio este cavaleiro aos vossos cuidados.

Quando ele se levantou satisfeito, ela olhou para as suas vestes mais uma vez, olhou mais uma vez para o seu rosto e virou-se rapidamente, de modo que sua corte se fechou em torno dela. Mas Grigorss permaneceu no mesmo lugar, esquecido de si, perdido ao acompanhá-la com o olhar, até que seu hospedeiro, o mandatário, lhe puxasse a manga. Ele nunca conhecera uma mulher assim e nunca ouvira a doce maturidade de sua voz, com a qual ela, imperiosa, havia se pronunciado favoravelmente à sua juventude. Para a experiência dele, eram curiosamente estranhos aquela imagem e aquele ser, e no entanto era curiosamente próxima a sua natureza.

O DUELO

Alegra-me que, apesar de todo o terror silencioso que me habita o coração ao pensar na continuidade da história, o sr. Feirefitz tenha querido certificar-se da autenticidade da condição de cavaleiro de Gregor naquela conversa com o sr. Potevinho, com o que soltou a língua do alcaide e o instruiu a buscar mais informações acerca do evento individual ousado de seu hóspede na ponte. Do contrário, provavelmente nunca teríamos ouvido falar dessa aventura. Descontando os exageros decantados em verso, que foram um deslize do informante no calor da narrativa e que em caso de necessidade podemos até perdoar a alguém sem destreza na narrativa verdadeira — ainda assim, restam dados suficientes para nos assegurarmos de que os sonhos cavaleirescos do erudito do mosteiro vindo da cabana de pescador não eram espuma vazia, mas sim de que a língua dos atos de cavalaria, que ele afirmou falar internamente com desenvoltura, de fato lhe era fluente na boca e nos braços, mesmo que ele precisasse se aperfeiçoar nisso da melhor e mais verdadeira forma possível, antes de se aventurar naquilo que tinha como intenção obstinada no coração desde a sua primeira conversa com o mestre Potevinho, mas sobretudo desde que vira a senhora com os próprios olhos.

Se agora, por ingenuidade ou um pouco de perplexidade, alguém perguntasse que intenção seria essa, então que se escutem trechos de conversa que Grigorss, quando sozinho, às vezes murmurava, em jorros. Eram os seguintes:

— Por mais terrível que ele seja, vou enfrentá-lo!

Ou ainda:

— E, se ele fosse o próprio Diabo, eu também o venceria!

Quem ele tinha em mente ao dizer isso? — ninguém é tolo a ponto de fazer essa pergunta. Mas, quando o ouço murmurando assim, de fato fico feliz com a disposição de Deus ao fazer com que Grigorss chegasse à cidade no inverno, e num momento de afrouxamento da guerra de amor. Isso lhe deu tempo para exercitar com afinco a fala real (e não apenas interior) da linguagem da cavalaria, para o que a guerra invernal quase diariamente lhe dava oportunidades. Pois quase diariamente acontecia diante da cidade toda sorte de roça-espada de cavaleiros, leves aventuras e escaramuças, em parte um jogo de inveja sério, em parte apenas passatempo, a pé ou a cavalo, e ele não se manteve parado — tanto o garanto que os cidadãos robustos, os cavaleiros e sargentos logo comentavam que na caçada ele era a cabeça e na fuga o rabo. Reproduzo aqui a fala dos homens tal como a ouvi. Ela me parece inadequada, mesmo eles dizendo que ele seria "o granizo dos inimigos". Essa também é uma metáfora desajeitada para meus ouvidos, mas foi a aparência dele que lhes inspirou tais imagens.

Era a cavalo que ele se sentia melhor, pois tinha treinado tanto e com tanta precisão em sonho o controle com as pernas, o cavalgar com a rédea solta e em círculos, que a realidade lhe pareceu uma velha e benfazeja conhecida. Essa arte lhe era inata, como se diz, ele a encontrou dentro de si e logo a dominou, de modo que ninguém pensava que ele nunca havia sentado sobre o dorso de um cavalo. No estábulo do sr. Potevinho havia um bom cavalo para ele, comprado com seu ouro, um garanhão com marca na testa, malhado, de linhagem de Brabante, com os olhos belos como os do unicórnio e repleto de amizade fervorosa pelo seu mestre: quando este se aproximava, girava o pescoço reluzente e relinchava alto de alegria e prontidão, de modo tão intenso quanto o canto matinal do galo. Tufão era o seu nome. Eu mesmo o amo em sua bela forma compacta, com a cauda esbranquiçada, assim como a crina e o dorso — não me esqueço também de louvar os tornozelos fortes e finos e os pequenos cascos. Seu pelo penteado era como seda, e, por baixo dele, contraíam-se e brincavam os músculos cheios de força. Como ficava bem em Tufão a manta de elos, feita de aros de aço finos e densos, com que o servo o preparava, e sobre ela a cobertura de achmardi árabe verde! Ela pendia por trás até os cascos, e nas duas laterais trazia bordado o peixe. Assim Grigorss cavalgava seu amado cavalo — e tudo lhe era bastante familiar pelo sonho e pela capacidade inata: ele próprio bem-apessoado na cabeça, no corpo e nas pernas, a espada na cinta, braços e mãos protegidos por armadura —, então, como eu dizia, era assim que muitas vezes montava o Tufão, ao lado de outros vassalos da senhora, para fora da cidade e acompanhado de uma carga de lanças de torneio sem ponta. Porque, creiam-me, a diversão e quase amizade com a qual a guerra de amor era conduzida no inverno chegava ao ponto de citadinos e ocupantes proporem uns aos outros jogos armados pacíficos, e tanto os cavaleiros de Sibilla quanto os da Borgonha, uns diante dos outros, organizavam torneios de xingamento com lanças sem ponta, em parte como diversão, em parte para que uns deixassem os outros preocupados com a visão de sua própria arte de cavalgar e lutar. Foi aí que Grigorss adquiriu várias das outrora tão sonhadas honras, assim como o aplauso dos inimigos.

Devo me alegrar com o fato de lhe terem sido concedidos esse prazo e essa conjunção para se exercitar na realidade; pois devo desejar que o propósito que estava em seu coração de forma tão rija e obstinada obtenha sucesso — uma vez que, enquanto narrador, prevejo tudo e sei que coisas terríveis que mal consigo dizer ou inventar surgiram justamente desse sucesso. Se eu, em minha onisciência insuficiente, não olhasse além dessas coisas terríveis e até o fim da história, então, por mais que sentisse pena dele, deveria desejar que teria sido melhor que o rapaz tivesse encontrado a morte na execução de seu propósito, para preservá-lo — e sou tentado a desejar isso devido ao indizível do que virá em seguida, apesar de toda a Providência —, uma vez que sei que meu desejo não faria sentido, já que conheço a história e tenho que contá-la, tal como Deus em sua glória fez com que ela se passasse. Quero apenas, com a maior humildade, apontar para os conflitos cuja presa é a alma do narrador de uma história como esta.

Vede que foi através de grande pecado, a saber, o de seu nascimento, e através do ardoroso anseio de purificá-lo de seu corpo que meu jovem foi levado a um pecado ainda mais terrível! Ele lia muito sua tabuleta, e sempre com lágrimas — sentia-se como outrora na ilha: se por um lado se mostrava corajoso e com presença de espírito ardente na disputa de cavalaria, ao mesmo tempo era um preocupado e enlutado, *Tristan le preux, lequel fut ne en tristesse*,* como o sr. Potevinho dizia, balançando a cabeça, quando o via saindo de seu quarto com os olhos marejados. Pois era costume de Grigorss trancar-se ali com a tabuleta, que mantinha bem guardada, para ler pela centésima e enésima vez os fatos de seu nascimento: que ele tinha a mãe como tia e o pai como tio

---

* "Tristão, o valente, que nunca esteve além de mergulhado em tristeza."

e, por assim dizer, era o terceiro irmão de seus pais, que eles geraram em pecado e para o seu próprio pecado inato e para a sua vergonha. Seu corpo era feito de carne como o das outras pessoas, certo e bem-feito, e, mesmo assim, da cabeça aos pés era uma obra do pecado e da vergonha. O horror do seu nascimento lhe custava lágrimas amargas, toda vez que o via por escrito diante dos olhos, e fortalecia muito o seu propósito silencioso. Queria jogar às favas aquele seu corpo jovem todo feito de pecado, arriscá-lo no ousado lance de dados e morrer (com o que ele concordaria), ou então justificar sua existência torta, libertando o país do dragão. Mas isso não era tudo.

Pois ele carregava no coração — o que santificava esse seu coração, também feito todo de pecado — a imagem da mulher cuja voz lhe soava tão doce e madura, que tinha desaprovado tão bondosamente a sua ousadia e que tão maternalmente havia pedido por ele e junto a ele. Como obedecer a uma ordem daquelas e como agradecer um pedido daqueles? Sacrificando-se pela ordenadora ou vencendo em nome dela e libertando-a do dragão! Esse dragão era um homem por quem ela sentia aversão, e ele também era um homem, mesmo que jovem a ponto de provocar sorrisos. Lutar contra aquele, homem contra homem, significava não apenas lutar *para* ela, mas lutar *por* ela, e se com isso se perdesse o corpo ou vencesse, as duas coisas cairiam nas graças dela, e graças na mesma medida em que ela sentia aversão pelo outro. Sim, vou dizer tudo e inscrever aqui tudo o que pensou Grigorss: se aquele a quem ele odiava vencesse, porque desejava a mulher, e se o odiado a levasse embora, dentro da opressão do seu abraço ela se lembraria e chamaria por aquele que havia lutado *para* ela e *por* ela, e então seria uma vitória na derrota. O lance de dados, pensou, em todo caso seria um lance de sorte, e ele não perderia mais que um corpo pecaminoso em tal empreitada.

Mas nem por isso ele pensava em admitir a derrota. De jeito nenhum: pensava em vencer o duelo em nome da mulher, e, quando chegou a primavera e voou alto a cotovia, quando retornou o ganso selvagem e regressou a cegonha branca do país dos mouros, e quando se espalhou a notícia de que Roger, o Barba-Pontuda, voltara para o seu exército de ocupação diante da Bruges semimorta, o hóspede segredou ao seu hospedeiro a decisão, tomada havia muito tempo, de desafiar o peludo, custasse o que custasse, assim que este lançasse novamente seu desafio, certo da vitória.

— Devo dissuadir-vos disso — respondeu o alcaide. — Acreditai em mim, tenho afeição por vós, como todos aqui, e estou convosco quanto à vossa honra. Mas, mesmo que naquela ocasião na ponte houvestes tido um resultado ótimo e vos mostrado várias vezes, por assim dizer, como "o granizo dos inimigos", não vejo como essa empreitada pode prosperar. Tendes coragem, engenho e um bom porte, e Tufão é constante e ágil debaixo de vós. Mas no fim das contas ainda sois fraco e imaturo, e vossa experiência na guerra não está à altura daquela do senhor do exército, que nos campos de torneio é um galo vencedor, tanto quanto o é nas camas das mulheres. Tirai essa mania da cabeça! Quereis que vejamos aqui do muro em desonra e sofrimento como ele, vencedor, vos levará daqui, para que tenhais que viver a partir de então segundo a vontade dele?

— Isso nunca acontecerá — interrompeu Grigorss rapidamente —, pois nunca lhe darei fiança: ou venço, ou morro. Mas todo o resto do que dizeis, do campo de torneio e das camas, intensifica ainda mais o meu propósito, em vez de me afastar dele. A longo prazo, acaba por ser *ennuyant** lutar em nome da mulher como um entre muitos. Tenho em vista um duelo em seu nome, e é aí que se mostrará se não luta melhor aquele que defende a sua liberdade do que aquele que quer lhe impor opressão e vergonha nessa luta.

— Ah, meu amigo — suspirou o alcaide —, no final das contas, não será uma vergonha ser a esposa do rei de Arles e da Alta Borgonha, e em alguns corações reside a dúvida se a causa da senhora é tão irrepreensível, já que ela não quer absolutamente dar ao país um duque e por isso mantém o caso emperrado nessa sofrida guerra de amor.

— Em meu coração — respondeu Grigorss, adquirindo sua bela expressão no rosto — a sua causa é sagrada!

Então, o prefeito olhou para o jovem durante algum tempo, e se os seus olhos marejaram nesse instante, foi porque em seus pensamentos os termos "para ela" e "por ela" se fundiram misteriosamente.

— Desejo-vos — respondeu por fim —, sr. Volta-por-Cima,** que o Barba-Pontuda não retome o seu hábito nem venha a fazer o que sempre faz.

— Amaldiçoo o vosso desejo! — exclamou Grigorss, ainda conservando a bela expressão no rosto. E, depois de sua imprecação, tudo aconteceu.

* Enfadonho.
** No original, "Obenaus", algo como "você que dará a volta por cima".

Pois logo vieram dois homens a cavalo até a muralha, um deles com um corne do exército que soprou como um berrante, e o outro com o estandarte do leão de Arles e da Borgonha, o qual gritou para o alto que, se a duquesa ainda tivesse um cavaleiro ousado o suficiente para se medir a sério com Roger, o seu governante não derrotado, num duelo e num torneio ao pé das muralhas da cidade no dia seguinte, para servir de espetáculo e ensinamento a todos os cidadãos, que ele se apresentasse: passagem livre entre os invasores e condições justas de luta lhe seriam concedidas. — A eles foi informado, para o seu espanto, que o cavaleiro viria e esperava vencer o duque, com a graça de Deus.

Na manhã seguinte, antes de raiar o dia, Grigorss assistiu à primeira missa e então se preparou como alguém que vai para o campo de batalha: pôs as vestes de armas, e o sr. Potevinho, mesmo sacudindo a cabeça muitas vezes, ajudou-o a se proteger para a luta com a calça de ferro, a armadura, o capuz, o elmo e o escudo, a espada, a borda do escudo e a lança comprida. No topo desta, a bandeirinha estava marcada com o peixe, assim como suas vestes de armas, e sua mão direita calçada com a luva de ferro com dedos segurava o cabo, testando várias vezes a firmeza da pegada. Enquanto se paramentava, Grigorss disse a seu ajudante:

— Ficai animado e não balanceis a cabeça por demais! É assim, na tabuleta da minha vida está escrito que preciso ser homem, vencendo ou morrendo. Se eu cair — e daí? Não tenho muita importância. Esta cidade forte continuará brigando com o Barba-Pontuda, tão bem quanto eu. Mas, se eu o derrubar, o país estará livre do dragão e absolvido da guerra de amor. Pensai nisso. O duque está em desvantagem, pois ele arrisca mais que eu, mas por outro lado está novamente em vantagem justamente por isso, pois luta melhor quem arrisca mais que o outro. Mas ele novamente está em desvantagem, pois luta pelo roubo e pela opressão da senhora, e eu luto por sua honra. Pensando bem, há mais vantagens do meu lado que do lado dele. Por isso, espero derrubá-lo com a ajuda de Deus, mas não almejo tirar-lhe a vida. O cortejo sedento e violento desse galo pela mão da senhora é abjeto e também o torna meu inimigo mortal; mas o fato de ele considerar a posse da senhora o maior de todos os bens, digno de uma guerra de tantos anos, lá isso eu consigo entender, e não posso odiá-lo mortalmente por isso.

— Ah, meu jovem — replicou o hospedeiro —, é melhor que o odieis com muita raiva, pois ireis precisar dela para enfrentar sua arte guerreira experiente e madura!

— Tenho consciência de minha instabilidade juvenil em comparação a ele — retrucou Grigorss —, e até acho possível que a tentação de recuar e de salvar a minha jovem vida diante dele me acometa quando reconhecer, aterrorizado, sua supremacia. Sim, pode ser que se evidencie aí que coloquei minha virilidade num patamar muito elevado, que ao seu ataque desapareça toda a minha coragem e que, de tanta juvenilidade, eu bata em retirada montado no Tufão, para ao menos ganhar algum aplauso pela minha destreza na fuga.

— Isso não seria de vosso feitio — opinou o sr. Potevinho.

— Sendo ou não, às vezes durante um terror juvenil fazemos coisas que não são do nosso feitio. Por isso, peço-vos que atenteis para o portão quando eu estiver no campo, que ponhais uma equipe atrás dele e o mantenhais preparado para a minha reentrada, não importando se dele me aproximo com o passo do vencedor ou na corrida reta do fugitivo!

— Disso — prometeu o bom hospedeiro — eu cuidarei.

E não parou de balançar a cabeça, enquanto levavam o cavalo do jovem para a frente da casa, aquele animalzinho querido — estou até feliz em vê-lo de novo em sua roupagem de batalha, com belos arreios, com a manta de correntes e a cobertura, e em ver como ele jogava a cabeça, orgulhoso, resfolegando de forma arrojada. Na despedida, o sr. Potevinho abraçou seu hóspede, cheio de preocupação, dizendo:

— Deus esteja convosco, amigo, bons augúrios de cavaleiro, *bonne chance*!* E o que dissestes, fazei-o: quando perceberdes que não estais à altura dele, é preferível que fujais e mostreis vossa destreza na fuga! O portão estará preparado, e tereis boa parte das simpatias do vosso lado.

— Está bem, adeus, pensai em mim com simpatia, caso eu fique por lá! — respondeu Grigorss. — Mas não há grande perigo de isso acontecer, uma vez que tenho duas possibilidades de voltar são e salvo: derrotando-o ou escapando dele a tempo.

Com isso, num impulso lançou a perna férrea por sobre o dorso de Tufão, jogou o escudo para trás, tomou as rédeas com sua mão consagrada e cavalgou para fora da cidade até o espaço pisoteado ali na frente, sob os olhares de inúmeros citadinos, homens e mulheres que, desejando assistir ao espetáculo, ocupavam os muros e as torres de guarda — e cavalgou calmamente em meio aos borgonheses, que também vieram aos montes para ver como, mais uma vez, um dos vassalos da duquesa seria arrasado pelo seu senhor.

---

* "Boa sorte!"

— Novato! — gritaram para ele, quando reconheceram o Cavaleiro do Peixe. — O abelhudo vai te ferroar, abusado! Queres te medir com Roger, o insuperável! Que ousadia! Será que não aguentas esperar para encontrares o teu mestre? Oferece logo segurança a ele, é melhor para ti!

Grigorss ouviu isso tudo e saiu cavalgando em direção à tenda do duque, até vê-lo se aproximar, muito nobre. Num cavalo preto de longas pernas paramentado até os cascos, vinha montado o renitente cortejador de Sibilla, e sobre a cobertura de ferro do cavalo havia uma manta de veludo vermelho. Nela estava montado aquele acostumado à vitória, também todo em ferro, e raios saíam das bordas de seu escudo, enfeitado com pedras preciosas em torno da curvatura de ouro vermelho, iluminado em brasa. Era dali que vinham os raios. O elmo abarcava toda a cabeça daquele a ser temido, e se estendia pontudo diante do rosto, com aberturas para os olhos. (Grigorss tinha o rosto livre a partir do gorjal.) Aquele muito temido carregava um suporte de lança; aquilo era uma árvore jovem com a casca, algo especialmente terrível de se ver.

Então pareceu também que aquele ousado montado no Tufão não suportou a visão do oponente, pois, quando este se aproximava, fez o animal dar meia-volta e saiu em disparada, voltando praticamente todo o trajeto que percorrera na ida até quase o portão, tendo atrás dele, com o suporte de lança em movimento, o cintilante que gritava através do elmo:

— Para, barba-de-leite! Para, filhinho de mamãe, verme infeliz e covarde! Se foste ousado o suficiente para sair, então para e te compõe!

Isso causou boas risadas entre os cavaleiros e homens borgonheses. Mas Grigorss, voltando-se novamente, gritou:

— Deveis estar rindo de vosso duque, que, ao que parece, não sabe que é preciso tomar uma boa distância para um *puneiz** longo, não é? Então agora tocai o sinal, para que lutemos segundo a sua vontade, imediatamente e ao extremo, até que um de nós não consiga mais lutar!

Eis então que soou o corne do exército, e o duelo começou.

Meu coração monástico não participa dessas bobagens masculinas e dessas escaramuças cavaleirescas, não gosto disso, e, não fosse o fim tão curioso e tão feliz naquele momento, embora horrendo em suas consequências, eu nem o mencionaria. E certamente não recairei em canto e compasso de canção, como aconteceu com o sr. Potevinho ao anunciar as ousadias de Grigorss. Essa festa da pancadaria deixa o meu senso espiritual sóbrio demais para tanto. Além disso, todo mundo sabe como tudo se

---

* Luta de lanças longas.

passa e como eles agem. Puseram as lanças debaixo do braço, empurraram o escudo para o alto e, com força total, dispararam com muita barulheira de metal um contra o outro até o encontro estilhaçante, para que um logo depois chegasse com a lança e derrubasse o outro da sela. Ambos erraram. As lanças se estilhaçaram no escudo e na armadura, as partes voaram para muito alto, entre elas a casca da árvore de Roger, e nada se resolveu. Se Grigorss montava Tufão, inabalável, o que dizer do duque, montado firme em seu cavalo preto paramentado! Por pouco, diria o poeta, eles se esqueceram de suas espadas. Como esquecer-se delas, já que as lanças se foram? Era chegado o momento das espadas. Das bainhas largas eles as puxaram e partiram para cima um do outro, de modo que as batidas ecoaram até o campo e chegaram aos ouvidos dos espectadores sobre o muro, em sons ardentes e chispados no encontro do aço com o ferro. De fato, os dois eram igualmente bons, e várias vezes cada um deles ficou meio zonzo pela reverberação de seu elmo, sobre o qual batera a espada do outro. Os cavalos andavam e corcoveavam um em torno do outro enquanto os cavaleiros duelavam e buscavam ganhar vantagem no golpe; logo estavam lado a lado, logo testa contra testa. Mas o ataque do duque parecia, tal como haviam acreditado seus admiradores e temido os citadinos, mais forte que o do jovem oponente: Grigorss recuou lentamente diante de seus golpes de mestre, cada vez mais perto do portão, e chegou um momento, terrível para aquele que torcia esperançoso pelo jovem, em que — ele perdeu a arma! Sim, foi aí que se mostrou a superioridade madura do duque: de um só golpe ele tirou a espada da mão do outro, fazendo-a voar em arco para longe e fazendo ecoar gritos de júbilo e triunfo entre os borgonheses e altos lamentos entre os citadinos. Contudo, enquanto a espada ainda voava, aconteceu outra coisa, num átimo, que, apesar de toda a minha aversão a essa pancadaria masculina, me alegrou os sentidos, e que ninguém entendeu num primeiro momento: com a mão direita na luva de ferro e sem espada, Grigorss agarrou o cabresto do cavalo do Barba-Pontuda, e com o mesmo golpe direto agarrou também a espada dele, que ainda a mantinha baixa após o golpe vitorioso. Ele então segurou os dois juntos, cabresto e espada, e no mesmo instante Tufão começou, com todas as forças de seu corpo curto, adorável e robusto, a recuar e puxar o cavalo preto e alto juntamente com o duque, que não conseguia por nada no mundo libertar seu companheiro daquela pegada direta, em direção à ponte e ao portão.

Deus é quem sabe se esse animal de ouro treinou tal expediente antes, ou se entendeu de modo sábio apenas a indicação de coxas de seu dono naquele momento. Enfim, ele puxava, e o duque Roger, xingando por trás de seu elmo, podia puxar as rédeas e ao mesmo tempo esporear sua montaria à vontade, que ela apenas dava um salto para a frente, o que também obrigou Tufão a dar um salto para trás — o que de resto não era de todo desagradável para o animalzinho. Mas quanto a Grigorss — ainda lembro como na luta com seu irmão igualmente bom ele teria preferido que este lhe afundasse o crânio a recuar de sua posição de resistência. Assim também foi aqui, só que muito mais incondicional, e, se naquela época ele teria tolerado que Flann lhe apertasse o ombro contra o chão, agora não desistiria de sua pegada na espada e no cabresto. A espada lhe cortou a blindagem interna da mão e esta chegou a sangrar, mas nem por isso ele fraquejou, e com seu bom escudo defendia-se dos golpes que Roger buscava desferir com o dele, irado, na sua cabeça e no seu braço. Tufão seguia puxando.

Foi breve o espanto geral com tal acontecimento. Depois, os homens do duque acorreram com gritos de raiva para ajudá-lo, mas contra eles se jogou o batalhão da cidade pelo portão aberto, de modo que na ponte se desenrolou uma das mais duras batalhas corporais de que jamais se teve notícia. Uma lança atravessou a armadura de Grigorss na altura da clavícula e penetrou no pescoço, e assim, gravemente ferido, ele mal conseguia se desvencilhar da arma, e também Tufão sangrava em vários lugares do corpo. Mas eles já estavam tão perto do portão, que se poderia gritar para o duque: "Desce daí, homem! Dá *valet** à tua espada, que agora está em mãos firmes, e deixa-te cair do cavalo nos braços de teus protetores!". Mas isso o bandido não queria nem conseguia fazer. Largar a espada com a qual tinha desarmado o fedelho? Escorregar do cavalo como um derrotado? Nunca, jamais! E não devia ter uma boa visão da situação devido ao elmo que usava, de modo que não sabia ao certo o que estava ocorrendo. Desferia golpes ressoantes com o seu escudo no escudo do sequestrador que sangrava. Mas logo o estrondo era de outra natureza. Eram as folhas pesadas do portão que se fechavam atrás de cavalo e homem, e de homem e cavalo, e nas suas valetas os ferrolhos caíram esganiçando.

Não poucos citadinos, infelizmente, ficaram do lado de fora; estes provavelmente foram abatidos. Mas eram apenas personagens secundários, e Roger, o Barba-Pontuda, tinha sido aprisionado.

---

* Adeus.

O BEIJA-MÃO

Se eu pudesse compartilhar sem restrições nem grave conhecimento prévio o torpor de alegria, o júbilo de felicidade e de gratidão dos citadinos que preenchia os ares, pois o país se livrara do dragão através da incondicionalidade de Grigorss e o devastador estava desarmado e amarrado na masmorra da torre do portão! Quero abraçar o vencedor, tão jovem, e até beijar no focinho o corajoso Tufão, mas, em primeiro lugar, o pensamento sobre aquilo de terrível que estava por vir me afastou dessas demonstrações, e em segundo lugar não se podia abraçar Grigorss, pois estava ferido por lanças e espadas, as vestes ensopadas de sangue, dessa vez seu próprio sangue, e, quando o povo o tinha carregado em triunfo até a frente de sua hospedaria, a casa do mandatário, ele caiu desacordado do dorso do cavalo. Bálsamo e bons cuidados eram necessários para ambos, e eles os receberam. Mas os citadinos ainda tinham muitas outras coisas a fazer naquele dia, além de apenas gritar em júbilo e bater nas coxas de alegria, pois o inimigo enraivecido não deixou faltar um ataque principal à cidade, para libertar o seu duque real, e até a noite duraram seus esforços selvagens. Com tonitruantes aríetes, o inimigo arremeteu contra os portões, rolou torres de assalto cheias de guerreiros por sobre o fosso até as muralhas, pôs ali escadas de ataque e lançou pedras e bolas de ferro no meio da multidão na fortaleza. Nessa luta, muitos cidadãos e borgonheses tiveram que perder a vida. Mas à noite a investida arrefeceu, e, como os citadinos fizeram saber aos lá de fora que, se tornassem a levantar uma mão sequer contra a cidade, a vida do seu senhor e duque logo estaria encerrada, o ataque também não foi renovado.

Comentou-se que aconteciam negociações entre Flandres-Artois e Arles-Borgonha acerca da desistência da pugna original e do encerramento da guerra de amor, e que durante esse período os lá de fora deveriam se manter quietos. Essa mensagem foi muito adequada, pois Roger, o Barba-Pontuda, viu-se diante da escolha entre deixar que lhe encurtassem o corpo em uma cabeça e se retirar do país e dos castelos, recolher-se para sempre no âmbito de suas fronteiras e ainda pagar, durante dez anos, uma multa e uma indenização bem calculadas, de modo a compensar todos os estragos que sua obstinação amorosa havia causado. E eis que ele deu uma resposta altiva, se bem que depois de travar uma luta interior. Como mandou dizer, ele havia cortejado as graças da mulher de forma cavalheiresca por vários anos e feito de tudo para conquistar seu coração. Mas, se ela recusava de tal maneira sua proposta, cuja seriedade ele demonstrou de todas as formas possíveis, e por último ainda mandava a campo um jovem imberbe, a quem ele facilmente derrotara mas que depois, contra toda tradição, o arrastara para aquela armadilha, então ele se sentia ofendido, e retiraria seu pedido e rejeitaria sua mão, sem lhe deixar a esperança de que um dia fosse se esforçar para cortejá-la de novo. Estaria disposto a jurar o armistício e a deixar o país, e é rico o suficiente para pagar a multa pela sua corte, sem por isso ter que abdicar de coisa alguma. Mas a mulher, acrescentou com sarcasmo, em vez de sua nobre pessoa deveria receber o jovem imberbe em seu leito nupcial, aquele que ela enviara a campo para desrespeitar o costume sagrado do duelo por meio de truques baixos.

Ele não sabia que coisas terríveis estava recomendando ali com o seu sarcasmo e invocando-as dos céus — digo melhor: do inferno para a terra. Se ele soubesse, talvez tivesse refreado seu coração. No entanto, acredito que até ele teria se horrorizado como cristão por haver feito tal recomendação, ainda que apenas como escárnio. Mas ninguém precisava se preocupar com os ornamentos com os quais ele tentava tornar mais agradável a sua submissão. Era ela que contava; e na praça da catedral, numa ação solene, os importantes dentre os borgonheses, cuja entrada fora permitida, prestaram o juramento da paz, sob as bênçãos do clero e do "sim, sim, assim seja" de todo o povo, na presença da duquesa e também de Grigorss, o libertador que, ainda com o pescoço enfaixado e com ataduras na mão, naquele momento reviu pela primeira vez a mulher de cuja bela maturidade e bondade ele sempre guardara a imagem e o som em seu coração. E ela também o reviu e se alegrou com suas honras, pois digamos apenas aqui que também ela pensara em sua jovem figura todo aquele tempo e, além disso, fora acometida por uma delicada preocupação, como a vida nunca lhe havia ensinado, diante da palidez ferida do rapaz, ao mesmo tempo sentindo orgulho esfuziante por ele tê-la defendido tão incondicionalmente. Eu vos digo que ela mal prestou atenção na cerimônia, pois sabia que, depois disso, o jovem seria levado até ela lá em cima no castelo para que ela lhe agradecesse; e, confesso, ela ansiava feliz por isso.

Admito: ela estava no centro do semicírculo formado por suas damas e o viu se aproximar através da amplidão do salão dos tapetes, ornado com toras de madeira e apoiado por pilares com brasões, com um belo andar, sobre pernas esbeltas envoltas pelo tecido aderente: e seu andar esbelto, confesso, também a deixava orgulhosa. Meu Deus, ele se parecia com ela, assim postado na sua frente, pois Víliguis, seu pai, era parecido com ele, então como não seria parecido com ela! Mas a ela essa semelhança pareceu muito diferente do que a nós, era algo agradável que sentia e, quando pensava em semelhança, era apenas em relação ao que fora perdido, não em relação a si própria. Será que um jovem não poderia fazê-la lembrar-se do irmão-amante e assim tocar-lhe a alma, sem que com isso fosse obrigada a recair em suposições extravagantes? Mas o fato de ela ter tanto orgulho dele, e até do seu andar, na minha opinião deve ter lhe dado o que pensar.

Ele se ajoelhou e ela disse:

— Cavaleiro, eu vos pedi que vos levantásseis quando vos ajoelhastes em local sagrado diante de mim, porque todos os louvores ali eram devidos à Mais Alta das Mães. Hoje e aqui todas as honras são vossas, e por isso volto a dizer: levantai-vos! Não fosse eu uma mulher, e não fôsseis vós tão jovem — tão jovem o sangue que derramastes por nós —, realmente a etiqueta diria que eu é que deveria me ajoelhar diante de vós, pois realizastes milagres pelo país do duque Grimaldo e de sua filha. Onde está a mão que, incansável e sem oscilação, segurou o cabresto e a espada cortante até o bandido ser dominado? Estendei-a, para que meus lábios lhe agradeçam!

Então ela tomou a sua mão direita, que ainda não estava curada e que ele apoiava no cinto, e a levou até a boca.

Isso não foi nada bom. As camareiras acharam exagerado, e eu sou ainda mais rígido em meu juízo. Pois por que beijou a mão dele? Porque ele tinha realizado uma ação salvadora com ela ou porque lhe lembrava Víliguis, que com sua mão tinha acariciado o corpo dela em pecado original? Eu vos digo: a mulher não se autoavaliou o bastante e não distinguiu gratidão de carinho com o devido cuidado. Tinha justa razão para a primeira — tão justa, que julgou supérflua uma análise para verificar se a gratidão não estava sendo apenas pretexto para o carinho. Ela era uma regente devota e fazia muitas vigílias noturnas; mas seu discernimento espiritual era sofrível. Beijar um membro ferido é, sim, louvável em nome das feridas do martírio de Cristo; mas a fineza cristã reside mesmo em ter o cuidado de verificar se isso é feito por humildade e amor à enfermidade ou por prazer em beijar, e isso faltava à mulher.

Grigorss ergueu-se, com a palidez causada pela ferida ensopada de sangue.

— Senhora, que fazeis! Esse contato queimará em minha mão e a levará a atos nobres, eu juro, por toda a minha vida! Mas o que me fez merecer tal graça? Nosso corpo é feito de pecado. Para que serve ele, senão para ser exposto a riscos e sacrificado em nome da inocência angustiada?

Ela baixou os olhos, de belos cílios, e não voltou a levantá-los para ele, quando disse a meia-voz, articulando as palavras apenas com a parte frontal dos lábios:

— Somos todos filhos do pecado. No entanto, muitas vezes me parece haver de fato uma contradição entre pecaminosidade e espírito nobre, entre a miséria do corpo e sua soberba. Se este for descartado, como então olhar livremente e com coragem e apresentar um andar tão nobre, que encheria de orgulho a quem apenas o visse? O espírito está informado da nossa falta de valor, mas, sem se importar com o seu conhecimento, a natureza mantém o seu valor. Vossa fala foi a de um cavaleiro cristão. Mas mesmo entre a palavra e o complemento parece-me haver um abismo de contradição. De onde a humildade e a pequenez do cristão tiram o senso de coragem, de nobreza e de arrogância do cavaleiro?

— Senhora, toda a coragem e toda empreitada ousada a que nos dedicamos, e na qual colocamos todo o nosso empenho, brotam apenas da consciência de nossa culpa, originam-se do ardente anseio por justificar nossa vida e por pagar um pouco da nossa culpa pecaminosa diante de Deus.

— Então lutastes em nome de Deus e de vossa justificação?

— Lutei, senhora, por vós e por vossa honra. Injustamente separais uma coisa da outra.

— Lutastes de forma maravilhosa. Quereis dizer a verdade e me confessar se foi a arte do duque que derrubou a espada de vossa mão?

— Não totalmente. Estou a dizer a verdade. Aquilo teve que acontecer, com auxílio de sua arte, para que eu conseguisse fazer o que tinha planejado.

— Queríeis mostrar, em vossa arrogância, como vencer o jogo de xadrez depois de sacrificar a rainha?

— Não, senhora, eu pensei que preso ele vos seria de mais valia que morto.

— Tão jovem e tão estrategicamente sagaz! Mas vós não o detestáveis?

— Detestava-o do fundo da alma. Mas não queria banhar-me em meu ódio. Não sei se poderia ter matado o bandido. Pode ser que sim, em algum momento tão excepcionalmente concentrado como aquele no qual agarrei o cabresto e a espada. Mas eu não tinha entrado na batalha em nome do meu ódio, e sim em vosso nome.

— Injustamente, me parece, separais uma coisa da outra. O homem que poupastes intencionava opressão e desonra para mim.

— Possuir-vos, senhora, era o objetivo desse homem. Ele lutava *por* vós, e também o fez no duelo comigo, vosso servo, a quem nenhum duelo podia fazer esquecer que lutava *para* vós.

— De forma sábia diferenciais agora, e deixais para o adversário o direito a objetivos maiores, como fato consumado. Lutastes com raciocínio sagaz e heroicamente, e trouxestes o dragão que lutava por mim. Respirando aliviado, o país vos agradece, o qual presenteastes com uma nova vida, e beija a mão que capturou seu inimigo com tão excepcional firmeza. Ela estará ansiosa, penso, por novas firmezas, assim que estiver totalmente curada. Essa bela aventura para vós, suponho, é uma dentre muitas. Seguis agora o vosso rumo na cavalaria?

— Perderia eu, senhora, a vossa graça, se me aprouvesse ser este local o destino predeterminado de minha viagem errática, e se meu coração dissesse que eu deveria ficar aqui e dedicar minha vida inteira a vosso serviço?

— Como poderia eu, cavaleiro, negar-vos o que quer que seja? Estou extrema e agradavelmente tocada por vosso desejo. Então ficai. Também não podeis continuar residindo na prefeitura. Vosso lugar é na minha corte. Nomeio-vos meu senescal, certa de que ninguém me criticará por investir vossa juventude nesse cargo. Vosso mérito honra a vossa juventude e derruba qualquer objeção. Não há nenhum argumento que vosso mérito não justifique. Não ajoelheis, não quero! Ide-vos! Eu vos verei novamente em minhas cercanias.

E abriu caminho entre as mulheres, que a seguiram.

Essa conversa deve ser imaginada acontecendo muito rapidamente, o que foi curioso. Transcorreu em poucos minutos, a meia-voz, sem pausas ou longas reflexões. Passou-se diante de testemunhas e ao mesmo tempo foi como algo combinado às pressas e em segredo, em que os olhares frequentemente evitavam se cruzar e não havia pausa entre fala e resposta nem entre as frases dos dois, mas onde as palavras eram ditas de forma rápida, precisa e em voz baixa, até que se ouviu: "Ide-vos. Eu vos verei novamente".

A ORAÇÃO DE SIBILLA

O país respirou aliviado e foi presenteado com uma nova vida pela mão precisa, incondicional e firme de Grigorss. Na região chamada Rousselare e Thorhout, na direção do mar, voltou a verdejar o produtivo linho em campos pacíficos, e os camponeses voltaram a dançar nas hospedarias com sua grosseira alegria. Novos rebanhos pastavam nos altiplanos de Artois, ricos em plantações, e forneciam lã para bons tecidos. Livres estavam cidades e castelos, recuperados dos danos, depois da limpeza da sujeira inimiga, e Sibilla, a filha de Grimaldo, mantinha sua corte em Belrapeire, onde tinha passado a infância e a juventude pecaminosa. Para lá, de onde o doce irmão tivera que partir para a Cruzada e de onde ela própria, tão terrivelmente abençoada, tivera que se despedir, para esconder-se no castelo de águas do sr. Choraferro: foi para lá que ela se sentiu irresistivelmente atraída, pois em todos nós há o desejo de voltar para aquilo que já foi e de repeti-lo, para que, se foi amaldiçoado no passado, passe a ser bem-aventurado.

Grigorss, o salvador, era seu senescal. Não houve nenhuma crítica contra a sua nomeação e todos concordaram que ele, com o mesmo status do sr. Feirefitz, o senescal, caminhasse ao lado da senhora até a mesa de refeições. Pois agora a vida da regente parecia mais vivaz, não mais tão restrita a vigília e orações, não mais tão rígida e distante das alegrias da corte, do canto e da música de cordas e das conversas descompromissadas no salão e na grama do jardim. Isso certamente se devia ao final feliz da guerra de amor e ao alívio de sua alma após tão longa agonia. Mas se foi por isso ou por outro motivo qualquer — em todo caso, isso insuflava na corte e no país esperanças que, por muito tempo, não ousavam se expressar ou se tornar assunto dos conselhos, devido ao duro isolamento da senhora. Agora, contudo, os melhores e mais sábios do reino se reuniram e debateram acaloradamente o que se podia desejar e quiçá também esperar: cada um deles fez uso da palavra, e cada um disse enfaticamente a mesma coisa que havia dito seu antecessor.

Era em Arras, no salão nobre, que condes de castelo, senhores de estirpe e chefes da cidade debatiam e decidiam, como relato aqui. Como agora, assim diziam, aquele país, que pouco antes estava em tão grande agonia, tinha dominado o seu sofrimento e florescia em paz como antigamente, os preocupados continuavam com a preocupação de que talvez aquela agonia pudesse voltar, e doía-lhes a dúvida de que algum ousado violento pudesse atacar vorazmente e desonrá-los. Um país tão grande estaria mal protegido por uma mulher, ainda que fosse ela a mais digna de louvores, diante de arrogância criminosa, e se o país tivesse um senhor e duque, ansiado havia muito, se a mulher tivesse um senhor, cuja mera existência evitaria que brotasse uma única guerra de amor, e este, com o cenho franzido, tocasse a espada à mais leve ameaça de balbúrdia, como seria diferente, meus caros, a situação! Sabia-se bem e respeitava-se o fato de que a mulher estava decidida, pelo amor de Deus, a nunca ter um marido. Eles, porém, sendo os melhores do país, a despeito de toda consideração respeitosa, eram todos da opinião unânime de que ela estaria agindo de forma equivocada e interpretando erroneamente a vontade de Deus. Sua vida estaria mal-arranjada se ela deixasse um país tão rico sucumbir sem herdeiros, e estaria inclusive agindo de modo mais condizente diante de Deus e do mundo se escolhesse um marido e eles presenteassem o reino com herdeiros. Além disso, o matrimônio era a melhor vida que Deus tinha dado ao ser humano, quanto mais no seu caso específico! — Apresentar isso à senhora como decisão e pedido ardente do país inteiro e de suas melhores cabeças e solicitar autorização para tanto foi a decisão por aclamação e sem restrições nem abstenções, à qual se acrescentou ainda que seria livre e incondicional a decisão da mulher sobre quem seria seu marido e duque.

Foi esse o desejo deles todos, e, olhando-o de perto, especialmente o último acréscimo, o qual pode dar a entender que seria costumeiro uma soberana não deixar que escolhessem por ela mas que fosse ela a escolher e, contra os castos hábitos femininos, indicasse aquele que ela quisesse, não consigo me abster da suposição de que o pensamento dos doutos ao fazerem o pedido ia em determinada direção, desejando construir uma ponte dourada para a soberana, e que Sibilla não teria como não perceber esse intuito. Conforme era o hábito estatal, ela tomava conhecimento prévio do conteúdo que desejavam lhe apresentar corajosamente, e caberia a ela a decisão de recusar-se a ouvir o pleito. No entanto, ela concordou com entusiasmo, evidentemente garantindo a si o direito de decisão. Mas tal concessão já tinha conseguido avivar a esperança!

Diante do trono da senhora encontravam-se os melhores do país, e um deles leu a decisão, quase literalmente como descrevi acima. Então, baixou o pergaminho e olhou para o chão. Todos olharam para o chão, até Sibilla, e no silêncio meu ouvido aguçado escutou seu coração bater — acho que também os melhores ouviram, todos ergueram um pouco os olhos, em ângulo oblíquo, e prestaram atenção no batimento. Então veio a voz da mulher em sua maturidade sonoramente bela, como estavam acostumados a ouvir. Ela não desconhecia, disse, a seriedade e a importância do pedido, muito menos a preocupação fiel com o bem-estar do país e com o destino de sua casa real, que o motivara. O conselho a deixara pensativa, e ela concordava na medida em que julgava o pedido digno de consideração. Mas por demais este contradizia a imagem de sua vida e a decisão de vivê-la como serva de Deus, sem marido, além de desconsiderar sua dificuldade de encontrar na cristandade um esposo que lhe fosse realmente equiparável, antes de emitir logo um comunicado a respeito. Ela precisaria pedir ao país um tempo para pensar — sete semanas seria o prazo exigido, se não tivessem dado caráter de urgência ao pedido. Sendo assim, ela se contentaria com sete dias. No oitavo dia, os nobres e honoráveis deveriam voltar a se reunir diante dela para ouvirem sua decisão, devendo estar preparados tanto para um não quanto para um sim. Pois ela já demonstrara grande maleabilidade apenas pelo fato de pensar no assunto.

Assim instruídos, os solicitantes despediram-se da senhora. Mas, após a saída deles, seu coração continuava batendo forte e com alegria amedrontada. Ela sorriu, assustou-se com o sorriso, apagou-o do rosto com rigidez, lágrimas lhe vieram aos olhos, e, como uma delas escorreu pela face, teve que voltar a sorrir. Tal era a confusão que aquele pedido havia lhe causado. Ela se apressou em chegar à capela de seu castelo, onde não viu ninguém e onde pôde derramar seu coração numa prece: não foi às essências masculinas da deidade, mas sim à Mãe, a mais alta mulher celeste, que sua confiança se dirigiu aos borbotões, já que não estava tão bem com Deus, em razão de seu pecado e, depois, de sua resistência.

Diante do genuflexório onde ela se ajoelhava, havia uma bela imagem da Virgem bendita, pintada por boa escola, a saber: no momento em que ela recebeu em doce humildade a incrível notícia dada pelo mensageiro alado — estava sentada num quarto destinado às mulheres, revestido de madeira, usando um vestido amplo e cheio de pregas, tendo atrás do repartido do cabelo uma auréola de glória e, entre as mãozinhas erguidas, um livro que ela lia na maior inocência e do qual não gostava de afastar a cabeça, como se preferisse retomar sua ocupação silenciosa a prestar atenção no anjo de cabelos cacheados que flutuava com as pernas dobradas diante da porta usando uma roupa de baixo branca e bufante e um manto azul, apontando para cima com o dedo de sua mão esquerda, com algo escrito na mão direita: uma folha enrolada sobre a qual estava escrito com letras de fôrma aquilo que sua pequena boca vermelha segredava à Virgem. Mas ela, sob pálpebras cerradas, olhava para baixo entre o anjo e o livro, mirando o assoalho em maneirismos sagrados, como se quisesse dizer: "Eu? Como assim? Não pode ser. Tens asas e tens tudo por escrito e vieste sem abrir a porta, mas eu estava sentada aqui com o meu livro sem pensar nem ambicionar nada, e não estava absolutamente preparada para uma anunciação dessas".

Foi para esta imagem agradável que Sibilla olhou de seu banquinho e orou:

— Maria, rainha misericordiosa, ajuda-me, Virgem sagrada, doce esposa de Deus, dá conselho e ajuda a esta pecadora, que é de teu gênero delicado e está totalmente confusa com o pedido feito à sua feminilidade, eis que rogo e imploro a tua benevolência para teres paciência com ela em sua enfermidade e falta de sagacidade, tu, consolo da cristandade, receptáculo que o Espírito Santo elegeu especialmente para essas honras milagrosas de dar à luz pelo teu ventre o melhor dos homens que jamais veio à terra, que é o próprio Deus, que te escolheu como mãe, o que é muito difícil de entender!

"*Sancta Maria, gratia plena*, a corte celestial canta em teu louvor, louvando-te o querubim, elogiando-te o serafim, todos os exércitos dos anjos sagrados, postados diante do rosto de Deus desde o início, profetas e apóstolos e todos os santos de Deus, que sempre se alegram em ti, a mais pura das moças, que deu à luz o filho de Deus, que era Ele próprio e adentrou o teu ventre, ó mais alto dos milagres!

"Suave Maria, misericordiosa Maria, doce Maria, *benedictus fructus ventris tui*!* És chamada de Stella Maris como a estrela que conduz a terra o navio cansado, assim como também preparaste a chegada aqui, a chegada a mim do menino tão agradável, em quem penso duplamente,

---

* "Bendito o fruto do teu ventre!"

dia e noite, uma vez que me trouxe salvação com sua mão firme e salvou o país. Mal posso te confessar como ele me é agradável. Gostaria, senhora, de beijar-lhe o cabelo e, se ele gostasse, também a boca!

"Graciosa Maria, a mais sagrada das mulheres, que experimentaste coisas tão excepcionais, que dentre todas as mulheres do mundo Deus foi ter contigo, agora esta pobre aqui busca o teu conselho, ó, entende como me senti quando me fizeram o pedido, diante do qual meu coração ri de alegria, pois como gostaria de eleger o rapaz a meu senhor! Senhor da senhora, como lhe ficaria bem! Mas ai! Entre nós há o pecado em que incorri com aquele que Deus arrancou de mim. Então não quis mais ser mulher de Deus, nunca mais, e disso quero me arrepender profundamente pela vontade do amor que nutro pelo rapaz. Mas, Sancta Maria, diz: será que me foi destinado aqui na Terra voltar a ser abençoada, alegrar-me com a feminilidade, para que amarre a pureza em meu grande pecado?

"Portanto, meu coração está repleto de dúvidas e não sei se devo ter permissão. Alivia o meu espírito, que sabes estar temeroso, e ajuda-me com a benevolência de Deus, sem olhar as minhas dúvidas! És filha do Supremo, assim como todos os seres, mas mesmo assim és Sua mãe, e por isso Ele faz tudo o que lhe dizes e lhe apontas. Em parte tens uma dívida comigo, digo com astúcia feminina, para que me ajudes com Deus, porque pela necessidade dos pecadores Ele entrou em teu ventre puro e te tomou como mãe. Se nunca ninguém tivesse pecado, então o que Deus fez contigo não teria acontecido, e não terias recebido louvor eterno.

"Senhora, perdoa o meu tom jocoso diante de toda minha dor! Pois também me preocupo com o rapaz, quando o vejo tão jovem, e eu mesma já sou entrada em anos, uma mulher, com muita vivência de amor e de dor, se bem que, graças a Deus, ainda bastante bem-apanhada, além de ser senhora de todo o país. Minha misericórdia deve lhe ser aprazível, já que ele não sabe como pequei. Mas será que me amará com coração e com sensualidade? Por que temo sua sensualidade? Pois conheço bem o pendor do sangue jovem-jovíssimo de um homem pelo corpo de doces mulheres. Teria ele desejo de coração por meus seios apenas um pouco cansados? Pois só a ele considero digno de meu leito e só ele me é equivalente! Quero me alegrar com sua pele, sem que as corujas piem medrosas, quero ter seu ombro junto a meus lábios, sem que isso fosse motivo para Raneguife uivar assustadoramente para o teto.

"Sê convocada em meu auxílio, Maria, verdadeira Virgem! Fala em meu favor junto a Deus e ao menino querido, tu, filha, mãe e noiva do Altíssimo!"

Foi essa a oração de Sibilla voltada para a imagem no alto. Creio que no final lhe pareceu que, naquele olhar devoto para baixo, um sorriso bem pequeno e fino de concessão visitou a boquinha da eleita. Pois quando após sete dias os melhores do reino voltaram a se reunir diante de seu trono para receberem informações sobre o pleito, ela disse: que se apropriara do desejo e da vontade do país e reconhecia que este deveria ganhar um protetor, senhor e duque. Por isso, ela decidira, cedendo aos pedidos, se despedir da vassalagem a Deus e se tornar a mulher de um homem através do matrimônio. Era essa a sua decisão. Os detalhes e os passos seguintes dar-se-iam por si mesmos e não diziam mais respeito a seus sentimentos ou a qualquer escolha. Pois se o país necessitava de um duque, só poderia ser aquele que o libertara com mão absolutamente segura do dragão, e que duelara em nome de sua honra. Este era o sr. Grigorss, atualmente seu senescal, o cavaleiro vindo de longe, que veio parar aqui pelos desígnios de Deus e de sua mãe. Era a ele que ela entregava a mão, para que ele, se assim desejasse, subisse os degraus até ela, para ficar do seu lado, como seu hospedeiro matrimonial e esposo regente, realizando o desejo ardente do país salvo.

Foi isso que ela disse aos mensageiros, cercada por toda a sua corte, e, levado por sua bela mão, Grigorss subiu até ela, postada debaixo de um toldo, voltando o seu rosto jovem-sério ao lado do rosto dela para o salão e para toda a cristandade. Ele não deveria ter feito isso, mas deveria ter ficado mil vezes no mosteiro em suave penitência, junto de seu pai adotivo, meu amigo, o abade. Pois ele viria a cair mais fundo do que a altura daqueles poucos degraus atapetados. Mas agora, diante dele as espadas eram desembainhadas, os joelhos se dobravam e as paredes reverberavam com o grito de:

— Longa vida a Gregor, o vencedor da guerra de amor, o protetor do país, nosso senhor e duque!

O CASAMENTO

O espírito da narrativa é um espírito comunicativo, que com prazer leva seus leitores e ouvintes a todo lugar, até mesmo à solidão de suas personagens, tecidas de palavras, e às suas orações. Mas ele sabe se calar e também omitir por proteção aquilo que no momento lhe parecer muito negativo fazer, e aquilo que ele mantém na penumbra do silêncio os acontecimentos mostram indubitavelmente que eram ao mesmo tempo palavra, presente e cena. Atos de Estado como aqueles que terminaram em louvor ao duque Gregor não são acontecimentos que poderiam ter um fim diferente daquele que tiveram; não é sem preparação nem por um lance impensado — o bom senso do mundo sabe disso — que se adentra nesses fatos, mas tudo está combinado e assegurado de antemão, e Sibilla não teria dado a sua mão e a coroa publicamente ao seu salvador, se corresse o perigo de ele desdenhar a ambas. Entre a sua prece à Virgem e a sua informação oficial, cedendo ao pedido do país, deve ter havido um diálogo secreto, a juventude e a maturidade em palavras mal esboçadas e, finalmente, que Deus tenha misericórdia, um diálogo que ambos travaram agora não mais apenas com palavras, e no qual a questão gramatical entre "em nome de" ou "por" uma vez mais teve papel importante, não sem que tivesse se resolvido por uma confissão acalorada em favor do "por".

Alguns ficarão bravos comigo pelo fato de eu enviar essa cena para a obscuridade, não permitindo que ela chegue ao presente, pois sem dúvida poder-se-ia tirar dali muita ternura insidiosa e conversas ansiosas do coração. Porém, em primeiro lugar, a descrição de cenas de amor não são adequadas à minha posição e às minhas vestes; em segundo lugar, prefiro mil vezes ver os olhos de Grigorss no seu rosto jovem-sério em extraordinária concentração controlando os movimentos de um opositor a vê-los se partirem, lânguidos, num doce momento de amor pouco viril; e, em terceiro lugar, tudo o que foi falado, suspirado, confessado e realizado carinhosamente ali, estava fundado num desconhecimento e num desvio tão terrível daquilo que atraía um ao outro, tudo encenado pelo próprio Diabo, de tal modo que não quero estar presente, e que mesmo vós só conseguiríeis ver com pouca clareza, através de um véu de lágrimas de vergonha e medo, quando então ela tomou a cabeça dele entre as mãos e ele, com a boca muito perto da dela, pela primeira vez sussurrou, confessando, o seu nome, assim como ela sussurrou o dele para dentro do sussurro dele e se encantou: "Então me amas, querido vindo de longe, terno, querido, tu que me és tão próximo desde que te vi", e quando seus lábios se fundiram para um longo silêncio, num contrassenso prazeroso.

Portanto, pouparei essa parte, mantendo-a sem narração e no escuro; eu seria pouco hábil em tratá-la. Deu-se o noivado — e viva!, o casamento veio logo em seguida. Ora, viva, sim, alegria: por todo o país, tocadores de tuba anunciaram a louvável novidade que Flandres-Artois agora voltava a ter um senhor e duque; excessos, danças na rua, fogueiras de alegria e gulodices era o que se via em quantidade nas cidades e nos vilarejos, e de hora em hora as fontes jorravam vinho. No castelo de Belrapeire, porém, o matrimônio foi celebrado com todo o esplendor: mais de quinhentos convidados, que em parte acamparam em tendas aos pés do alto castelo, haviam chegado de todos os lugares, de perto e de longe, e se refestelaram em cinquenta mesas, recarregadas constantemente por servos e pajens com travessas de carnes de boi, de alce e de porco gordo, acompanhadas de salsichas, gansos, frangos, merluzas, tilápias, trutas, enguias e caranguejos. Plenos de vinho, acompanharam o cortejo da noiva por todos os salões, precedidos de tochas: foi então que Grigorss levou Sibilla para o leito, e chamas espoucantes lhes iluminavam o recinto, e eis que se tornaram marido e mulher.

Por que não?, pergunto eu, desesperado. Ele era um homem e ela era uma mulher, então podiam ser marido e mulher, porque à natureza nada mais interessa. Meu espírito não quer se adaptar à natureza, ele se recusa. Ela é do Diabo, pois a sua indiferença é infinita. Quero interpelá-la e perguntar a ela como é que consegue e se supera, agindo e operando normalmente, nesse caso específico de um jovem decente, fazendo com que ele se alegre como um bobo diante dos seios que o nutriram e capacitando-o com pujança para visitar o ventre que lhe deu à luz. A essa interpelação, a natureza, que alguns chamam de mãe e deusa, poderá retrucar que o que capacita o jovem é a ignorância, e não ela. Mas essa é uma mentira da senhora deusa, pois é ela, sim, que está operando aí, sob a proteção e a guarda da ignorância, e se houvesse apenas uma centelha de decência brilhando dentro dela, será que ela não deveria se revoltar contra a ignorância e intervir, em vez de a ela se aliar e em seu nome capacitar o jovem? Ela o faz por uma indiferença tão infinita, que não se dirige apenas à ignorância, mas também a ela própria. Sim, a natureza é indiferente a si mesma, porque, do contrário, como poderia permitir que a sua própria direção, o seu próprio tempo e a sua própria concepção se invertessem e que um nascido de uma mulher não procrie para a frente no tempo, mas para trás, de volta para o ventre da mãe, dando vida a descendentes que têm, por assim dizer, a face na nuca?

Que vergonha para a natureza e sua indiferença! É claro que se pode dizer que sem essa indiferença, e se a natureza tivesse se oposto à ignorância, Grigorss teria entrado numa situação torta e pouco cavaleiresca que, por sua vez, eu não teria desejado a ele. Eu não sei nem quero saber por que Sibilla, durante a sua prece, estava tão preocupada com os sentimentos dele. Estes, pelo menos, estavam muito bem, e ele também se contentava com a maturidade de sua companheira, que se refestelava de coração com a juventude dele. Em resumo: estavam muito felizes, não há como dizer ou relatar de outra forma, estavam muito e completamente felizes de corpo e alma *naquela* noite e por muitas noites e dias, um casal de duques felizes, que muito bem poderia ser chamado de Joiedelacort, "a alegria da corte", tal como outrora eram chamados os filhos adoráveis de Grimaldo e Baduhenna; pois a felicidade deles, digo isso conforme a verdade, iluminava tudo o que os cercava, seu resplendor sorria em todos os rostos, estava em todo o país como o sol, e aquilo que usualmente e segundo a direção e a ordem corretas se chama de bênção de filhos e sucessão, até disso cuidou a natureza, que opera de forma totalmente indiferente: logo Sibilla entrou em estado esperançoso, e o seu corpo, que estivera árido durante a mesma quantidade de anos que o seu senhor tinha de idade, crescia cada vez mais, e pouco menos de nove meses depois que se iluminou o caminho dos dois até o recinto nupcial, ela deu à luz, em meio a dores contidas e, como se espera, naturais, uma menininha que chamaram de Herrad, e que era mais ou menos assim: não era levemente morena e pálida, mas era parecida com sua antepassada por parte de mãe, a sra. Baduhenna, que Deus a tenha: era branca e vermelho-maçã como aquela, bastante graciosa do seu jeito. Ninguém viu que tinha a face na nuca.

Certamente a alegria teria sido ainda maior se ao país tivesse sido dado logo no início um herdeiro masculino e protetor do futuro. Mas, para isso, o próprio genitor ainda era muito jovem em termos de futuro, de modo que, por assim dizer, ele mesmo respondia pelo sucessor, que o destino ficou devendo; e se Sibilla, que lhe estava adiante em idade, mostrava-se como esposa robusta e fonte da vida, o seu esposo era um duque para o país, que toda a cristandade invejava. Muitas vezes ele foi ao tribunal, quando se tratava de resolver casos litigiosos e disputas internas, e como tinha estudado o *De legibus* no mosteiro — algo em que nenhum senhor antes dele tinha se empenhado —, acabou sendo um juiz melhor do que jamais se viu, amigo íntimo da justiça, ao mesmo tempo generoso e almejando a satisfação sábia para todos e cada um. O seu braço, que havia derrotado o cortejador selvagem, era temido por todo lado; ninguém declarava guerra a um país que estava sob a proteção de um senhor com a mão tão concentradamente firme, e, de sua parte, quebrar a paz — paz esta que ninguém pode negar que era merecida — nem se passava pela cabeça de Grigorss. Ele poderia, sim, ter insistido em seu dom de conseguir concentrar suas forças muito além da capacidade normal durante a luta para voltar-se às conquistas, e poderia estar tentado a se apoderar de mais terras do que já eram de sua posse. Em nome de Deus, porém, ele não o fez, manteve a compostura e não desejou mais do que lhe servia, do que era seu.

Assim se passaram três anos. No terceiro, como sinal da felicidade que ela vivia ao lado de seu jovem esposo, a sra. Sibilla ficou grávida novamente.

IECHUTE

Penso ter louvado suficientemente, mesmo que em desespero silente, o bem-estar e o prazer do casal. É chegado o momento de completar a verdade, limitando as loas. Uma sombra caiu sobre a sua felicidade, e o fez dos dois lados, dele e dela, invisível aos homens, percebida e conhecida apenas por eles mesmos, cada um por si, pois cada um acreditava que dele se lançava a sombra. Dividiam um segredo de culpa e pecado, que cada um via como sendo o seu, e que ocultavam do outro com toda a doce confiança. Era essa a sombra e era esse o obscurecimento.

Sibilla ocultou do amado em meio a medos silenciosos que outrora havia compartilhado um prazer proibido com o doce irmão, e que havia dado ao desaparecido um filho, para o qual não havia lugar nessa terra. Ela oferecia ao puro um corpo pecaminoso a cada abraço, com regozijo, sim, mas torturada pela vergonha e pela consciência. O regozijo, este era a esperança de o pecado poder se lavar e se curar, seu anseio por pureza através do que é puro. O temor divino do pobre pecado era que a agonia e a vergonha pudessem tornar impuro o que era puro e envergonhá-lo pela mistura com ele. Muitas vezes, Sibilla chorava sozinha por sentir essa vergonha diante da pureza que ela havia atrelado a seu pecado, mas escondia cuidadosamente suas lágrimas diante de todos e especialmente diante de seu amado, o único a quem pôde amar desde o desaparecimento do doce irmão. Sendo assim, ele não percebia os traços do choro dela e não via o seu tormento, que só tornava a sua entrega ainda mais intensa.

Ele tinha sua própria preocupação, mesmo sendo esta a mesma que a dela, e permaneceu sendo Tristão, o Preocupado, apesar de toda a felicidade de seu domínio e de seu regozijo matrimonial. Não tinha ele saído em viagem errática para encontrar seus pais pecadores, cair a seus pés e perdoar a sua existência, para que Deus pudesse perdoar aos três? Em vez disso, tornou-se duque no primeiro país que encontrou depois de ter sido levado para lá pela viagem na neblina e, claro, ganhou uma esposa de doce maturidade, que logo sentiu ser muito próxima de sua própria natureza, Sibilla, a própria imagem da rainha celeste, e mesmo assim criada para a alegria terrena, de modo que o respeito infantil se misturava de forma curiosa com prazeres masculinos nos braços dela. Nos braços dela, em seu peito suave ele desfrutava a bem-aventurança completa, a doce segurança da criança de peito juntamente com o poderoso prazer masculino.

Assim, a perfeição pode brotar do terrível, considero eu em meditação monacal. Realmente, nas alegrias matrimoniais de Grigorss a minha condição de monge só se coloca por coragem espiritual e em nome do sofrimento que ali residia, tanto nele quanto nela, como a larva reside na rosa. Pois, ai!, ele a traía, a pura e elevada, à qual ele havia sido elevado, e lhe escondia quem era, ele que a tinha conquistado com luta, e a quem ela se entregara em confiança, ou seja, um aborto recém--crescido. Ele era um farsante, que ocultava dela ser uma criança enjeitada e encontrada por terceiros, trazido à praia pelas ondas e criado por misericórdia cristã, um filho do pecado, cujo corpo aparentemente bem-feito ela não deveria ter podido acariciar, já que na verdade era todo composto de pecado. É bem verdade que ele havia desistido desse corpo pecaminoso na luta contra o dragão; mas ele sabia desde o início que iria ganhar, graças ao seu dom de se concentrar extraordinariamente, e nessa luta ele ganhou a mulher que agora lhe dava pequenos Herrads, não sabendo que eram frutinhos do pecado por parte de pai, sementes da culpa herdada, netos do horror. Como ousava ele gerar pequenos Herrads com seu corpo, conspurcando-os numa casa de regentes, cuja cabeça agora era ele — pobres bastardinhos feitos de pureza e horror. Por isso era cuidadoso com lágrimas.

Ele as escondia de todos, especialmente de sua mulher, que o julgava mais feliz do que ela; escondia sua preocupação, assim como escondia a tabuleta que sempre mantinha junto de si e que lia e relia: já adiantei que nunca uma tabuleta foi tão lida. Era em seu próprio aposento, onde ficava sozinho, que se localizava o esconderijo secreto da tabuleta, lá no alto num buraco na parede, da frente do qual se podia empurrar para o lado um revestimento de madeira: ele mal conseguia abrir o anteparo quase invisível com o braço esticado quando ficava na ponta dos pés, para tirar do nicho o triste tesouro, o dote colocado no barrilzinho, essa coisa enfeitada onde se encontrava descrita a sua condição proscrita. Com ela em mãos, ele se sentava ou se ajoelhava no banquinho, colocava a tabuleta diante de si sobre a mesa e via ali a sua existência, como era nobre de nascimento mas também abjeto, tendo seu pai como tio e sua mãe como tia; e lia e relia, batia no peito e chorava pela origem miserável de sua carne. Orava pelos pais, que imaginava serem extremamente carinhosos e de uma beleza única, já que tinham pecado tanto um com o outro, e que ele não tinha procurado, mas cujos dotes tinha usado para libertar este país e conquistá-lo para si, além da bela mulher — muito mais a mulher além do país. Também orava por si mesmo, com vários olhares contritos para o alto, pedindo perdão a Deus por sua vida e pelo fato de esconder o seu segredo, de se deitar com a pura e fazer o papel de duque — um duque muito bom, sim, como diziam todos, mas certamente tão bom apenas porque era tão urgentemente necessário para ele. Também rezava pela pequena Herrad, que mal ousava beijar, pois tinha legado a ela o seu sangue pecaminoso, não sofrendo menos pelo novo frutinho no ventre receptivo de Sibilla.

Quase todas as manhãs, bem cedo, quando saía do lado de sua mulher e tinha certeza absoluta de estar sozinho, passava à leitura e à penitência em seu aposento. Entrava ali sem delongas como o jovem orgulhoso e bem-feito que era, e de lá sempre saía como penitente da sala de flagelos. Isso não passou despercebido.

Ouvi isto: entre o pessoal do castelo, havia uma criada chamada Iechute, que não servia para nada além de fazer as camas, varrer e espargir areia, mas que tinha olhos e boca ligeiros e era curiosa por demais, quero dizer: era gananciosa e, por natureza, ávida por descobrir as causas daquilo que chamava atenção e que os outros não viam, mas que, quando visto, fazia com que se dissesse "ai, ai!" e "como assim?" e "precisamos ir ao fundo disso nós mesmos, assim talvez o coraçãozinho descubra alguma coisa picante para se excitar e traga o fato à tona, para seu deleite". Foi algo assim que ela avistou com olhar em brasa, enquanto a língua saltitava entre os lábios semiabertos. Às vezes ela podia conversar com a senhora quando sacudia as cobertas da cama ou acendia o fogo, soltando então as coisas mais estúpidas e baixas da vida comum, com o que conquistava uma risada, também se arvorando e murmurando coisas proibidas que havia descoberto, sem receber muita gratidão por isso, mais para divertir mesmo e pelo prazer de revelar à nobre ignorância as coisas mais baixas e sujá-la um pouco com elas:

o menear de cabeça e o enrubescimento da senhora, meio rindo, com sobrancelhas contraídas, isso lhe atiçava o coração, pois como a nobre não lhe proibia falar, ela soltava apenas mentiras asquerosas e não tinha nada contra sujar-se um pouco.

A curiosidade ardente de Iechute teria tido motivo para espionar um pouco a própria senhora e sua vida secreta, assim como os traços de lágrimas, a preocupação que às vezes percebia nela. Mas por essas coisas a excitada não se interessava, a não ser que estivessem associadas a algo semelhante que dissesse respeito ao doce senhor, Grigorss, o regente juvenil: era com ele que se ocupava, de maneira totalmente diferente, a sua curiosidade e a sua ansiosa tendência a ver o que chamava atenção e que precisava ser averiguado. Rondava-o em pés silenciosos, fazendo um arco suave com a vassoura na mão, olhando para ele pelo canto do olho ou inspecionando-o com a testa baixa, perdida tão intensamente nessa pesquisa, que a língua não saltitava mais na frente da boca mas ficava imóvel num canto, retesada e petrificada. Ela gostava muito de quando o observava sem que ele a visse. Pois estava longe dela o desejo e a esperança de atrair o olhar dele para si, uma maltrapilha, mais feia que simpática, com a feiura avivada e agitada no máximo pela curiosidade lancinante e pelo impulso de pesquisa — ele, porém, era um senhor encantador, agraciado à noite com a mais bela das mulheres. E, mesmo assim, era uma sensação doce no coração, doce como uma canção de amor, quando ela o seguia para o aposento sem ser vista; pois lhe parecia que havia alguma coisa que não era muito correta, limpa e confessável na alma do nobre esposo de semblante juvenil masculino, como se houvesse ali um segredo de vergonha e sofrimento que, se revelado e aberto, deveria ser muito ligado ao amor.

Por que perder tantas palavras? Iechute descobriu o segredo da penitência e das orações. Ela viu com olhos em brasa, primeiro por acaso, depois espionando várias vezes, que ele ia para o seu aposento pela manhã como um senhor e, após uma hora, saía de lá com os olhos vermelhos e com a aparência de alguém que havia se flagelado. Então, saltou silenciosa até a porta quando ele entrou uma vez mais e, ansiosa, espremeu o olho numa fenda entre as tábuas que ela já havia descoberto e ampliado secretamente: a fenda não lhe permitia muita visão, mas alguma percepção — ela conseguiu ver que ele tirou uma coisa da parede, penitenciou-se diante daquilo e bateu no peito ao ler algo que fora escondido pelo escondido, na ilusão de que ninguém o visse.

Mas que escuta doce como o amor não foi essa! Ela saltou de lá, correu por saguões e corredores, conteve-se e diminuiu os passos para não ficar sem fôlego e entrou nos aposentos matrimoniais, onde estava sentada a senhora, trançando os cabelos e cantarolando uma canção, não prestando atenção na criada. Iechute começou a arrumar a cama, sacudiu os travesseiros com afinco, dizendo:

— Sim, sim, travesseirinhos, seus *cuissins** de seda, régios e suaves! Estou aqui sacudindo e afofando vocês fielmente para que saiam desse amassado, mas vocês não revelam para Iechute nada daquilo que vocês teriam para contar: de lágrimas secretas que se lhes entranharam, de suspiros saídos de peito nobre que vocês logo irão sufocar para que a amada nada ouça...

Nisso, ela olhou para o lado na direção da senhora, para ver se ela tinha ouvido. Mas ela não ouvira, e penteava e arrumava o cabelo sem prestar atenção. Então, a moça recomeçou e falou a meia-voz para os travesseiros:

— Ora sim, ora não! Vocês não confiam nada à criada, seus nobres *cuissins* principais, que sacudo e afofo, não me confiam nada dos seus segredos, da água amarga dos olhos que vocês, suponho, tiveram que beber durante a noite silenciosa, dos suspiros vindos do fundo do peito, que uma encantadora boca juvenil sussurrou em segredo para dentro de vocês quando a amada dormia, sorrateira, em segredo...

Dessa vez, Sibilla escutou e perguntou:

— O que tu, tagarela, estás dizendo aí nas tuas atividades?

Mas Iechute contraiu bruscamente os ombros, como se tivesse se assustado muito, e respondeu gaguejando:

— Nada, nada, doce senhora! Por Deus, não queria dizer nada. Eu estava falando com os travesseiros suaves e reais, aqui debaixo das minhas mãos, e não convosco, como ousaria? Estou horrorizada por terdes escutado, me contraio em susto. Ouvistes-me sem que eu percebesse, quando me julgava sozinha com meu palavrório. Nunca se deve ouvir as pessoas em sua privacidade, pois só se ouve sofrimento. Mas é claro que se Deus assim o quis intencionalmente e se Ele nos destina a escutarmos em sua privacidade, então Ele deve querer que o conheçamos, esse sofrimento.

— De que sofrimento estás tagarelando, mulher?

— De um secreto, senhora, escondido do mundo todo e, realmente, bem-feito para o mundo todo. Mas também escondido de vós? Isso não é justo convosco, e Deus certamente não quer assim.

---

* Almofadas.

— Olha, Iechute, conheço-te bem como fofoqueira, mas agora acho que os teus sentidos enlouqueceram um pouco.

— Isso pode ser, doce senhora, alta senhora. Sou apenas uma coisa pobre e fraca, para descobrir vários sofrimentos segundo o desígnio de Deus, isso pode, sim, mexer com os meus sentidos.

— Mas quem é que está carregando o sofrimento?

— Ah, Deus, perguntais, bem-aventurada senhora, pois prestastes atenção em mim, sem que eu percebesse! O que a criada não daria para que não tivésseis prestado atenção nela! E, mesmo assim, brota daqui do meu peito como um grito dirigido a vós: tende cuidado!

— Com o quê?

— Com o quê? Perguntai, antes: com quem! Não, não pergunteis!

— Mas com quem então, tola?

— Agora perguntais de fato: com quem? E eu devo dizer! Nunca direi, nunca! E mesmo assim, precisa ser dito, em nome de vossa felicidade. Com o jovem duque, vosso esposo.

— Com o duque Gregor! Então tu achas que a ele, querido, não dou atenção nem devoção matrimonial suficiente, não leio o que está em seus olhos?

— Ó senhora, com razão tratais com escárnio a criada boba. Todo o escárnio para mim e brotoejas em meu rosto até que as faces ardam, se eu fosse dessa opinião! E então está claro: vós partilhastes do segredo dele, sabeis da desgraça pela qual ele tanto sofre quando ninguém o vê, sabeis de tudo mas não o aparentais.

Os lábios de Sibilla estavam um pouco distorcidos e uma palidez adentrou o seu rosto, quando ela exclamou:

— De que segredo estás tagarelando, miserável, de que desgraça, e o que é que devo saber? Falas como doida!

— Infelizmente não, cara senhora. Com esses meus olhos eu o vi ainda há pouco envolto em tanto sofrimento, que de fato me tocou o coração.

— Como seria possível? — perguntou Sibilla, e de forma curiosa a sua face teve um espasmo. — Que desgraça teria acometido o senhor desde que me deixou? Há uma hora apenas ele saiu daqui como um herói feliz!

— Mas é justamente isso, doçura. Como um herói ele entra em sua propriedade, e sai de lá como um pecador, alquebrado pelo arrependimento.

— Agora escuta, Iechute, basta e cala-te! Conheço-te, mulher, esse é o teu jeito e sempre foi, me empesteando com o lixo da tua boca, e já me causaste muitos problemas com isso, quando eu também ria. Nunca trazes boas notícias, sua gralha grasnante, mas te alegras de trazer notícias tristes e capciosas. Seria melhor que te calasses em vez de me contar essas mentiras, nas quais espreita apenas prejuízo. Então agora cala-te, eu te ordeno.

— Sim, nobilíssima — disse Iechute. — Isso mesmo. Eu me calo.

Passou-se algum tempo. Sibilla ajeitou o cabelo, apesar de já estar arrumado, e a criada executou o serviço no quarto. E então a primeira disse:

— Iechute, tens um jeito mal-educado de te calar. Eu te ordenei: cala-te e obedeces! Mas o teu jeito de obedecer à minha ordem é malcriado. Se começaste a falar, agora termina! O que viste e ouviste?

— Bem-aventuradíssima, em nome da minha fidelidade, há muito tempo sei que o senhor está triste. Senhora, vos imploro, dizei-me o que pode ser isso que ele esconde até de vós, quando normalmente tendes uma comunhão tão confidente? Dourada querida, o que quer que seja, deve ser uma grande preocupação. Mais de uma vez eu percebi, e cheguei à conclusão de que ele carrega um tormento tão grande, que ainda não o confessou a ninguém. Hoje quis Deus que eu, ainda estando em seu aposento para varrê-lo e limpá-lo, vi-o entrar sem que ele me visse, cego para minha presença como para cadeiras ou rocas. Isso é Providência divina, disse eu a mim mesma, abaixei-me e me escondi e observei todos os seus gestos. Ele pegou uma coisa, colocou-a diante de si e caiu de joelhos; parecia ler o seu sofrimento ali, batendo no peito, às vezes olhando para o alto, entre orações e lágrimas amargas. Nunca vi alguém chorar tanto. Vendo isso, em minha pequenez reconheci ali, sem dúvida, que seu coração estava repleto de sofrimento secreto. Pois, disse eu, quando um senhor de tão bela aparência é obrigado a chorar tanto, a causa disso deve ser uma grande dor no coração.

— Ai! — disse a regente com lábios trêmulos. — Dizes a verdade? Sim, sim, parece que sim. Ai, meu Deus! O que será que o está magoando? Pois te confesso, Iechute: não sei! Seu sofrimento me é desconhecido e incompreensível. Ele é jovem, saudável e rico, como deve ser — o que será que lhe falta? Pois que nada deixo faltar a ele e sempre faço as suas vontades como é meu dever, isso o Eterno pode testemunhar.

E ela chorou.

— Sou um pouco mais velha que ele — soluçava ela —, um pouco velha demais para ele. Mas ele me procura com volúpia, tenho milhares de provas disso, e carrego a sua prenda pela segunda vez. Mas ele vive em segredo diante de mim e me exclui de seu sofrimento. Ai, ai de mim, pobre mulher! Nunca na vida estive tão bem e nunca estarei tão bem quanto perto de sua juventude e virtude. Digo-te, nunca nasceu nenhum homem melhor que ele! Mas o que será que aconteceu em sua juventude, e o que será que fizeram com ela no passado, para que ele tenha que se penitenciar tanto em segredo e chorar, como te ouço contar? Aconselha-me, pois não tenho ninguém para me aconselhar como desvendar o seu sofrimento e segredo, sem correr perigo de destruir a nossa felicidade!

— E se perguntásseis a ele?

— Não, não! — exclamou Sibilla, horrorizada. — Perguntar, não! Na pergunta espreitam, eu pressinto, o perigo e a morte. O seu sofrimento, pelo que vejo, é inexpressável, pois se fosse expressável, ele mo teria dito em confiança há muito tempo, não? Ao que parece, ele é de tal maneira, que ambos não podemos sabê-lo pela sapiência, e por mais que eu anseie por partilhá-lo com ele — ele não pode saber que o partilho. Temos que carregá-lo juntos, mas cada um por si. Talvez depois o meu amor sapiente o ajude e se torne um anjo para ele em meio a esse sofrimento.

— Podemos arranjar isso — respondeu Iechute. — Vi exatamente o esconderijo de onde ele tirou a coisa de onde leu sobre a sua miséria e diante da qual se flagelou tanto. Fica na parede, mais alto que ele. É lá que ele a esconde depois de pagar penitência. Memorizei o local exato. Se quereis, posso vos levar até lá quando ele estiver fora, em cavalgada até o tribunal, ou numa caçada, e vos mostrarei a fenda e o buraco para que, em vez de perguntardes, vejais e saibais, sem o conhecimento dele.

Sibilla ficou pensativa.

— Iechute, criada — disse então —, estou apavorada com a coisa na parede. É indizível o pavor que sinto! Mesmo assim, tens razão: se quero partilhar do seu sofrimento sem o seu conhecimento, para talvez me tornar um anjo para ele, então preciso ver o que o enluta e onde está escrito, ao que parece, o seu luto. Ele anunciou uma caçada na floresta úmida com falcoeiros, daqui a cinco dias contados de hoje. Assim que tiverem saído em montaria e ficarem mais tempo fora, no alojamento, podes me conduzir e me apontar a caverna. Acreditas que a impaciência me consome? Ela me consome. E mesmo assim, o que é o coração do ser humano? Agradeço a Deus por ainda serem cinco dias até que saiam em cavalgada.

A DESPEDIDA

Os dias e as noites se passaram e chegou a manhã do dia em que a trupe a cavalo saiu do castelo, feliz por ir caçar, levando falcoeiros para realizar uma caça junto ao lago na floresta e no terreno pantanoso ao redor, em busca de garças e grous, talegalas, codornas e abetardas — à frente de todos o duque Grigorss, com um falcão muito bom no barrete em seu punho, preparado pela própria Sibilla. Ele ficou admirado, quando da despedida, por a sua mulher se agarrar a ele tão temerosa, tentando convencê-lo a adiar a cavalgada, ou pelo menos a voltar logo — ah, logo —, antes que possivelmente acontecesse alguma desgraça a ele ou a ela.

— Mas que desgraça, querida? — perguntara ele com um sorriso, e prometera a ela voltar até o terceiro dia. Isso pareceu demasiado para o seu amor.

Mal a turba desceu o vale, Iechute se esgueirou até a senhora e disse:

— Se vos aprouver, senhora, o caminho está livre e eu vos conduzirei.

— Para onde, sua gralha?

— Até o buraco na parede e a coisa ali dentro.

— Que feio, ainda pensas nisso e não desistes dessa inconfidência? Não há tempo. O duque pode voltar a qualquer hora.

— Não, certamente não até depois de amanhã. Irão pernoitar duas vezes na hospedaria às margens da floresta. Estais totalmente segura.

— Segura diante de meu esposo? Como te atreves, mulher?! Devo seguir contigo caminhos secretos por trás das costas dele?

— Mas vós dizíeis que precisáveis saber, sem que ele soubesse, para que pudésseis vos tornar um anjo para ele.

— Eu disse isso — entregou-se Sibilla. — E, se tiver que ser, então vai na frente, muito à frente, para não parecer que estou te seguindo.

Chegaram então à morada e ao aposento privado do duque, e Iechute indicou o local para a senhora com o dedo.

— É ali — disse ela. — Mais para cima. Mal se vê a fenda no revestimento, por onde se abre. Não alcançais. Quereis que eu suba na cadeira e pegue?

— Não te atrevas! — respondeu Sibilla, ríspida. — Ajeita a cadeira! Eu mesma pegarei.

E, apoiada pela criada, ela subiu, empurrou o revestimento, viu o esconderijo, pegou o que estava escondido, uma coisa envolta num tecido de seda que ela retirou e que caiu sobre a cadeira, e segurou nas mãos a tabuleta de marfim, emoldurada por ouro e ornada com pedrinhas, escrita como uma carta por seu punho.

Apenas um pequeno grito lhe saltou dos lábios — não mais que uma expressão de espanto, surpresa, comoção, lembrança de um antigo sofrimento. Foi com tristeza que olhou para aquilo. Mas, de repente, um frio penetrou o seu cabelo e dele escorreu pelas costas. A boca, da qual havia fugido toda e qualquer gota de sangue, murmurou baixinho:

— Como assim? — repetiu alto, chocada pela incompreensão. — Como assim?! — Depois se calou, olhou para a coisa, leu, ergueu os olhos novamente e olhou fixamente para o nada.

Em sua cabeça, os pensamentos se embaralhavam num turbilhão. "Onde ele conseguiu isso? Está aqui, e está com ele. Então, não está no fundo do mar, ele chegou. Barrilzinho e bote chegaram. A criança chegou. E está viva. Cresceu e ficou bonita como Grigorss. E deu a tabuleta a ele, uma ao outro. Por quê? Provavelmente, ele não a recebeu da criança, sua amiga e companheira, mas de pessoas que encontraram a criança, a encontraram morta ou a mataram e saquearam o barrilzinho. A criança, mesmo chegando a terra com a tabuleta, está morta, e Grigorss está vivo, essa é a diferença entre eles. Há uma enorme diferença entre eles, e Grigorss tem a tabuleta, não é a criança que a tem. Só que ele se penitencia diante dela e bate no peito, como se fosse o seu pecado que estivesse escrito ali, e não o de um próximo, da criança. Isso diminui doentiamente a diferença entre os dois, entre ambos. Junto a essa tabuleta aqui havia tecidos. Eles também não estão no fundo do mar. Eu mal me lembro, faz tempo demais, é impossível lembrar, e decididamente nego que Grigorss tenha usado uma roupa diante de meus olhos que fosse feita desses mesmos tecidos e ainda a guarde. Doentio, doentio, em loucura crepitante e risonha, isso também diminui a diferença sensata entre Grigorss e a criança. Onde está a minha razão? A criança não se chamava Grigorss — isto é, ela simplesmente não se chamava. Será que agora se chama Grigorss? *Seria Grigorss a criança?* Teria eu o meu filho pecaminoso como esposo? Loucura, crepitante, risonha, tonitruante — e trevas, trevas."

Ela caiu da cadeira, desmaiada, amparada a tempo por Iechute, de modo que não bateu no chão com tanta força. Esta, então, correu:

— Socorro! Socorro! A senhora está caída como morta!

Vieram, levaram-na para o dormitório. Deram-lhe algo forte para respirar. Enviaram um mensageiro a cavalo até a floresta, para chegar ao duque. Ela perguntou por ele, exigindo a sua presença assim que abriu os olhos, e ouviu que ele estava a caminho para encontrá-la. Ela segurava a tabuleta; não conseguiram tirá-la de suas mãos, nem mesmo durante o desmaio.

O mensageiro chegou à hospedaria. Os caçadores estavam arrasados. Haviam perdido seu melhor falcão: ele saiu voando, empanturrado, sem farejar a presa, em direção à floresta, onde agora se encontrava. E então tiveram que ouvir a pior das mensagens:

— Senhor duque, se quereis ver a senhora ainda com vida, apressai-vos, ou será tarde demais. A mulher está mortalmente mal.

— Companheiro, como pode ser? Ela estava bem quando saímos em cavalgada.

— Senhor, infelizmente preciso reforçar as minhas palavras.

Então não se esperou mais. Montaram nos cavalos e cavalgaram para casa. Acreditem em mim, não houve descanso até que lá chegassem e até que a senhora recebesse a notícia de que seu esposo havia chegado. Ele entrou no quarto em roupas verdes de caça — e o que não viu ele ali! Uma mulher oscilante, totalmente amarelada, desfeita, com os olhos flamejantes de horror, mais que grandes no semblante de lamento.

— Grigorss! — gritou ela e caiu em seus braços, escondendo o rosto em seu peito, e novamente gemeu:

— Grigorss! É assim que te chamo, quem quer que sejas, pois, Deus do céu, chama-se pelo nome tanto um quanto o outro, não há nada de terrível nisso. Meu Grigorss — pois pelo menos és meu —, diz, desde quando te chamas assim? Quem te deu esse nome? Grigorss, meu querido — pois isso o és de qualquer forma —, quem és tu? Céu e inferno estão pendurados em tua boca — quem te deu à luz?

Ele se curvou sobre ela:

— Por Deus, mulher, o que tens? Querida esposa, pura, o que

fizeram a ti? Eu suspeito conhecer o motivo. A tua pergunta mo revela. Será que um inimigo, sorrateiro, vos relatou que sou um homem de origem humilde, vindo da cabana? Que seja, não importa que corvo e bandido vos disse isso e vos fez sofrer tanto: ele mente. Que ele se proteja bem de mim, porque se eu o descobrir, será o seu fim. Digo-te: na garganta dele mente um trapaceiro. Não ergui os olhos para vós e não lutei por vós com mentiras. Sou nobre de nascimento, tenho isso registrado em carta, sendo totalmente igual a ti por nascimento, amadíssima, consola-te com isso: também eu sou filho de um duque.

— Igual a mim? — repetiu ela assustada, e o olhou com seus olhos selvagens. Depois, ergueu a tabuleta:

— Quem te deu isto?

Ele viu e empalideceu tanto, que ficou parecido com ela. Os olhos afundaram nas cavidades. A cabeça pendeu, muito baixa.

— Pois bem — disse ele, finalmente —, tu sabes. A tabuleta, que me foi dada como dote quando me entregaram ao vento e às ondas, chegou a ti. Adeus, nossa felicidade! Ela foi construída sobre uma mentira. Pois omiti de vós que eu era filho do pecado e feito de pecado em todas as partes do meu corpo. E ainda agora menti para vós quando disse que não ergui os olhos para vós, a pura. Sim, eu vos enganei. Eu vos impingi impureza com o meu amor, impingi impureza no fruto de vosso corpo através de meu corpo. Muito pedi a Deus que não visse a minha culpa. Era um pedido falso. Ele revelou tudo, e eu vou embora. Teríeis que me banir, se eu mesmo não o fizesse. Não vereis mais o enjeitado. Saio em busca de meus pais.

— Grigorss — implorou ela —, pelo menos é assim que te chamo, mas, tu, não me chames pelo nome! Grigorss, amado, dize-me que sois dois e diferentes, o homem da tabuleta e tu! Um outro te deu essa peça, que não foi escrita para ti, não é? E mesmo que seja mentira, diz!

— Não, senhora, chega de mentiras! O legado é meu. Um homem devoto, que me criou, o guardou para mim até que eu crescesse. A criança que o trazia sou eu.

— Grigorss, então estamos perdidos. Assim, o nosso lugar é o mais profundo inferno. Grigorss, se dizes a verdade, em vez de mentir para mim em misericórdia, então não há diferença entre o meu esposo e a criança, a não ser o fato de a criança agora ser um homem. Grigorss, *eu* escrevi a tabuleta para a criança.

Um olhou para o outro de perto, com olhos vazios. Pensar sobre isso em conjunto tomou tempo. Depois, afastaram-se e foram para paredes opostas, apertaram a testa contra elas, e então ondas ardentes, uma após a outra, derramaram-se em sua palidez mortuária, amainaram perto do coração e novamente subiram em brasa para os rostos. Por muito tempo, no quarto não havia nada além de gemidos.

Depois disso, saíram de perto de suas paredes, o jovem primeiro. Ele caiu de joelhos na frente dela, inclinando-se sobre seus pés.

— Mãe — disse ele —, perdoa o criminoso!

Ela quis acariciar o seu cabelo, mas recolheu a mão como se se afastasse de um ferro em brasa.

— Filho e senhor — disse ela —, perdoa tu a mim! Eu vi a tua roupa pelos tecidos.

Ele perguntou:

— Onde está meu pai?

— Ele morreu na viagem de penitência — respondeu ela com lábios sem vida —, o teu doce pai. Em ti eu o reencontrei.

— Pareço-me com ele?

Ela aquiesceu com a cabeça. E então quiseram voltar para suas paredes, mas pensaram um pouco e ficaram onde estavam. Ela disse:

— Por que eu vim ao mundo? Maldita pela boca de Deus foi a hora em que nasci. Que os céus me ajudem, foi por isso que sonhei que dava à luz um dragão, que saiu voando mas retornou e se embrenhou de volta no ventre materno rasgado! Grigorss, eras tu! A desgraça se abateu sobre mim e manteve o juramento, pois mil vezes me aconteceu o sofrimento do coração contra *um* único prazer. Eu desejava felicidade e pureza. E eis que o inferno me envia o filho de meu pecado, para que eu durma maritalmente com ele.

Ele se arrepiou de susto e ergueu as mãos.

— Mãe, desungida, não fales com tanta clareza! Mas faze-o! Entendo por que o fazes. Precisamos falar claramente e chamar as coisas pelo nome, para o nosso flagelo. Pois dizer a verdade, isso é flagelo. Ouves, Deus, como nos penitenciamos e colocamos tudo em palavras crassas? Foi por isso, então, que rezei, para que me levasses ao lugar em que eu passaria bem e visse minha querida mãe com alegria. Concedeste-mo de outra forma, Tu, Deus rico e muito bom, diferente do que eu tinha Te pedido. Concede-me força, grande força, para que eu suprima a raiva que quer se erguer em Tua direção! Talvez tivesse sido melhor — o que pensas? — eu nunca tê-la avistado do que ter me deitado com ela como homem durante três anos, como sucessor de meu pai, e a frutificado com filhos para os quais não há morada neste mundo, muito menos do que o há para mim, e que não têm lugar no pensamento — ninguém sabe o que pensar deles. Essa é a derrocada do pensamento, é a derrocada do mundo! Mulher, podeis me chamar de Grigorss, mas eu não posso vos chamar pelo nome, nem de mãe, ambas as coisas seriam loucura, e como sofro nominalmente com a palavra "mãe" que desperdicei através da mácula! Pode ser mais tolerável e protetor vos chamar de "querida tia", pois deitar-se com ela é menos grave. Mas ainda não sei qual o meu parentesco com meus filhos, com Herrad e o vindouro, ainda não aprofundei a questão. Se eu fizer como Judas, que se enforcou por nojo e arrependimento de seus atos, terei tempo de pensar no assunto.

— Grigorss, meu filho e senhor, tenho que me arrepender de ter-vos dado o exemplo com a nomeação penitente das coisas, pois vós ainda o fazeis de forma mais crassa. Meu horror cresce a cada instante, e com ele o espanto por ainda não ter caído a ira incandescente sobre a maldita, e que a terra ainda ouse me carregar depois do que meu corpo executou. Eu sou a principal culpada, sei muito bem, e cresce em mim um medo inenarrável dos grilhões do inferno que me aguardam e que é quase certo pelo crime extremo cometido. Senhor e amado filho, podeis me dizer — pois leste muitos livros — se é imaginável uma penitência para um vício e um sacrilégio tão acumulado? Se não houver conselho aqui — não, certamente não haverá — para saber se no caso de eu, pobre mulher, ter que habitar o inferno, ele me será talvez um pouco mais ameno do que para os outros malditos?

Quanto a ela, não ousara tocar o cabelo dele, mas ele, porque o dela estava coberto por tecido e amarrações, acariciou benevolente a cabeça dela, já que estava tão lamuriante em seus braços.

— Mulher — disse ele —, não faleis assim e não vos entregueis ao desespero. Isso é contra o mandamento. Pois o homem pode desesperar-se consigo mesmo, mas não com Deus e sua plena graça. Estamos ambos na mesma lama de pecados até o pescoço, e se acreditais que estais mais fundo nisso, é por soberba. Não acrescenteis este pecado aos outros, senão a lama vos chegará à boca e ao nariz. A mão de Deus está estendida para que isso não aconteça: tirei este consolo dos livros. Não foi à toa que pratiquei *divinitatem* seriamente no mosteiro Agonia de Deus. Aprendi que Ele aceita o verdadeiro arrependimento como penitência por todos os pecados. Por mais que a vossa alma esteja doente: se vosso olho se molhar apenas por uma hora na fidelidade do coração, acreditai no filho, no esposo terrível, então estareis a salvo.

"Eu sei", continuou ele, "o que precisa acontecer, e determino. Pois vede, o filho se tornou homem, enquanto vós permanecestes mulher. Eu sou o homem aqui e sou vosso esposo, mesmo que de modo tolo, e então quem determina sou eu. A maior parte da penitência é minha, não por soberba, mas porque sou o homem. Mas também sobre vós recai uma boa parte da penitência quando eu me for. Quando eu me for, será impossível que continueis regendo o país como duquesa. Conclamai os vossos nobres e fazei eleger um novo duque, Wittich, vosso tio, ou Verimbaldo, vosso primo distante, tanto faz. Então renunciai ao trono e com humildade, mais do que jamais fizestes quando vivestes o luto pelo irmão, meu querido pai. Assim como abdicareis do trono, também descereis do castelo. Com vosso dote de viúva, fazei com que construam na estrada aos pés do castelo um asilo para os desabrigados, os idosos, os frágeis, doentes e aleijados. Lá, ireis atuar em vestes cinza, cuidar dos doentes, lavar suas feridas, banhá-los e cobri-los e distribuir esmolas a mendigos errantes, dos quais lavareis os pés. Não me oponho a que vós mesma acolhais os doentes, até considero correto. Herrad, nossa filha, da qual ainda não sei qual é o grau de parentesco conosco, a não ser que ela seja a vossa neta, já que sou seu filho — ela poderá vos ajudar a beber a água da humildade quando crescer. Ela foi batizada por engano. O vindouro que tu, querida, carregas no ventre, não deverá ser batizado, tenho que determinar assim. Chamem-no de um nome humilde como Stultitia ou Humilitas ou pequeno Miserabilis, isso ficará a vosso critério. Então vivei até que Deus vos chame!

"Eu, porém, coloco-me em penitência diante d'Ele, e em penitência extraordinária. Pois uma pessoa mergulhada em pecado como eu nunca ou raramente existiu na terra — digo isso sem soberba. Seguirei o caminho de meu pobre pai. Não partirei em viagem cavaleiresca errante, como eu, bobo, acreditava ter de fazer quando soube das condições de meu nascimento, mas partirei em viagem de penitência, como mendigo, semelhante àqueles de quem lavareis os pés. Assim, encontrarei meu lugar, como encontrei este aqui na neblina: o lugar que corresponde a este e é suficiente para este. São estas as últimas palavras que vos direi aqui. Adeus!"

— Grigorss — disse ela com os olhos marejados, e seus lábios esboçaram um doce sorriso, mas que se tornou terrível. — Grigorss, filho amado, será que não podemos deixar como está diante do mundo, sem jamais nos aproximarmos um do outro novamente e carregando o nosso segredo juntos? Meu amor por ti agora é o amor total de mãe, todo o lado matrimonial se perdeu, assim como em ti. E mesmo assim, mais profunda talvez será a penitência se nós, em vista do pecado, ficarmos juntos, em vez de separados no mundo. Eu poderia construir o asilo mesmo assim e banhar os enfermos.

— Falais como uma mulher — respondeu ele —, pois permanecestes uma mulher, enquanto eu me tornei homem. Para vossa vergonha eu mo tornei. Agora o serei para a vossa salvação. Será como o esposo determinou. Adeus uma vez mais! Não, sem beijo de despedida. Nem mesmo na testa — nem na mão. Foi com a mão que tudo começou. Deus esteja convosco!

E partiu. Ela esticou os braços em sua direção sob dores.

— Víliguis! — exclamou ela do fundo do peito e se conteve. — Poupa-te, filho — gritou atrás dele —, cuida de ti e não exageres na penitência!

Mas ele já não a ouvia mais.

A PEDRA

Ele vestiu roupas de mendigo, uma camisa de estopa, com um cinto de corda, e nada levou além de um cajado enodoado, nenhum saco de pão, nem mesmo uma tigela de mendigo. Mas a tabuleta, escrita por sua mãe e mãe de seus filhos, essa ele levou e carregou junto do corpo. Assim desceu do castelo de sua felicidade desgraçada na penumbra, para longe, decidido a não se permitir nenhuma misericórdia além daquela de carregar seu fardo com o coração disposto. O que desejava era que Deus o mandasse para um deserto, onde pudesse pagar penitência até a morte.

Aquela noite, dormiu debaixo de uma árvore, que deixou cair as primeiras folhas sobre o peregrino — dormiu ali como outrora o fizera na ilha, quando ficou sabendo de seu nascimento, de modo que nem a cabana, nem o mosteiro conseguiriam abrigá-lo por mais tempo e apenas o céu lhe serviria de refúgio. Na continuidade de sua caminhada sob um novo sol, evitava as pessoas e as estradas. A charneca vermelha, a floresta, regiões selvagens sem caminhos, era ali que fincava o seu cajado, atravessava águas ao lado da ponte e pisava descalço nas touceiras dos campos. No primeiro dia, não comeu nada; no segundo, os carvoeiros na floresta lhe deram as sobras de sua refeição. No terceiro, ao cair da noite, ele já tinha ido longe e não sabia onde estava: uma chuva escureceu o céu, e, na luz esmaecida, um caminho na floresta torto, cheio de grama e não mais largo que o comprimento de uma lança de cavaleiro, levava das colinas que ele acabara de atravessar até um vale, na região de um grande lago. O penitente seguiu por esse caminho e viu lá embaixo, não muito longe da margem de juncos, uma pequena casa em meio à aridez, o que o atraiu infinitamente, pois a sua alma ansiava por descanso e um teto, e então se dirigiu para lá.

Redes abertas diante da casa para que fossem remendadas lhe indicaram que um pescador morava ali. O homem estava na frente da porta com a esposa e olhou com desconfiança o errante, cuja barba já havia crescido muito em torno das faces e do queixo e cujo cabelo tinha se emaranhado na cabeça. Gregorius lhe ofereceu humildemente a saudação noturna, e com as mãos cruzadas lhe pediu que, por amor a Deus, lhe desse guarida por uma noite, mas esperava de coração que o seu pedido fracassasse e o homem lhe negasse a guarida de forma bastante rude e possivelmente com escárnio. Pois isso ainda não lhe havia acontecido, e mais forte do que o anseio por descanso era o seu desejo de penitência e profunda humilhação.

Isso ele teve ali. O pescador começou a xingar e xingou minutos a fio, não obstante a esposa atrás dele querer acalmá-lo com um leve chiado.

— Olha, seu vagabundo, grande enganador e espreitador! — xingava ele. — Vens em boa hora dar aqui na minha casa, seu trapo e grande maltrapilho, preguiçoso, caminhante à toa, e queres te aproveitar de pessoas honestas, que ganham o pão com o esforço de Deus, só para o necessário! Mulher, não fiques chiando atrás de mim para me acalmar, minhas palavras são corretas e ordeiras! Como é que tu, esperto, cresceste, e que braços são esses que te pendem dos ombros, para que não os uses em algum trabalho honesto? Para eles, uma boa plantação seria ótima, assim como uma enxada, e um arado de boi na tua mão, em vez de ficares aí vagabundeando. Ai, ai, este é um mundo ruim, que tolera tantos inúteis, que nunca acrescentaram nada à honra de Deus, e que apenas são parasitas das pessoas! Mulher, para com esse teu chiado besta! Quem te diz que esse traste aí, se eu ficar com ele aqui, não nos matará enquanto dormimos e fugirá com o que é nosso? Envergonha-te, malvado, de tua força, que queres que seja mimada por outros e que apenas usarás para praticar crimes! Chispa daqui imediatamente, ou te faço correr!

— Isso mesmo, amigo — respondeu Gregorius com suavidade —, era exatamente assim que eu desejava que falásseis comigo. Era isso que eu precisava ouvir, e foi isso que Deus vos instou a falar. E se tivésseis me dado uma bofetada, teria sido ainda mais útil para diminuir um pouco a carga de meus pecados. Tendes razão: não posso pedir acolhida, o céu é meu protetor. Adeus! — E se afastou em direção à chuva que começava a cair.

Mas lá dentro, para onde tinham ido a fim de se protegerem da chuva, a mulher do pescador disse, a meia-luz:

— Homem, homem, não me sinto bem, não me sinto nem um pouco bem com a tua reação diante do caminhante! Falaste coisas horríveis contra ele e lançaste impropérios, o que pode te custar a alma. Não deveríamos acolher um pedinte, seja ele cristão, turco ou pagão? Ele certamente era um homem bom e correto, eu vi nos olhos dele, mas tu não tiveste nada além de ataque cruel e escárnio para lhe oferecer, então agora aguarda para ver o troco que terás de Deus! Quando alguém se sustenta com muito esforço no dia a dia, assim como o fazes tu com muita sorte na tua pescaria, esse alguém deveria ter Deus em mente e não ousar muito diante d'Ele, na medida em que não demonstra piedade, porque facilmente Ele poderá te tirar os peixes, de modo que não possas levar nada à feira no vilarejo. Faríamos melhor chamando o pobre de volta.

— Bobagem! — disse o pescador. — Será que ficaste encantada com seus membros fortes em roupas de mendigo, com o vagabundo doce e jovem, e queres namorar com ele, traidora, pessoa desejosa e excitada?

— Não, homem — respondeu a mulher. — É claro que fiquei espantada ao vê-lo, mas não acredito que tenha sido excitação o que encheu meus olhos de água. É verdade que suas vestes de mendigo pareciam uma capa de cobertura, e me parece estranhamente assustador que o tenhamos rejeitado. Dizem que é nos pobres que o Senhor Cristo é alimentado, e dizem que devemos tratar com respeito, principalmente quando não sabemos quem está diante de nós e quem se esconde por trás dos trapos, para nossa provação. Quando ele falou da bofetada, eu me senti de maneira muito, mas muito diferente. Realmente, devias permitir que eu o chame de volta!

— Ora, então corre e vai buscá-lo para que pernoite aqui — disse o homem, que agora também sentiu um pouco de medo. — No fundo, também não quero, assim como tu, que os lobos o devorem na floresta.

Então ela foi, cobrindo a cabeça com a saia, atravessou a chuva e alcançou o forasteiro, abaixou-se e disse:

— Mendigo, meu marido, o pescador, mudou de ideia e arrependeu-se de suas palavras rudes. Ele acha esse tempo duro demais para vós, e também acha que existem lobos por aqui e quer que vos abrigueis esta noite em nossa casa.

— Que seja como deve ser — respondeu Gregorius. — Não vos sigo para que me sinta agasalhado, mas porque vosso marido talvez possa me aconselhar.

Quando voltaram para a casa, o pescador deu as costas para eles, emburrado, pois, nesse meio-tempo, a impressão causada pelas palavras de alerta de sua esposa havia arrefecido em sua alma. Mas a mulher acendeu um fogo, para que o encharcado se aquecesse ali, e disse que iria preparar uma panqueca, grande o suficiente para os três, servida com leite. Gregor impediu que ela o fizesse.

— Este corpo — disse ele — mal merece uma refeição. Não pretendo alimentá-lo pela panela, mas uma fatia de pão e um gole de água do poço serão o meu alimento.

E assim foi, apesar de a mulher instá-lo fortemente a se tratar um pouco melhor. E quando então se sentaram para comer, as pessoas do ermo com a panqueca e o forasteiro com um pedaço de pão velho e água, o pescador se irritou fortemente, não conseguindo segurar de novo as palavras más, e disse:

— Que feio, eu ter que ver isto, tu fazendo este teatro, mendigo, com a tua frugalidade, e tudo isso sendo brincadeira. Eu não deveria entender de mentiras e de mentirosos. Até agora, não deves ter te sustentado com alimento tão doente, sou capaz de apostar o sacramento. É ridículo: nem homem nem mulher viram na vida um corpo mais bem formado, florescente e bem-acabado, e não foi com pão e água que o conquistaste. Coxas retas, pés arqueados, eu vi, os dedos do pé todos regulares e bem-feitos. Teus pés deveriam estar chatos e incrustados, como os de um verdadeiro errante, mas só têm uma leve camada de sujeira. As pernas e braços que tens não estão nus há muito tempo, e não venhas me convencer disso, eles estiveram bem protegidos de ventos e tempestades, e a pele — vou te dizer que tipo de pele é: é a de um comilão bem cevado. Vê essa listra clara que corre em volta de teu dedo! Havia um anel aí. Tenho olhos na cabeça, e *sei* muito mais do que apenas suponho, que as usas de outro modo, essas tuas mãos, quando estás longe daqui, do que nos queres fazer acreditar agora. Podes encontrar abrigo melhor, e fico muito pouco preocupado com o fato de amanhã rires da casca de pão ali, da água do poço e também de nós, pessoas pobres!

— Farei melhor — disse Gregor à mulher — se eu for noite adentro.

— Não, farias melhor — exclamou o pescador — se desses uma resposta e dissesses a teu hospedeiro de bom coração que homem és tu!

— Eu o farei — retrucou Gregor —, e observo, ademais, que estou fruindo e que acho adequado e bom que me chamais de tu, mas que eu vos chame de vós. Sou um homem que não é apenas pecador como todo o mundo, mas cuja carne e cujos ossos são compostos inteiramente de pecado e, além disso, ainda foram mergulhados de novo em tamanho pecado, que é o fim do pensamento e o fim do mundo. O que busco atingir com minha peregrinação é uma existência a mais dura possível, na qual eu possa me penitenciar até a morte com o sofrimento de meu corpo, em nome da graça de Deus. Hoje é o terceiro dia desde que renunciei ao mundo e saí em viagem de penitência. Na floresta, além de carvoeiros e pastores de porcos, vi também eremitas. Mas, no meu entender, eles levavam uma vida confortável demais. Como hoje o meu caminho me levou a vós, senhor, então permiti que vos peça misericórdia e conselho! Conheceis algum lugar por aqui que me fosse adequado, alguma pedra selvagem ou uma gruta solitária de extremo desconforto? Então, vos peço de coração, mostrai-ma! Fareis bem agindo assim!

O pescador ficou pensando, bravo, rindo em pensamento com a ideia que teve. "Ele vai ver só como vou dar o troco", pensou. "Vou deixá-lo sem graça, para que fique fortemente aterrorizado diante de minhas sugestões e fuja. Então, essa mentira se revelará." E disse:

— Se buscas por algo assim, amigo, então alegra-te. É possível ajudar-te, e serei eu a te ajudar. Lá fora no lago, sei de uma pedra que fica sozinha no meio da água, que te será uma morada aprazível, bruta o suficiente, e lá podes ficar agachado e reclamar de teu sofrimento à vontade. Se quiseres, levo-te até lá e ajudo-te a subir. É que, em caso de necessidade, até se consegue subir, mas no momento da descida os problemas aparecem, e portanto essa pedrinha foi feita para ti. Mas vamos fazer tudo de forma bem segura, para que o teu senso de arrependimento não se manifeste, mesmo que te arrependas. Há muitos anos venho guardando uma algeminha de ferro para o tornozelo, valente, que pode ser trancada. Vamos levá-la e eu a coloco em ti. Se essa brincadeira não te parecer mais interessante e estiveres tentado a descer, tens que aguentar mesmo assim, quer queiras quer não, e terás que permanecer ali durante toda a vida, enquanto ela durar. O que achas da minha sugestão?

— Ela é muito boa — respondeu Gregorius. — Foi Deus quem a inspirou em vós. Eu agradeço a Ele e a vós, e vos peço: ajudai-me a chegar até a pedra!

Nisso, o pescador riu estrondosamente e disse:

— Então, mendigo, isso foi esperto! Se estiveres falando sério, então vai dormir agora, pois sairei para pescar antes de raiar o dia, e se quiseres vir comigo, acorda cedo! Apenas para te agradar, desconsiderando a perda de tempo, irei até o lugarzinho, te ajudarei a subir e colocarei em ti as tornozeleiras que estou tirando aqui da caixa. Então poderás aninhar-te ali como um falcão peregrino em sua pedra, envelhecerás ali o quanto conseguires e, de fato, não serás mais estorvo para ser humano algum na terra. Até amanhã!

— Onde quereis que eu durma? — perguntou Gregorius.

— Aqui não — disse o pescador. — Não confio em ti de modo algum. Lá fora no puxadinho, podes te acomodar lá. Ele não está no melhor dos estados, mas comparado à tua pedra, é uma pousada imperial lá dentro.

O barracão estava caído e sujo, e se a esposa do pescador não tivesse sido devota e cuidadosa o suficiente, preparando para aquele que fora enviado para lá um pouco de junco fazendo as vezes de cama, aquele que outrora fora o duque Grigorss teria que dormir diretamente no pó. O mais baixo de seus serviçais em casa vivia melhor. Mas pensou: "Está muito bem assim, mas ainda é imperial demais. A rocha de amanhã, essa sim deverá ser a coisa certa". Esticou-se sobre o junco e colocou a tabuleta a seu lado. Ficou acordado por muito tempo em meio a orações. Então, a sua juventude quis que ele caísse no sono, um sono profundo, e, quando pouco antes de amanhecer o pescador quis sair para exercer o seu ofício, ele ainda estava envolto em sono profundo e não ouviu seu hospedeiro chamar: "Ei, mendigo!". Chamou duas vezes e não chamou uma terceira, mas disse:

— Não vou ser feito de idiota e ficar aqui me esgoelando pelo enganador. Eu sabia que ele não estava falando sério e que ele se esquivaria do local proposto. Vou seguir meu caminho.

E partiu, como toda manhã, em direção ao lago. Mas a mulher, quando viu aquilo, correu para o barracão, sacudiu o dorminhoco e o alertou, benevolente:

— Bom homem, se queres ir com ele, não tardes! O pescador já está a caminho do lago.

Então Gregorius levantou-se de um salto, olhou em volta atordoado e teve dificuldade em recobrar os sentidos, tão profundo tinha sido o seu sono.

— Não gosto — disse ela —, moço fino com a barba de vários dias, de acordar a ti, cansado, como não gosto de te mandar para a pedra. Porém algo em mim dizia que eu deveria fazê-lo, para que não perdesses esse local. Pois me parecia que tinhas um real anseio por ele, e quem sabe não és um santo?

Ao ouvir isso, Gregorius sentiu um arrepio. Sobressaltado, exclamou:

— Como eu, miserável, pude dormir?! Por Deus, vou-me já, e atrás dele! — E saiu chispando da cabana.

— Não te esqueças da tornozeleira! — gritou a mulher e lha apertou contra a mão. — Talvez ela seja necessária para a salvação, mesmo que o pescador tenha se lembrado dela apenas para o mal. E toma também esta escada móvel, ela é necessária, e meu marido não levou nada. Carrega-a como o Senhor Cristo carregou sua cruz! Adeus! — exclamou ela atrás dele. — Fico aqui cheia de suposições a teu respeito. — Então, virou-se e chorou.

Gregorius, porém, pesado devido à algema de ferro e à escada, correu atrás de seu hospedeiro em meio ao suor, sempre chamando: — Amigo, pescador, meu anjo, espera por mim e não me abandones, estou chegando, estou chegando! — Mas a tabuleta, na pressa ele a tinha esquecido na cama de junco, o que lhe doía muito.

Ofegante, ele só foi alcançar o homem lá embaixo no ancoradouro, onde estava o barco, e o homem deu de ombros. E quando o barco acolheu ambos e aos apetrechos, o pescador o conduziu em silêncio através das ondas curtas para o lago amplo, durante uma hora ou duas: eis que se ergueu da água a pedra selvagem, vermelho-acinzentada e com formato de cone, abandonada por Deus e sem nada de margem; foi para lá que se dirigiram, e o pescador enganchou a escada numa ponta da rocha, dizendo:

— Vai subindo na frente! Não te quero ter atrás de mim.

Assim, subiram um atrás do outro, primeiro pela escada, depois com mais dificuldade um pedaço em cima da pedra descalvada, com o auxílio de saliências e fendas, e então, quando escalaram tudo e chegaram ao pequeno platô do cone, o pescador fez o que havia anunciado, com uma risada obscura: colocou as tornozeleiras em Gregor, fechou o cadeado e disse:

— Agora estás seguro na pedra. Aqui terás que envelhecer, pois se o Diabo, com todas as suas astúcias, não te tirar daqui, nunca mais descerás. Fica aí! Prendeste a ti mesmo em tua própria enganação.

Dizendo isso, jogou a chave da algema para o alto em arco, que caiu longe no lago, e acrescentou:

— Se algum dia eu a resgatar das profundezas das ondas e voltar a vê-la, então te perdoarei, santo. Bom choro e ranger de dentes!

Essa foi sua despedida. Ele desceu de volta para o barco, recolheu a escada e foi embora.

A PENITÊNCIA

Leitor cristão! Ouve-me e crê-me! Tenho coisas grandes e curiosas a relatar a ti, coisas que exigem coragem para serem contadas. Mas se eu encontrar a coragem de expressá-las, então deverias te envergonhar por não teres coragem suficiente para acreditar nelas. Não quero acusar-te precocemente de ceticismo; preciso antes confiar em tua fé, assim como confio em minha capacidade de comunicar de forma crível aquilo que me foi legado. Mas confio muito nessa habilidade, e portanto também confio na tua fé.

A minha verdadeira mensagem é: no quadrado estreito do platô em forma de cone sobre essa pedra selvagem no meio do lago, Gregorius, filho de Víliguis e de Sibilla e esposo da última, viveu absolutamente sozinho e desprovido de qualquer perdão por tantos anos quantos ele tinha de vida quando abandonou, de forma muito repreensível, a sua ilha distante no mar e o mosteiro Agonia de Deus — foram dezessete anos completos que passou lá, sem conforto algum além do teto do céu acima de si, sem proteção alguma contra o orvalho ou contra a neve, nem da chuva nem do vento, nem de queimaduras de sol, vestido apenas (mas por quanto tempo aquilo resistiria?) com sua camisa de estopa, com braços e pernas nus.

Não acreditais? Irei vos assegurar isso, e não apenas me refugiando no trunfo de que diante de Deus nada é impossível e para Ele nenhum milagre é demais. Isso seria impactante demais, mas adequado demais. Por fora, vossa dúvida deveria emudecer diante disso, mas, secretamente, ela poderia continuar roendo. Isso não pode ser, e por esta razão não me reportarei à onipotência de Deus. Sem sermão, seguindo a razão e com calma, não obstante eu mesmo estando profundamente tocado pela minha notícia, colocar-me-ei diante das perguntas que fareis com mãos retorcidas, sob vários "Sim, dize-nos, pelo amor de Deus!" e "Monge, pensa, mas como assim?!", sendo que a primeira delas evidentemente irá na direção de saber como o penitente sobre a pedra nua se alimentou ali, mesmo que por pouco tempo — o que dizer então de dezessete anos... Teriam corvos voado até lá para alimentá-lo? Teria caído maná do céu, apenas por causa dele? Não, foi bem diferente.

No primeiro dia, depois de o pescador tê-lo abandonado com escárnio e Gregor ter ficado ali em total isolamento, permaneceu ele no mesmo lugar, sentado, abraçando os joelhos com os braços, ou também ajoelhado com as mãos postas diante de Deus, orando por seus pobres e encantadores pais, por Víliguis desaparecido, por Sibilla, sua esposa, que agora provavelmente já estava banhando os que sofriam de gota ou então estava na iminência de fazê-lo, ou orando por si mesmo, colocando-se total e imediatamente à disposição de Deus e da Sua vontade, como de fato lhe fora determinado. O segundo dia, porém, só contava algumas horas quando a fome e a sede não o deixavam mais descansar, e ele, quase sem saber nem querer, começou a rastejar de quatro na plataforma, perscrutando, já que não conseguia dar um passo sequer com seus pés presos na algema.

Quase no meio havia uma pequena depressão na pedra, onde havia um líquido esbranquiçado e opaco até a borda — provavelmente da chuva de ontem, pensou ele —, apenas visivelmente opaco e leitoso, pelo menos bem-vindo como bebida, por mais impuro que fosse, mas ele era o último a poder pleitear qualquer coisa. Por isso, abaixou-se sobre a pequena bacia e sorveu com os lábios e a língua o que havia ali, limpou-a com a língua, por menos que fosse, apenas algumas colheradas, e ainda lambeu o fundo da covinha quando esta já estava vazia. A bebida tinha um sabor açucarado-grudento, lembrando um pouco o amido, e um pouco temperado, com gosto de erva-doce, e ainda metálico como o ferro. Gregorius logo teve a sensação de que essa bebida aplacava não apenas a sede, mas também a fome, e de forma surpreendentemente completa. Estava satisfeito. Arrotou de leve, e um pouco do que fora bebido lhe escorria da boca, como se aquele pouco já tivesse sido demais. Sentiu o rosto um pouco inchado, um calor corante subiu às suas faces, e quando havia retornado, rastejando, ao seu primeiro lugar à beira da pedra, caiu no sono como uma criança, colocando a cabeça num degrau mais baixo da rocha.

Depois de algumas horas, ele acordou por causa de um leve rumor na barriga, que fez com que mexesse as pernas presas, desanimado, e que fazia com que tivesse vontade de chorar. Mas logo passou, e não sentiu fome. Apenas por curiosidade, perto de anoitecer ele voltou à cavidade no meio da plataforma. No fundo, de novo tinha se formado um pouco do líquido: não mais que o suficiente para recobrir o fundo numa camada fina. Mas era possível imaginar que, se a renovação brotante continuasse no mesmo ritmo, ao longo da noite a cavidade voltaria a se encher.

Assim foi, e no novo dia Gregor voltou a se fortalecer com o caldo, lambendo tudo até surgir uma sonolência calorosa, pois durante a noite ele tinha sofrido com o frio, não sabendo para que lado deveria puxar sua pobre camisa de mendigo e como encontrar refúgio ali dentro, e assim o suco de pedra ajudou por várias horas, apenas por aplacar a fome, motivo pelo qual o solitário também se refestelava com aquilo à noite, quando havia brotado mais um pouco, para sentir menos frio.

Consigo vos dizer a razão disso, pois li os antigos, que dizem com toda a razão que a terra adquiriu para si o nome da grande mãe e *magna parens*,* da qual tudo o que é vivo é enviado para cima em jatos, como oferenda a Deus; em resumo, é nascido do ventre materno. Assim também o homem, que não por acaso se chama *homo* e *humanus*, para sinalizar que saiu do solo materno do húmus para a luz. Mas tudo o que dá à luz também tem o alimento necessário para seus filhos, e é justamente aí que se reconhece se uma mulher realmente pariu, ou se apresenta uma criança alheia como sendo a sua, mostrando se dispõe das fontes de alimento para o nascido ou não. Por isso aqueles autores, os quais eu venero, afirmam saber que, no início, a terra alimentou seus filhos após o nascimento com o próprio leite. Pois os seus *uteri*** teriam ido fundo como mangueiras com suas raízes, e a natureza por si própria teria dirigido para lá os canais da terra e feito com que um suco leitoso escorresse da abertura dessas veias, da mesma forma que agora, em todas as mulheres que acabaram de dar à luz, flui leite adocicado para os seios, porque é para lá que é direcionado todo o fluxo de sucos do corpo materno ou, antes, um extrato nutritivo dele.

Naquele tempo, o homem, pequeno, incompleto e não adulto — dizem —, ainda não destinado à unção de alimento elevado e à plantação de grãos, estaria pendurado nos peitos da mãe e saciado com essa

---

* A mãe primordial.
** Úteros.

alimentação infantil. Como estavam certos os meus fiadores, os antigos, com essa afirmação, é o que mostra a história de Gregor. Em alguns poucos pontos da terra, no total serão apenas dois ou três, ainda por cima situados em lugares escondidos e inabitados, ainda se encontram essas fontes de suco nutritivo de épocas primevas, que vão até as profundezas do organismo materno, como que num hábito antigo, mesmo que com uma atividade reduzida, e foi uma delas, na qual em vinte e quatro horas o alimento matinal brotava enchendo uma pequena bacia, que o penitente encontrou na sua pedra.

Isso foi uma grande graça, e quero deixar em aberto se o que operou ali fora um acaso misericordioso e a fonte-mãe já vinha trabalhando antes o tempo todo, ou se a misericórdia chegou a tal ponto que Deus a tenha motivado novamente apenas para o pecador Gregorius. Em todo caso, com essa descoberta, apesar de todo o seu infinito abandono, pela primeira vez ele foi acometido da suspeição esperançosa e até mesmo bem-aventurada de que Deus não apenas aceitaria a sua penitência, mas tampouco o deixaria sucumbir por causa dela, e que, antes, a Sua intenção de algum modo era de misericórdia, mesmo ele tendo redimido os seus pais e a si próprio através do mais duro arrependimento.

É claro que ele precisava com urgência dessa suposição, que suavemente o percorria por dentro, assim como da bebida materna aquecedora, e as duas coisas tiveram que atuar juntas para que ele pudesse enfrentar aquilo a que havia se proposto e que, como tudo o que é difícil, no início, antes de a natureza ter se acostumado com isso, cedendo reticentemente, era o mais difícil de enfrentar. Pois agora imaginem e visualizem bem o inverno chegando com escuridão, neve, chuva e tempestades, e como o homem sobre a pedra nua, com a simples camisa de estopa, estava exposto sem piedade às intempéries — se a palavra "exposto" for mesmo apropriada diante da existência de leite da terra e da suposição calorosa da graça. Ela é apropriada pelo menos até certo ponto, especialmente se levarmos em conta que neve e chuva eram muito ruins para a linfa nutritiva, já que a diluíam. E mesmo em estado diluído, ela ainda exercia suficiente força saciadora. Com um leve soluço e babando um pouco diante dela, o homem estava deitado encolhido sobre si mesmo, os joelhos encostados na boca, debaixo das intempéries, e também a sua pele havia encolhido, sempre na postura de defesa enrugada, que se chama de arrepio, o que fazia com que se alterasse muito. Quando o sol surgia quente, ele se secava emanando vapor, ao lado de sua camisa de penitente, que, porém, logo apodreceu e em grande parte desmanchou como material inflamável. Mas aquilo que ainda havia sobrado da camisa cobria mais do seu corpo do que se poderia pensar, pois, de tanto ficar naquele estado de defesa enrolado, ele acabou diminuindo visivelmente.

Aliás, deve-se ou pode-se acrescentar que o inverno passou de modo curiosamente rápido para ele, parecendo-lhe breve demais em termos de duração, pelo simples motivo de ter dormido muito, perdendo a noção do tempo. Ele só voltou a participar mais do tempo quando a luz aumentou, os ventos sopraram mais suaves e a primavera — que, claro, nada mudava na nudez sem árvores e sem grama de sua sede na rocha, mas apenas conseguia aquecer suavemente a pedra — fez a transição para o verão dos dias longos, quando o sol descrevia o seu arco mais alto no céu por sobre o lago e, se não houvesse nuvens carregadas a encobri-lo, lançava seus raios poderosos sobre homem e pedra, às vezes esquentando-a com tal força, que ele não teria aguentado ficar ali por muito tempo se a sua pele defensiva não estivesse tão modificada, com ínguas e crostas. Contra a irradiação quente, a sua cabeça também estava envolta em cabelos grossos e emaranhados e numa barba encobridora, e assim ele aceitou o que lhe fora destinado, até que a noite estrelada com uma débil lua minguante, ou então recortada como uma foice, ou ainda cheia e reluzente e espelhada nas águas, trouxesse frescor à natureza e ao pequeno ser masculino, que cada vez mais se tornava uma coisa só com ela.

Depois, os dias voltavam a ficar curtos, surgiam as neblinas do outono e, desde o dia em que esse homem fora deixado lá, um ano havia se passado. "Um ano?!", dizeis. "Mas dissestes que ele passou dezessete anos lá." Sim, é o que digo. Mas a diferença não é tão grande quanto pensais, e tendo passado um ano, os outros correm atrás, sem que faça muita diferença para eles e para o ser masculino que vive neles sem teto. Em primeiro lugar, temos que tirar dos anos, entendidos como tempo experienciado, um bom quarto de sua massa; pois o ser penitente passava os invernos num sono de hibernação atemporal, período durante o qual ele também não rastejava até a fonte de alimentação, já que sua vida metabólica estava reduzida até quase a imobilidade, antes de voltar a se soltar quando subia o arco solar. Em segundo lugar, porém, o tempo, se não for nada além disso e não tiver nenhum outro objeto além da mudança das estações e dos humores climáticos, se não tiver nenhum conteúdo de eventos que o tornam tempo propriamente dito — o tempo, digo eu, nesse caso, significa pouco, ele perde em dimensão e murcha, assim como o bebê amamentado e encurvado sobre a pedra no lago o fazia, que com o passar dos anos ficava tão pequeno e nanico como, segundo os autores, o homem primevo incompleto e impuro, que ainda não comia alimentos dignos de humanos.

Finalmente, após cerca de quinze anos, ele não era muito maior que um porco-espinho, uma coisa da natureza emaranhada-incrustada, recoberta de musgo, à qual nenhuma intempérie causara danos, e na qual membros atrofiados, bracinhos e perninhas, também os olhinhos e a abertura da boca eram difíceis de reconhecer. Não conhecia tempo. A lua mudava. As constelações mudavam de posição, desapareciam do céu e retornavam. As noites, enluaradas ou entrevadas e encharcadas, com ventos gelados ou abafadas, encurtavam ou se estendiam. O dia amanhecia cedo ou tarde, enrubescia, flamejava e acabava num carmesim em despedida, que se refletia na região onde nascera. Nuvens preto-azuladas, amarelo-enxofre, dentro das quais relampejava, surgiam assustadoras e reticentes, descarregavam-se com estrondos sobre as águas ecoantes, que salpicavam com granizo, e os seus raios atravessavam as ondas excitadas, que acorriam ao pé inabalável da pedra, espirrando para o alto. Depois disso, tudo ficava bem, uma paz, tão intensa e incompreensível quanto a raiva anterior, preenchia o universo, e em meio à chuva doce perpassada pelo sol, de um horizonte sem margem a outro, colocava-se em beleza úmida o arco-íris de sete cores.

Em meio a tudo isso, porém, o ser musgoso, quando não dormia, percorria o seu trajeto rastejante até o seio materno, voltando satisfeito e babando um pouco até a borda em que outrora fora deixado o penitente. Se por acaso algum barco no lago tivesse se aproximado da rocha distante, nada de chamativo teria atiçado a curiosidade dos marinheiros. Se o pescador do lugar ermo tivesse sentido vontade de refazer aquela viagem para procurar o perturbador que ele havia acomodado ali havia anos, a aparência teria lhe confirmado com certeza que ele estava morto e definhado havia muito tempo, e o que restara dele devia ter secado, evaporado e sido lavado da pedra. Ele poderia ter esperado divisar algum resquício pálido dos seus ossos lá em cima, e ter-se-ia enganado com essa expectativa. Mas ele nunca foi até lá.

A REVELAÇÃO

Depois de tantos anos, faleceu, como li, na famosa Roma, rica em ruínas, aquele que havia laborado como seguidor do Príncipe dos Apóstolos e Vigário de Cristo, que tinha usado a tríplice coroa e apascentado os povos com o cajado de pastor. Mas a partir de sua morte e da questão candente sobre quem assumiria o lugar sagrado depois dele e quem herdaria o poder de unir e de libertar, desencadearam-se debates grandes e sangrentos, que Deus parecia não querer mitigar. Pois o Seu espírito não desceu, unificador, sobre a cúria de religiosos, nobres e burgueses, mas um cisma dividiu o povo, e duas facções inimigas, das quais cada uma proclamava o seu candidato ao trono do mundo como sendo o único digno, confrontavam-se com fortes emoções. Uma delas queria um certo presbítero de origem elegante de nome Símaco para ser papa, a outra queria o muito popular arquidiácono Eulálio, que, assim como Símaco, tremia de tanta ânsia pela honraria.

O Espírito Santo não tinha participação alguma na apresentação dos dois, sendo apenas obra humana, e é com vergonha que me vejo impelido a confessar que a mola propulsora de tudo eram o suborno com ouro e a ânsia partidária pelo poder. E foi por isso que o Divino também não desceu de maneira iluminadora e decisiva ao eleitorado, e este se dispersou num ódio beligerante, os partidos se armaram, e começou uma guerra urbana violenta, travada em praças, ruas e infelizmente também nas igrejas, e durante a qual as torres das pontes, assim como os monumentos dos antigos, elevados e ampliados, serviram de fortalezas e barreiras. Eu vos digo, foi uma grande vergonha. Um conclave acabou se transformando em dois, sendo que cada um elegeu o seu homem, instituindo-o como bispo de Roma e papa. Símaco foi ordenado em Latrão, Eulálio em São Pedro, e assim um deles ficava naquele palácio e o outro na fortaleza redonda com fosso do imperador Adriano, cantando a missa, despachando bulas e decretos e um maldizendo o outro, enquanto nas ruas as armas tilintavam. Os nomes com que se tratavam mutuamente eram muitos, e ininterruptamente pensavam em novos nomes. "Destruidor da Igreja", "raiz do pecado", "arauto do Diabo", "apóstolo do Anticristo", "flecha do arco de Satã", "vara de Assur", "naufrágio de toda castidade", "excremento do *saeculum*", "verme abjeto e curvado" — era assim que um chamava o outro, com a boca espumando. Eulálio, que, como se dizia, era muito gordo e sanguíneo, estava se superando nos xingamentos, quando teve um derrame e morreu. Mas também Símaco foi alcançado pelo destino, pois os eulalianos deram grande batalha a seus homens para vingar o seu papa, batalha na qual bateram nas cabeças deles e invadiram o Palácio de Latrão, de modo que Símaco se viu obrigado a fugir por uma porta dos fundos. Perseguido, pulou no rio Tibre e morreu afogado.

Então, em vez de dois papas, agora não se tinha mais nenhum, o que causou nos romanos um choque de sobriedade. Perceberam que haviam abordado a coisa toda de modo errado e sem piedade, e de repente se disseminou entre os cidadãos um clima de prontidão para a penitência. A sua decisão, tomada numa reunião geral, foi no sentido de deixar a escolha totalmente a cargo de Deus, e foram ordenadas semanas de jejum, dias de esmola e grandes orações em todas as igrejas, para que Ele, em Sua misericórdia, anunciasse quem julgava digno de ser Seu representante e portador da coroa do mundo.

Eis que vivia em Roma um homem devoto de uma velha estirpe que havia adotado o cristianismo mais cedo que a maioria: Sextus Anicius Probus, já de certa idade, acima dos cinquenta, e tão rico em propriedades quanto em honrarias públicas. Junto com sua esposa, Faltônia Proba, ele morava no palácio de seus antepassados, que haviam todos sido cônsules, prefeitos e senadores: uma propriedade enorme, que recobria várias milhas na quinta região, ao lado da Via Lata, o que incluía trezentos e sessenta quartos e salas, uma pista de corrida de cavalos e termas em mármore, e estava envolta por amplos jardins. Os banhos não eram mais alimentados com água, e o hipódromo também já estava fora de uso havia muito tempo, e a maioria dos trezentos e sessenta cômodos estava vazia e em estado deplorável — não porque faltassem ao proprietário recursos financeiros ou mãos servis, que ele teria como sustentar, todos, mas porque aos seus olhos quis parecer que a decadência, o abalo e o definhamento daquela opulência sob o peso de sua própria grandeza vieram no tempo azado, faziam-se necessários e eram também a vontade de Deus. É verdade que, aos poucos cômodos em que ele morava com a esposa, não faltava um belo conforto, nem lugares de descanso, recobertos por tecidos nobres do Oriente, nem utensílios talhados em ouro, poltronas de aspecto antigo, candelabros de bronze e esquifes onde havia vasos nobres, copos de ouro e conchas rosadas usadas para beber. Mas esse conjunto de cômodos era uma ilha de habitabilidade, cercada por um amplo deserto, por pátios que tinham colunas e fontes parcialmente destruídas, cujos ornamentos figurativos estavam quebrados e espalhados pelo chão, e por salões áridos com pisos de mosaico danificados, onde os papéis de parede dourados pendiam rasgados da parede e os revestimentos de um fino latão prateado se destacavam, abaulados. Era com isso que Probus e Proba estavam acostumados e era o que achavam adequado.

Também os jardins em que o palácio se inseria estavam abandonados e num emaranhado selvagem, impossibilitando até mesmo a passagem, mas havia alguns lugarezinhos mais acolhedores ali, aos quais se chegava ao desbravar o caminho por entre arbustos vigorosos e árvores quase sufocadas por plantas trepadeiras, e o anicense gostava especialmente de um banco enfeitado com cabeças de Pã, cercado por um denso arbusto de louro, de onde se podia avistar uma pequena clareira com uma relva repleta de ervas daninhas multicoloridas, depois que se passava por uma estátua de Cupido que havia caído do pedestal, estátua esta de tronco encantador, com arco e flecha mas sem cabeça. Era lá que o homem digno se encontrava sentado após a refeição num dia de abril quente, já prenunciando o verão, preocupado que estava com a orfandade da Igreja e com a falta generalizada de rumo. De manhã, participara com fervor das preces gerais na basílica dos apóstolos Philippus e Jacobus, que ficava perto do seu palácio. Agora, provavelmente devia ter adormecido em meio ao perfume do louro aquecido; pois teve uma visão em sonho, que não o retirou de seu lugar, mas, ali mesmo onde estava sentado, viu e ouviu algo que o tocou profundamente, de modo que, em vez de sonho, poderíamos falar de visão e revelação.

Diante dele, em meio aos trevos da relva, havia um cordeiro ensanguentado que lhe falava. Sangrando de um lado, o cordeiro abriu sua boca de maneira tocante e disse, com voz trêmula, mas extremamente doce e cativante:

— Probe, Probe, ouve-me! Quero anunciar-te coisas grandiosas.

As lágrimas brotaram imediatas nos olhos de Probus ao ouvir a voz do cordeiro, e seu coração se encheu de amor em eflúvios.

— Tu, cordeiro de Deus — disse ele —, certamente que ouço! Com toda a minha alma te ouço, mas estás sangrando, o teu sangue tinge teu velo suave e escorre para a relva de trevos. Não poderia fazer algo por ti, lavar a tua ferida e cuidar dela com bálsamo? Anseio intimamente por prestar um tal serviço de amor.

— Deixa estar — disse o cordeiro —, é muito necessário que eu sangre. Ouve o que tenho a te anunciar! *Habetis papam*. Foi eleito um papa para vós.

— Caro cordeiro — respondeu Probus em sonho ou em enlevo —, como assim? Símaco e Eulálio estão ambos mortos, a Igreja está acéfala, a humanidade carece de um juiz e o trono do mundo está vazio. Como devo entender tuas belas palavras?

— Assim como as ouves — disse o cordeiro. — Vossas preces foram ouvidas e a eleição aconteceu. Mas tu foste eleito para ouvir em primeira mão e tomar as tuas medidas necessárias diante disso. Apenas crê! O eleito também precisa crer, por mais difícil que seja para ele. Pois toda eleição é difícil de entender, não sendo acessível à razão.

— Eu vos imploro — disse Probus, soluçando diante da doçura tocante da voz do cordeiro, e caiu de joelhos diante do banco. — Conta-me: qual é o nome dele?

— Gregorius — respondeu o cordeiro.

— Gregorius — repetiu o velho, atordoado. — Ouvindo isso, parece-me que ele não poderia ter outro nome, querido cordeiro. Queres, em tua bondade, me informar também onde ele está?

— Longe daqui — retrucou o cordeiro. — E tu foste escolhido para ir buscá-lo. Anda, Probe! Busca-o de terra em terra na cristandade e não te arrependas de nenhum esforço da viagem, por mais que ela passe por passagens altas e desertas da montanha ou por rios com corredeiras fortes. O eleito está sentado sozinho sobre uma pedra selvagem há dezessete anos completos. Busca-o e o traz, pois é dele o trono.

— Irei procurá-lo com todas as minhas forças — assegurou Probus. — Porém, cordeiro tocante, a cristandade é tão ampla e grande. Terei que desbravá-la toda até chegar à pedra ocupada pelo eleito? Em minha fraqueza humana, a incumbência me amedronta.

— Quem procura acha — disse o cordeiro com uma voz que tocava especialmente o coração, e de repente se misturou ao perfume azedo do louro, onde o romano estivera sentado, um perfume de rosa tão intenso e doce, que só ele se sentia. Pois cada gota de sangue que escorria da ferida do cordeiro e de seu pelo cacheado, no chão se transformava numa rosa em plena floração, que logo seriam muitas.

— Caminha com coragem por sobre os Alpes — continuou o cordeiro, de pé no meio das rosas. — Atravessa o país dos alamanos, sem no entanto seres tentado pelo famoso Sankt Gallen a lá permanecer, e volta-te, rumo ao poente e ao norte, para o mar do Norte. Se chegares a um país que faz fronteira com aquele e que esteve recoberto pela guerra durante cinco anos e da qual foi libertado por mão firme, então estarás no lugar certo. Volta-te para as colinas e montanhas, as florestas, as áreas selvagens e os desertos. Pousa num deles, na casa de um pescador perto de um lago. Lá encontrarás mais indicações. Ouviste. Crê e obedece!

E o cordeiro desapareceu com as rosas do seu sangue; mas Probus continuava com as mãos trançadas, ajoelhado diante do banco com as cabeças de Pã, as faces molhadas de lágrimas que a doce voz do cordeiro e os movimentos pungentes de sua boca ao falar tinham lhe arrancado. Com o nariz, ainda buscou um resto de perfume de rosa, e realmente pareceu-lhe que durante pouco tempo ainda havia um traço dele ali, sensível e logo totalmente sobrepujado pelo cheiro do louro.

"O que aconteceu comigo agora há pouco?", perguntou-se ele. "Foi uma visão — a primeira que jamais me fora atribuída, pois normalmente não é do meu feitio. Faltônia costuma dizer que sou um homem seco, e é verdade: ela é muito mais espirituosa que eu e estuda o Orígenes* com ousadia filosófica, apesar de suas teorias terem sido condenadas. Mas algo como isso agora há pouco nunca me aconteceu antes. O perfume de rosa desapareceu completamente agora, mas o meu coração ainda transborda de amor pelo cordeiro, e não posso duvidar que ele tenha me anunciado a verdade, e que realmente foi eleito um papa, que devo procurar. Terei que contar logo tudo a Faltônia, primeiro para que ela veja as vivências extraordinárias que minha alma é capaz de ter, e segundo para ouvir sua opinião sobre as conclusões práticas que devo tirar daquilo que ouvi."

Assim, levantou-se e foi em direção ao castelo tão rápido quanto um homem de cinquenta anos ainda consegue se movimentar, e lá

---

* Orígenes de Alexandria (185-253 d.C.), também conhecido como Orígenes, o Cristão, que pregava a apocatástase, a saber: a restauração final de todas as coisas, em unidade absoluta com Deus, assim como a redenção de todos os seres, inclusive os do inferno, todos retornando à sua condição original, sem culpa.

encontrou sua esposa num dos dez ou doze aposentos onde estava ocupada com a tarefa fortemente intelectual da exegese de Orígenes. Foi com espanto que a matrona percebeu a grande agitação dele e ouviu atentamente o seu relato atropelado, que ele enfeitou com muitos "Pensa aqui comigo!", "Imagina só!" e "Presta atenção!".

— Sextus — disse ela ao fim —, isso, de fato, é digno de nota. És um homem relativamente seco, e se de repente tens uma visão dessas, possivelmente ela terá um significado sério. O sangue de rosas é poético, e tu mesmo não tiras poesia de dentro de ti; ela deve ter sua origem fora de tua personalidade. Por outro lado, eu julgaria arriscado seguires sem mais nem menos as inspirações da tua solidão e, com a tua idade, te lançares na aventura de uma viagem para os cimérios, que eternamente tateiam na noite e na escuridão. Foste instado à fé, mas é arriscado crer sozinho, e atos que são feitos com base numa fé tão solitária e pessoal facilmente caem no ridículo. E também não poderias sair em busca do eleito e trazê-lo para cá sem a aprovação da opinião pública, caso o encontrasses. Mas será que os teus concidadãos dariam importância suficiente àquilo que chamariam de produto de uma soneca da tarde para te atribuir tal tarefa?

— Eu mesmo duvido, Faltônia. Mas confesso que esperava de ti mais que uma análise crítica da minha situação; esperava um conselho.

— Não tens razão, Probus, em esperar isso de mim. Trata-se de um assunto eclesiástico, um dos mais elevados, e sabes que na Igreja a mulher deve se calar. Não sei se a Igreja estaria mais bem servida se mulheres doutas tivessem participação ativa, mas quero deixar isso em aberto.

— Tua amargura me entristece, Faltônia. Mas deve ser porque o teu hábito de ficar presa no desmembramento teórico das coisas não permite que chegues a um conselho, e por isso te recolhes atrás do mandamento do silêncio para mulheres em questões eclesiásticas.

— Muito perspicaz. Parece-me, querido Sextus, que hoje vives o dia inteiro acima de tuas possibilidades. E, nisso, te esqueces de pensar no mais simples e no que está mais próximo de ti, ao que estou tentando estimular agora há um bom tempo, na medida em que associo a contenção que é adequada à mulher com um bom conselho. Conversa com teu amigo Liberius sobre tua experiência. Enquanto alto clérigo, cujo caráter e inteligência eu reconheço, não obstante ele rechaçar as doutrinas de Orígenes e não considerar uma filosofia cristã como cristianismo, ele é o homem que se colocaria na tua situação e te diria como ele próprio agiria nesse caso.

Essa sugestão de imediato pareceu boa e correta a Probus. O homem de quem Faltônia falava, Liberius, era cardeal-presbítero de Santa Anastácia sub Palatio, um prelado de grande prestígio, e que até pertencia ao grêmio ao qual a administração da Igreja respondia durante a vacância do assento, e que realmente tinha uma amizade antiga com Probus. A ideia de se abrir com ele parecia benevolente e bem-vinda ao visionário.

— Faltônia — disse ele —, falaste de modo exemplar. Desculpa por eu, interrompendo-te em teus estudos, primeiro ter me dirigido a ti! De modo algum me arrependo, pois se na verdade me negaste um conselho propriamente dito, por outro lado me apontaste o melhor caminho para consegui-lo. Irei agora me fazer levar até Liberius.

Após essas palavras, ele bateu com o martelinho contra um disco de bronze reverberante e ordenou aos criados que entraram que aprontassem a liteira rapidamente. Subiu nela num dos pátios com a sequência de pilastras decadentes, instando os carregadores a adotarem um passo ligeiro. Num trote macio nos joelhos, para abalar a liteira o mínimo possível, carregavam-no pela famosa Roma, cujas ruelas se esgueiravam entre ruínas sinistras de palacetes de outrora, meio cercadas por escombros, e onde estavam espalhadas por todo canto estátuas em mármore representando imperadores, deuses e grandes cidadãos, com alguma parte faltando, esperando serem jogadas no amassadouro, para que se produzisse argamassa a partir da queima delas. Diante da liteira coberta e seus quatro carregadores, ainda corriam dois criados, cuja tarefa era abrir caminho para a liteira do nobre com gritos e gestos em meio ao povo na rua. Eles haviam sido instruídos, porém, a não fazê-lo de modo impositivo, mas sim como que suplicando, invocando.

A casa de Liberius situava-se ao lado da igreja de Santa Anastácia, abaixo da colina do Palatino, construção nova de tijolos, decorada com antigos consoles e frisos e com janelas em arco cortadas por pequenas pilastras. Uma escadaria levava a seu vestíbulo em cima, cujos pilares de sustentação foram retirados de outro lugar, e aos pés da escada, na praça, aguardava a liteira do presbítero. Sim, quando Probus a deixou, viu o seu amigo em pessoa, ainda ocupado em colocar o manto, saindo da casa e descendo os degraus. Ao avistar Probus, Liberius ficou parado no meio do caminho, perplexo. Ele era um homem alto e bonito, grisalho, com o lábio superior arqueado dos romanos, olhos escuros pensativos e uma boca que adquiriu sua expressão curiosa, dolorosamente devota através da queda de um dos ângulos — apenas um deles. O esposo de Faltônia era muito menor que seu amigo espiritual e também um pouco corpulento, como me chama a atenção nesta ocasião, com olhos redondos cor de castanha e os arcos das sobrancelhas sobre eles, cuja cor negra se destacava diante do branco-neve de sua densa cabeleira.

— Tu aqui, Probus? — disse o prelado com espanto, estendendo a mão para o que ascendia a escada. — Saiba que eu estava justamente indo à tua casa, e por motivos muito importantes!

— Que curioso, meu Liberius — respondeu o anicense. — Mas tem a certeza de que os motivos que me trazem a ti pelo menos não ficam nada a dever aos teus em termos de urgência!

— Mal posso crer — retrucou o outro, ao que seus olhos se escureceram e um ângulo da boca desceu ainda com mais peso. — Mas vem, vamos entrar, vamos nos sentar em minha *zetas estivalis*,* cujo frescor e silêncio serão úteis para a nossa troca.

Este recinto arejado e agradável ficava no andar de cima da casa, próximo do refeitório, e os amigos o adentraram, não sem que o senhor da casa tivesse insistido antes com os criados que não interrompessem a conversa entre eles sob hipótese alguma.

— Por mais impaciente que eu esteja para me abrir contigo, meu Probus — disse ele, quando se acomodaram lado a lado sobre um baú de pedra coberto por almofadas que, sob melhor observação, considero ser um caixão nobre de outros tempos —, quero te convidar, fazendo as honras da casa, a começar e a me dizer o que te aflige o coração.

— Agradeço-te, meu amigo — retrucou Probus —, mas a correção me ordena que te chame a atenção para que quando eu tiver feito a minha comunicação a ti, não se falará de mais nada além disso. Portanto, peço-te para falar primeiro.

— Não posso fazê-lo assim simplesmente — replicou Liberius —, pois, ao contrário, estou convencido de que, quando tiver falado, nem chegaremos a discutir o teu assunto.

— Não, fala tu primeiro — insistiu o notável —, para que logo possamos abordar e resolver a tua questão!

— Enganas-te quanto à dimensão — disse Liberius — quando falas de brevidade e de resolução. Pois bem, recuo diante de tua insistência. Ouve, meu caro e velho amigo, fui dignificado com uma aparição.

— Uma aparição?! — exclamou Probus com um grito abafado, enquanto colocava sua mão sobre a do amigo. — Ouve, Liberius, retiro a minha solicitação e agora quero, sim, de minha parte...

---

* Espécie de sala fresca de verão.

— Tarde demais — respondeu o presbítero. — Minha ânsia de te falar em confiança agora não pode mais ser refreada. É poderoso demais o que brota do meu coração cheio, e com que também tenho anseio irresistível de encher o teu. Então, mais uma vez: assim como me vês aqui, há menos de duas horas me foi feita uma revelação.

— Uma aparição e uma revelação! — repetiu Probus, apertando a mão do amigo. — Imploro-te, como foi que aconteceu?

— Da seguinte maneira — disse Liberius. — Conheces muito bem a sacada localizada diante do meu refeitório, com sua balaustrada coberta de hera, de onde se avista a colina da fundação e os nossos mais antigos santuários. Foi para lá que pedi que empurrassem uma poltrona após a refeição, onde descansei, entregue a pensamentos preocupados sobre o destino da Igreja, que em nossa impotência e confusão tínhamos entregue a Deus. Dirás que eu dormi, uma vez que tive uma visão em sonho. Mas prefiro falar numa visão em vigília, mesmo confessando que o estado em que se têm visões não é o estado de vigília. Diante de mim na balaustrada se encontrava um cordeiro dos mais comoventes, que para o meu indizível atordoamento sangrava na lateral, abriu a boca e me disse com voz que despertava o amor, proferindo as seguintes palavras:

— *Habetis papam!* — exclamou Probus.

— Eu admiro — respondeu Liberius — a tua adivinhação. Sim, foi isso que disse. "Um papa", disse o cordeiro, "foi eleito para vós. De nome Gregorius, ele está sentado longe daqui numa pedra selvagem há dezessete anos, e o trono pertence a ele. Mas tu foste escolhido para ouvir isto em primeira mão."

— Ele também disse isso a ti? — perguntou o anicense, não sem uma leve tristeza. — Confesso que eu era da opinião de que ele tivesse dito isso apenas a mim.

— Sextus, falas como se...!

— Sim, meu Liberius, também para mim apareceu o cordeiro tocante e me fez a sua revelação, aparentemente na mesma hora que o fez para ti. E, como se não bastasse, ele também me revelou que eu havia sido selecionado para procurar o eleito, sob os maiores esforços, e conduzi-lo a Roma.

— Mas é justamente isso que quero relatar a ti — exclamou Liberius —, que ele deu essa tarefa sagrada a mim, ou seja, *também* a mim!

— Então também a ti — disse Probus. — A nós dois, então, a cada um de nós e ao mesmo tempo. Amigo, que milagre! O cordeiro estava em tua sacada, e estava em meu jardim, e falou com cada um de nós, como se falasse apenas com um. Ele disse: "Caminha por sobre os Alpes com coragem...".

— "Volta-te, rumo ao poente e ao norte, para o mar do Norte" — interrompeu Liberius. E então repetiram, interrompendo-se mutuamente, tudo o que o cordeiro havia dito a eles e o que ensinou sobre a localização aproximada do eleito. "Ah, o cordeiro!", voltavam a exclamar repetidas vezes, cada um isoladamente e a duas vozes. Pois não conseguiam esquecer a lembrança conjunta da imagem do cordeiro que tocava o coração, os seus olhos infinitamente suaves e de longos cílios, os movimentos tocantes de sua boca ao falar, a doçura trêmula de sua voz, o sangue atingido pelos cachos de seu pelo. Levantaram-se do sarcófago, caíram nos braços um do outro e beijaram-se nas faces sob lágrimas, apesar de terem alturas diferentes. A cabeça de Probus estava no peito de Liberius, cuja dalmática umedeceu com suas lágrimas, e Liberius, com a cabeça inclinada para o lado, olhou por sobre a cabeça dele com os cantos da boca caindo devotamente para baixo.

— Ah, e as rosas — lembrou Probus no peito do outro —, nas quais o seu querido sangue se transformou quando eu quis esmorecer diante de minha missão!

— Rosas? — perguntou Liberius, soltando um pouco o abraço. — Não sei delas.

— Rosas aos montes comigo! — assegurou o presbítero. — O seu perfume afastou completamente o do arbusto de louros.

— Eu posso — retrucou Liberius, encerrando o abraço — apenas repetir que não me apareceram rosas. Mas, meu amigo, não desonremos um acontecimento tão maravilhoso olhando com inveja um para o outro! Eu julgo possível que o cordeiro, considerando a minha característica de filho e príncipe da Igreja, não tenha achado necessário apoiar a minha fé com um milagre de rosas.

— Certamente, meu caro, deve ser isso — concordou o anicense. — Não obstante, tu não podes levar a mal que eu admire a poesia dessa aparição reservada para mim e te convide para fazê-lo comigo. Mas o que queremos admirar principalmente é a sabedoria do cordeiro de ter anunciado não apenas a um de nós, a ti ou a mim, mas a nós dois, a eleição ocorrida, e ter ordenado a viagem a ambos. Com que confiança comparativamente maior não partiremos juntos em viagem, do que se apenas um tivesse recebido a instrução! Difícil é crer sem companhia, e é inegável que ações que acontecem originadas por uma fé totalmente privada e solitária facilmente têm algo de tolo. E os nossos concidadãos? Lembra-te, meu amigo, de que para agirmos precisamos da fé deles! É verdade que somos homens cuja palavra, para os romanos, é como um juramento. E, mesmo assim, será que poderia o indivíduo ficar espantado se a revelação fosse interpretada como o produto pouco conclusivo de uma soneca da tarde? E é justamente nisso que consiste a sabedoria do cordeiro, por ter duplicado a aparição, cuidando da boca de duas testemunhas, cuja afirmação coincidente, coincidindo à exceção apenas das rosas, necessariamente dirime todas as dúvidas. Como falei?

— Excepcionalmente bem, meu amigo — respondeu Liberius. — Cada uma de tuas palavras comprova que deves os teus cargos e tuas honrarias apenas parcialmente a teu nome antigo. Sim, iremos de mãos dadas ter com a assembleia a ser convocada rapidamente e, com os corações cheios da lembrança do cordeiro, dar testemunho do milagre que nos aconteceu, como se fosse dito por uma única boca!

A SEGUNDA VISITA

Havia dezessete anos que o pescador e sua esposa não tinham tido mais visitas em seu isolamento no lago e, antes disso, provavelmente também não tiveram visitas pelo mesmo período. Ainda que não falassem no assunto, havia se impregnado, por isso mesmo, de forma bem vívida em suas lembranças, aquele que haviam recebido outrora, ele com irritação e xingamentos, ela com suposições devotas. Quero acrescentar que o homem não queria lá saber muito daquela lembrança e fazia de tudo para bani-la de seu espírito. Porque depois, apesar de ter agido totalmente de acordo com o desejo e o anseio daquele desconhecido, ele sempre se sentiu como se tivesse cometido um ato ilícito, resumindo, um assassinato; e coisas assim é melhor banir do pensamento. E ele até que não se saía tão mal nisso, se considerarmos as regiões superiores de sua memória, pois pelo menos ele via pessoas, quando levava ao mercado, que ficava a duas horas de distância na aldeia seguinte, os seus rutilos, tencas e peixes-amargos, e assim se distraía. Mas a mulher não via ninguém, ela vivia e murchava sozinha na aridez, ao lado de seu marido rude, e como não tinha um motivo, como ele, para banir o ocorrido de outrora de sua memória, ela o cultivava em silêncio na alma por todos esses anos, e se lembrava do mendigo belo e humilde a quem tinha ido buscar na chuva para que voltasse, e para quem havia espalhado junco que lhe servira de leito; lembrava-se dele com frequência, diariamente, e, nisso, lágrimas lhe brotavam dos olhos.

O fato de seus olhos ficarem molhados com as lembranças não quer dizer muita coisa, porque ela chorava com facilidade; quero dizer: ela não chorava propriamente, mas, sem que seu semblante se alterasse e sem motivação aparente ou apenas de seu conhecimento, os olhos transbordavam em silêncio e algumas lágrimas rolavam pelas faces gastas, razão pela qual seu marido, o pescador, sempre a chamava de Maria Chorona. É que ele, por ter contato com pessoas e lidar e comerciar com elas, manteve-se duro, firme e ordinário, enquanto a mulher, sem ter esse refrigério, tinha a alma suave por causa da solidão e era sensível como não-me-toques.

Eis que para eles chegou um dia — em vários sentidos, foi um dia de milagres, este e o próximo! Aquele dia havia começado de forma muito favorável, pois já bem cedinho o pescador tinha pescado no lago um peixe excepcional com a vara, um lúcio, o que só se via raramente. Era um belo exemplar de lúcio, já quase um tubarão, com quase dois metros de comprimento, belas manchas pretas, a boca gulosa salpicada de dentes de rapina. Para os animais menores no lago, certamente foi uma bênção de Deus terem sido libertados daquele tirano. O pescador teve que travar uma verdadeira luta com o corpo selvagem de sua presa, antes de destroçar sua cabeça na borda do barco. Fora uma pescaria tão feliz como raras vezes o seu ofício lhe proporcionava. Na manhã seguinte, o pescador queria levar à feira o saboroso assado e negociá-lo de forma favorável.

Era essa a sua intenção; e, de fato, o assado lhe traria um bom dinheiro, não só na manhã seguinte, mas nesse dia mesmo, e não no vilarejo distante, mas na casa dele. Pois naquele mesmo dia o pescador e sua esposa receberiam visita novamente.

No fim de tarde, estavam ambos diante da cabana, como outrora e muitas vezes, olhando para as terras: o pescador, que agora tinha a barba totalmente grisalha, lembrando-se, com orgulho sombrio, de seu peixe-espetáculo, como alguém que segura mais com amargor do que com alegria a rara felicidade pelos cabelos, e a mulher, com a cabeça pendendo de lado e chorando um pouco, com a face silenciosa. Não diziam palavra alguma. Como outrora e muitas vezes, veio o outono; era a época de setembro e havia uma luz pálida naquele fim de tarde sobre as colinas, de onde se descia para o lago deles. Isso se devia à chuvarada que escurecia uma parte do céu ao pôr do sol e que estava prestes a desabar.

Foi então que avistaram cavaleiros ao longe numa trilha tortuosa na floresta, um atrás do outro, dirigindo-se ao vale.

Durante muito tempo, não comentaram nada. Então, o homem, com a voz rouca, disse a palavra:

— Cavaleiros.

— Deus Todo-Poderoso — disse a mulher, juntando as mãos, e duas lágrimas claras lhe rolaram pelas faces.

Em seguida, emudeceram de novo quase totalmente, apenas observando, imóveis e fixamente, a aproximação dos estrangeiros.

— Três cavaleiros e um animal sem montaria — disse após algum tempo o homem com voz rouca.

— E um animal sem montaria! — repetiu a mulher e apertou mais as mãos. Ela as levou mais para o alto, para a frente de seu rosto, e acrescentou: — Sem montaria e branco.

Foi assim: dois cavalgavam na frente, lado a lado, quando havia espaço para isso, deixando o terceiro atrás de si. Era um criado, sua mula estava carregada, havia sacos intumescidos dos dois lados. Mas ele conduzia um quarto animal pela rédea, sem bagagem, que era branco, como a sela e o cabresto. Os senhores diante dele também montavam animais bons, de pernas altas, bem aparelhados e selados. Eram senhores mais velhos, de diferentes estaturas, um mais curto, o outro comprido. Estavam envoltos em capas de viagem com capuz. Pararam bem perto do casal assustado, que apenas olhava admirado para eles, de boca aberta, esquecendo-se de se curvar. O mais curto dos senhores lhes deu a saudação da noite e perguntou, voltando-se para o homem:

— Amigo, aqui é um ermo?

— A vosso serviço, sim, um ermo — animou-se ele.

— Um ermo total? — perguntou o comprido e olhou com olhar profundo nos olhos do pescador, enquanto um canto da boca lhe pendia pesado e em devoção a Deus.

— Não se pode negar, senhor. Esta cabana está no maior isolamento possível aqui junto ao lago.

— Qual é o vosso ofício? — perguntou o mais curto.

— Sou pescador — foi a resposta.

Então, os dois se olharam e assentiram com a cabeça. Nisso, um deles ergueu as sobrancelhas pretas e densas, enquanto o canto do lábio do outro pendeu para baixo com devoção ainda maior.

— Ouve, barba-cinza — disse novamente o mais curto —, não escondas de nós: será que existe aqui, no âmbito desse ermo, uma pedra selvagem, um lugar na rocha distante do mundo, ou como quer que queiras chamar o local da permanência?

— Não, senhor, não conheço nenhuma assim — respondeu o inquirido, e sacudiu a cabeça de uma vez por todas para a sua informação.

— Nenhuma nesse entorno? És um pescador, então pescas no lago de grandes dimensões que vemos ali?

— Sim, senhor, é lá que encontro meu alimento.

— E será que o lago possui escarpas, falésias, se preferes, que aparecem em cima da água, ou seja, ilhas desertas, das quais uma ou outra possa ser chamada de pedra selvagem?

— Não, senhor, por minh'alma, eu conheço o lago, mas não sei de nenhuma pedra em suas águas.

— Por que a tua mulher chora? — perguntou de repente o comprido, e apontou com o dedo, no qual havia um anel com selo, para a mulher do pescador.

— Ela geralmente chora — respondeu com rudez o pescador. — Ela tem espírito choroso.

— Bem-aventurados são os de alma suave — disse o do anel. Depois, assim como o curto, desceu do cavalo; mas postou-se diante do pescador, colocou a mão no ombro dele e disse: — *Amice*, saiba que pretendemos vos incomodar, a ti e tua esposa chorosa, por esta noite. Estamos vindo de longe no dia de hoje, para não falar de todo o trajeto longo que o antecedeu; pois estamos viajando há muito tempo. Estamos cansados da viagem e da cavalgada. Agora está caindo a noite e há ameaça de chuva, já está até chovendo um pouco. Queres nos dar abrigo em tua cabana isolada até amanhã de manhã? Não terás prejuízo com isso. — E enquanto dizia isso, o senhor atarracado deu uma piscadela de confiança com um dos olhos, como quem se dirige ao senso comum, voltado à ganância, à ânsia de tirar vantagem.

O pescador hesitava. A pergunta dos estranhos pela pedra lhe causou desconforto na alma e o deixou desconfiado em relação à chegada deles. Mas a piscadela de confiança daquele senhor fez com que sorrisse para dentro da barba de modo sinistro-envergonhado. Ele agora era outro homem, mais flexível que antes, quando o vagabundo nu havia chegado à frente de sua porta como pedinte. Ao que parecia, uma boa pesca viera se juntar a outra hoje, e uma coisa provavelmente podia ser relacionada à outra de maneira vantajosa. Com verdadeira fúria, ele agarrou a sorte pelos cabelos.

— Humildemente — disse ele —, pedimos a vossas mercês para adentrar de toda forma, por menos que esta cabana isolada esteja arrumada e preparada para visitas, o que dizer então deste tipo de visita. Somos pessoas pobres. Se pelo menos ainda tivéssemos o alpendre, a casinha da bagunça, que existia aqui ao lado, poderíamos colocar ali vossas montarias, os cinzentos e o jumento branco aí. Mas o barracão já desmoronou há anos. Agora o vosso criado, quando o vejo agindo, precisa tirar o melhor da necessidade, amarrar os cavalos e cobri-los contra a chuva, que, se bem entendo de tempo, não deve ser tão terrível. Mas não se pode exigir isso de vós, nem que continueis cavalgando durante a noite, pois também há lobos. Eu nunca barrei ninguém na soleira da minha porta, fosse ele senhor ou mendigo, em condições semelhantes. Se não fosse a nossa grande pobreza e a simplicidade desse recinto, que olhais plenos de preocupação! Antes são nossos a preocupação e o temor, pois como iremos acomodar-vos em leitos e como, antes disso, servir-vos alimento? Quanto à alimentação, eu teria uma sugestão, pois hoje pesquei um peixe — eu teria recebido muito dinheiro por ele no comércio —, um verdadeiro peixe senhorial seria ele para vós, um jantar saboroso, se minha esposa o cozinhar ou fritar para vós. Mas quanto aos leitos, isso já me vai sair mais caro — mesmo que o peixe não seja barato —, o que me atemoriza e assusta.

— Homem — disse então o estranho mais curto, que agora tinha baixado o capuz, revelando o cabelo denso e branco-neve, que combinava muito bem com suas sobrancelhas preto-piche —, homem, não te preocupes conosco e como nos arrumes leitos, pois isso é indiferente. Apenas a ti parece que não é indiferente, lembra-te disso! Somos senhores, isso é certo, mas o somos sob circunstâncias constituídas de tal forma que nada consegue nos contradizer, e nenhuma afronta, por mais que seja contrária aos nosso costumes, consegue nos ofender, pois nenhuma delas, seja ela de qual tipo for, é digna de nota, se comparada ao verdadeiro e grande motivo pelo qual fomos enviados e pelo qual, mesmo com a nossa idade, empreendemos esta viagem. Se tu conhecesses as dificuldades que tivemos desde que iniciamos a viagem há algumas luas e que suportamos sem reclamar, tu não te preocuparias com nossa acomodação noturna. Um pouco de palha aqui no chão com um lençol por cima já nos parece muito bom, se a tua esposa nos preparar algo assim. Mas se necessário for, também passamos a noite sentados nas banquetas aqui, perto da mesa de pinho, pois isso para nós é irrelevante diante daquele motivo único.

Assim disse o cabeça-branca. Mas como nesse meio-tempo o seu acompanhante também tinha tirado a capa de viagem e debaixo dela surgiu uma roupa eclesiástica, bem como um quepezinho roxo que encobria a careca em meio a seu cabelo grisalho, o casal de pescadores logo se ajoelhou diante dele, pedindo a sua bênção.

— Abençoai-nos, santo pai! — pediu a mulher, com os olhos marejados. Mas o comprido se assustou com essa forma de tratamento e rejeitou a alcunha com gestos largos.

— Poupa esse nome, mulher — exclamou ele —, e não me chames por ele, que só é devido a um, que não pode estar longe daqui! — *In nomine suo benedico vos*.* — E com dois dedos, descreveu o sinal da cruz sobre o casal de pescadores. Quando, então, benditos, se ergueram, logo o homem voltou a falar da alimentação e mencionou de novo a sua presa, o peixe delicioso, que sugeriu vender aos senhores e servir como jantar. Mas o senhor laico retrucou:

— Amigo, tira todas essas coisas da cabeça e não te preocupes conosco! Levamos conosco o que precisamos. Temos vinho e pão, e devemos ter também uma asa de frango fria ou algo parecido, que o nosso criado nos trará depois de ter cuidado da alimentação dos animais, que também trouxemos.

— Está bem, está bem — disse o pescador. — Mas quero ver se os senhores não terão vontade de comer o lúcio como prato principal quando eu mostrá-lo.

E ele trouxe o peixe numa tina de madeira, para grande espanto dos estranhos, que elogiaram muito o tamanho e a beleza.

— No mercado — disse o hospedeiro — eu teria ganhado uns bons cinco florins por ele.

— Terás o dobro — prometeu o cabeça-branca —, e ainda participarás com a tua esposa da refeição, se ela souber prepará-lo de forma saborosa, frito, lardeado e com um bom molho de alcaparras. Consegues fazê-lo, mulher?

— Ai, nobre senhor — disse ela —, mal ouvi falar de alcaparras, mas encontrarei um pouco de toucinho para entremeá-lo e também farei um caldo temperado, para o qual certamente não negareis elogios.

Ela prometeu mais do que poderia ousar fazer; mas temia o marido, que estava ansioso por vender o peixe acima do preço, e que lhe daria uma surra se ela se mostrasse incapaz.

— Dez florins — exclamou o ganancioso —, e está feito o negócio! Mas vossas santidades viajantes terão uma refeição senhorial para o jantar, como dificilmente verão de novo no caminho. Deixai que eu vá imediatamente lavar a pele e tirar as tripas do peixe, para que a cozinheira opere com ele.

A mulher do pescador ficou de pé junto dos senhores, com as mãos cruzadas sobre o peito, enquanto lá atrás o seu marido trabalhava no fogão. Pão e vinho foram colocados diante dos dois pelo criado, e eles

---

* "Abençoo-vos em nome d'Ele."

se serviram, oferecendo também à mulher um pouco do vinho tinto numa caneca de viagem. Ela bebeu pedindo licença, e deve ter sido o fogo do vinho que animou sua curiosidade, pois ela disse:

— O motivo que fez os dignos senhores seguirem este caminho deve ser realmente grande e importante e que vos torna indiferentes às necessidades desconhecidas. Entendi bem que viestes de longe e percorrestes longos trechos do mundo.

— Foi isso que fizemos — aquiesceu o dos cabelos brancos e das sobrancelhas pretas. — Viemos de longe, da distância do país da Itália, onde fica a nova Jerusalém. Mas não foi por orgulho que fizemos esta viagem e atravessamos toda a cristandade, mesmo porque não seria apropriado à nossa idade, mas foi por uma instrução superior.

— Ouço isto com devoção — respondeu a mulher. — E é com devoção, não por indiscrição, que vos pergunto o que buscais na cristandade.

— Saberás — disse o mais curto — juntamente com o mundo inteiro, saberás quando em nós tiver se realizado a frase: "Buscai e encontrareis". Não deve faltar muito para que se realize, e não devemos estar longe de nosso destino, segundo a instrução. Atravessamos as cidades e os domínios da Itália, a cavalo, em carroças e de liteira, e foi assim que nos aproximamos dos terríveis Alpes, em cujos precipícios ferve a água que desaba de assustadoras rochas, e onde subimos em escalada através de nevoeiros úmidos em trilhas há muito desbravadas até as alturas e escarpas da rocha, diante de cuja aridez a alma endurece. Não nasce ali qualquer árvore ou arbusto, há apenas pedregulhos amontoados se espalhando numa luz vítrea, observados de longe por picos ameaçadores cobertos de neve, e a pureza do céu que se estende sobre tudo também se assemelha à desolação. Respirávamos pouco, o coração batia no pescoço, e, graças a uma espécie de torpor que tomou conta de nós e que não combinava bem com o horror do nosso entorno, meu companheiro de viagem, aquele senhor eclesiástico ali, começou a descarregar gracejos, algo totalmente avesso à sua natureza e fisionomia, e pelo que eu o repreendi, devido à proximidade de Deus.

— Não podes dizer — defendeu-se o comprido — que minhas falas foram levianas!

— Só puderam ser chamadas assim devido à sua riqueza borbulhante — retrucou o outro —, e mencionei o fato apenas para dar a essa senhora uma ideia da monstruosidade das esferas para onde a viagem nos levou. Mas no trajeto também voltamos a descer e, como esperado, chegamos ao país dos alamanos, onde se ama o trabalho, onde pessoas fortes transformam a floresta em pastos e plantações, onde a roca e o fuso alimentam cidades dignas e onde a ciência floresce em mosteiros pacíficos. Nunca ficamos em lugar algum além do descanso necessário. Mesmo a famosa Sankt Gallen não conseguiu nos atrair para permanecermos. Nossa missão não tolerava atrasos. Fomos impelidos a seguir a oeste e para o norte, atravessando vários bispados, cidades palatinas e reinos, até chegarmos a este país, que faz fronteira com o mar do Norte, e do qual se diz que foi assolado por uma guerra devastadora durante cinco anos, da qual foi libertado por mão segura. Sabes da mão segura?

— Não — respondeu a mulher. — Não sabemos de nada disso. Nossa cabana é isolada demais para que guerra e gritaria de guerra cheguem até nós.

— Mas há algo de verdade nisso — disse o cabeça-branca —, e isso corresponde à nossa instrução. Segundo ela, deixamos para trás o mar raivoso e buscamos as colinas, as paragens selvagens e as regiões áridas. E eis que a região selvagem nos encaminhou dos pastos para a floresta, e de lá continuamos errando e seguindo o que o coração nos dizia, até o terceiro dia. Seguimos por uma trilha que casco algum jamais havia pisado, e o caminho tortuoso e gramíneo nos trouxe a esta península no lago e para a frente de vossa cabana. E eis que aqui estamos sentados. E agora, bebe de novo, mulher, da minha caneca! Toma um bom gole em homenagem aos hóspedes! Um gole bom e longo... Isso. E agora diz, fielmente: realmente não sabes de nenhuma pedra selvagem ou rocha em algum lugar aqui perto nas proximidades de vosso ermo?

A mulher, porém, temia o marido e respondeu:

— Mas os senhores perguntaram ao pescador, e ele vos informou. Achais que ele arriscaria esconder de vós, se soubesse de um tal lugar?

— Mas por que tremes e choras? — perguntou o comprido com voz grave. Pois a mulher do pescador não conseguia dominar as lágrimas, e as mãos cruzadas tremiam sobre o peito.

— Meu pai — disse ela —, é porque tenho tanta vontade de fazer uma pergunta aos senhores, já desde que chegastes à cabana, mesmo desde que vos vi chegando ao longe, eu, pobre mulher, tenho uma vontade inexpressável de perguntar.

— Pergunta! — disse o homem eclesiástico.

— Para quem, ah, para quem será — perguntou a mulher — que está reservada a mula branca, a que está sem montaria e que levais convosco?

— Ela está reservada — respondeu aquele numa voz ainda mais grave — para aquele que viemos buscar, enviados que fomos pela nova Jerusalém, seguindo uma instrução superior. Ela está reservada para o eleito, em busca do qual atravessamos a cristandade e cujo local não deve estar longe, de acordo com os sinais.

— Ai, meu Deus — disse a mulher —, então vos direi...

Mas no momento em que fez menção de falar, ouviu-se um grito rouco de onde o pescador trabalhava com o peixe, um grito de susto e de grande espanto, que fez com que os senhores se levantassem e procurassem pelo autor dos gritos; mas a mulher se virou num gesto repentino e apontou com o braço para o lugar de onde viera o grito, e como se ela soubesse o que lá se revelava, gritou como que em triunfo:

— Aí, aí! Aí tendes, aí tendes!

E assim ficou parada, com a mão bem esticada. Os senhores foram até o fogão, onde o pescador se fazia ouvir, aterrorizado:

— É ela! Estou vendo-a de novo e segurando-a, ela foi resgatada do fundo, Deus me ajude!

O peixe estava sobre uma tábua gosmenta, raspado e aberto, mas o homem segurava nas mãos sujas uma coisa, uma chave, para a qual olhava estarrecido:

— Ai de mim! É ela e nenhuma outra! Resgatada do fundo das ondas! No estômago do peixe! Logo vi que o estômago estava estranho e o cortei, era ela, estou segurando-a, que Deus ajude a este pecador!

E cambaleou até a mesa, sobre a qual colocou os cotovelos, enterrando as mãos sujas no cabelo, junto com o seu achado. Os senhores se aproximaram dele, enquanto a mulher, como que em êxtase, ainda ficou de pé com a mão estendida apontada para o lugar de onde o marido já havia saído, cambaleante.

— Amigo — disse com voz grave e suave Liberius, pois era ele, eram ele e Sextus Anicius Probus os estranhos, pois enfim posso citar pelo nome esses velhos conhecidos. — Amigo — disse o presbítero —, fala conosco e alivia o teu coração, onde o achado do estômago parece ter despertado o reconhecimento de um erro antigo! Vê em mim o teu confessor! O que aconteceu com a coisa, a chave em tuas mãos?

Então o homem pálido se aprumou e fez a confissão, enquanto a mulher se ajoelhava a seu lado com as mãos trançadas em oração. Ele falou do homem sem rumo na cabana de mendigo, que havia muitos anos viera até a cabana, a quem oferecera escárnio e ódio em quantidade, e a quem também não teria oferecido abrigo, não fosse o apelo da mulher. Ele o cobrira de palavras duras, já que julgara ser um enganador, e tudo isso o homem aceitara humildemente, com docilidade penitente, perguntando também por um lugar selvagem onde poderia exercer penitência extrema, de acordo com seus pecados. Ele o levara até a pedra inóspita lá fora no lago e o deixara lá, conforme o seu desejo, mas com maldade, para estragar a sua enganação, motivo pelo qual ainda por cima colocara nele uma algema de ferro nos pés e jogara a chave no lago, maldizendo o homem: se a qualquer tempo voltasse a ver a chave e a resgatasse do fundo das ondas, então acreditaria que o homem era realmente um penitente sagrado, e o perdoaria.

— Maldito, maldito — gemia ele. — Deus me castigou e me bateu com um milagre, depois de tanto tempo. Aí, vede a chave, engolida por um peixe, encontrada no estômago do peixe, o sinal de Deus, exaltando aquele e me condenando, a mim, porque tratei o santo com escárnio e o amaldiçoei, desejando-lhe a grelha do inferno, pois é tarde demais para um pedido de perdão! — E de novo o pescador fincou os cotovelos na mesa e enfiou as mãos no cabelo.

Qual não foi a comoção dos amigos!

— *Anima mea laudabit te** — disse Liberius para o alto —, *et indicia tua me adjuvaunt!*** Pescador — voltou-se ele para o desconcertado —, anima-te, pois a chave te foi enviada como um sinal de que abrigaste aquele a quem deverá ser atribuído o poder da chave e o poder de unir e de libertar. Ele te libertará e te perdoará por não o teres reconhecido e por outrora teres agido segundo a vontade dele mas com ódio. Não é tarde demais para pedir perdão. Amanhã, antes do dia clarear, deves nos levar até a pedra, *ad petram*, para que tiremos de lá do alto aquele que viemos buscar, e a tua segunda viagem será a libertação da primeira.

— Ah, valorosos e pobres senhores! — suspirou o pescador. — De que adiantará a viagem? Eu a farei, sem dúvida, e talvez eu tenha que fazê-la eternamente, na maldição, sempre indo e vindo. Mas como podeis esperar encontrar o santo ali, onde o deixei traiçoeiramente há vinte anos?

— Dezessete — corrigiu Probus —, são dezessete anos, amigo pescador.

— Dezessete ou vinte! — lamentou aquele. — Que diferença faz? Não espereis que ele tenha sobrevivido um único ano, nem mesmo um

---

* "Minha alma te louvará."
** "E teus juízos me ajudarão!"

doze avos desse um! Deixei-o na pedra bruta passando várias necessidades; uma delas seria suficiente para matar qualquer esperança. Se não foram as intempéries e o vento que o mataram rápido, então foi a fome, e esta ainda mais cedo que o frio. No máximo encontrareis alguns restos de seus ossos no topo da rocha, e podeis levá-los como relíquia para a nova Jerusalém. Não posso pedir perdão a eles, nem receber a libertação por parte deles, mas terei que ir e voltar eternamente entre a pedra e o ancoradouro, como pagamento de meu pecado.

Nisso, os senhores se entreolharam com um sorriso, sacudiram também a cabeça e riram um pouco com os ombros.

— Homem, falas no teu entendimento — disse então o clérigo, e seu amigo laico acrescentou:

— Homem medroso, olha para tua mulher!

Ela estava de joelhos, com as mãos entrelaçadas em oração debaixo do queixo, e o coração estava tão pleno de fé e felicidade, que em volta de sua cabeça a luz ficou visivelmente mais clara que de costume no lusco-fusco do recinto.

A LOCALIZAÇÃO

O peixe não foi preparado, nem consumido; entendo que todos acharam inconveniente lardear e comer o portador da chave, e que os senhores se satisfizeram com pão e vinho. Na pobre alma do pescador nem haveria espaço para remorso pela perda do preço negociado, uma vez que ele estava cheio de medo por ter que remar eternamente entre o ancoradouro e a pedra por não ter reconhecido o santo. Mas ele recebeu o dinheiro, pois os hóspedes, magnânimos, acreditavam que de toda forma teriam que pagar pelo que encomendaram, e o homem se acalmou em relação a esse ponto secundário, apesar de outras preocupações o assolarem.
    A auréola em volta da cabeça de sua esposa ele via como assunto pessoal dela, como produto de sua exaltação, que não havia prova contra a sua convicção de que na pedra do mendigo nada se encontraria, ou apenas restos, o que o apavorava. Terrivelmente envergonhado e punido por encontrar a chave, ele temia voltar ao lugar de seu ato maldoso, e também temia a decepção que esperava pelos senhores depois de tanto esforço; pois içar os idosos finos para cima da rocha não seria fácil, e depois de viagens tão longínquas, eles estariam num destino que não teria mais a possibilidade de lhes oferecer qualquer coisa.
    Do meu jeito, compartilho a preocupação do homem rude. Pois eu sei, e vós, a quem tudo contei, sabeis comigo, quantas provações enfrentaram os dois que receberam a revelação e a incumbência! Dotado de antevisão, por ser o senhor da história, é bem verdade que eu poderia me consolar com o fato de a provação ser apenas uma brincadeira e tudo ter acabado bem. Mesmo assim, aguardo com desânimo o grande constrangimento e confusão, que num primeiro momento estavam preparados para a confiança no local de destino.

A devota mulher tinha colocado o colchão largo da cama de casal para os mensageiros no chão da cozinha, e foi ali que eles, por algumas horas alternadas, dormiram um sono inquieto, às vezes em dupla, ou então apenas um sobre o colchão, enquanto o outro cochilava numa cadeira. Mas assim que raiou o dia, eles estavam dispostos, pediram água ao pescador para se refrescarem, tomaram algumas colheradas de uma sopa de farinha que a mulher lhes trouxe, e não quiseram retardar a viagem. Montados em seus jumentos, percorreram o breve trecho até o ancoradouro, conduzidos pelo homem pescador que, de aspecto tristonho, carregava a escada, além de uma picareta e algumas cordas. No entanto, o servo romano teve que puxar pelo cabresto o jumento branco para que os acompanhasse e esperasse por eles no ancoradouro, ao que o pescador sacudiu a cabeça, incrédulo. Ele também carregava alimento, pão e vinho, e sobre o dorso do jumento havia vestimentas dignas para aquele que delas fosse precisar. Estas, assim como a bebida e o alimento, foram colocadas no barco junto com as ferramentas. Liberius, porém, levava a chave com o canto da boca devotamente pendendo para baixo.

Foi assim que o pescador os levou remando, às vezes suspirando profundamente, por sobre as águas calmas. Por uma hora? Ou duas? Mal perceberam. Espiavam em busca da rocha que o cordeiro lhes havia anunciado, e que por fim apareceu na amplidão vazia, cinza-avermelhada e descalvada, um recife em forma de cone, bastante alto.

— "*Kepha*", como murmurou com devoção o senhor eclesiástico; "*Petra*",* como acrescentou com mãos postas. Mas, quando se aproximavam, Probus disse:

— Ainda não vejo nada nem ninguém ali em cima da pedra.

Ele acentuava o "ainda", e mesmo assim seu amigo o repreendeu com um rígido "Presta atenção!".

— Estou atento — respondeu o anicense. — Mas ainda não se me desenha nenhuma cabana ou qualquer abrigo, nem a forma de um ser humano ali em cima.

— Mas com o que e do que — disse o pescador desolado para dentro de sua barba — ele teria feito um abrigo ali?!

Liberius fez ouvidos moucos.

— Intensifica as tuas remadas! — ordenou ele. — Encosta na rocha, para que a escalemos sem demora!

---

* "*Kepha*" (do aramaico) e "*Petra*" (do grego) são espécies de trocadilho que ele faz aqui em referência ao nome de Pedro, primeiro papa, e à pedra fundamental da Igreja.

— Sim, escalá-la! — repetiu seu amigo com ênfase, não obstante ele, como o mais encorpado, ver com preocupação essa escalada. Na verdade, para pessoas acima de cinquenta anos, era mais fácil falar do que fazer. O pescador conseguiu encostar e amarrar bem o barco; conseguiu também, com tentativas esforçadas, fracassos e por fim com relativo sucesso, pendurar a escada de ganchos lá em cima em duas saliências da rocha, de modo que ela oferecia, um pouco afastada da parede não totalmente vertical, uma escalada oscilante mas bastante segura. No entanto, sabe-se que ela de modo algum conduzia até o topo da plataforma, e a tarefa de levar os hóspedes a subirem não só pelos degraus, mas também para mais adiante, pela porção adicional de rocha nua, na verdade revelou-se para o pescador — que de antemão já não tinha esperança — não como mais fácil, mas ainda mais difícil do que jamais imaginara.

O pescador amarrou os três com uma corda e organizou a subida pela escada oscilante de tal maneira que ele ia na frente, Liberius logo atrás e o anicense fechava o grupo. O homem pecaminoso teve muito que puxar e sustentar, não fortalecido pela fé, já começando nos degraus e mais ainda quando terminaram e quando na última parte da pedra, até o topo, não havia mais nenhum suporte firme para os pés e para os passos. Com a picareta, tentou algumas vezes criar na pedra pequenos degraus, apenas sugeridos, como apoio para os que o seguiam. Eles aproveitavam, ofegantes, usando mãos e pés, da melhor maneira possível. Quase sem respirar e transpirando, apesar do tempo ameno, chegaram, um após o outro, ao topo, engatinharam até a plataforma do cone, levantaram-se, forçaram os olhos para olharem em volta — o pescador o fazia de forma opaca e sem grandes expectativas, mas os senhores o faziam ansiosos, com olhos arregalados.

Não havia nada mais ali além do que se via de longe e de baixo — vazio em meio aos quatro lados desertos, que eles tinham alcançado com tanto esforço. Foram acometidos por uma decepção confusa, constrangedora e profunda como o pesar. Teriam a anunciação e a instrução, que ambos receberam, enganado e ludibriado aos dois? Poderia a fala do cordeiro, confirmada até aqui, revelar-se ao final, no destino, como uma mentira? Espontaneamente, Probus e Liberius seguraram-se pelas mãos e as apertaram.

Foi o que fizeram antes de, ao mesmo tempo que o pescador, verem uma coisa, um ser, uma criatura viva, um pouco maior que um ouriço, se mover do meio da plataforma até a borda, agora de quatro, depois se erguendo, depois novamente se apoiando nos membros anteriores. Seu andar era como uma fuga, mas não havia esconderijo, não importando para onde fosse. Mas havia ali na beirada um objeto, recoberto de ferrugem e meio destruído, que o pescador avistou.

— A tornozeleira! — exclamou. Mas dos lábios dos amigos ouviu-se com sofreguidão:

— A criatura!

As mãos pelas quais se seguravam tremiam. Com as outras, faziam o sinal da cruz.

— Será que vós — perguntou Liberius ao pescador — conheceis a espécie desta criatura fugitiva?

— Não, senhor — respondeu ele. — Vejo-a pela primeira vez. Não havia nenhuma criatura desse tipo na pedra quando trouxe o santo.

— E o que significou — quis saber Probus — o grito que deste em relação àquele aparelho ali?

— É a tornozeleira — soltou o pescador — carcomida pelas intempéries, a que eu coloquei no santo, e cuja chave joguei esbravejando no lago — e foi aí que o peixe a engoliu. Os senhores a têm na mão, e lá está o ferro, trancado, mas não é mais algema para ninguém. O santo dela se desfez. Talvez ele tenha ascendido ao céu.

— Não foi isso que o nosso ensinamento dizia — respondeu triste o presbítero. — Eis que ascendeu Aquele que fundou a Sua Igreja na rocha. É muito duro encontrarmos a pedra vazia, apesar da instrução mais doce. Não nos ajuda anestesiarmos a nossa dor com conjecturas infundadas.

— Vazia, dizes — acrescentou Probus —, mas essa palavra não faz totalmente jus à verdade. Não encontramos a rocha totalmente vazia, nem sem qualquer rastro daquele que viemos procurar. Ali está o ferro que usava. Ele mesmo não está visível. Mas será que, enquanto cristãos, deveríamos colocar em pé de igualdade a invisibilidade e o não ser? Será que deveríamos oscilar em nossa fé, em vez de continuarmos convictos de que por trás do vazio, do aparente nada, há escondida a confirmação? É verdade: o local que nos foi indicado pelo cordeiro é habitado apenas por aquela fugidia criatura de Deus, ali perto do ferro. Ela não estava ali quando o eleito lá se estabeleceu, mas agora está. Vamos nos aproximar dela.

— Ela é muito hirsuta — disse Liberius com aversão.

— É mesmo — confirmou Probus. — Mas o seu comportamento evidencia mais timidez do que uma natureza má. Não devemos temê-la. E se pudéssemos esperar algo dela? Vamos até lá!

E como ainda segurava a mão do amigo, puxou o resistente consigo em direção à beirada da plataforma, indo até o ferro enferrujado e o ser que estava do lado dele. Mas qual não foi o espanto de ambos e do pescador, tirando-lhes a respiração e petrificando-os ali, quando a criatura esticou um dos seus membros anteriores curtos, impedindo a aproximação deles, e quando ouviram uma inconfundível voz humana, vinda de seus lábios encobertos por um emaranhado de cabelos:

— Para longe de mim! Para longe de mim! Não atrapalheis a penitência do maior pecador de Deus!

Assustados, os senhores se entreolharam. Suas mãos se entrelaçavam com mais força. O prelado fez o sinal da cruz com a chave. E disse:

— Tu falas, criatura. Podemos concluir daí que és parte da humanidade?

— Estou fora dela — veio a resposta. — Saiam do lugar que me foi indicado para que talvez ainda alcance Deus através da penitência extrema!

— Querida criatura — pôs-se então a falar Probus —, não queremos te tirar o teu lugar. Mas saibas que a nós também foi indicado este lugar numa doce visão dupla, e que fomos instruídos a encontrar aqui aquele que Deus elegeu.

— Aqui encontrareis apenas aquele que Deus elegeu para ser o mais baixo e extremo pecador.

— Isso também — respondeu o anicense com polidez citadina — é um encontro interessante. Mas aquele que procuramos e que fomos instruídos a buscar foi eleito por Ele para ser seu vigário, o bispo de todos os bispos, o pastor dos povos, para ser o papa em Roma. Escuta, somos romanos, filhos da nova Jerusalém, onde o trono do mundo está vazio, porque a mente dos homens se confundiu na tentativa de ocupá-lo. Mas nós, este ungido e eu, fomos instruídos por um cordeiro muito tocante na dupla visão, de que o próprio Deus faz a escolha de quem terá o poder de unir e de libertar, e que o eleito deveria ser encontrado num país distante sobre uma pedra, sobre esta pedra que ele, conforme dizia o cordeiro de Deus, já habitava havia dezessete anos. Não o encontramos, encontramos apenas este ferro, cuja chave o lago devolveu através de um peixe, e em vez do eleito, encontramos a ti. Suplicamos a ti: sabes de qualquer novidade a respeito dele?

— Nada mais! — gritou Liberius com um medo crescente, pegando o falante pelo braço. Mas eis então que viram rolar duas lágrimas dos olhos da criatura, por sobre o semblante encantado e emaranhado.

— Tu choras, querida criatura — disse Probus, que, ele próprio, não conseguiu conter as lágrimas diante dessa cena. — Mais ainda que o dom da fala, o teu choro é testemunho de que fazes parte da humanidade. Pelo sangue do cordeiro, foste um homem antes de tua condição atual?!

— Um homem, mesmo que de fora da humanidade — veio a resposta.

— E recebeste o batismo?

— Um abade devoto mo concedeu e me batizou com seu nome.

— Que nome?

— Não perguntes! — exclamou Liberius com muito medo, buscando espremer a sua estatura alta entre o amigo e o ser. Mas este respondeu:

— Gregorius.

— Terrível! — gritou o clérigo, e caiu de joelhos, cobrindo o rosto com as duas mãos. O seu colega curvou-se para perto dele, e apesar de sua baixa estatura, agora era maior que o outro.

— Contenhamo-nos, *amice*! — disse. — Isto é um grande e, confesso, confuso e tocante milagre, diante do qual à nossa compreensão humana resta apenas a renúncia.

— Isto é escárnio do Diabo e ilusão do inferno! — expressou o outro de dentro das mãos. — *Fugamus!** Somos os bobos do Diabo! Deus não elegeu um animal hirsuto do campo para ser o Seu bispo, mesmo que lhe desse cem vezes o nome de eleito! Saiamos deste lugar de estripulias infernais!

Ele se levantou de um salto e quis fugir. Probus o segurou pela roupa. Mas atrás de si ouviram uma voz dizer humildemente:

— Outrora estudei *grammaticam*, *divinitatem* e *legem*.

— Estás ouvindo? — perguntou Probus. — Este ser não apenas fala e chora, mas também possui uma formação científica prévia para unir e libertar. Farias bem em lhe dar a chave.

— *Nunquam!*** — exclamou aquele, fora de si.

— Liberius — insistiu com bondade seu colega —, lembra-te da mulher ali na cabana, que reconheceu o santo em roupagem de mendigo, e em volta de cuja cabeça vimos tecido o brilho da fé! Deveríamos nos deixar intimidar por ela e nos recusar a reconhecermos o eleito numa figura simples? Deveríamos enlouquecer buscando a premonição exata do cordeiro?

---

* "Fujamos!"
** "Nunca!"

— Desde o início — retrucou Liberius — havia algo estranho nas nossas visões, pois afirmas ter visto o sangue do cordeiro se transformar em rosas, enquanto a mim foi vedada essa manifestação.

— Tu interpretaste isso — respondeu Probus — no sentido de que, enquanto filho e soberano da Igreja, não necessitavas de tal apoio para a fé.

— Isso eu sou, sim — exclamou Liberius. — Um servidor da Igreja, um guardião de sua dignidade sagrada. Mas tu és laico e, como tal, não estás em condição de compartilhar meus sentimentos. É fácil para ti te refestelares com tua fé, enquanto o meu senso de representação se contorce de vergonha. Fui enviado contigo para irmos buscar o bispo dos bispos, o pai dos príncipes e reis, o condutor do mundo, escolhido por Deus. Devo voltar para casa carregando uma larva ao peito, um pouco maior que um ouriço, e coroá-la com a tiara, colocá-la sentada na *sedia gestatoria** e exigir da cidade e do mundo que a venere como papa? Turcos e pagãos iriam caçoar da Igreja. A Igreja...

Ele parou. Atrás deles, ouviu-se:

— Não se incomodem com a minha aparência! Alimentação infantil e a resistência contra as intempéries do céu a fizeram assim. A aparência adulta voltará a mim.

— Ouves? Ouves? — triunfou Probus. — A aparência é capaz de melhorar. Mas tu, meu amigo, destacas demasiado e de modo unilateral o senso de nobreza da Igreja, esquecendo a sua popularidade, para a qual, ao que parece, Deus está nos dando um exemplo poderoso aqui. Na escolha de seu líder, não vale nada do que aqui na terra nos classifica, nem laços de sangue e de família, nem origem, e nem mesmo se alguém já foi consagrado sacerdote. O mais diminuto e insignificante ser, desde que tenha sido batizado como cristão e não seja herege, cismático ou suspeito de simonia, pode se tornar papa, tu bem sabes. — E tu, figura penitente, conheces aquele homem ali de barba em vias de se tornar grisalha?

— Ele me trouxe a este lugar.

— E carregavas este ferro?

— Eu o carreguei até que caísse, graças ao meu encolhimento. Nenhum ferro precisava me segurar em minha penitência, eu mesmo me agarrei a ela com mão firme. Foi-me dado, em minha vida de pecado, que eu conseguisse me concentrar acima da medida usual em todas as lutas.

— Pareces disposto a aceitar a eleição?

---

* Sede gestatória, uma liteira ou trono portátil para transportar os papas.

— Não havia lugar para mim entre os homens. Se a insondável graça de Deus designa para mim um lugar acima de todos eles, irei ocupá-lo muito grato por poder unir e libertar.

— Cardeal-presbítero de Santa Anastácia sub Palatio — disse Probus com dignidade, e postou-se ereto ao lado do amigo tão mais alto —, dá a chave a essa criatura de Deus!

Então, Liberius não contestou mais.

— *Et tibi dabo claves regni coelorum** — murmurou, pondo-se de joelhos e apresentando ao penitente o que o peixe havia trazido à cabana. Com os bracinhos atrofiados, o receptor apertou a chave contra o peito desgrenhado.

— Doces pais — disse ele —, irei libertá-los.

---

* "E dou-te aqui a chave do Reino dos Céus."

A TRANSFORMAÇÃO

Decidiram que aquele que o tinha levado lá para cima, o homem pescador, também deveria trazer o eleito para baixo em seus braços, até o barco. A descida foi muito difícil, quase mais difícil que a subida, mas todos os quatro, depois de terem atravessado a pedra nua, alcançaram a escada e desceram os degraus, chegando bem ao bote, onde colocaram o portador da chave com cuidado no banco que preenchia toda a borda, e onde o pescador, feliz com a esperança de que não precisaria mais errar eternamente de lá para cá entre a rocha e o ancoradouro, começou a remar com toda intensidade na volta para casa.

Foi com preocupação martirizante que Liberius observava o penitente da pedra, e duvido que as restrições de Probus ao avistar o papa ali naquele banco ficassem muito atrás das de seu amigo religioso. Sua alma também estava repleta de temor secreto por causa da representação, ainda mais porque havia assumido muita responsabilidade e teve que se perguntar, num arroubo de autoexame cristão, se a ousadia de seu comportamento tinha sido determinada por leviandade, isto é, por orgulho pelo milagre das rosas, que só fora destinado a ele. Aliás, vejo que a ansiedade dos navegantes também se desenha nos rostos daqueles que ouvem esta história. Apenas eu, como narrador onisciente, estou completamente alegre e despreocupado, pois sei com que leveza e naturalidade este dilema, que é a contradição entre a aparência disforme e nanica de Gregor e a grandeza do cargo para o qual fora destinado, se dissipou no trajeto, e, para o grande regozijo e a tranquilidade dos senhores romanos, antes de passadas duas horas, não estava mais sentada com eles no barco uma coisa da natureza desgrenhada, incrustada e emaranhada, mas um homem vistoso, de aproximadamente quarenta anos de idade, corpo bem formado, de longos cabelos negros e com uma barba preta pendurada no rosto, sem que, porém, isso lograsse escurecer totalmente os seus traços agradáveis.

Como se deu essa transformação? De fato, nada poderia ser mais simples e oferecer menos dificuldades de compreensão. Depois de dezessete anos mamando no seio da mãe terra, bastava que um alimento mais nobre tocasse os seus lábios, para que o bebê da pedra voltasse novamente ao estado de humanidade adulta. Muito crível que a sua natureza tivesse consciência disso.

— Tenho fome e sede — disse ele após poucas remadas do condutor, e, envergonhados por não terem pensado em alimentação de tão abatidos que estavam, ofereceram-lhe do vinho e do pão de trigo guardados no barco.

Ele comeu do pão e bebeu do vinho, e daquele momento em diante, num processo silencioso e constante, sem sobressaltos, quero dizer: sem muito alarde e, como posso garantir, sem que aqueles que foram testemunhas oculares ficassem realmente espantados ou chocados, começou a transformação, que nos devolveu Grigorss, o aluno do abade de Agonia Dei, o vencedor na luta com o dragão, amadurecido pelo tempo e tornado homem, de modo que nos resta desejar que tesoura e navalha logo acabem com o crescimento forte do cabelo em que sua cabeça estava mergulhada, para que voltemos a ver com toda clareza o seu rosto familiar, a repetição séria dos traços graciosos de Víliguis e Sibilla.

Como estava nu, ofereceram-lhe, sensibilizados, a vestimenta que haviam trazido, um traje com uma gola curta sobre os ombros, feito de lã branca e acompanhado de um quepezinho religioso. Essa era a aparência dele quando chegaram à margem, ao ancoradouro, e foi assim que ele montou na mula branca com arreios brancos, que tinha esperado ali junto com os animais dos senhores sob a supervisão do servo romano. E foi assim também que cavalgou através da ilha fluvial com aqueles que o buscaram até a cabana do pescador, onde a esposa deste, já envelhecida, os recebeu de joelhos e, quando ele desceu, banhou de lágrimas seus pés.

— Fostes boa para mim, mulher — disse ele, curvando-se em sua direção —, quando visitei esta cabana da outra vez. Não esqueci como me tirastes da chuva, me trouxestes de volta e me acordastes de manhã, para que eu não perdesse a viagem até o meu lugar.

— Ah, santo senhor — soluçou ela —, não mereço vossa lembrança elogiosa, pois Deus conhece meus pecados. Quando vos protegi naquele dia diante da rudez do pescador, ele me acusou de estar apaixonada carnalmente por vós de forma indecente, e neguei o crime, hipócrita, como reconheço hoje. Pois meus olhos realmente se deleitaram com vossos membros nos trapos de mendigo e com vosso rosto nobre, e era concupiscência que estava na base de todo o bem que vos fiz, essa condenável que sou!

— Isso não é nada — respondeu Gregorius —, e nem vale a pena ser mencionado. Raramente está de todo errado aquele que comprova o pecado no bem, mas Deus, misericordioso que é, reconhece a boa ação, mesmo que tenha a carne como raiz. *Absolvo te.**

Essas foram suas palavras. Esse foi o primeiro exemplo da indulgência extraordinária, tão consoladora para os homens e tão reprovável apenas para os rigoristas, que ele iria consolidar como papa.

A mulher ficou num estado de bem-aventurança. Eu acho que, a partir de seu perdão, ela deduziu ter a permissão de amá-lo ainda um pouco carnalmente, mesmo agora. Mas incomodava-o *uma* única preocupação, que durante os dezessete anos de intempéries o abandonava apenas no sono e que ele antepunha a tudo, até mesmo à viagem a Roma, que os senhores não queriam adiar, e ao corte de seu cabelo e de sua barba, para o que se ofereceu o criado. Era a preocupação com a sua tabuleta, que, na manhã em que se apressou em seguir o pescador, ele havia esquecido no junco que lhe serviu de leito no alpendre onde pernoitara; e com urgência perguntou sobre o seu destino. Quem poderia consolá-lo?

— Ah, santo senhor — disse o pescador —, conforme minhas palavras grosseiras, eu vos dei abrigo naquela noite. O barracão que vos apontei em minha cegueira era um amontoado de tralhas. Desde que fostes comigo, ele ficou de pé apenas por mais doze semanas, quando o vento o soprou e ele desmoronou. Usei o telhado e as paredes como lenha de fogueira, e ali onde ficava a casa — vede vós mesmos, está devastado e vazio, só urtigas e mato cobrem o lugar. Como, depois de tantos anos, encontrar um caquinho sequer da coisa que outrora esquecestes ali? Ai, ai, e de que nos ajudaria procurar? Já apodreceu há muito tempo e foi engolido pelo solo, abandonai qualquer esperança!

— Lembra-te, homem — respondeu-lhe severo Liberius —, de que falaste de modo muito semelhante quando te pedimos que nos levasses até a pedra! Dizias simplesmente que não esperássemos encontrar nada

---

* "Absolvo-te."

nem ninguém ali. E de que forma avassaladora Deus te convenceu da tua pouca fé!

— O santo padre — acrescentou Probus — está sentindo a falta de uma joia. Dai-nos picareta e pá! Vamos começar de imediato a cavar para ele!

Gregor, porém, se opôs.

— Apenas a mim dai a ferramenta — ordenou. — Depois ide para a cabana! Quero cavar sozinho e não desejo testemunhas em minha empreitada.

— Santidade — emendou Liberius —, posso observar que não corresponderia à dignidade da Igreja se operásseis aqui com a pá e jogásseis a terra para o alto em meio ao suor de vosso rosto. Nem mesmo é assunto nosso, que somos enviados, mas do pescador e de nosso criado.

— Já falei — respondeu Grigorss, e foi feito segundo sua vontade. Com as mangas de suas vestes arregaçadas, afundava a pá no chão, ora aqui, ora acolá, onde outrora estivera, e também cavava com as próprias mãos no pó, de joelhos, de modo que se pode dizer que nunca um homem procurou com tanto afinco por um documento e um diploma de seu estado pecaminoso. As urtigas lhe mordiam as mãos, mas ele não se incomodava, e Deus recompensou o seu esforço, os ardores e o suor, pois eis que, em meio ao estrume e às plantas podres, um brilho faiscou em sua direção, e ele trouxe à tona, tão belo e puro como se tivesse acabado de sair da oficina do artesão, nem mesmo a tinta havia esmaecido, o dote da criança, a carta dolorosa da culpa de sua mãe, que o solo havia guardado por tanto tempo, assim como o abade o havia feito anteriormente, por dezessete anos.

Era esse dote que ele agora segurava numa das mãos, e na outra a chave, falando para si os seguintes dizeres:

O horror de minha vida, eu sei,
Agora em Tua clareza verei —
Senhor! Como a admiro, todo dia,
A Tua sagrada alquimia,
Que de vergonha e dor carnal
Faz a mística vital,
Pra que o esposo do pecado
Seja altamente contemplado,
Pra miséria de toda a terra
As portas do Éden desencerra.

O PAPA MUITO GRANDE

Eco de sinos, enxurrada de sinos *supra urbem*, por toda a cidade, em seus ares repletos de som! Quem toca os sinos? Ninguém — além do espírito da narrativa, na medida em que relata que já três dias antes da entrada do eleito todos eles começaram a tocar sozinhos e não paravam de fazê-lo, até que tivesse se consumado a sua coroação diante de São Pedro. Este é um fato da história — que, apesar de toda a sua beleza miraculosa, não era exatamente de puro deleite para a *populatio urbis*.* Durante três dias e três noites, os sinos de Roma não puderam ser silenciados, eles tocavam em uníssono com imensa violência em todos os pontos, e ouvir esse ressoar e tilintar gigantesco por todo esse tempo não foi fácil para as pessoas, e o espírito da narrativa tem consciência disso. Foi uma espécie de visitação e calamidade sagrada, e muitas orações de almas mais frágeis foram dirigidas ao céu para que aquilo parasse. Mas o céu, ao que me parece, encontrava-se num ânimo festivo demais para dar ouvidos a súplicas tão pequenas; pois conduziu a criança da vergonha, o esposo de sua mãe, o genro de seu avô, o cunhado de seu pai, o irmão terrível de seus filhos, até o trono de Pedro, e compreendo que estava tão emocionado com sua incompreensibilidade, que essa emoção se transformou no movimento pendular e nas batidas autônomo-violentas de todos os sinos das sete dioceses. A partir do elevado flagelo, da grande demanda por algodão e, como de costume, da contenção de mercadoria à espera de preços melhores por parte dos comerciantes, a *populatio* deduzia que estava prestes a chegar um papa de extraordinária santidade.

* População da cidade.

Ele atravessou a cristandade sobre um animal branco, coberto de púrpura, com o rosto livre da barba, em sua beleza máscula, e diariamente crescia o número de pessoas que o cercavam em sua viagem; pois vários líderes eclesiásticos, condes e simplesmente aqueles que, acometidos por vontade de peregrinação, queriam participar da coroação e dos louvores, aderiram ao seu cortejo no meio do caminho. Precedia-o a fama de grande penitente, que tinha passado dezessete anos sobre uma pedra e que agora era içado por Deus ao trono dos tronos, e em todos os lugares da rua os doentes e enfermos se espalhavam em quantidade, esperando a cura através de um toque ou apenas de uma palavra ou de um olhar seu. A história sabe que muitos foram libertados de seus sofrimentos dessa forma — alguns, possivelmente, através de uma morte bem-aventurada, quando, por exemplo, no caso de enfermidades já avançadas, saíam de suas camas e se arrastavam até a rua e lá se deitavam. Outros, no entanto, que haviam tocado a bainha de suas vestes ou que, mesmo de longe, haviam participado de sua bênção, jogavam fora muletas e tipoias, anunciando em meio a louvores que nunca se sentiram tão refeitos.

A famosa Roma o recebeu com júbilo — em parte também, como é do feitio humano, porque agora, como ele tinha chegado, previsivelmente os indóceis sinos logo silenciariam. Ele se aproximou, pelo que me contaram, com o seu séquito pela Via Nomentana, em cuja décima quarta pedra de milha se encontrava o local chamado Nomentum, uma sede episcopal. Já lhe tinham levado até lá as cruzes e bandeiras das basílicas de Roma, e todas as camadas do povo, o clero, a nobreza, as categorias profissionais dos citadinos com suas flâmulas, os bandos da milícia, as escolas das crianças, com ramos de palmeira e de oliveira nas mãos, o saudavam perfilados, dando-lhe as boas-vindas. Às suas loas misturou-se o som distante do ferro, ao qual se juntou o sino local de Nomentum, sem a intervenção humana. Informaram-no do milagre e ele se alegrou cordialmente com a honraria. Como já começava a escurecer, ele passou a noite na casa do bispo, e só na manhã seguinte entrou na cidade, numa procissão longa e ondulante e repleta de canções. Como se lê, ele não entrou pelo portão de Nomentum, mas acompanhou as muralhas e depois atravessou a ponte Milva, para assim chegar à Catedral do Apóstolo. Voltado aos céus, ecoou de muitos milhares de bocas bem abertas o canto de louvor:

> *Povos, jubilai todos juntos,*
> *Judeia, Roma e Grécia,*
> *Egípcios, trácios, persas, citas,*
> *Um só rei governa a todos!*

Esse era ele, a criança enjeitada encontrada pelo abade, o bebê da pedra, que fora colocado acima de toda esta miséria da terra como rei, e a quem era dirigida uma onda de canto dos sacerdotes, enquanto subia os degraus de mármore liso até o átrio da igreja-sepulcro, com uma quantidade incontável de pessoas encobrindo a praça da fonte diante do santuário: *"Benedictus qui venit in nomine Domini"*.* Perante todo o povo, na plataforma em frente à entrada do Paradisus contornado por colunas, ele recebeu das mãos do arquidiácono a tríplice coroa da tiara sobre a cabeça, o *pallium*** em torno de seus ombros, o báculo de pastor em sua mão e o anel de pescador no dedo. Dizem que, enquanto isso, ou já durante sua entrada na cidade, as estátuas de bronze dos apóstolos Paulo e Pedro, sobre as respectivas colunas, ergueram cada uma a sua insígnia bem alto, uma a espada da terra, e a outra as chaves do céu. Seja como for. Não nego, nem torno obrigatória a crença nisso. Gregorius, porém, foi vestido com muitos trajes: a falda de seda branca, a alba de linho e rendas com faixa dourada, panos de ombro, com trama dourada e vermelha, além de três vestes de missa, uma sobre a outra, sem contar estola, manípulo e cinturão, tudo de seda branca e bordado de ouro. Vestiram nele as meias papais, de tecido muito grosso e sobrecarregadas de tanto bordado dourado, o que as tornava pesadas como botas; colocaram-lhe a cruz pontifícia cintilante em volta do pescoço, com uma corrente dourada; puseram nele o anel de pescador sobre a luva de seda; e, por fim, ainda colocaram sobre todas as nove vestes o traje mais imponente, o manto longo, vistoso como a alvorada e o dourado do poente, que não conseguia ondular de tanto bordado precioso que trazia. Foi assim que o puseram sentado na cadeira dourada de varetas, e jovens vestidos de seda escarlate carregavam-no através da basílica, dando toda a volta, com o recinto apinhado de fiéis até a última peça de mármore do piso: seja lá onde a basílica se estende em largura e comprimento sob o teto alto da nave central, ofuscando os olhos com o brilho dos mosaicos da abside

---

* "Bendito aquele que vem em nome do Senhor."
** Manto episcopal.

ao longe, ou onde ela, sob o mesmo peso dos telhados, estende os braços para os dois lados em transeptos duplos colunados.

Carregaram-no para o altar principal sobre o sepulcro, que foi onde ele celebrou a missa da sua coroação, conseguindo fazê-lo muito bem, já que tinha visto e memorizado todo o procedimento muito cedo observando seu pai adotivo no mosteiro Agonia de Deus. Muitos bispos e arcebispos estavam lá sentados ao redor dele, brilhando como estrelas; havia também um número suficiente de outros senhores, abades e juízes. Cantoria e felicidade foram grandes e variadas. Depois disso, enquanto ainda perdurava a torrente de sinos, ele foi carregado por toda a volta da praça de São Pedro, e em seguida o conduziram pelo caminho tradicional morro acima e abaixo, atravessando os arcos do triunfo dos imperadores Teodósio, Valentiniano, Graciano, Tito e Vespasiano e pela região Parione, onde os judeus haviam se enfileirado no palácio do prefeito Cromácio, louvando-o com as cabeças balançando, e pela Via Sacra, ao lado do Coliseu, em direção à sua casa, em Latrão.

Agora vos digo como foi. Mal tirara o excesso de vestes festivas naquele silêncio revigorante, que se seguiu aos enfim acalmados sinos, e logo começou a governar a cristandade, a pastorar o rebanho dos povos e a distribuir bênçãos sobre a colorida miséria da terra. Gregorius da Pedra em pouco tempo revelou-se um papa muito grande, que realizava atos como os descritos aos pés de certas colunas, vindas de longe, pertencentes a igrejas romanas, atos estes atribuídos ao semideus Hércules. Não sei o que devo louvar primeiro quanto ao que lhe atribuem: o fato de ele ter cuidado do reforço tão necessário das muralhas aurelianas, de também ter fortificado cidades como Radicofani e outros lugares, construído igrejas, pontes, praças, mosteiros, hospitais, uma casa para crianças rejeitadas, ter pavimentado o átrio de São Pedro com placas de mármore e até enfeitado a fonte com uma edícula de colunas de púrpura. E isso era o de menos. Pois não apenas sabia ele preservar ou doar com mão firme os patrimônios da Santa Sé, até mesmo na Sardenha, nos Alpes Cotianos, na Calábria e na Sicília, mas também amansou as dinastias e os barões renitentes da planície, ao determinar, através de palavras de convencimento ou de meios mais poderosos, que entregassem seus castelos, para depois recebê-los de volta como concessão da Igreja, sendo que, de nobres, eles se transformavam em pessoas e *homines Petri*.*

---

* Homens de Pedro.

É isso quase tudo? Nem de longe! Seu intuito era tão firme que, com rigidez irredutível, sobrepujou os maniqueus, os priscilianos e pelagianos, além da heresia monofisista, submetendo os bispos resistentes da Ilíria e da Gália ao primado de São Pedro, e agiu com tanta veemência contra aqueles que cobravam para dar a bênção sacerdotal, que esse mal desapareceu por algum tempo quase sem deixar rastros.

Estou falando de sua força, mas não foi ela a responsável principal pela sua fama, e sim sua doçura e humildade. Primeiro, ele diferenciou entre honra e unção do ofício religioso, por um lado, e dignidade ou indignidade de seu administrador, por outro, e amaldiçoou *ex cathedra** a rigidez excessiva dos donatistas africanos, que, assim como já o fizera o amargo Tertuliano, queriam considerar que o ofício de sacerdote só era eficaz em mãos de pureza imaculada. Pois ele dizia que ninguém era digno, e que ele mesmo, por causa da carne, era o mais indigno da dignidade de seu cargo, tendo sido içado a este apenas por uma eleição que beirava a arbitrariedade. Isso provavelmente divertiu alguns pícaros e bodes no jardim de Deus, mas revelou ser extremamente sagaz para a Igreja, já que protegia de antemão o ofício de todo e qualquer desprezo que a fragilidade humana pudesse lhe atribuir.

Sua paciência e misericórdia se aproximavam do inabalável, que ele consagrou nos momentos em que era necessário; até mesmo o seu jeito ousado de instar a deidade à misericórdia, em casos onde dificilmente ela mesmo o teria feito, acabou chamando a atenção de toda a cristandade. Pois foi ele, e nenhum outro, que com rezas tirou do inferno o imperador Trajano, porque este certa vez aplicou justiça imediata a uma viúva suplicante de quem tinham matado o único filho. Isso em parte até causou problemas, e a Fama afirmava que Deus fê-lo saber que, afinal, já acontecera uma vez, e o pagão fora transferido para onde estavam os bem-aventurados, mas que não se atrevesse a fazer o mesmo uma segunda vez.

Seja como for: a tendência de Gregor para libertar durante toda a sua vida sempre foi maior que a de unir, e a partir dessa disposição brotavam as decisões e as sentenças que partiam de seu trono de juiz, que no início provocaram preocupação espantada tanto na Igreja quanto no povo, mas no final sempre desembocavam em admiração. Assim, por exemplo, ele proclamava grandes liberdades dos métodos de conversão em países distantes e simples. Onde ainda havia templos pagãos, estes

---

* Com autoridade.

não eram destruídos, mas apenas as imagens dos ídolos eram retiradas e os muros borrifados com água benta, para que os ignaros pudessem idolatrar no mesmo lugar de sempre, mas agora no espírito do esclarecimento. São Pedro, explicava ele, fora construída, como bem se sabe, de cima a baixo com o material do *circus** do terrível Calígula, e portanto era constituída totalmente de vergonha e maldição — santificada apenas pelo sepulcro e pelo espírito com que se louvava ali. O importante é o espírito. Se antigamente os ignaros tivessem sacrificado touros para os demônios, então se deveria continuar sacrificando-os e comendo-os, só que agora em louvor do Deus único.

Qual não foi a quantidade de perguntas que se lhe apresentaram! E ele respondeu a todas de forma memorável. — Perguntaram-lhe se doentes poderiam comer carne no período de jejum sem pagarem esmola. — Poderiam, sim, informou ele, pois às vezes a necessidade tinha primazia diante da lei. — Perguntaram-lhe se um bastardo poderia ser bispo. — Poderia, sim, retrucou ele. O direito tradicional, na verdade, impedia isso, o que se sabe quando se estudou *legem*, mas se o ilegítimo fosse um homem correto, devoto e com mão firme, se as circunstâncias fossem impositivas e os eleitores estivessem de acordo, então apenas faria bem ao direito sofrer uma exceção. — Um monge em Genebra lidava com cirurgia e cortava onde podia. Certa vez, cortou a tireoide inchada de uma camponesa e recomendou repouso. Em vez disso, ela foi trabalhar e morreu. Será que ele ainda poderia exercer a sua função sacerdotal? — Sim, disse Gregor. É bem verdade que não é totalmente defensável que um homem religioso exerça um tal ofício, mas não fora por usura, ele agira por humanidade, por amor à arte e por desprezo do bócio, e, além disso, havia dado prescrições de cuidados médicos, sendo que não tinha culpa por eles não terem sido seguidos. Por isso, se apenas pagasse uma leve penitência, poderia voltar a rezar a missa. — Altamente excitante foi o caso dos convertidos muçulmanos na terra de Canaã, que em sua ingenuidade tinham vindo até a pedra batismal com suas quatro mulheres, cada um deles com quatro, além de seus filhos. Será que, pelo amor de Deus, estes poderiam se tornar cristãos? Isso fez com que, como disse o camareiro, o papa tivesse uma noite de insônia. Então, lembrou-se de Abraão e dos outros patriarcas que, sob os olhos de Javé, não viviam diferente dos turcos. Levantou e ditou a resposta ao escrevente:

* Circo.

No próprio Evangelho, para não falar dos Livros da Aliança, não havia qualquer palavra que proibisse expressamente a poligamia. Como aparentemente os pagãos tinham direito a várias mulheres, de acordo com suas leis de culto, então deveriam poder mantê-las também enquanto cristãos segundo o modelo do patriarca. Não seria sábio dificultar-lhes, sem necessidade, a conversão, e conflitos humanos seriam inevitáveis se lhes fosse imputado terem levado apenas uma de suas mulheres para a nova vida, mas empurrado de volta para a escuridão as outras e seus filhos inocentes, pelo que a Igreja perderia muitas almas. Sob esse aspecto, a missão tem a obrigação de agir.

Emitido em Roma, bem cedo, em Latrão. Gregorius, P.M. m.p.*

E que celeuma isso gerou! Chegou até os trácios e citas. Se a sua rigidez não fosse voltada contra simoníacos, hereges e negadores renitentes do primado, teriam-no culpado de leniência. Mas, de novo, ele se adiantou a essa atribuição de culpa ao declarar, de uma vez por todas, como válido o batismo de um convertido para a Igreja e vindo da heresia, já que fora realizado em nome de Cristo, descartando o rebatismo, o que irritou profundamente vários bispos da África e da Ásia. Ele rejeitou uma comissão de enviados de Cartago, que queria encontrá-lo para falar do mau uso que fazia de seu poder perfeito, e até mesmo pensou em excomungar o primaz da África, que neste assunto se portava de maneira inadmissível. Quase se deu o cisma por isso, não tivesse Gregor, justamente naquela época, provado que Deus estava do seu lado, operando a arte de um milagre muito sagrado, assim como Moisés o fizera diante do faraó. É que, com um simples toque, ele voltou a unir as partes jerusalêmica e romana das correntes carregadas por Pedro, formando uma coisa só, de modo que agora formavam uma única corrente de trinta e oito anéis. É daí que provém a festa das correntes de Pedro, que não pode ser desprovida de raiz e origem e que, portanto, dá fé ao protocolo daquele ato.

Com isso, ele derrubou muitas reclamações sobre sua liberalidade, ou então se antecipou a elas. Mesmo assim, havia aqueles que afirmavam que ele iria perdoar pecados imperdoáveis, tais como adultério e fornicação. Isto não procedia. Para esses detratores, ele decretou penas pesadas, mas não pesadas demais; destas ele não gostava e a elas era contrário. Ele mesmo atravessara uma penitência extrema, tendo sido rebaixado por Deus a um pequeno ser cascudo, enodoado, a um bebê

---

* "Pontifex Maximus", Pontífice Máximo.

que mamava no seio da terra, mas era da opinião, e instava todos os confessores e juízes religiosos a compartilhá-la, que se deveria diminuir o problema do pecador aplicando uma pena branda, para que o arrependimento lhe fosse doce. O direito possui mão enodoada e dura, mas o mundo carnal necessita de uma mão firme porém suave. Se alguém quiser perseguir o pecador com afã excessivo, facilmente provocará mais danos que salvação. Pois se àquele que busca misericórdia for atribuída uma pena severa demais, ele poderá sucumbir diante dela, não suportá-la e voltar a renunciar a Deus, mimado que está pelo Diabo, cujos serviços então retomará em arrependimento contrário. Por isso, na grande política, a misericórdia vem antes do direito; pois, na vida espiritual, ela cria a medida certa pela qual o pecador será salvo e o bom será sempre preservado, para que a honra de Deus viceje poderosa no Império Romano.

Quem não se alegraria com tais ensinamentos? Eles alegravam a todos, à exceção de alguns rigoristas que, no entanto, eram mantidos sob seu controle por meio de sua autoridade peculiar. Ele também era muito bonito de se ver, um homem imponente, como muitas vezes o são os filhos do pecado, seja por qual motivo for.

Diz o ditado: "Ouve-se com prazer aquele a quem se ama". E ele era amado até no país dos persas e dos trácios, porque gostavam de ouvi-lo. Por causa de suas informações impressionantes, era chamado de Oráculo Apostólico; mas devido à sua bondade, era chamado de Doctor Mellifluus, o que significa: "o mestre que emana mel".

PENKHART

Sua mãe, sua tia, sua mulher tinham apenas *um* corpo, e este agora já entrara em anos, duros anos, e enfraquecera, perdendo forças e viço, e assim ela se vestiu com arrependimento e esforço durante todo esse tempo, bebendo incansavelmente a água da humildade. Com seu corpo e seus bens e com tenacidade, durante muitos anos, mais de vinte anos, ela havia cumprido aquilo que o seu filho-amante lhe impusera, antes de sair do país e partir em viagem de penitência, lembrando que, quando ele partiu, ela já contava trinta e oito anos de idade.

Ele ainda era bastante jovem naquela época, e, num estado mais maduro, provavelmente teria sido mais suave com ela, sobretudo porque poderia prever que Verimbaldo, o primo distante dela, que depois de sua partida se tornara duque de Flandres-Artois, iria se aproveitar muito de seu abandono, de sua renúncia de todos os bens terrenos e de seu desejo de beber a água da humildade, e iria diminuir o seu patrimônio de todas as formas, de modo que o asilo que ela conseguiu construir aos pés do castelo, perto da estrada, era dos mais pobres, pouco melhor que um barracão, que nem mesmo oferecia espaço a ela para dormir em separado. Dormia entre aleijados e doentes que havia recolhido da estrada ou que haviam batido à sua porta de tábuas, e para os quais ela era um anjo cinza, dando-lhes uma cama de papelão e alimentando-os com sopa de leite.

E foi ali ainda que, sobre um saco de feno, deu à luz sua segunda filhinha, a quem também poderiam chamar de sua netinha, assim como a Herrad, a primeira. Outra mulher em gravidez muito avançada, que concebera a criança em pecado com um saltimbanco vagante com quem o marido a havia surpreendido, a ajudou no parto, e quando depois de apenas mais três dias aquela que fora expulsa com o ancinho também deu à luz, Sibilla se levantou da cama para ajudá-la, trazendo à luz um menino. Gúdula, essa pecadora, ficou junto dela e a ajudou a cuidar dos doentes, lavar suas feridas, banhá-los e cobri-los. Assim que cresceram, também as suas filhas a ajudaram, igualmente vestidas de cinza: Herrad, branca e vermelho-maçã, que agora se chamava Stultitia,* já que seu nome de batismo era arrogante demais e, de resto, ela tinha sido batizada por engano; e ainda havia a segunda, chamada sem batismo de Humilitas** e, de novo, bela e pálida-amarronzada, de olhos negros com laivos de azul, muito parecida, portanto, com seu avô-tio Víliguis e também com seu irmão paternal, razão pela qual Sibilla a educava com muito mais rigidez que Stultitia, que externamente não se encaixava nesse parentesco.

Mas o filho de Gúdula com o saltimbanco foi batizado com o nome de Penkhart,*** carregando-o com honra. Pois ele ficou muito valente e, já adolescente, virou o servo devoto e útil do asilo, e depois mais ainda, com habilidades várias, tornando-se marceneiro de camas, produtor de velas, sapateiro, construtor de fornos, além de criador de abelhas e cultivador de hortaliças, e era um carpinteiro de tanto valor que construiu vários novos quartos e barracões-dormitório como anexo da casa, para que a senhora pudesse acolher mais sofredores, isolar os leprosos e ter um dormitório só para ela e as filhas. Como se não bastasse, o bastardo foi capaz de decorar as paredes internas dos albergues de forma maravilhosa. Pois desde cedo ele tinha vontade grande, mas não específica, uma vontade como aquela para as outras atividades, de produzir cores e desenhar com carvão, ardósia e grifo toda vez que uma área vazia o estimulava a fazê-lo, cores estas que ele misturava com água, clara de ovo e mel, produzindo animais e humanos, e também seres mais elevados como apóstolos e anjos, com grande verossimilhança e nas cores mais naturais para o deleite dos olhos. Nessa arte ele foi longe e ainda mais longe, e quando fez dezessete anos e tinha construído os novos aposentos — um rapaz atarracado, moreno, de rosto estreito e em cujas laterais os cabelos da têmpora estavam tão longos que pareciam uma barba —, foi nessa época que jogou cal molhada nas paredes e pintou sobre elas as coisas mais incríveis com o pincel em cores de aquarela: um bispo

---

* Estultícia.
** Humildade.
*** Nome derivado da palavra do alemão médio "Bankhart", que significa "filho ilegítimo", "bastardo".

sangrando com auréola de santo, sendo torturado por servos da guerra; Davi levando para casa a cabeça de Golias pelos cabelos, como se nada tivesse acontecido; o senhor Jesus sendo batizado no rio Jordão e também sendo tentado a pular do telhado da igreja por Satã de rabo, e outras coisas semelhantes. Terminada a obra, ele voltou a cultivar repolhos e a trabalhar como sapateiro, e não se importava com o fato de senhores e damas da corte, apesar de todo o nojo que tinham de pus e doenças, descerem até o asilo para ver as suas pinturas. O duque Verimbaldo, porém, não apareceu, já que ouvira que Penkhart havia retratado o capitão, sob cuja supervisão o bispo sagrado tinha sido torturado, com os traços incrivelmente semelhantes aos seus.

Os curiosos também não chegaram a ver Sibilla, apesar de darem espiadelas perscrutadoras, e com razão; pois a filha de Grimaldo, que não considerara ninguém equivalente a ela, à exceção de seu irmão igualmente fino, mesmo com a idade avançada e em roupas de penitente, ainda tinha uma beleza soberana, porém um pouco esmaecida. Esmaecidas deviam estar as suas faces, e dois sulcos haviam se cavado entre suas sobrancelhas, mas nem os anos, nem os pecados mortais que ela carregava, nem os agachamentos constantes sobre os leitos dos doentes e as tinas de banho conseguiram vergar a sua figura. Esta era ereta e soberana, como na época em que Grigorss dela se aproximou pela primeira vez na catedral de uma Bruges em necessidades, e altivos eram seus passos, pois a nobreza do corpo se impõe curiosamente contra a curvatura da alma através de uma consciência cristã do pecado. Não se via quão grisalho ou branco estava o seu cabelo debaixo dos panos que lhe encobriam a cabeça e também a testa. Mas as lágrimas amargas de medo e arrependimento de tantos anos por causa de seus pecados mortais acumulados não conseguiram destruir a beleza especial de seu rosto de marfim, esse encanto marcado com a foice pálida debaixo dos panos, que não vou tentar descrever de novo aqui, já que não sou nenhum Penkhart e não sei pintar, mas para o qual infelizmente todos tinham um senso tão recíproco e exclusivo entre si, irmão e irmã, filho e mãe.

Apenas Sibilla, a penitente, provavelmente ainda apresentava esse encanto em sua idade avançada, mas numa forma esmaecida; pois Víliguis se fora, Grigorss o seguira e, supunha-se, também se fora, apesar de não lhe terem trazido o seu corpo. Mas se Víliguis, o gracioso, fenecera e afundara no túmulo por delicadeza, decerto Grigorss, seu segundo esposo, teria sido vítima de sua orgulhosa masculinidade juvenil, pois certamente a criança exagerou a penitência e não cuidou de si, deixando que seu belo corpo, que dividira o prazer conjugal com ela, fosse retalhado por sabres curvos na Terra Santa. Teria a sua alma escapado das grelhas do inferno por causa disso? E a de Víliguis? Quem poderia lhe responder? E quem poderia lhe responder qual a situação de sua própria alma, recoberta de pecados mortais como se fossem feridas purulentas, e se ela, por mais que bebesse a água da humildade, teria alguma chance de ver Deus algum dia? Quando não estava banhando os doentes, ela chorava muito, e se ajoelhava em chão duro para uma oração amedrontada por eles três e por aquela sua aliança terrivelmente selada.

Eis que, quando tinha sessenta anos, ela ouviu que em Roma havia surgido um papa muito grande, com o nome papal de Gregorius, que era um consolador dos pecadores e um médico tão bom das feridas da alma como nenhum outro que jamais tivesse conduzido as chaves, antes tendendo a libertar que a unir. Como não teria ouvido falar dele? O mundo inteiro ouvira falar dele, todo o *orbis terrarum christianus*,* e sempre me parece que, com o *orbis*, ele quisesse que ela também ouvisse falar dele. Não tinha ele se tornado um papa tão grande para que sua fama chegasse a todos os lugares e, portanto, também até ela? Em todo caso, ele tinha sido um duque tão bom, porque precisava tanto dela, por causa dela, a quem por fim traiu. Só é preciso ter mais necessidade que os outros, e assim seu nome fica famoso na humanidade.

Então, amadureceu na mulher a decisão de, em sua idade avançada, peregrinar até Roma e levar ao santo papa — a quem pelo menos isso deveria interessar — o caso todo de pecaminosidade extrema e intrincada, cujo centro era ela, para que conseguisse ao menos conselho e consolo da parte dele. Ela também o disse a Gúdula, sua ajudante.

— Gúdula — disse ela —, veio-me uma ideia, e as minhas preces fizeram amadurecer dentro de mim o desejo de peregrinar até esse grande papa e lhe confessar toda a minha história inaudita. Provavelmente, nunca aconteceu de ele ouvir um tal excesso de pecaminosidade, e se faz mister que fique sabendo disso. Só ele poderá mensurar e comparar esse excesso com a imensa misericórdia de Deus, para saber se esta será superada por aquele, ou se, também como excesso, está à altura dele e em equilíbrio com o meu pecado. Não há como saber. Talvez ele erga as mãos, me excomungue da cristandade e me entregue ao bastão em brasa. Nesse caso, tudo estará terminado, e eu estarei

---

* O mundo cristão, o globo terrestre cristão.

informada. Mas talvez eu encontre a paz através dessa confissão — um pouco de paz aqui e um pouco de bem-aventurança acolá, mesmo que limitada — para mim e para aqueles a quem amei.

Gúdula ouviu acenando com a cabeça, com as mãos dentro das mangas de seu vestido cinza.

— Também levarei Stultitia e Humilitas — prosseguiu Sibilla —, e porei diante dos olhos dele os frutos inocentes e não abençoados da minha vergonha de morte, para talvez conseguir com ele o batizado cristão para Humilitas, apesar da proibição masculina de seu pai Grigorss. Dizem que o papa Gregório é magnânimo com o batismo, tendo-o concedido mesmo aos muçulmanos polígamos e a toda a sua prole, como se dizia em toda parte. Mas a ti, e foi assim que a ideia amadureceu em mim, a ti entrementes porei na direção do asilo, para que o administres de forma autônoma até que eu retorne, condenada ou absolvida.

— Querida senhora — respondeu Gúdula —, também deveríeis me levar convosco, para que eu confesse ao senhor papa todo o meu pecado do prazer com o saltimbanco, para que ele avalie a sua gravidade diante da misericórdia de Deus!

— Ah, Gúdula — retrucou Sibilla —, o papa riria diante da tua confissão e sorriria ao saber que era esse o motivo que te levou até o trono de Pedro! Essa história com o saltimbanco foi uma coisa pequena e, na minha opinião, já foi paga a penitência há muito tempo, e o teu filho Penkhart é um menino exemplar. Ele será o meu mensageiro, quando eu escrever para Roma. Não sou mais soberana, não é de bom-tom que eu escreva pessoalmente ao senhor papa. Mas fui uma duquesa e sei qual o procedimento. Escreverei para o *nomenculator** de Sua Santidade, que é seu conselheiro — tens que saber disso — em assuntos de misericórdia, voz dos pupilos e das viúvas e de todos os aflitos, a quem se deve dirigir quando se tem algo a pedir para o papa. Escreverei a ele que estou no centro de uma história incomum de pecado. A anciã é de alta estirpe, mas há muito tempo já uma penitente, e agora implora a graça de se prostrar diante do pai da cristandade, para poder lhe confessar os horrores de sua vida que, no entanto, eram difíceis e terríveis de serem ouvidos; seria necessário ser um homem de muita fibra para aguentá-los e para acreditar que Deus aguentaria. Vou escrever dessa forma, para talvez aguçar a curiosidade do *nomenculator* e do papa. De que nos serviria sermos mulheres, se não jogássemos com um

---

* Este termo e os outros que se seguem (*cubicularius, protoscriniar, vestiarius, vicedominus, primicerius* e *curopalata*) designam funcionários com tarefas específicas na corte papal.

pouco de esperteza numa situação como essa? Em resumo, a carta está praticamente pronta na minha cabeça, preciso apenas registrá-la no pergaminho, e Penkhart deverá levá-la a Roma. Mas irei mencionar o teu caso nas entrelinhas, se o papa me der ouvidos. Com certeza ele irá aguentá-lo, pois, se comparado ao meu, ele é risível.

— E Penkhart? — disse ela alguns meses depois a Gúdula. — Onde estará? Minha impaciência é grande e faz com que o tempo pareça mais longo do que é, mas penso que ele já deveria estar de volta, com a concessão ou com a recusa, mas ele precisa voltar. Minha impaciência, Gúdula, quer se transformar em preocupação, não por mim, mas por ele e por ti. Pois como ficaria eu diante de ti, se algo acontecesse a ele na viagem e nunca mais ouvíssemos falar dele, porque foi morto por bandidos ou caiu num abismo? Isso para mim seria mais terrível do que se ele trouxesse a recusa.

— Ficai tranquila, senhora, e tende paciência! — consolou Gúdula com as mãos nas mangas. — O meu Penkhart vai chegar aqui direitinho.

E, de fato, o que aconteceu foi apenas que Penkhart conheceu em Roma alguns jovens que também desenhavam e pintavam com cores. Fizera amizade com eles, e eles o levaram até o seu mestre, com quem aprendiam a arte de misturar as tintas e manejar os pincéis, e este lhe pediu que desenhasse algo, elogiando-o e dando-lhe conselhos, e Penkhart, com tudo isso, apesar de toda a fidelidade, se atrasou na cidade, apesar de já ter no bolso a concessão do papa, expedida pelo *nomenculator*. Não quis se separar de Roma, daqueles companheiros e de seu mestre, e por isso ficou muito feliz quando Sibilla, ao receber dele a concessão, entre muitas desculpas pelo atraso, lhe disse que voltasse a Roma com ela quando partisse para a viagem junto com Stultitia e Humilitas, para servir de ajudante nesse trajeto, aproveitando as suas experiências. E foi o que ele fez, com muita consideração, destreza e cuidado, levando com êxito mãe e filhas até a cidade das cidades, sem que os pés delas tivessem batido numa única pedra ao longo dos caminhos e percalços que ele conhecia, atravessando ermos nas alturas e doces paisagens, até chegarem diante do *nomenculator*; este as instruiu a buscarem abrigo e hospitalidade no mosteiro feminino Sergius e Bacchus, bem ao lado do Palácio de Latrão, informando também à solicitante da confissão o dia e a hora, já no dia seguinte, em que o papa inclinaria o ouvido para ela e lhe concederia oitiva individual na sala de trabalho mais reservada.

A AUDIÊNCIA

As freiras de Sergius e Bacchus as acolheram com bondade, e no dia seguinte, antes da hora citada, logo após a primeira missa, o *cubicularius* ou camareiro do papa foi buscar as peregrinas no mosteiro e conduziu-as ao palácio; lá, entregou-as no primeiro salão ao *protoscriniar*, que, por sua vez, as repassou ao *vestiarius*, onde quem as recebeu foi o *vicedominus*, que as encaminhou para o *primicerius* dos defensores — e assim por diante, de salão em salão. Elas passaram por muitas mãos, e passaram com elas por dez salões de pedra antepostos ao recinto mais interno, guardado por soldados palatinos armados com alabardas, pela guarda nobre, por guardas de porta e carregadores de liteira vestidos de vermelho. Havia um trono no maior dos salões, e através dele foram conduzidas por dois camareiros de honra, que as entregaram na porta a dois camareiros secretos. Agora, estavam no sétimo salão, na antessala secreta, e foi lá que ficaram para trás Stultitia e Humilitas, guardadas por dois capelães secretos. Sibilla, porém, continuou andando, conduzida por um ancião, o *curopalata*, pois nada mais ilusório do que pensar que a antessala secreta já estaria no lugar mais interno! Contíguo a esta ainda havia um salão, e a este, mais outro, que para nada serviam além de criar uma distância, e a este último se juntava um salão pequeno, de novo com um trono, também só para estabelecer distância. Este, porém, desembocava finalmente numa porta de carvalho com o brasão papal no mármore sobre ela, guardada à esquerda e à direita por guardas escarlates. Diante deles, o *curopalata* ergueu a cabeça, ao que abriram as duas folhas da porta. O ancião deu um passo para trás, a mulher foi adiante, atravessou o espaço e chegou à parte mais interna.

O pai da cristandade, a julgar pela aparência contando uns quarenta e dois anos (e julgo corretamente, pois ele regia havia cinco), estava sentado sobre uma cadeira vermelho-dourada na frente de uma grande mesa forrada com couro vermelho, coberta de rolos de papel em torno do material de escrita. Estava sentado de lado para aquela que entrava, e que, já na porta, se abaixava para a primeira reverência profunda, e voltou na direção da mulher a cabeça coberta por um solidéu de veludo vermelho, emoldurado com arminho, que caía até a nuca e a metade das orelhas. Trata-se de uma cobertura muito fina, exclusiva do papa, e também gosto muito da capa curta dos mesmos tecidos, que ele usava sobre a dalmática branca, em cima dos ombros — e sobre tudo isso o *pallium* bordado de cruzes. Rígido era o seu semblante livre de barba debaixo do solidéu; os ossos da face desenhavam-se ali destacados e tão fortes, que parecia que, com a compressão dos maxilares, ficavam salientes, e o lábio superior, extremamente sério, que começava numa parte bastante adiantada do nariz, descansava sobre o inferior. Mas os olhos escuros brilharam por entre lágrimas, quando olharam na direção da penitente, sem que por isso o olhar dela tivesse perdido a sua firmeza, o que é raro e bonito: olhar firmemente através das lágrimas.

Ela não viu nada, já que mantinha os olhos baixos em devoção, enquanto se aproximava com três reverências profundas, e, chegando perto dele, jogou-se a seus pés. Com um movimento quase rápido demais para a sua dignidade, ele a ergueu, a impediu de beijar-lhe o múleo de couro saffiano bordado com uma cruz, oferecendo-lhe, em seu lugar, o anel para beijar. Então, apontou-lhe um genuflexório a seu lado, forrado de veludo vermelho; havia ali uma tábua alta com almofada para colocar as mãos. Foi deste local que ela ergueu os olhos para o representante de Deus, olhando com devoção para o seu rosto. Aquela mulher idosa! Ela se esqueceu de piscar durante esse olhar, esqueceu as batidas das pálpebras, deixou — entendam-me bem — de mexer um cílio sequer, o que fez com que o seu olhar logo não apenas ficasse rígido, mas também começasse a embaçar, a se quebrar diante de seu objeto, não o contendo mais, e parecendo adentrar uma distância indefinida. Então, preferiu fechar os olhos, tocou de leve a testa com a ponta dos dedos e em seguida olhou para baixo, para as suas mãos postas.

— Fizestes, cara senhora, nossa filha — começou o confessor com voz contida —, uma longa viagem até aqui, vinda de vosso país distante, onde vós, como ouvimos, ora reináveis. Deve ser grande a vossa necessidade de abrir para nós o vosso coração e de depositar a sua carga conosco. É chegada a hora para tanto. O papa está ouvindo.

— Sim, santo padre — respondeu ela —, é chegada a hora, graças à vossa misericórdia, da qual sei que é apenas provisória e apenas se refere à oitiva, pois como será a vossa misericórdia e a de Deus após a oitiva, evito pensar nisso.

— O papa está ouvindo — repetiu ele, aproximando mais um pouco da boca da senhora o seu ouvido meio encoberto pelo gorro de veludo.

— Que Deus me ajude — sussurrou ela — a começar! Sabeis, santo padre, que para o meu flagelo, como me fora incumbido por certa parte, presido um asilo que acolhe a escória da rua, sendo que nessa tarefa tenho a ajuda de uma mulher que é minha fiel ajudante, de nome Gúdula, uma pecadora severa. Pois há vinte anos ela se esqueceu de si mesma com um bandido, sendo flagrada por seu marido no maior dos pecados, ao que ele, com raiva justificada, a expulsou com um ancinho. Foi assim que ela chegou a mim e juntou a penitência dela à minha, pedindo-me para falar em nome dela diante de vós, buscando uma solução, o que eu faço, porque Deus parece tender a perdoá-la. Pois através do saltimbanco ela foi abençoada com um filho, Penkhart, que é um rapaz exemplar, melhor talvez do que se fosse do marido dela. Ele é hábil em todas as atividades e pinta com as cores de forma tão ilustrativa, que quero vos perguntar, santo padre, se ele não encontraria um emprego em vossa corte, pintando os vossos aposentos e várias capelas, em louvor de Deus e em gratidão a vós pela solução do problema da mãe dele.

— Mulher — disse Gregor, afastando seu ouvido dela —, fizestes a viagem para nos contar essas banalidades? Pois, de acordo com tudo o que escrevestes a nosso *nomenculator*, o que aconteceu entre aquela mulher e o bandido é apenas uma banalidade diante dos pecados destinados a vós.

— Isso é totalmente verdadeiro, santo padre — confessou ela. — E aqui para mim eu temia que vós iríeis me elogiar por engano pelo fato de eu ter colocado altruisticamente em segundo plano a preocupação com a minha própria saúde da alma diante daquela de uma irmã pecadora, não apenas intercedendo por ela, mas também pedindo um emprego para o seu hábil Penkhart. Essa interpretação teria sido possível, mas com razão vós não a considerastes. Não foi por altruísmo que falei primeiro de Gúdula, mas apenas antecipei a história dela para ganhar tempo e porque estou tão aterrorizada de contar a minha própria e, com a sua exposição, preencher os vossos ouvidos com terror.

— Este ouvido e este coração — respondeu ele — são firmes. Falai sem prenúncios! O papa está ouvindo.

E então ela contou, as mãos belas e finas às vezes se contorcendo sobre a almofada, às vezes paradas, às vezes sufocando a voz sussurrada com soluços, tudo de uma vez, toda aquela história extrema, tal como eu a contei a vós, à exceção das duas vezes dezessete anos, na ilha normanda e sobre a pedra, que faltavam no seu conhecimento. Ela murmurava de seu doce irmão, e de como só eles dois se julgavam dignos um do outro e iguais em fineza, da fidalguia de Grimaldo e de como, enquanto ele estava lá, enrijecido, as corujas gritavam amedrontadas em volta da torre e Raneguife, o fiel, tinha uivado para o teto, mas como mesmo assim eles o tinham feito, de forma mortal, num prazer sangrento de igualdade de nobreza. De como eles continuaram fazendo e de como o ventre da irmã havia sido abençoado terrivelmente com um filho-irmão. Do sr. Choraferro e da dura benevolência de suas disposições. Da saída de Víliguis e de sua suave derrocada. De ter dado à luz no castelo de água sob as mãos da sra. Choraferro e de como lhe haviam tirado o belo menininho e o trancado num barrilzinho, de modo que ela mal tivera tempo de ainda equipá-lo para a viagem nas ondas: com a tabuleta na qual estava escrita a sua história, pães cheios de ouro e alguns bons tecidos do Oriente. Ela falou das cinco espadas que lhe atravessaram o coração e de sua briga com Deus, para quem ela não mais queria ser mulher, nunca mais, sendo que dispensou todos os pretendentes, tendo assim levado o país à miséria. Ela também confessou o seu sonho antigo: de como ela sonhara que estava dando à luz um dragão que lhe rasgava o ventre e depois saía voando, apenas para voltar e entrar novamente no ventre. E foi assim que aconteceu. Porque, de repente, a criança se transformara num homem, ou um rapaz fidalgo com grandes anseios de virilidade, que dominou o pretendente selvagem em sua vida com mão incrivelmente firme. E de como — sussurrou ela, santo padre! — tomou como esposo o amado, o único que ela poderia e deveria amar, vivendo com ele em prazer matrimonial durante três anos, tendo lhe dado também uma filha, branca e vermelho-maçã, e depois mais uma, semelhante a ele e a ela. De como, pela descoberta da tabuleta — soluçava ela —, havia se revelado para ela de forma terrível a sobreposição de filho e esposo, e de como, de tanto susto, a alma havia desmaiado, mas apenas como comédia; pois, em cima, a alma operava numa essência de ilusão diabólica, mas lá no fundo, onde ainda residia a verdade, lá não houve ilusão, muito pelo contrário, pois foi lá que ela ficou sabendo da coincidência à primeira vista e, não sabendo mas sabendo, desposou o próprio filho, porque, de novo, era o único à sua altura. E então ele — e com isso direi a última coisa, pois seria indigno dos ouvidos papais, e não seria sem intenção ardilosa que ela confessaria as estripulias de sua alma. Agora, ele poderia erguer os punhos cerrados, vermelho de raiva, e condená-los à grelha do inferno; isso lhe pareceria melhor do que sustentar, mentindo, diante de Deus e do papa, que secretamente ela já sabia de tudo e que a sua alma, ao fazer a descoberta, apenas fizera uma encenação.

Ela se calou. Houve um silêncio. Ela disse ainda:

— Ouvistes a minha voz durante muito tempo, papa Gregorius. Agora também logo voltarei a ouvir a vossa.

Ela voltou a ouvi-la, mas dessa vez não de forma plena, pois ele falou com o som um pouco abafado, como o sacerdote no confessionário:

— Grande e extremo é o vosso pecado, mulher, e até o fundo o confessastes ao papa. Esse detalhamento no extremo é uma penitência maior do que lavar os pés dos mendigos, conforme a indicação de vosso esposo. Sabeis que ergo os braços e vos amaldiçoo. Nunca ninguém que já estudou Deus vos disse que Ele aceita arrependimento verdadeiro como penitência de todos os pecados, e que quando o olho de um ser humano, por mais doente que esteja a sua alma, se umedece durante uma hora que seja por causa de arrependimento de coração, ele estará salvo?

— Sim, já ouvi — respondeu ela —, e é arrebatador voltar a ouvi-lo do papa. Mas não quero nem posso ser salva sozinha, mas só junto com ele, o meu esposo-filho. Dizei-me! Como ele está?

— Primeiramente — disse ele —, sou eu quem pergunta a vós. Desde aquela época nunca mais soubestes o que foi feito dele, se está vivo ou morto?

— Nunca mais ouvi falar dele, senhor. Mas se está vivo ou morto, creio muito que esteja morto. Pois, devido à sua virilidade, ele certamente assumiu para si uma penitência tão violenta que não aguentou. Acreditava que o seu pecado superava o meu, o que não posso afirmar. Porque, mesmo toda a sua carne e o seu sangue sendo feitos de pecado — a partir do pecado de seus pais —, ele pecou apenas na medida em que se deitou com a mãe sem saber. Eu, porém, gerei o esposo com meu irmão.

— A medida da pecaminosidade — retrucou ele — é discutível diante de Deus, tanto mais porque o teu filho, onde a alma não está para brincadeiras, também sabia muito bem que era a mãe a quem amava.

— Pai da cristandade, como o acusais de forma pesada!

— Não é de forma pesada demais. O papa não lidará com o moço de modo mais leniente do que vós lidastes convosco. Um jovem que sai para procurar a mãe e através de luta conquista uma esposa que, por mais bela que seja, poderia ser sua mãe, deve contar com a possibilidade de que esteja casando com a própria mãe. Isso quanto à sua razão. Mas quanto ao seu sangue, a coincidência de esposa e mãe lhe era conhecida muito antes de ficar sabendo da verdade, chegando a chocar-se de modo cômico com tudo.

— Quem fala é o papa. Mesmo assim, não posso crer.
— Senhora, ele mesmo o disse a nós.
— Como, como? Então o vistes antes de sua morte?
— Ele verdadeiramente está vivo.
— Não consigo entender! Onde, onde ele está?
— Não está longe daqui. Teríeis coragem de reconhecê-lo se Deus vo-lo mostrasse?
— Santidade, à primeira vista!
— E deixai-me perguntar ainda: seria muito desconcertante revê-lo ou a alegria seria mais forte?
— Não só ela seria mais forte, como só ela seria bem-aventurada. Misericórdia, senhor! Deixai-me vê-lo!
— Então vede primeiro isto.

E, debaixo dos papéis sobre a mesa, puxou uma coisa que estendeu a ela: feita de marfim, emoldurada e escrita como carta, a tabuleta. Ela a segurou nas mãos.

— Como assim? — disse ela. — Esta é a peça de que vos falei, que eu coloquei no barrilzinho da criança há dezessete anos e mais dezessete e três e cinco. Deus, meu Deus, voltei a segurá-la agora — pela terceira vez. Quando escrevi nela sobre a situação da criança eu a segurei, depois de novo naquela hora terrível quando, seguindo a orientação da criada, tirei-a do esconderijo nos aposentos de meu marido. Que agonia passou a alma pecadora ali para descobrir como ele conseguira aquela peça! A criança e o esposo — a alma queria mantê-los bem afastados e não queria entender que eram idênticos. Ao esposo, acreditou ela por muito tempo, essa tabuleta tinha sido dada pela criança. Ela foi dada a vós por meu esposo, senhor, queridíssimo papa?

— Ela é minha desde sempre. Fui dar com ela primeiro numa ilha do mar, depois no país de vossos pais e dos meus. Tenho que dar uma nova tarefa à vossa alma, caríssima, mas uma plena de misericórdia: entender a trindade de filho, esposo e papa.

— Estou tonta.
— Compreendei, Sibilla. Sou vosso filho.

Ela se abaixou, sorrindo, sobre sua almofada de mão, enquanto as lágrimas escorriam de suas faces gastas pela idade e pela penitência. E disse entre sorrisos e lágrimas:

— Sei disso há muito tempo.

— Como? — disse ele. — Então me reconhecestes em minhas vestes de papa, depois de tantos anos?

— Santidade, à primeira vista. Eu sempre vos reconhecerei.

— E então, mulher airada, apenas jogastes vosso jogo comigo?

— Já que vós sempre quisestes jogar vosso jogo comigo...

— Pensávamos que seria um entretenimento para Deus.

— Nisso eu vos ajudei com prazer. Mas, mesmo assim, não foi um jogo. Pois mesmo os três sendo um só, o papa está longe do filho e do esposo. Confessei intimamente ao eleito do Senhor.

— Mãe! — exclamou ele.

— Pai! — exclamou ela. — Pai de meus filhos, filho eternamente amado! E se abraçaram e choraram juntos.

— Grigorss, pobrezinho! — disse ela, apertando a cabeça dele contra a sua. — Como deves ter pagado penitência impiedosamente, para que Deus te elevasse tanto acima de nós, pecadores.

— Nada mais a esse respeito — retrucou ele. — Evidentemente, o meu lugar foi o mais inóspito, mas os astros do céu, o vento e as intempéries ofereciam muita distração, e, além disso, Deus me rebaixou bastante, até uma marmota, agora não se percebe tanto. Mas, amada-amantíssima mãe, tu não ficaste espantada em encontrar no papa o teu filho?

— Ah, Grigorss — retrucou ela —, essa história é tão extrema, que o mais espantoso nela já não nos espanta mais. Mas como devemos louvar a sabedoria de Deus, por ter te elevado a papa, satisfeito que estava com o teu rebaixamento! Pois agora tens o poder de apagar o terror, que ainda continua, promovendo o nosso divórcio. Lembra que até hoje ainda somos casados como cristãos!

— Honradíssima — disse ele —, vamos apresentar isso a Deus e deixar que Ele decida se quer atribuir ou não validade a uma obra do Diabo como o nosso casamento. Não caberia a mim proferir a sentença do divórcio, voltando o nosso relacionamento para o de mãe e filho. Pois, se pensarmos bem, não seria bom eu também ser o vosso filho.

— Mas, criança, o que podemos ser um do outro?

— Irmão e irmã — respondeu ele —, no amor e no sofrimento e na penitência e na misericórdia.

Ela pensou:

— Irmão e irmã. E onde fica a alma de Víliguis?

— A alma de meu pai? Mulher, nunca ouvistes que conseguimos tirar um imperador dos pagãos do inferno através de orações? Então não tenhais medo pelo meu caro tio, que eu adoraria ter encontrado nesta vida, mas que encontraremos no paraíso.

— Graças, meu filho, ao teu poder das chaves! Eras tão jovem quando me deixaste para trás e negaste o batismo à nossa segunda filha. Será que o concederias agora, em tua maturidade papal?

— Nossas filhas! — exclamou ele. — Onde estão?

— Fiquei um pouco incomodada — retrucou ela — por ainda não teres perguntado por elas. Estão na antessala secreta.

— Tão longe daqui? Que as tragam diante de nós, imediatamente!

E foi o que fizeram. Stultitia e Humilitas entraram no mais interno dos salões e também só puderam beijar o anel, não a pantufa.

— Queridas sobrinhas — disse Gregorius —, é assim que vos chamaremos, já que a vossa mãe inventou ser o papa um parente de um ramo paralelo da família. Estamos felizes de coração por vos conhecer em vossa beleza de tipos diferentes.

Mas, para Sibilla, disse:

— Aí vês, honrada amada, e Deus seja louvado por isso, que Satanás não é todo-poderoso e não conseguiu levar tudo ao extremo, em que por engano eu ainda tivesse um relacionamento com elas e talvez ainda filhos delas, sendo que os relacionamentos familiares nesse caso ainda entrariam num abismo total. Tudo tem limites. O mundo é finito.

Ainda conversaram muito, e, como antigamente, só que agora em circunstâncias muito mais felizes, Gregorius estabeleceu as suas determinações, já que era ele o homem e, além disso, o papa. Por enquanto, Sibilla ainda deveria permanecer com as sobrinhas no mosteiro Sergius e Bacchus, mas logo ele mandaria construir um mosteiro só para ela, onde deveria atuar como abadessa e senhora, com grande dignidade. Literalmente foi o que aconteceu, e Stultitia ficou com a mãe na função de vice-abadessa, mas Humilitas, depois de ter recebido o batismo cristão, casou-se com Penkhart, o pintor, já que ambos se sentiam atraídos um pelo outro havia muito tempo. Penkhart foi muito longe em seu ofício, manteve um posto alto em Roma e pintou muitas paredes, em parte devido às suas habilidades, em parte por ter a sobrinha do papa como esposa. A isso se chama nepotismo, contra o qual nada há a argumentar, se os méritos o justificam.

E assim viveram todos numa alegria conjunta, e cada um morreu sua morte no tempo certo, conforme chegou e na sequência adequada. Sibilla morreu primeiro, aos oitenta anos: ela não envelheceu mais, uma vez que muito mais cedo a preocupação e os anos duros de penitência devem ter-lhe encurtado a vida. Seu filho-irmão, o papa, sobreviveu a ela por quase uma geração: chegou aos noventa, crescendo ainda mais como pastor dos povos; até o fim, provocou espanto no *orbis* como Oráculo Apostólico e Doctor Mellifluus. Os outros ainda ficaram um pouco por aqui, sendo que mais tempo ficaram os filhos de Penkhart e Humilitas, pessoas alegres, que foram geradas para a frente, na direção correta, e que também viviam assim. Mas depois de algum tempo eles também foram amarelando, como as folhas de um verão, adubando o solo sobre o qual andariam, verdejariam e amarelariam novos mortais. O mundo é finito, e eterna é apenas a glória de Deus.

Clemens, que assim levou a termo a história, vos agradece pela atenção e com prazer aceita a vossa gratidão pelo esforço que envidou nesta obra. Não venha aquele que gostou da história tirar uma falsa moral dela e pensar que o pecado é uma coisa simples. Que evite dizer a si mesmo: "Agora sê um pecador alegre! Se o final destes aqui foi tão bom, como podes tu estar perdido?". É assim que sussurra o Diabo. Passai primeiro dezessete anos numa pedra, rebaixados à forma de uma marmota, e lavai feridas durante mais de vinte anos, então vereis se é divertido! Mas certamente é perspicaz suspeitar que o pecador é um eleito, e isso é perspicaz também para o próprio pecador. Pois a suspeição de sua eleição o dignifica, tornando fértil a sua pecaminosidade, fazendo com que ela o alce a altos voos.

Como recompensa pelos alertas e conselhos, peço-vos o favor de me incluirdes em vossas preces, para que voltemos todos a nos encontrar no paraíso com aqueles de quem vos falei.

Valete

Em linhas gerais, esta narrativa se baseia na epopeia Gregorjus, *do autor médio-alto-alemão Hartmann von Aue, que escreveu a* História do bom pecador *a partir do modelo francês* (Vie de Saint-Grégoire).

POSFÁCIO
O eleito — A arte da paródia e da ironia

Walnice Nogueira Galvão

Pode-se argumentar que *O eleito* não figura nem entre os mais reputados, nem entre os mais populares livros de Thomas Mann. No entanto, há leitores que por ele nutrem velha paixão: para tanto sobram razões, como veremos.

Preliminarmente, e à luz desta nova edição das obras de nosso autor que a Companhia das Letras empreende, seria oportuno um sobrevoo sobre sua recepção. Na presente coleção promovem-se traduções novas ou se revitalizam outras, mediante uma revisão que as atualiza; em qualquer caso, garante-se a seriedade e a qualificação dos profissionais que se ocupam da tarefa. Assim, esta iniciativa pretende estar à altura de seus antecedentes e dos intelectuais que deram início à divulgação de Thomas Mann entre nós.

LEITORES E MEDIADORES

O destino da obra de Thomas Mann em nosso país dependeu de quatro grupos de mediadores: os críticos literários, os tradutores, os editores e os jornais. Entre os críticos, destacam-se Otto Maria Carpeaux e Anatol Rosenfeld.

O eruditíssimo Carpeaux inicialmente não manifestava muita afinidade com nosso autor, mas é bom lembrar que isso se deu quando a obra ainda estava em andamento. Trinta anos depois, à medida que acompanhava o que Mann ia escrevendo, e culminando em *Doutor Fausto*, Carpeaux já tinha passado a admirador. Afirmaria várias vezes que Mann era ímpar na posição de maior romancista alemão do século xx.

Aqui arribado nos anos 1930, Carpeaux viveria dos muitos artigos que iria estampar em periódicos, a par do ofício de bibliotecário em várias instituições. Logo estaria publicando no *Correio da Manhã* (onde seria editor), no Suplemento Artes e Letras de *A Manhã*, na *Revista do Brasil* e em *O Jornal*; mais tarde, no *Diário de São Paulo* e no Suplemento Literário de *O Estado de S. Paulo*, entre outros. É admirável ver como tão rapidamente aprendeu português, que desconhecia totalmente. A essa altura, conforme ia escrevendo para esses jornais, ele já era uma voz com a autoridade de uma espantosa erudição. De tempos em tempos, reuniria seleções de seus artigos em volumes, aos quais acrescentaria alguns livros sobre temas valiosos, afora a monumental *História da literatura ocidental*, em sete volumes, que dormiu vários anos na gaveta até encontrar editor.*

Quanto a Anatol Rosenfeld, este sempre foi fã incondicional de Thomas Mann. Ministrou cursos sobre o escritor — inclusive informais, em casa de amigos —, dando a entender que um dia haveria de escrever um livro sobre ele, e produziu muitos textos avulsos, mais tarde reunidos pela dedicação fraterna de Jacó Guinsburg no volume póstumo *Thomas Mann*.** Publicado pela Perspectiva, seria um dentre os muitos que o editor passou anos trazendo à luz, com base na organização dos arquivos de Rosenfeld efetuada por Nanci Fernandes. Titular da seção de Letras Germânicas no prestigioso Suplemento Literário de *O Estado de S. Paulo*, Rosenfeld entregou-se à missão de divulgar o autor a quem tanto amava através das páginas de periódicos como esse e de outros, como o *Correio Paulistano*, o *Jornal São Paulo* e a revista *Anhembi*, de Paulo Duarte. Seu saber encontrou destinação também nas atividades didáticas formais, pois por muitos anos foi professor na Escola de Arte Dramática e na Escola de Comunicações e Artes da Universidade de São Paulo (USP).

As traduções de Thomas Mann entre nós nunca tinham sido sistemáticas: privilegiava-se um ou outro livro, a começar pelos menos volumosos. Os leitores mais avisados liam as obras completas em inglês, pois era voz corrente ser essa a melhor das versões. Para nossa língua,

---

* Reunindo artigos publicados no *Correio da Manhã*, inclusive "O admirável Thomas Mann", já sairia um livro em 1942: Otto Maria Carpeaux, *A cinza do purgatório* (Rio de Janeiro: Casa do Estudante do Brasil, 1942). Ver também de Carpeaux: *Ensaios reunidos (1942-1978)*, v. 1 (Rio de Janeiro: UniverCidade, 1999); *Ensaios reunidos (1946-1971)*, v. 2 (Rio de Janeiro: Topbooks, 2005); *A literatura alemã* (Rio de Janeiro: Cultrix, 1964); e *História da literatura ocidental* (Rio de Janeiro: O Cruzeiro, 1947-66; sobre Thomas Mann, v. 6, 1964).

** Anatol Rosenfeld, *Thomas Mann*. São Paulo: Perspectiva, 1994. Ver também de Rosenfeld: "Thomas Mann: Apolo, Hermes, Dioniso", *Texto/contexto* (São Paulo: Perspectiva, 1969), e "Prefácio" a Thomas Mann, *As confissões de Felix Krull*, trad. de Domingos Monteiro (São Paulo: Hemus, s. d.).

as traduções de alto nível surgiram como empreitada coletiva da Editora Globo, de Porto Alegre. A ela devemos a divulgação de literatura mundial de categoria, traduzida localmente, cujos florões são Balzac (1945-55) e Proust (1948-57).* Vejamos o papel que essa casa editorial desempenhou na elevação do nível das traduções literárias no Brasil.

No caso de Balzac, a coordenação coube a mais um intelectual centro-europeu, este nascido na Hungria: Paulo Rónai. Foi ele o autor dos prefácios de todos os dezessete volumes contendo 89 romances e contos, bem como de todas as 12 mil notas de rodapé, tarefa que lhe tomaria quinze anos. Com Carpeaux e Rosenfeld, constituiu por muito tempo a santíssima trindade dos críticos literários vindos da Europa Central tangidos pelo horror nazista. Foram exemplo de cultura enciclopédica e de rigor ético.

A coleção trazia ainda, em cada volume, ensaios selecionados dentre o que de melhor havia na crítica internacional. A bela reedição empreendida pela Biblioteca Azul da Globo Livros, com os melhores cuidados de revisão técnica a cargo de Glória Carneiro do Amaral, do Francês da USP, infelizmente os descartou. Quem quiser ter acesso a eles pode consultar a obra completa nos volumes da velha edição da Globo, que teve segunda edição nos anos 1980, sucedida pela presente, que é a terceira. E interessa ler o que Paulo Rónai tem a dizer a respeito dessa missão sobre-humana e de outras a que se entregou no campo da tradução e da escrita, sempre com muito humor.** Nem por isso deixou de dar sua contribuição ao ensino, pois, latinista que era,*** foi professor de francês e de latim no Colégio Pedro II, do Rio de Janeiro.

Quanto à tradução de *Em busca do tempo perdido* em sete volumes, divisão consagrada desde a França, esta também foi entregue a competentes mãos. Mario Quintana encarregou-se dos quatro primeiros volumes: *No caminho de Swann*, *À sombra das raparigas em flor*, *O caminho de Guermantes* e *Sodoma e Gomorra*; Manuel Bandeira, de *A prisioneira*; Carlos Drummond de Andrade, de *A fugitiva*; e Lúcia Miguel Pereira, de *O tempo redescoberto*. Coube a Paulo Rónai a revisão em cotejo com o original francês. Mesmo não sendo possível chamar Proust propriamente de escritor popular, o fato é que chegou à 21ª edição, o que é uma proeza. E quando olhamos para o rol de tradutores, quase não acreditamos.

É inestimável a contribuição da Editora Globo. Contratar traduções

---

* Sônia Maria Amorim, *Em busca de um tempo perdido — Edição de literatura traduzida pela Editora Globo (1930-1950)*. São Paulo: Edusp, 2000.
** Ver *Como aprendi o português e outras aventuras* (1956) e *A tradução vivida* (1981).
*** Ver *Não perca o seu latim* (1980).

diretas efetuadas por intelectuais qualificados violava a praxe editorial do país, pois era corriqueiro que as traduções fossem feitas com base em língua intermediária, quase sempre do francês. Basta percorrer as listas de publicações das maiores editoras no período para constatá-lo; vejam-se, por exemplo, as obras russas que foram traduzidas do francês por Rachel de Queiroz. Demorou a decantar-se uma consciência da dignidade da tradução, bem como, ao que parece, uma noção do que seja um original: traduzia-se de qualquer jeito e de qualquer língua intermediária, sem que houvesse preocupação com fidedignidade.

Ainda mais, Thomas Mann beneficiou-se em larga medida da época de fastígio dos suplementos culturais em nosso país, obra de intelectuais profissionais. Os grandes jornais abrigavam figuras como essas e disputavam a honra de possuir o melhor suplemento. Hoje em dia, quando já assistimos ao fechamento de todos eles, um atrás do outro, inclusive os mais submissos à indústria cultural e ao pop que os foram sucedendo, é que percebemos o quanto a alta cultura perdeu terreno na mídia ao longo das últimas décadas.

Nos anos 1930 e 1940 imperava a crítica chamada "de rodapé", tendo um intelectual de amplo e reconhecido saber como titular a assinar uma matéria semanal sob a rubrica "Crítica Literária". Nela pontificaram, entre muitos outros, Mário de Andrade, Sérgio Buarque de Holanda, Tristão de Athayde, Brito Broca, Álvaro Lins, Augusto Meyer, Otto Maria Carpeaux, Antonio Candido, todos enfronhados na literatura mundial, em diferentes jornais. Posteriormente, haveria em São Paulo o Suplemento Literário de *O Estado de S. Paulo* (fundado em 1959), com projeto de Antonio Candido e direção de Decio de Almeida Prado, enquanto no Rio de Janeiro se destacava o Caderno B do *Jornal do Brasil* (fundado em 1960), dirigido por Mário Faustino, nicho das vanguardas e dos concretistas, com traduções dos principais teóricos — tudo isso ao mesmo tempo. À medida que a mídia ia expulsando a alta cultura, esta acabaria por entrincheirar-se na universidade e nas revistas universitárias, que também foram passando de impressas a eletrônicas, perdendo-se na indistinção dos bilhões de similares no mundo virtual. E o que hoje se chama "jornalismo cultural", até matéria nas universidades e tema de congressos ou livros, ao que parece um novo ofício, certamente passou a ser feito exclusivamente por jornalistas profissionais.

Quanto às traduções de Thomas Mann,* são quase legendários os trabalhos do grande Herbert Caro, o maior especialista em nosso autor

---

* Ver blog de Denise Bottmann, Não Gosto de Plágio. Disponível em: <https://naogostodeplagio.blogspot.com/2013/03/thomas-mann-no-brasil.html>. Acesso em: jul. 2018.

no Brasil, cujas traduções estão sendo reeditadas nesta coleção da Companhia das Letras. O destacado intelectual alemão, mais um centro-europeu que, a exemplo de Carpeaux (austríaco), Rosenfeld (alemão) e Rónai (húngaro),* veio enriquecer o panorama cultural brasileiro, começou a trabalhar na Globo de Porto Alegre, onde residia, em 1938. Ali integrou com Erico Verissimo e Mario Quintana a afamada Sala dos Tradutores, e contribuiria para a era de ouro da Globo, quando a editora se tornaria uma das mais importantes do país, pioneira quanto a traduções literárias bem informadas do panorama internacional.

Das mãos de Herbert Caro, que chegou a se corresponder com Thomas Mann,** sairiam os três livros pesos pesados do autor alemão, planejados para integrar a magnífica Coleção Nobel: *Os Buddenbrook* (1942), *A montanha mágica* (1952) e *Doutor Fausto* (só lançado em 1984, e não mais pela Globo). Mais tarde, e para outras editoras, Caro traduziria também *A morte em Veneza* e *Tristão*, que sairiam em 1965 num só volume com *Gladius Dei*, este traduzido por Paulo Rónai e Aurélio Buarque de Holanda, pela Delta, do Rio de Janeiro. Finalmente, a tradução de Caro de *As cabeças trocadas* veria a luz em 1987, pela Nova Fronteira. Ao fim e ao cabo, ninguém lhe disputa a palma de maior tradutor de Thomas Mann em língua portuguesa.

A Globo passaria a comercializar a Coleção Nobel*** em vários volumes encadernados, distribuídos entre a Nobel Azul e a Nobel Vermelha, oferecidos a prestações em todo o território brasileiro, assim contribuindo para a disseminação de alta literatura entre nós. Conquistou para seu público os estudantes universitários, entre os quais, dentre os estrangeiros, Thomas Mann se tornaria rival de Fernando Pessoa:**** era obrigatório não só lê-los, mas também conhecê-los muito bem, para alimentar os debates.*****

Herbert Caro traduziu ainda outros autores germânicos, como Oswald Spengler, Elias Canetti, Hermann Broch, Emil Ludwig,

---

* Em outros contextos, registram-se os nomes de Boris Schnaiderman (ucraniano), cujas contribuições no campo da literatura russa continuaram até sua morte, aos 99 anos, em 2016, e Vilém Flusser (tcheco), que deixou o país em 1972.

** Erico Verissimo, decisivo na política de publicações e traduções da Globo, teria o prazer de encontrar-se pessoalmente com Thomas Mann nos Estados Unidos, conforme relata em *Gato preto em campo de neve* (1941).

*** Coleção Nobel: 128 livros, entre 1933 e 1958. Sônia Maria Amorim, op. cit.

**** O poeta português aqui chegou por via da Ática, de Lisboa.

***** Dentre os autores com público mais intelectualizado, hoje no limbo mas muito lido na época, estava Aldous Huxley, com vários títulos na Coleção Nobel.

Hermann Hesse e Franz Werfel, e também não germânicos, como John Steinbeck. Ao todo, foram cerca de quarenta. Embora hoje menos conhecida e prezada do que mereceria, foi de primeira linha sua militância cultural em geral, mais especificamente como crítico literário e musical, tanto nos periódicos como nas associações gaúchas — o que se reflete no bom número de prêmios e galardões que conquistou.*

Em suma, em apenas um decênio a Globo publicou um núcleo impressionante de livros de Thomas Mann em traduções. Afora as de Herbert Caro, também *As cabeças trocadas*,** em 1945, e a tetralogia *José e seus irmãos* (*José e seus irmãos*, *O jovem José*, *José no Egito* e *José, o Provedor*),*** de 1947 a 1951.

MITO, LEGENDA E NOVELA: CAMINHOS DO ENREDO****

Seguindo a praxe dos estudiosos alemães, chamaremos *O eleito* de novela, por sua extensão breve e intriga unitária disposta em sequências narrativas, reservando o termo "romance" para quando se apresenta uma estrutura mais complexa. Não só, mas sobretudo para os três — cada um com direito ao título de *opus magnum* — que, como todos sabem, são *Os Buddenbrook*, *A montanha mágica* e *Doutor Fausto*. Se não for faltar ao respeito, diria que há quem atribua uma perfeição maior às novelas em comparação com os romances. Como é o caso desta joia que é *O eleito*.*****

Não seria a primeira vez que Thomas Mann experimentaria a mão parodiando o mito e a legenda, ou mesmo o conto de fadas, como em *Sua Alteza Real*. Ele afirmaria modestamente em *A gênese do Doutor Fausto*: "Em termos estilísticos, eu mesmo não conheço nada além da paródia".******

Na tetralogia *José e seus irmãos*, o autor já parodiara a Bíblia do Velho Testamento à vontade, haurindo em poucos versículos a matéria que

---

* Menos lembrada é sua esposa Nina Caro, autora e tradutora de livros infantis para a mesma editora, entre eles *Jogos, passatempos e habilidades* (Porto Alegre: Globo, 1947).
** Por Liane de Oliveira e E. Carrera Guerra, em 1945. Como vimos, a tradução de *As cabeças trocadas* por Herbert Caro sairia pela Nova Fronteira, em 1987.
*** Por Agenor Soares de Moura, de 1947 a 1951.
**** Para mito, legenda e novela, ver A. Jolles, *Formas simples*, trad. de Álvaro Cabral (São Paulo: Cultrix, 1976), e E. Staiger, *Conceitos fundamentais da poética*, trad. de Celeste Aída Galeão (Rio de Janeiro: Tempo Brasileiro, 1969).
***** Houve algumas edições anteriores em nossa língua, entre as quais: a da Portugália (Rio de Janeiro, s. d.), por Eurico Fernandes; a da Portugália Europa-América (Lisboa, 1959), por Maria Oswald; e a da Mandarim (São Paulo, 2000), por Lya Luft.
****** Thomas Mann, *A gênese do Doutor Fausto*. Trad. de Ricardo F. Henrique. São Paulo: Mandarim, 2001.

renderia quatro volumes — é bem verdade que calçada pelos achados da arqueologia e da paleografia. A paródia permite-lhe um ângulo de visão em viés, burilado não com ironia cortante, mas com ironia amável, plena de indulgência para com seu protagonista. É uma obra encantadora, como encantadora é *O eleito*. A graça deriva em boa parte, num caso como em outro, do narrador, que ao mesmo tempo deplora o malfeito, deixa-se manipular por um herói fora do comum e é enfeitiçado por suas aventuras — no caso de José, solerte como Ulisses e dotado de narcisismo exibicionista. E, justamente devido a seus encantos, a que ninguém resiste, nem o narrador nem o leitor, impõe seus caprichos, frequentemente valendo-se da injustiça.

Em *O eleito*, que narra uma hagiografia carregada nas tintas da profanação,* a sedução vem à tona quando se trata de admirar a beleza física, o sexo e os feitos da força muscular. O narrador, monge recluso, revela-se fascinado por tudo isso, pois, se não fosse, onde ficariam a empatia e a capacidade de contar o que se passa? E, nesses três casos, entrega-se à narração das minúcias com carinho e deleite, para logo cair em si e se desculpar dizendo que tais assuntos lhe são estranhos. Isso multiplica o efeito da ironia ubíqua, quando o narrador se volta contra si mesmo — mas sempre ironia amável, como vimos. O narrador pasma, e o leitor também: tombando presa desses encantos, suspende o juízo e não lhe ocorre censurar as ações perniciosas do herói.

O enredo mirabolante de *O eleito*, cujo duplo incesto tensiona os limites da credibilidade do pacto narrativo até à beira da ruptura, não foi inventado por Thomas Mann. Como de hábito, o escritor tomou-o do acervo da literatura ocidental, tanto quanto o do *Doutor Fausto*, de *José e seus irmãos* etc.; e iria mesmo mais longe, buscando na Índia o de *As cabeças trocadas*. O enredo vem pronto e acabado daquele caldo de cultura que foi a lenta desagregação da herança da Antiguidade e o nascimento das literaturas em vernáculo, que Curtius investigou com tanto afinco.**

Os estudiosos, na esteira do próprio Thomas Mann,*** indicam como fonte Hartmann von Aue, poeta do século XII nas cortes da Suábia

---

* A propósito de profanação, ver as observações de Spitzer sobre amor cortês na poesia trovadoresca: "L'Amour lointain de Jaufré Rudel et le sens de la poésie des troubadours", em L. Spitzer, *Études de style*, trad. de Éliane Kaufholz, Alain Coulon e Michel Foucault (Paris: Gallimard, 1970).

** E. R. Curtius, *Literatura europeia e Idade Média latina*. Trad. de Teodoro Cabral e Paulo Rónai. São Paulo: Edusp; Hucitec, 1996.

*** Thomas Mann já confessara seu interesse em *A gênese do Doutor Fausto*, interesse que atribui também a Adrian Leverkühn, que menciona a história de Gregorius nas *Gesta Romanorum*. Ver "Thomas Mann e a paródia", em Anatol Rosenfeld, *Thomas Mann*, op. cit.

e autor de novelas de cavalaria em versos (*Erec, Iwein*) derivadas de Chrétien de Troyes. *Gregorius ou O bom pecador* (*Gregorius oder Der gute Sünder*) descende da *Vie de Saint Grégoire* francesa, também do século XII, imensamente popular e popularizada, logo copiada e glosada em inúmeras línguas, à moda do tempo. Seu autor é um dos principais poetas épicos germânicos dessa fase, juntamente com Wolfram von Eschenbach e Gottfried von Strassburg, bem como, na lírica cortesã, Walther von der Vogelweide, o *Minnesänger*. No século seguinte, a fábula do Bom Pecador iria parar nas *Gesta Romanorum*, sendo este, a par da *Legenda áurea*, o mais difundido dos devocionários em latim.

No *Flos sanctorum*, equivalente em língua portuguesa destinado ao apostolado laico que teve longa vigência no sertão brasileiro, como, entre outros, atesta Guimarães Rosa, só constam três São Gregório. O volume fornece um santo para cada dia do ano, com biografia bem resumida, tendo ao pé da página recomendações lacônicas quanto aos correlatos cotidianos em Doutrina, Exortação, Súplica, Pelo Próximo e Exercícios. Obviamente, não falta o mais reputado deles, o papa São Gregório Magno (século VI), a quem é dedicado o dia 14 de março para as devidas devoções e cujos dados biográficos não destoam dos canônicos. Depois, São Gregório Taumaturgo, de Neocesareia, no Ponto, que estudou em Alexandria, foi bispo e tinha essa alcunha porque obrava milagres. E São Gregório Nazianzeno, também bispo, oriundo de Nazianzo, na Capadócia. Nenhum é mártir; ao contrário, todos morreram na cama, pacificamente, "em odor de santidade", e foram direto para o céu. Tampouco qualquer um deles teve vida tão cheia de prazeres e provações como nosso Gregorius.

Na *Legenda áurea*,* outro devocionário, porém em latim, e que foi de um alcance hoje incalculável por toda a Idade Média e mesmo depois, há vários São Gregório. Preparado para assessorar os sermões dos pregadores, o livro traz as datas do ano litúrgico, as hagiografias e as explicações das festas religiosas. Seu padrão típico é o *exemplum*, ou anedota biográfica edificante para ser inserida num sermão e servir de lição aos fiéis. Alimentou não apenas a literatura, mas também as artes visuais: os pintores do Quattrocento e de todo o Renascimento transpuseram o livro para a iconografia de inúmeras telas e murais. E é possível "ler" as catedrais góticas e sua saturação escultórica com o livro na mão, computando também a contribuição dos *mystères*.

---

* Jacopo de Varazze, *Legenda áurea: Vidas de santos*. Trad. de Hilário Franco Júnior. São Paulo: Companhia das Letras, 2003.

De seu alcance fala o fato de ter sido o primeiro livro em francês a ganhar impressão. Quando se pensa que na Alemanha foi a Bíblia, o marco histórico gutenberguiano serve para aquilatarmos sua relevância. Uma palavra sobre o livro em português: a nós interessa particularmente, após tantos séculos, a tradução do latim com todos os cuidados filológicos de suas mais de mil páginas feita por Hilário Franco Júnior, da USP, publicada pela Companhia das Letras em 2003. Somos gratos, pois até então os estudiosos se valiam de velhas traduções francesas existentes em bibliotecas públicas, com autoria atribuída a "Jacques de Voragine". De sua primazia ainda hoje fala a edição crítica que ganhou em 2004 na Coleção Pléiade.

O autor é Jacopo de Varazze (século XIII), cujo sobrenome, como era costume, é o topônimo de uma aldeia perto de Gênova. Frade mendicante dominicano que se tornaria arcebispo, ele próprio seria beatificado, mas não canonizado. O livro é um precioso instrumento de pesquisa, sem falar em algo a notar também no *Flos sanctorum*: a beleza literária.

A compilação traz mais de um papa São Gregório, mas, como sempre, o primeiro de todos é mesmo Gregório Magno, da Ordem de São Bento, pois, dentre todos os homônimos, é o que ganha mais páginas; só santos do topo da hierarquia celeste, como São Paulo ou Santo Agostinho, levam vantagem. A praxe da *Legenda áurea* dá a etimologia, às vezes confiável mas frequentemente fantasiosa, do nome do santo logo no início de cada verbete. Assim é aquela fornecida para este nome: do grego, *egregorius* vem de *egregius*, que quer dizer "eleito", mas também "desperto" ou "ressuscitado". Em latim, seu nome quer dizer "em vigília", "vigil", "vigilante" (o nome de Víliguis sendo um possível anagrama em latim de seu significado). Tudo isso permite ricas ilações para a novela, embora pouco seja abonado pelos dicionários.*

Gregório Magno tinha vocação para a vida contemplativa, pois era monge beneditino e de jeito nenhum se prestava a mudar de condição. Quando aclamado papa, em Roma, fugiu dentro de um barril (motivo de Jonas, ou de morte e ressurreição — a exemplo de *O eleito*), escondendo-se nas profundezas de uma caverna na floresta. Um anacoreta o descobriu através de uma visão na qual o esconderijo era denunciado por uma coluna de fogo, ao longo da qual subiam e desciam anjos, tal como no sonho da escada de Jacó. A partir dali, não mais escapou

---

* Quase não é possível abonar tais lições nos dicionários etimológicos Chantraine do grego (edição de 1968) e Ernout e Meillet do latim (edição de 2001).

a seu elevado destino, embora reclamasse da mundanidade do cargo em cartas que ficaram preservadas. Grande reformador, foi um dos Doutores da Igreja e figura entre os autores que contribuíram para o prestígio da Patrística.

Por sua vez, a *Legenda áurea* traz dois personagens em cuja vida aparece o que chamamos de "motivo edípico", crucial em *O eleito*. Um é São Juliano, que, para driblar a profecia que o predestinava a parricida e matricida, fugiu do castelo de seus pais e foi parar num reino onde havia uma castelã viúva, com a qual se casou. Nesse ínterim, os pais saíram em seu encalço e chegaram ao castelo, quando ele estava ausente na caça. Contaram sua história à nora, que, para honrá-los, cedeu-lhes seus aposentos. Chegando de madrugada, Juliano pensou que sua esposa jazia nos braços de outro homem no leito nupcial e matou a ambos. Só depois é que ela lhe disse quem eram. Fora de si, sai em peregrinação de penitência, dedicando sua vida aos pobres e doentes. Até que Deus aceita sua penitência como expiação e o recebe no paraíso.

O outro é mais complicado, por se tratar de nada menos que Judas Iscariotes, um dos doze apóstolos de Jesus Cristo, que o traiu e vendeu por trinta dinheiros. Seus crimes, como veremos, são mais completos e diversificados que o de São Juliano. Judas infante chega singrando num cestinho (motivo mosaico) e a rainha sem filhos o adota. Mas aí engravida e tem um menino, criando os dois juntos, irmãos mas inimigos (motivo da *sibling rivalry*, ou rivalidade fraterna). Judas acaba matando o irmão e, ao fugir, vai parar na corte de Pilatos, onde faz bela carreira. Para agradar ao procurador da Judeia, vai roubar frutos num pomar vizinho, mas o dono o surpreende, os dois se atracam e, na briga, Judas o mata. Pilatos, grato, dá-lhe as propriedades do morto, inclusive sua viúva, em casamento. Um dia o casal conversa e os cônjuges contam suas histórias um ao outro: é assim que Judas descobre ter assassinado o pai e desposado a mãe. Acolhido por Jesus Cristo, que dele fez um dos doze apóstolos, acaba por traí-lo e, vencido pelo remorso, enforca-se, como é notório.

Nosso Gregorius também foi papa, mas sua história é incomparavelmente mais movimentada, e "motivo edípico" seria pouco para defini-la.

Até aqui, tratamos do que diz respeito à forma da hagiografia em *O eleito*. Mas neste entrecho nota-se ainda a contaminação de outras formas literárias do período, a destacar a novela de cavalaria, surgindo primeiro em verso e depois em prosa, então em vias de se tornar predominante no panorama da literatura medieval. E isso em meio às *chansons* *de geste* que louvavam os feitos do feudalismo, entre as quais a célebre *Chanson de Roland*, exemplar da Matéria de França, também chamada de Ciclo Carolíngio ou de Carlos Magno e os Doze Pares de França; data igualmente do século XII sua mais antiga versão escrita, conhecida como "Manuscrito de Oxford". Ou ainda os *mystères*, que eram pequenas peças de teatro com episódios religiosos encenadas nos adros das igrejas durante as festas litúrgicas.* O modo de narrar respeita a convenção ou o decoro das demais narrativas que lhe são coevas, operando a devida mescla de *sublimitas* e *humilitas* analisada por Auerbach.

Da novela de cavalaria** vem muito do improvável, porém talvez verossímil, se considerarmos a verossimilhança como questão de coerência interna do texto, não referendável pela realidade exterior. É claro que isso é de esperar, e por assim dizer torna-se "natural", numa hagiografia; mas é algo muito mais desenvolvido na novela de cavalaria. Portentos e prodígios, milagres, coincidências impossíveis, cimos desolados, travessias perigosas, terras devastadas, objetos mágicos portadores de quintessência cósmica, sinais e enigmas a decifrar, presságios e premonições. E mais reviravoltas pouco plausíveis que exigem a cumplicidade do leitor ou auditor: cavaleiros andantes incógnitos e princesas em perigo necessitando ajuda; pretendentes tenazes e odientos; traidores e felões de toda ordem; relíquias, talismãs e amuletos; espadas que têm nomes e podem ferir sem serem brandidas; um bestiário fantástico com unicórnios, dragões e a Besta Ladrador; gigantes e anões, feiticeiros como Merlin, fadas e bruxas; visões a granel, visitação do sobrenatural. A lista é infinda, e a novela de cavalaria é notória por desafiar a probabilidade.

Boa parte disso foi aproveitada em *O eleito*, embora não tudo, em respeito à sua forma novecentista e não medieval, que tem compromisso, mesmo que parcial, com a empiria. Predomina o entrelaçamento do Maravilhoso Pagão com o Maravilhoso Cristão — que em língua portuguesa alimentou os estudos de *Os lusíadas* de Camões, bem posterior — nessa zona de transição em que ambos se fundiram e que é especialidade de Curtius.

O autor de maior prestígio na produção literária à época é, como vimos, o poeta e trovador francês Chrétien de Troyes (século XII), autor

---

* E. Auerbach, "Adão e Eva" (cap. 7), análise do *Mystère d'Adam*, em *Mimesis: A representação da realidade na literatura*. 6ª ed. Vários tradutores. São Paulo: Perspectiva, 2015.
** E. Auerbach, "A saída do cavaleiro cortês" (cap. 6), em *Mimesis*, op. cit.

de *Perceval ou Le Conte du Graal*, que versificou vários episódios da saga do Rei Artur e os Cavaleiros da Távola Redonda, também conhecida como Ciclo Arturiano ou Matéria de Bretanha. Por coincidência, seu *Perceval* é dedicado ao conde de Flandres, Philippe, e seria a fonte mais influente e mais copiada, oriunda de um autor documentado e com estilo característico. Não obstante, é bom lembrar que, de modo geral, nem sempre é possível falar de autoria no universo das novelas de cavalaria, que eram compilações e cópias com escólios — ou seja, comentários e acréscimos. A tal ponto que se conhecem várias versões de *A demanda do Santo Graal* — no mínimo uma, às vezes mais de uma — nas várias línguas europeias* e até nas geograficamente mais remotas.

Também temos uma versão em português, a chamada *Demanda portuguesa* ou Códice de Viena, cidade em cuja biblioteca foi encontrada e onde permanece. Escrita em prosa vernácula por autor anônimo, sua data é atribuída ao século XIV. Devemos ao padre Augusto Magne a primeira leitura do texto integral, de que há duas edições: a muito criticada de 1944** e outra de 1955-70, esta fac-similar para atender aos reparos à anterior, que incidiram sobre a fidedignidade das transcrições e a pertinência das lacunas ou cortes.

TRAMA E URDIDURA: ENLAÇANDO MOTIVOS

No enlace dos motivos, *O eleito* começa por aquilo que Curtius identifica como um *topos* pré-cristão, que descende da Antiguidade clássica e é o mais célebre dentre os motivos edênicos: o *locus amoenus*. Thomas Mann expande-o até fazer coincidir os muros do horto recluso com as barbacãs da cidadela do castelo de Belrapeire. Dentro, protegidos pela inocência e pelo pai, o casal de gêmeos vive como que em idílio inconsciente. Na noite em que, em razão de falecimento, falha o interdito da autoridade paterna, consuma-se o incesto e abrem-se as portas para a catástrofe.

Essa primeira parte, que poderíamos chamar de O Jardim do Éden, somada ao trecho na corte de Bruges mais adiante, lembra na

---

* Ver duas teses apresentadas à Universidade de São Paulo: Almir de Campos Bruneti, *A lenda do Graal no contexto heterodoxo do pensamento português* (Lisboa: Sociedade de Expansão Cultural, 1974), e Heitor Megale, *A demanda do Santo Graal* (São Paulo: T. A. Queiroz, 1989), que preparou novo texto modernizado da *Demanda portuguesa*.
** Augusto Magne, *A demanda do Santo Graal*. 3 v. Rio de Janeiro: Imprensa Nacional, 1944.

suntuosidade iconográfica uma tapeçaria ou um *Livro de Horas** coberto de iluminuras. A semelhança com a tapeçaria não é casual. Em primeiro lugar, o *locus amoenus* é cenário frequente das tapeçarias medievais — e não só delas, mas dos tapetes persas igualmente, até os dias de hoje. E, depois, Flandres iria assumir a liderança na fabricação de tecidos, dando origem a uma nova classe, os *drapiers*, ricos burgueses que negociavam o fruto do trabalho dos tecelões da lã de ovelha, abundante na região. Só bem mais tarde essa lã encontraria rival na seda de Lyon, outra capital da manufatura de tecidos de luxo.

Logo começaria a se desenvolver em Flandres a arte da tapeçaria propriamente dita, a partir de cartões desenhados por grandes pintores, entremeando fios de lã, de seda, de ouro e de prata, granjeando fama que alcançaria o resto do mundo. Durante muito tempo falava-se em "tapeçarias de Arras", cidade hoje francesa mas então pertencente a Flandres. Em *O eleito* há até alusão ao unicórnio, lembrando uma das figuras constantes dessas tapeçarias, a exemplo do conjunto de sete peças integrando *A caça ao unicórnio* conservado nos Cloisters, em Nova York, e as seis de *A dama e o unicórnio* do Museu de Cluny, em Paris — todas obras de Flandres. O unicórnio, como se sabe, com suas implicações fálicas, é emblema de guardião da castidade, além de ser uma das representações de Cristo.

O tempo indeterminado é o do feudalismo de antanho, e o espaço centro-europeu de fronteiras mais ou menos fluidas tem base no ducado de Flandres e Artois. É razoável que assim seja: não era ainda claro, na Idade Média, antes da formação do Estado moderno, qual a "nacionalidade" de cada um daqueles pequenos feudos. Vale lembrar que, no caso específico dessa região, só no século xix a Alemanha, a exemplo da Itália mais longe, se unificaria e se tornaria pátria dos alemães.

No início da narrativa, o narrador se apresenta: é o monge beneditino Clemens, o Irlandês — a Ordem de São Bento, a mesma do papa São Gregório Magno, notabilizou-se por sua dedicação ao saber e à erudição —, que abdicou de seu nome de origem, Morhold, demasiado "selvagem e pagão" para seu gosto. Postado na famosa biblioteca do não menos famoso mosteiro de Sankt Gallen,** escreve. É um dos inú-

---

* O mais belo e mais célebre dentre eles é *Les Très Riches Heures du duc de Berry*, que traz a marca de Flandres.
** James W. P. Campbell e William Pryce, *A biblioteca: Uma história mundial*. Trad. de Thais Rocha. São Paulo: Sesc, 2015. O livro traz fotos e cópia da planta dessa que é uma das mais antigas bibliotecas do Ocidente.

meros monges que nos claustros medievais se devotaram à missão de compor a crônica daqueles séculos: a eles devemos a história do Ocidente. Declara encarnar "o espírito da narrativa", em suas palavras um "espírito zombeteiro e sagaz", e tece elucubrações a respeito. Não é ele quem fala, é o "espírito da narrativa", nisso não destoando da Musa invocada no primeiro verso da *Ilíada*, que é quem fala através do aedo: "A ira, Deusa, celebra do Peleio Aquiles...".* Tanto um quanto a outra encarnam o mais puro gênero épico — embora um narrador tão intruso possa sabotar a definição, transportando-a para a modernidade. Enquanto escreve, todos os sinos dobram e badalam espontaneamente, sem sineiros que os percutam, milagre que só ocorre na parte final do enredo. Assim obedece ao princípio aristotélico, calcado em Homero, de que o épico deve começar *in media res*.

O narrador admite escrever em língua "incerta", talvez latim, francês, alemão ou anglo-saxão — talvez em thiudisc (tedesco, tudesco?), como falam os alamanos da Helvécia. Ou seja, já não escreve em latim mas em vernáculo, nesse período que é o berço das literaturas europeias. Aprova que se interpenetrem, e separá-las seria "politeísta e pagão": "acima das línguas está a linguagem".

A oralidade predomina, o narrador está falando para o leitor: a proposta é arcaica, mas a realização moderníssima. O monge é incansável em examinar os dois lados de cada gesto e de cada questão, no que importam para o pecado e para a redenção, mediata ou imediatamente. E sempre em respeito aos desígnios da Providência, que, como bem sabem os fiéis, são insondáveis. Ao fazê-lo, incorre em casuísmos intrincados mas hilariantes para o leitor atual. Se não houvesse pecado, como haveria salvação? Vai dessa maneira atualizando a espinhosa questão teológica da *felix culpa*. E assim por diante.

Na origem dos eventos está Grimaldo, duque de Flandres e Artois, que preside o feudo do alto do castelo de Belrapeire, onde nascem seus filhos gêmeos Víliguis e Sibilla, enquanto a mãe morre no parto. Cidades pertencentes ao feudo são Ypres, Gent, Lovaina, Anvers (Antuérpia) e Bruges-la-vive — todas históricas e ainda hoje existentes, grosso modo chamadas de cidades flamengas, na Bélgica.

É logo perceptível na narrativa a *imitatio* deliberada de Adão: pecado original, queda e expulsão do Jardim do Éden, donde o exílio do paraíso e a peregrinação sobre a terra. Como pregam a *Legenda áurea* e o

---

* Homero, *Ilíada*. Trad. de Haroldo de Campos. São Paulo: Mandarim, 2001.

Flos sanctorum — e é recomendação de São Francisco em seus escritos, além de exemplo em sua vida, conforme *I Fioretti* ensina —, o penitente deve aceitar ser o bobo de Deus, comer os sobejos dos cachorros, sofrer ignomínias e insultos, dar boas-vindas ao escárnio, suportar os extremos da humilhação. Mas não só Adão está presente: de certo ponto em diante predomina a *imitatio* de Cristo, com a mortificação da carne acarretando a expiação que conduz à salvação.

Na primeira sequência narrativa, após a introdução em que o narrador se apresenta, o leitor é levado ao castelo de Belrapeire, onde o casal de gêmeos nasce e é criado, até dar-se a catástrofe. O incesto ocorre na torre onde ambos vivem, na noite da morte do pai. Segue-se a gravidez, tornando a descoberta iminente: um cavaleiro debochado faz uma insinuação, falando a Víliguis sobre "pegar o unicórnio adormecido no colo virginal de sua irmã".

Os gêmeos pedem socorro ao conselheiro e, obedecendo a seu alvitre, a jovem duquesa vai dar à luz sob sua proteção, enquanto o jovem duque parte em peregrinação ao Santo Sepulcro para purgação dos pecados, morrendo no caminho. Em imprecações alarmadas, o conselheiro sintetiza o motivo do "mundo às avessas" — outra das mais afamadas tópicas de Curtius — ou, como ele pitorescamente formula, a "face na nuca", quando insiste que a história humana é para a frente que deve andar, e não para trás. Na análise dos parentescos esdrúxulos e profanadores que os gêmeos instituíram com a endogamia, aflora o pecado capital da soberba, pois ao ver deles só um era digno do outro, em altanaria, sangue azul e beleza. A propósito desse caso de *hybris* ou desmesura, pondera o conselheiro: "Pois, como o pai é o irmão da mãe, ele é o tio da criança, e a mãe, por ser a irmã do pai, é sua tia e carrega insensatamente no ventre o seu sobrinhozinho ou sua sobrinhazinha". Surge o motivo da natureza empacada — desmesura presente no *Fausto* de Goethe, que fala em paralisar o momento* — violando a ordem divina e humana da exogamia. Ainda mais, os gêmeos tinham tido catapora ao mesmo tempo, ficando com uma marca idêntica na testa: mas essa marca na carne, que, tal qual a cicatriz de Ulisses,** pressagia outra anagnórise, servirá como sinal de eleição, alimentando a soberba. São

---

* Diria Fausto ao Momento, se desse a vitória a Mefistófeles: "Oh, para! És tão formoso!", verso 1700, p. 169 (v. 1), que vai repercutir em: "Oh, para enfim — és tão formoso!", verso 11 582, p. 983 (v. 2). Goethe, *Fausto*. Trad. de Jenny Klabin Segall. Org. de Marcus Vinicius Mazzari. Ed. bilíngue. São Paulo: Editora 34, 2004 (v. 1) e 2007 (v. 2).

** E. Auerbach, "A cicatriz de Ulisses" (cap. 1), em *Mimesis*, op. cit.

belos, inteligentes, ricos, nobres, um o espelho do outro — até no rastro deixado pela catapora.

Depois, a monja Sibilla mortificará sua carne, lavando os pés dos mendigos como Cristo, cuidando dos doentes, vivendo em penitência, só não se despojando dos bens para poder usá-los para a caridade.

O movimento dessa sequência narrativa deriva do motivo de afastamento: abandonar o espaço protegido, ela para perto, ele para longe. Ou seja, o espaço protegido converteu-se no seu contrário, o espaço do pecado, que expulsa. Até aqui, a analogia é com o Jardim do Éden, onde Adão e Eva são barrados por um Jeová enfurecido. Mais tarde, quando o fruto do pecado nasce, é posto num barrilete, e este num barco, que é solto no mar ao léu, no motivo da travessia perigosa. Com o infante segue uma placa de marfim, ornada de ouro e pedras preciosas, onde a mãe registrou sua história e estirpe, à guisa de talismã ou amuleto clamando por anagnórise. Nessa sequência há dois motivos importantes, ambos do acervo cultural cristão mas parcialmente provenientes da Antiguidade: o motivo edênico do pecado original com a expulsão do paraíso e o motivo mosaico (Moisés e Jonas), com suas ressonâncias de morte e ressurreição devidas aos arcanos dos ritos iniciáticos.

Na segunda sequência narrativa, vemos o barco chegar à ilha de São Dunstan, no canal da Mancha, onde ficam o mosteiro Agonia Dei e a vila de pescadores em que o menino vai ser criado, como se fosse um deles, ignorando sua origem. Quem o acolhe e protege é o bondoso abade Gregorius, da Ordem Cisterciense, que o batiza com seu próprio nome, tornando-o seu homônimo. Ele continua com aura de predestinado, pois não só é belo, como também inteligente e de boa índole. Todos o favorecem. Até que sua mãe de criação, ao vê-lo numa briga com seu filho biológico (motivo da rivalidade fraterna), tudo revela aos brados: ele descobre que é um enjeitado. Gregorius então resolve partir em demanda para descobrir quem são seus pais, o que faz munido da placa de marfim que sua mãe escreveu e colocou no barrilete.

Coerente com sua linhagem, decide tornar-se cavaleiro andante. Na frente de seu traje vai bordado um brasão em forma de peixe, sintetizando vários elementos simbólicos, a começar pelas palavras de Jesus Cristo a Pedro e André, a quem convocou quando estavam pescando: "Vinde após mim, e eu vos farei pescadores de homens" (Mateus 4,19). Tais elementos vinculam-se ainda: ao emblema pessoal de Cristo, derivado dos pescadores seus discípulos; aos pescadores que criaram Gregorius; a São Pedro, pescador e primeiro papa; e ao presságio do peixe que será o guardião da chave da libertação, como adiante se verá. Demanda de quê? De penitência por seus pecados, fruto de incesto que é. Aqui continua a *imitatio* de Adão e interfere a de Cristo. A placa de marfim vai servir à anagnórise por objeto, e mais de uma vez.

Na terceira sequência narrativa, o jovem Gregorius viaja sem destino numa nau, em meio à bruma tal como o Rei Artur. Depois de singrar por dezessete dias, chega miraculosamente a Bruges, capital do feudo de Flandres e Artois, para onde Sibilla se mudara. A capital, posteriormente alcunhada de Veneza do Norte, cidade de canais e pontes, de onde deriva seu topônimo, e que era Bruges-*la-vive*, há anos está estagnada e decaindo sob o assédio do pretendente à mão de Sibilla, que fez voto de celibato. A cidade passou a ser chamada de Bruges-*la--morte*, em consonância com o motivo da terra devastada. No tormento de Sibilla aparece outro motivo cristão, o motivo mariológico de Nossa Senhora das Dores: as "cinco espadas" que lhe traspassam o coração.

A narração se detém longamente em cenas mostrando o treinamento de Gregorius, que, ao se tornar cavaleiro andante, assumiu o dever de defender as cores de qualquer donzela em perigo que topar pelo caminho. Depois da preparação, vem o torneio em que desafia o pretendente, a vitória e o casamento com Sibilla — velho motivo dos contos de fada, bem como da novela de cavalaria. Após três anos de felicidade e duas filhas, dá-se novamente a anagnórise por objeto, com a funesta revelação através da placa de marfim onde tudo está registrado. Gregorius parte em demanda de penitência. Repete-se o motivo da queda, agora acoplado ao segundo incesto, o motivo edípico tornando-se incesto ao quadrado.

Na quarta sequência narrativa, o jovem Gregorius, errante sem destino (motivo repetido da viagem iniciática), acaba topando com um pescador de maus bofes que lhe indica um lugar ideal para sua penitência: um rochedo descalvado no meio do lago (motivo do cimo desolado). Para completar, o pescador ata-lhe grilhões nos tornozelos, prendendo-o à rocha, e joga a chave no lago, bem longe. E vai embora.

No penhasco da penitência, Gregorius ficará agrilhoado por dezessete anos, alimentando-se do "leite da terra", um líquido nutritivo que flui da pedra. Com tão escasso sustento, vai encolhendo até parecer uma marmota. A penitência não é novidade, e também foi colhida no acervo cristão, abundando no cristianismo primitivo, na fase histórica dos cenobitas, eremitas e anacoretas que viviam no deserto. Eram

comuns na Síria, Mesopotâmia, Grécia e Egito, sobretudo na Tebaida.*
Famoso é São Simeão, o Estilita** (do grego *stylos*, "coluna"), asceta
sírio que, como seu epíteto indica, vivia em cima de uma coluna, onde
passou não apenas dezessete mas trinta anos. Esse é o primeiro, mas
haveria outros, inclusive um homônimo chamado O Jovem.

A quinta sequência narrativa desloca a história para Roma, trazendo o motivo da ascensão, obrigatório numa estória edificante como correlato do motivo da queda. A penitência resulta na expiação que redime: de pior dos pecadores a papa, ou, deduz-se, quanto maior a queda, maior a elevação.

Em Roma, duas facções se digladiam e elegem cada uma seu papa. Em guerra aberta, ambos acabam encontrando a morte, deixando a Santa Sé vacante. É nesse ponto que dois varões patrícios romanos, um religioso e outro leigo, têm a mesma visão. Nessa visão, um cordeiro — outro emblema de Cristo — profetiza que devem partir em demanda de um penitente, trazendo-o a Roma para ser o novo papa. As visões de ambos são idênticas, com exceção de um traço lembrando a expressão "em odor de santidade": a de um deles inclui rosas perfumadas em que o sangue do cordeiro se metamorfoseia, deixando o outro enciumado, pois sua visão (inodora) lhe parece rebaixada em comparação.

Põem-se a caminho e, depois de muitas jornadas, chegam à casa do pescador. Lá ficara preservada a placa de marfim da mãe de Gregorius, que leem, descobrindo toda a história. O pescador prepara para a ceia um enorme peixe que fisgara de manhã e, ao abri-lo, acha em seu estômago a chave — a chave dos grilhões com que prendera os pés de Gregorius ao rochedo. Intervém aqui, afora o motivo do objeto engolido pelo peixe, comum nos contos de fada, o motivo de São Pedro, o primeiro papa, antigo pescador e guardião da chave da Santa Madre Igreja que é seu emblema e brasão, em nova anagnórise por objeto.

O pequeno cortejo entra em Roma precedido por outro milagre: o dobrar espontâneo de todos os sinos da cidade, sem sineiros, durante três dias — atando as duas pontas da narrativa, que por ali começara. Unge-se um grande papa, cabeça da cristandade, que ficará

---

* Na Tebaida vivia o monge cenobita Paphnuce, protagonista de *Thaïs*, de Anatole France, situado em Alexandria (Egito). Ele aparece com o nome de Athanaël na ópera que Massenet compôs com base no romance.
** Protagonista de *Simão do Deserto*, filme de Luis Buñuel. O cineasta fez também, na mesma área, *A Via Láctea ou O estranho caminho de Santiago*, sobre a peregrinação a Santiago de Compostela, com suas bizarras heresias e penitências. Filmou ainda *Nazarín*, sobre um santo mexicano devotado aos humildes. Ver o famoso poema "St. Simeon Stylites", de Tennyson.

conhecido por sua firmeza em unir e perdoar, sua misericórdia para com os pecadores sobrepujando qualquer pendor a puni-los: conhecia por experiência própria o poder do pecado e a fraqueza da carne. Assim submeteria os senhores feudais independentes e acabaria com as numerosas heresias da época. Verbo tão doce aos ouvidos valeu-lhe o epíteto de Doctor Mellifluus.*

A fama de um papa ímpar chega até Sibilla, no asilo que construiu e onde mora, praticando a caridade, lavando os pés dos mendigos e doentes, imitando Cristo. Vem-lhe a ideia de peregrinar a Roma, submeter seu histórico a ele e implorar o perdão por seus pecados. Leva consigo as duas filhas, suas assessoras no asilo, que receberam os nomes de Stultitia e Humilitas para maior escarmento desses frutos do pecado ao quadrado. Recebida no Palácio de Latrão, prostra-se aos pés do papa e narra sua história: é uma das grandes cenas do livro, clímax e desenlace do enredo. A absolvição papal é garantida à penitente, com base em seu íntimo arrependimento. Tudo em meio a um belíssimo diálogo em "ironia trágica", quando, como na tragédia ática, duas personagens dialogam antes do reconhecimento mútuo,** só o leitor ou espectador estando ciente de sua identidade — o que dá às falas um gume especial. Essa anagnórise coroa todas as anteriores.

Elemento tanto do Maravilhoso Pagão quanto do Maravilhoso Cristão que não faltava na hagiografia, na novela de cavalaria e nos *mystères* era a numerologia que então vigorava. O número predileto era o 7, mas aqui tudo está referido ao 17. O incesto se dá quando os gêmeos completam dezessete anos; o recém-nascido é posto no barrilete dentro do barco quando tem dezessete dias; aos dezessete anos descobre a verdade sobre seu nascimento; vai-se da ilha velejando por dezessete dias; ficará no alto do rochedo por dezessete anos... O número é de tal modo reiterado que assume contornos numinosos, e o leitor passa a procurar significados ocultos, como sempre presentes nos contos maravilhosos: talvez alusão aos Dez Mandamentos somados aos Sete Pecados Capitais, ou algo nessa linha.***

O episódio do bastardo Penkhart,**** factótum e carpinteiro como

---

* Tomado por empréstimo a São Bernardo de Clairvaux, a quem historicamente coube o epíteto.

** É exemplar o diálogo entre Electra e seu irmão Orestes, retornado do exílio mas incógnito, na *Electra* de Sófocles.

*** No tarô, o número 17 coroa o ser excepcional: um líder nato, cheio de compaixão e sabedoria, devotado a melhorar o mundo, desejoso de promover a paz e o amor para toda a humanidade.

**** Pincel Valente ou Coração Carmim: o nome inspira fantasias pseudoetimológicas a exemplo dos devocionários medievais.

Jesus Cristo que começa a ornar as paredes dos albergues de Sibilla com cores e figuras, tem relevância apesar de curto. Ele acabará por executar vastos afrescos de cenas religiosas entremeados de observações miudamente realistas dos trabalhos e dos dias da vida camponesa, praticando alquimia com pigmentos, clara de ovo, mel e cal, criando beleza. Escoltando a duquesa na viagem a Roma, entra ali em contato com seus confrades, que, humildes artesãos como ele, também estão dando nascimento à grande pintura do Ocidente.* Assim, Thomas Mann homenageia mais um artista dos tantos a que dá destaque em sua obra, romanceando os albores da pintura flamenga e seu encontro com a pintura italiana.

O ELEITO, JOSÉ, O CISNE NEGRO (DIE BETROGENE)**

Convém ao argumento examinar *O eleito* em dois cotejos. Primeiro, com *José e seus irmãos*, levando em conta a matriz ficcional de ambos na mitologia cristã. Segundo, com seu par cronológico, *O cisne negro*, visto que este e *O eleito* são os dois últimos livros de Thomas Mann.

Nosso autor transformou num romance em quatro volumes as poucas páginas do Gênesis em que a história de José é narrada, acrescentando as descobertas históricas com que procurou se apetrechar e que deram azo a uma primorosa etnografia. Na própria Bíblia, por lacônica que seja a narração das proezas de José, já o vemos aproveitando-se do favoritismo com que o pai o distingue, e que se deve à sua condição de filho da segunda esposa, a amada Raquel, aquela que fora preterida em favor da irmã Lia, impingida pelo sogro Labão ao amantíssimo pretendente. Thomas Mann deve ter-se divertido muito ao enfatizar a reiteração dessa característica nos muitos episódios do entrecho: o embuste impera na série de estórias. O gesto tornou-se célebre para os leitores de língua portuguesa por ter sido tema de um dos mais belos sonetos de Camões, que muita gente do perímetro luso-brasileiro sabe de cor.***

---

* Jacob Burckhardt, *A cultura do Renascimento na Itália*. Trad. de Sergio Tellaroli. São Paulo: Companhia das Letras, 1991.
** O título *O cisne negro* segue a tradução inglesa; já o título em alemão significa "a enganada", "a iludida", "a traída".
*** "Sete anos de pastor Jacob servia/ Labão, pai de Raquel, serrana bela;/ mas não servia ao pai,/ servia a ela, / e a ela só por soldada pretendia. // Os dias na esperança de um só dia/ passava, contentando-se com vê-la;/ porém o pai, usando de cautela,/ em lugar de Raquel, lhe dava Lia. // Vendo o triste pastor que por enganos/ lhe fora assi negada sua pastora, / como se a não tivera merecida,/

Exemplo de *hybris* ou desmesura, assim o filho nascido do segundo leito, criado conjuntamente com os outros dez do primeiro leito, vai abusando de seus privilégios de favorito.

Mas é bom lembrar que seu próprio pai Jacó já devia seu alto posto de patriarca da tribo a uma burla, com que tinha enganado seu irmão mais velho Esaú, o legítimo herdeiro. Vendo-o regressar cansado e faminto ao fim de um dia de pastoreio sob o sol ardente do deserto, tratou de negociar com ele algo que o leitor só aceita por estar na esfera do mito: Jacó propôs que Esaú lhe vendesse seus direitos de primogenitura em troca de um prato de lentilhas. Esses direitos vinham com a bênção do patriarca *in extremis* e a renovação da promessa divina da Aliança com Jeová: a de que os povos, as nações e os irmãos de sangue "se ecurvariam" ante o abençoado. E Esaú, acicatado pela fome, raciocinando que a primogenitura não lhe saciaria a necessidade imediata, aceitou.

O enredo completo é fascinante, mas Thomas Mann o amplia e avança hipóteses de explicação, amiúde engraçadas, mas sempre indulgentes para com o protagonista.

Nessa longa história encadeada, é decisiva a preferência do pai por um dos filhos. Às vezes é a mãe quem assim procede, pois vemos Rebeca ajudando Jacó a enganar o velho pai Isaac, já quase cego. Tudo isso bem ao modelo do próprio Jeová, que arbitrariamente privilegia um ou outro, com razões aduzidas a posteriori que são frágeis e irrisórias. Foi porque apreciou mais a fumaça que subia do holocausto de Abel, e não a de seu irmão mais velho Caim, que espicaçou o ciúme deste, levando-o ao assassínio. Jeová é um Deus ciumento e rancoroso, o que deixara explícito ao entregar a Moisés as Tábuas da Lei contendo os Dez Mandamentos, no monte Sinai, quando disse: "Eu sou o teu Deus zeloso, que visito a iniquidade dos pais nos filhos até a terceira e quarta geração daqueles que me aborrecem" (Êxodo 20,5). Com essa cláusula a Aliança é formalizada.

O traço vai reaparecer até nos Evangelhos, quando João, o discípulo amado por Jesus Cristo, é alvo do ciúme dos demais apóstolos. Ou na parábola das irmãs Marta e Maria, em que esta permanece aos pés de Jesus Cristo adorando-o e abeberando-se em seus ensinamentos,

---

tornando já a servir outros sete anos, / dizia: — Mais servira, se não fora / para tão longo amor tão curta vida." (Leodegário A. de Azevedo Filho, *Lírica de Camões*. 5 v. Ed. crítica. Lisboa: Imprensa Nacional; Casa da Moeda, 1985-2001; *Sonetos*, v. 2.)

enquanto a outra fica cozinhando, lavando roupa, fazendo a faxina, cabendo-lhe todo o serviço da casa que o hospeda. Quando Marta reclama e pede que a irmã a ajude, ele responde: "Maria escolheu a melhor parte, a qual não lhe será tirada" (Lucas 10,42).

Os irmãos de José acabam por dar um basta ao ouvi-lo contar dois sonhos. No primeiro, todos atando molhos de trigo que ceifaram nos campos, seu molho ficava de pé e os molhos dos irmãos inclinavam-se ante o seu; no segundo, o Sol, a Lua e onze estrelas (Benjamim, seu irmão caçula, da mesma mãe, já tinha nascido) é que se inclinavam ante ele. Em sua presunção, José provoca tanto os irmãos que eles acabam por atirá-lo num poço e vendê-lo como escravo a uns passantes, levando ao pai seu manto multicor — dom de Jacó, ostentação de José e alvo da inveja dos irmãos — manchado de sangue, com a explicação de que fora devorado pelas feras. Daí decorre a carreira de José no Egito, após tarimba no cárcere, quando se tornará a pessoa mais poderosa abaixo do faraó, seu decifrador de sonhos, governador e homem de confiança. Bem mais tarde, terá o prazer de fazer caridade aos irmãos quando forem pedir víveres devido à seca que assolava a região.

Até aqui, seguimos o Velho Testamento. Na tetralogia (1933-43), Thomas Mann vai deslindando a longa linhagem, toda baseada na *sibling rivalry* ou rivalidade fraterna, fio condutor dos quatro romances. Uma fieira de irmãos inimigos — Caim e Abel, Esaú e Jacó, Lia e Raquel etc. — centralizados pela fratria de José.

Em *O eleito* (1951), o motivo da rivalidade fraterna aparece uma única vez no que concerne a Flann, irmão de leite de Gregorius e filho dos pescadores que o adotaram. Seria o caso de definir que o fio condutor dessa novela é o incesto, ou seja, o oposto. Ambas, tetralogia e novela, são exemplos de *hybris* ou desmesura na valoração dos laços de sangue: se excessiva, gera incesto, se exígua, gera rivalidade fraterna. Enquanto uma, a valoração excessiva, é a que impera em *O eleito*, ao contrário, a valoração exígua impera em *José*. Aproxima-os o grande sintagma narrativo, o mesmo nos dois, que vai da queda — para José, poço e cárcere — à ascensão.

Já *O eleito* e *O cisne negro*, como vimos, são as últimas obras de Thomas Mann:* *O eleito* sai em 1951 e *O cisne negro* em 1954. Este fato incontornável, o de que são as duas últimas, abre horizontes à especulação de

---

* Descartando *As confissões de Felix Krull*, romance inconcluso, escrito ao léu das décadas e nunca completado.

que poderiam ser consideradas "obras de limiar". O escritor, nascido em 1875, morreria em 1955, aos oitenta anos, quatro anos depois de *O eleito* e um ano depois de *O cisne negro* — que escreveu, portanto, já às portas da morte.

Alguns críticos e teóricos têm-se debruçado sobre essa categoria. A expressão "obra de limiar" é de Bakhtin, ao estudar Dostoiévski e outros autores russos.* Gilda de Mello e Souza aplicou-a a Luchino Visconti, ao analisar seu filme *Violência e paixão*, bem como às obras finais de Mário de Andrade.** Já Edward W. Said dedicou-lhe todo um livro, *Estilo tardio*.*** Não menciona Bakhtin, mas reconhece sua dívida para com Theodor W. Adorno, que tratou do estilo tardio no que concerne à música.

Curiosamente, Said considera *A morte em Veneza* típica desse estilo, embora Mann tivesse apenas 37 anos quando a publicou (em 1912). Releve-se o anacronismo, provavelmente induzido por dois fatores. Primeiro, num livro que fala mais de músicos que de escritores, seu objetivo é analisar a ópera em que Benjamin Britten transformou o livro, e seria difícil falar dela sem trazer à baila sua fonte. Segundo, o crítico foi extraviado pelo conteúdo do livro, um entrecho de decadência e morte, portanto "de limiar", mas apenas quanto à narrativa.

Se *O eleito* fala de queda e ascensão, ou de morte e ressurreição, *O cisne negro* não poderia ser mais direto ao falar da morte que se aproxima: fala de câncer não tratável e da confusão entre sinais de vida e sinais de morte.

Mais um reparo: a terrível história de *O cisne negro*, fiel à convenção realista, não traz portentos e prodígios como *O eleito*, que fica confinado na esfera do mito e da legenda. Aqui a tragédia deriva da confusão de tomar Tânatos por Eros, para o que não há perdão. Esta, sim, é uma ficção "do limiar".

Uma última observação, em que Said nos auxilia: dessas obras às portas da morte, umas há que exibem serenidade e aumento da sabedoria, como no poema de andamento bíblico "Consoada", de Manuel Bandeira.**** Mas outras há, e são essas que interessam tanto a Adorno

---

* M. Bakhtin, *Problemas da poética de Dostoiévski*. Trad. de Paulo Bezerra. Rio de Janeiro: Forense Universitária, 1981.
** Gilda de Mello e Souza, *A palavra afiada*. Rio de Janeiro: Ouro Sobre Azul, 2013.
*** Edward W. Said, *Estilo tardio*. Trad. de Samuel Titan Jr. São Paulo: Companhia das Letras, 2009.
**** "Quando a Indesejada das gentes chegar/ (Não sei se dura ou caroável),/ Talvez eu tenha medo./ Talvez sorria, ou diga:/ — Alô, iniludível!/ O meu dia foi bom, pode a noite descer./ (A noite com os seus sortilégios.)/ Encontrará lavrado o campo, a casa limpa,/ A mesa posta,/ Com cada coisa em seu lugar." (Manuel Bandeira, *Poesias*. Rio de Janeiro: José Olympio, 1955.)

quanto a Said, que mostram dissonância e desarmonia, tanto em sua própria estrutura quanto na relação com a subjetividade do autor. Nesse prisma, *O eleito* é do primeiro tipo, mas *O cisne negro* é seguramente do segundo.

Enquanto *O eleito* não entra nos pormenores negativos concernentes ao corpo, pois tudo se passa na esfera do mito, em *O cisne negro*,* que é realista, Thomas Mann encara diretamente a degradação e a extinção, inclusive do espírito. A protagonista, de meia-idade, apaixona-se por um amigo de seu filho e acredita detectar em si mesma sintomas físicos de uma segunda juventude devida a essa paixão, quando são sintomas de um câncer terminal. Ela treslê o fogaréu que lhe consome as entranhas, tomando-o por desejo, quando é malignidade.

Aqui, sim, manifesta-se uma ironia que nada tem de amável, e que, mais que de cortante, pode ser chamada de cruel, desdobrando ainda outra variante no caleidoscópio dessa especialidade da arte de Thomas Mann. É assim, com essa reflexão dura sobre as misérias da finitude, que o escritor põe ponto-final em sua obra.

Como que para compensar, o penúltimo livro, *O eleito*, de que aqui se tratou, é uma celebração da vida e de suas vertiginosas tribulações. O pior pecador, duplamente incestuoso, ao fim de longa expiação pode tornar-se papa, tudo cabendo nos destinos humanos. A novela abraça a forma de um encantador *exemplum*, bem ao modo dos devocionários medievais, devidamente ampliado na medida da hagiografia, cheio de graça no duplo sentido da palavra.

Foi a leitura de *O eleito* que um dia impeliu uma estudante brasileira a percorrer a Flandres, até chegar, nas asas do imaginário, a Bruges-*la*-*vive* ou Bruges-*la-morte*. E no mesmo lance, certamente por artes de Penkhart, o carpinteiro, render-se ao sortilégio da severa e angulosa pintura flamenga, com seu toque gótico, da qual se tornaria perene refém.

---

* Mais uma camada semântica: "cisne negro" é o nome que se dá em matemática e outras ciências ao evento improvável ou impossível, pois antes da descoberta da Austrália acreditava-se que só a variedade branca existia.

CRONOLOGIA

6 DE JUNHO DE 1875
Paul Thomas Mann, segundo filho de Thomas Johann Heinrich Mann e sua esposa, Julia, em solteira Da Silva-Bruhns, nasce em Lübeck. Os irmãos são: Luiz Heinrich (1871), Julia (1877), Carla (1881), Viktor (1890)

1889
Entra no Gymnasium Katharineum

1893
Termina o ginásio e muda-se para Munique.
Coordena o jornal escolar *Der Frühlingssturm* [A tempestade primaveril]

1894
Estágio na instituição Süddeutsche Feuerversicherungsbank.
Decaída, a primeira novela

1894-5
Aluno ouvinte na Technische Hochschule de Munique. Frequenta aulas de história da arte, história da literatura e economia nacional

1895-8
Temporadas na Itália, em Roma e Palestrina, com Heinrich Mann

1897
Começa a escrever *Os Buddenbrook*

1898
Primeiro volume de novelas, *O pequeno sr. Friedmann*

1898-9
Redator na revista satírica *Simplicissimus*

1901
Publica *Os Buddenbrook: Decadência de uma família* em dois volumes

1903
Tristão, segunda coletânea de novelas, entre as quais *Tonio Kröger*

3 DE OUTUBRO DE 1904
Noivado com Katia Pringsheim, nascida em 24 de julho de 1883

11 DE FEVEREIRO DE 1905
Casamento em Munique

9 DE NOVEMBRO DE 1905
Nasce a filha Erika Julia Hedwig

1906
Fiorenza, peça em três atos
Bilse und ich [Bilse e eu]

18 DE NOVEMBRO DE 1906
Nasce o filho Klaus Heinrich
Thomas

1907
Versuch über das Theater [Ensaio sobre o teatro]

1909
Sua Alteza Real

27 DE MARÇO DE 1909
Nasce o filho Angelus Gottfried
Thomas (Golo)

7 DE JUNHO DE 1910
Nasce a filha Monika

1912
A morte em Veneza.
Começa a trabalhar em *A montanha mágica*

JANEIRO DE 1914
Compra uma casa em Munique, situada na Poschingerstrasse, 1

1915
Friedrich und die grosse Koalition [Frederico e a grande coalizão]

1918
Betrachtungen eines Unpolitischen [Considerações de um apolítico]

24 DE ABRIL DE 1918
Nasce a filha Elisabeth Veronika

1919
Um homem e seu cão

21 DE ABRIL DE 1919
Nasce o filho Michael Thomas

1922
Goethe e Tolstói e *Von deutscher Republik* [Sobre a república alemã]

1924
A montanha mágica

1926
Unordnung und frühes Leid [Desordem e primeiro sofrimento].
Início da redação da tetralogia *José e seus irmãos*.
Lübeck als geistige Lebensform [Lübeck como modo de vida espiritual]

10 DE DEZEMBRO DE 1929
Recebe o prêmio Nobel de literatura

1930
Mário e o mágico.
Deutsche Ansprache: Ein Appell an die Vernunft [Elocução alemã: Um apelo à razão]

1932
Goethe como representante da era burguesa.
Discursos no primeiro centenário da morte de Goethe

1933
Sofrimento e grandeza de Richard Wagner.
José e seus irmãos: As histórias de Jacó

11 DE FEVEREIRO DE 1933
Parte para a Holanda. Início do exílio

OUTONO DE 1933
Estabelece-se em Küsnacht, no cantão suíço de Zurique

1934
José e seus irmãos: O jovem José

MAIO-JUNHO DE 1934
Primeira viagem aos Estados Unidos

1936
Perde a cidadania alemã e torna-se cidadão da antiga Tchecoslováquia.
José e seus irmãos: José no Egito

1938
Bruder Hitler [Irmão Hitler]

SETEMBRO DE 1938
Muda-se para os Estados Unidos.
Trabalha como professor de
humanidades na Universidade
de Princeton

1939
Carlota em Weimar

1940
As cabeças trocadas

ABRIL DE 1941
Passa a viver na Califórnia, em Pacific
Palisades

1942
*Deutsche Hörer! 25 Radiosendungen
nach Deutschland* [Ouvintes alemães!
25 transmissões radiofônicas para
a Alemanha]

1943
José e seus irmãos: José, o Provedor

23 DE JUNHO DE 1944
Torna-se cidadão americano

1945
Deutschland und die Deutschen
[Alemanha e os alemães].
*Deutsche Hörer! 55 Radiosendungen
nach Deutschland* [Ouvintes alemães!
55 transmissões radiofônicas para
a Alemanha].
Dostoiévski, com moderação

1947
Doutor Fausto

ABRIL-SETEMBRO DE 1947
Primeira viagem à Europa depois
da guerra

1949
A gênese do Doutor Fausto*: Romance
sobre um romance*

21 DE ABRIL DE 1949
Morte do irmão Viktor

MAIO-AGOSTO DE 1949
Segunda viagem à Europa e primeira
visita à Alemanha do pós-guerra.
Faz conferências em Frankfurt am
Main e em Weimar sobre os duzentos
anos do nascimento de Goethe

21 DE MAIO DE 1949
Suicídio do filho Klaus

1950
Meine Zeit [Meu tempo]

12 DE MARÇO DE 1950
Morte do irmão Heinrich

1951
O eleito

JUNHO DE 1952
Retorna à Europa

DEZEMBRO DE 1952
Muda-se definitivamente para a Suíça
e se instala em Erlenbach, próximo
a Zurique

1953
A enganada

1954
Confissões do impostor Felix Krull

ABRIL DE 1954
Passa a viver em Kilchberg, Suíça,
na Alte Landstrasse, 39

1955
Versuch über Schiller [Ensaio sobre
Schiller]

8 e 14 DE MAIO DE 1955
Palestras sobre Schiller em Stuttgart
e em Weimar

12 DE AGOSTO DE 1955
Thomas Mann falece

SUGESTÕES DE LEITURA

ANDRADE, Carlos Drummond de. "Tosse, febre e Thomas Mann". *Revista Leitura*. Rio de Janeiro, ano I, nº 5, abr. 1943, p. 15.
BARBOSA, João Alexandre. "Uma antologia de Thomas Mann". In: ____. *Entre livros*. Cotia: Ateliê Editorial, 1999.
BRADBURY, Malcolm. "Thomas Mann". In: ____. *O mundo moderno: Dez grandes escritores*. São Paulo: Companhia das Letras, 1989, pp. 97-117.
BRONSEMA, Carsten. *Thomas Manns Roman Der Erwählte: Eine Untersuchung zum poetischen Stellenwert von Sprache, Zitat und Wortbildung*, Universität Osnabrück, 2005. Tese de doutorado. Disponível em: < https://repositorium.ub.uni-osnabrueck.de/bitstream/urn:nbn:de:gbv:700-2008102415/2/E--Diss831_thesis.pdf>
CARPEAUX, Otto Maria. "O admirável Thomas Mann". In: ____. *A cinza do purgatório*. Balneário Camboriú: Danúbio, 2015. Ensaios. (E-book)
CHACON, Vamireh. *Thomas Mann e o Brasil*. Rio de Janeiro: Tempo Brasileiro, 1975. (Temas de Todo Tempo, 18).
DORNBUSCH, Claudia Sibylle. *Aspectos interculturais da recepção de Thomas Mann no Brasil*. São Paulo: FFLCH-USP, 1992. Dissertação de mestrado.
FLEISCHER, Marion et al. *Textos e estudos de literatura alemã*. São Paulo: Edusp; Difusão Europeia do Livro, 1968.
GAY, Peter. *Represálias selvagens: Realidade e ficção na literatura de Charles Dickens, Gustave Flaubert e Thomas Mann*. São Paulo: Companhia das Letras, 2010.
HAMILTON, Nigel. *Os irmãos Mann: As vidas de Heinrich e Thomas Mann*. São Paulo: Paz e Terra, 1985. (Coleção Testemunhos)
HEISE, Eloá. "Thomas Mann: Um clássico da modernidade". *Revista de Letras*, Curitiba, UFPR, v. 39, pp. 239-46, 1990.
HOLANDA, Sérgio Buarque de. "Thomas Mann e o Brasil". In: ____. *O espírito e a letra: Estudos de crítica literária I e II*. Org., introd. e notas de Antônio Arnoni Prado. São Paulo: Companhia das Letras, 1996, pp. 251-6. v. 1.
KUSCHEL, Karl-Josef; MANN, Frido; SOETHE, Paulo Astor. *Terra mátria. A família de Thomas Mann e o Brasil*. Rio de Janeiro: Civilização Brasileira, 2013.

LEPENIES, Wolf. "Alemanha". In: ____. *As três culturas*. Trad. de Maria Clara Cescato. São Paulo: Edusp, 1996, pp. 199-343. (Ponta, 13).

MIELIETINSKI, E. M. "A antítese: Joyce e Thomas Mann". In: ____. *A poética do mito*. Rio de Janeiro: Forense Universitária, 1987, pp. 354-404.

MORETTI, Franco. *Perfis e sombras: Estudos de literatura alemã*. São Paulo: EPU, 1990.

PAULINO, Sibele; SOETHE, Paulo Astor. *Thomas Mann e a cena intelectual brasileira: encontro e desencontros*. Pandaemonium germanicum, n.14, 2009, pp. 28-53.

PRATER, Donald. *Thomas Mann: Uma biografia*. Rio de Janeiro: Nova Fronteira, 2000.

ROSENFELD, Anatol. *Texto/contexto*. 3ª ed. São Paulo: Perspectiva, 1976. (Debates, 76)

____. *Thomas Mann*. São Paulo: Perspectiva/ Edusp; Campinas: Ed. da Unicamp, 1994. (Debates, 259)

____. *Letras e leituras*. São Paulo: Perspectiva/ Edusp; Campinas: Ed. da Unicamp, 1994. (Debates, 260)

RÖHL, Ruth. "Traço estilístico em Thomas Mann". *Revista de Letras*. Curitiba (UFPR), v. 39, 1990, pp. 227-37.

ROSENTHAL, Erwin Theodor. *O universo fragmentário*. Trad. de Marion Fleischer. São Paulo: Companhia Editora Nacional/ Edusp, 1975 (Letras e Linguística, 11).

SOETHE, Paulo Astor. "Thomas Mann. Ironia burguesa e romantismo anticapitalista". In: Codato, Adriano (org.). *Tecendo o presente. Oito autores para pensar o século XX*. Curitiba: SESC Paraná, 2006, pp. 31-49.

Esta obra foi composta em Fournier
por Raul Loureiro e impressa
em ofsete pela Geográfica sobre
papel Pólen Soft da Suzano S.A.
para a Editora Schwarcz
em outubro de 2023

A marca FSC® é a garantia de que a madeira utilizada na fabricação do papel deste livro provém de florestas que foram gerenciadas de maneira ambientalmente correta, socialmente justa e economicamente viável, além de outras fontes de origem controlada.